梅赫川
1987

小飑茱
著

南海出版公司

新经典文化股份有限公司
www.readinglife.com
出　品

梅赫川
1987

00

我叫小洋猪，六岁了，说话这会儿是 1986 年秋天。小洋猪这个名字，是梅赫川一个有头有脸的人给取的外号。没办法，我长得太圆了，脸圆得就像腮帮子里塞了两个苹果，谁见到都想捏一下，大人们可真是手欠啊。除了脸圆，我的屁股就更滚圆了，走路时都一耸一耸的，从背后就能看出来是我，所以多数情景是有人在背后喊"小洋猪，来，让我捏一把你的脸蛋"。我听到撒腿就跑，背后就是咯咯咯咯的笑声，人家一定是看到我一耸一耸的屁股，就想笑吧。我不光有头有脸，还有屁股。

我养成了撒腿就跑的习惯，从梅赫川东头跑到西头再跑到北头，我都不停下来缓口气。梅赫川是个崴子形的村子，从东到西再往北拐进北沟，我家就住在北沟。和东西走向的前街平行有条河，我打前街跑到河沿儿，得捯两口气，你算算多远吧。

咱们说话这会儿，这条河正式的大名还叫梅赫川，大伙叫惯了河的名字，也管这一带散落的村庄叫梅赫川，这样省事儿了。大人们就是这么懒：怎么省事儿怎么来呀。

再往前倒数落五六十年，这一带还没有村庄的时候，嗯，也没有一排排溜直溜直的钻天杨树，还没有齐刷刷鲜绿鲜绿的苞米地，就连我小洋猪都还没有呢。那时候，这条河就叫梅赫川了。如果找到的是一张那时候的满族文字的地图，上面呢，没准写的是一群蚯蚓一样扭来扭去的文字，写成汉语是"阿木巴梅赫毕拉"。阿木巴是大的意思，毕拉是河的意思。梅赫，你猜到了吗？嘿嘿，是蛇的意思，梅赫川的意思就是像一条大长虫一样弯弯曲曲的大河。这条河有一百零八里那么长，真是好长好长的大长虫哇，这个村庄却只有几里路那么远，像大长虫旁边趴着的蚯蚓。只是长虫和蚯蚓都叫一个名字：梅赫川。

往后数二十年，就没怎么有人记得梅赫川这个名儿了，大伙再次犯懒，省略了一个字，叫它梅河。等大梅河的河水淌啊淌，一直淌进辉发河的时候，那地方就叫梅河口。梅河和辉发河一起，最后流入松花江，松花江最后往哪儿淌，就不归我小洋猪管了。从梅赫川变成梅河，变化也就二十年的光景，大伙就把梅赫川这个名儿给整忘了，也把小洋猪这个名儿给整忘记了。

是的，大人们就是这么懒：怎么忘得快就怎么来呀。

九月，"铁单四"苞米就不能煮着吃了，甜秆也没汁水了，连下河捞鱼都觉得水凉了，晚上还容易尿炕。文芹妈妈数着日子和我说，小洋猪啊，你该上小学了。

好吧。我其实有一些心理准备，毕竟我哥都读三年级了，也该轮到我上学了。上小学了是不是就算长大了？大人们常说："小洋猪，你可别长大，你长大了就不圆了，一直这么大个儿，一直这么圆哈！"

如果我一直这么圆，世界也一直一成不变，好像也不错。

估摸着上学就没人捏我脸了，就没人叫我外号了，"小洋猪"这个外号，除了讨人喜欢的目光，我真没占到什么便宜，这样想，上学也很好。

我还没来得及寻思上学会怎样，我就病了。

高烧说烧就上了三十九度，烧起来整个人脸都是紫色的，我就像泄气的皮球、霜打的茄子、鼓爆了糊脸上的泡泡糖，一下子就不滚圆了，成天蔫蔫的，走路屁股往下坠坠的，都不耸了。烧起来站都站不稳，就甭提走路了。头也沉脸也沉屁股也沉，有头有脸有屁股又能怎样呢？

文芹妈妈骑着自行车驮着我，我就在后座上晃荡、晃荡的，眼瞅着都要掉下来。等到了镇上的医院，白大褂医生验了血，看着报告就直摇头：白血球太低了！

我就纳闷了，和白雪球有啥关系？下雪的时候，我也偷吃过白雪球，冰凉拔牙、不甜。怎么白雪球就让我病倒了呢？我要不要告诉医生，我其实偷吃过白雪球的？

文芹妈妈急坏了，可白大褂也只是摇头，他不会别的只会摇头，就像电风扇。

你们发现没有：白大褂医生只会摇头，不会点头，这个问题很值得研究。他脱了白大褂，会不会点头呢？这件白色衣服啊，很可能有问题啊！

猪不会抬头，但是高二家散养的猪，居然会看天上的云，我亲眼所见。是猪圈的问题，没错。因此得证：白大褂医生不会点头，那是衣服的问题。

文芹妈妈又把晃晃荡荡的我驮回家。

高烧断断续续，一直拖到收苞米拉秸秆。文芹妈妈苦笑着看着啃沙果的我：小洋猪啊，今年上不成学了。

我塞了两个沙果，给到文芹妈妈手里，嘿嘿，好吃！

说来奇怪，自从我生病了，村里的人就"看不见"我了，我一下子成了梅赫川的隐形人。念书的孩子们早早背书包，蹽达蹽达去上学，天擦黑才回家。年纪小还没念书的组团在村里淘气，作。我既不跟念书的半大小子一起走，也不跟没上学的小崽子一起淘气玩儿。虽然偶尔还犯病，多数时候我自己玩儿。文芹妈妈忙着秋收还要忙着开小瓦厂，根本没空顾我，我整天成了散养的小洋猪。我就感觉身体里有无数的枝枝叶叶根根脉脉在使劲长，向着四面八方横冲直撞野蛮地长，我觉得那时候我的身材应该是球体！可惜没有留下来新闻报道，无从考证，这可真是你们的遗憾嗷。

我自己玩疯了，饿得折腾不动了才回家，去厨房自己翻腾吃的；如果赶上饭点，就上桌和家里人一起吃口热的。

我自己玩什么呢？

太多了，爬树、上房子、上山，哪儿高就去哪儿玩，反正大人们看不到我。太自由啦！哈哈哈，我的笑声都是往天上钻的，响彻云霄那种。

零星的两次,我一股烟儿跑过梅赫川,算命的老杨太太好像看到我了,在背后嘟囔着:那不是……那不是文芹家老二吗?

大伙都喜欢叫我小洋猪,但是我还是喜欢"文芹家老二"这样的名字,文芹是我的骄傲,她是梅赫川最厉害的女人,而且还是我妈。大人说话时,"但是""而且"很重要,我感觉我妈更重要,"但是"和"而且"是个屁,放了就行了,不重要。

文芹家老二,当别人这么称呼我的时候,我感觉话语里那都是充满了敬意的;如果叫我小洋猪,那话里话外是说:来,这个胖玩具,让我捏一捏脸蛋,不给捏别想跑。

意思完全不一样嘛!

我现在要拍着胸脯宣布:我,小洋猪,六岁这一年,就看懂了这个邪乎的世界——

其实,看懂这个世界也不难嘛,我的方法就是双脚离开地面:我爬到树梢鸟窝那么高,攀上房檐,甚至翻上鸡架也行,爬上草垛也凑合,都可以看清这个世界。

当我双脚离开地面的时候,秘密就会被戳穿,奇迹就会发生,就像医生脱掉了白大褂,猪开始抬头看着天上的云,你看天上的云,一朵一朵又一朵,像不像刚煮好的酸菜馅儿饺子呀。

当天气晴得瓦蓝瓦蓝的时候,我向着阳光眯起眼睛,就会看到数不清的"透明蝌蚪"[1],慢慢从梅赫川升起,它们是我的秘密

---

[1] 其实是飞蚊症,很多孩子都会有,慢慢会自愈。——成年后的小洋猪注

情报员，正在悄悄向我汇报梅赫川今天发生的所有大事小情。

可是，这些我一眼就能看穿的秘密，有一些大人，一辈子都搞不懂呢，当然这也怪我没有告诉他们。我说出来就不是秘密了。但是，我现在却要把我看到的全部秘密都说出来，当我说出口的时候，这个只要爬上树梢登上屋顶攀上草垛就可以看懂世界的魔法，就会瞬间失效。以后也不会再有了，就像1987年，对于我们所有人来说，也只来过一次，过去了也就失效了。

我现在就讲讲这些秘密，我一边讲它们会一边失效，嗯哼，你可要注意听啦。

01

  我,六岁就看清这个邪乎的世界的小洋猪,先给你们讲讲胡老四,梅赫川的故事得从他说起,他可是个人物。

  一进腊月,胡老四就是梅赫川最忙的人。

  胡老四是梅赫川的一把刀,要说杀猪,大伙先想到的就是胡老四。如果胡老四没闲工夫,大伙就会想啊想:还有谁杀猪比较厉害呢?究竟还有谁呢?嗯,没有了,还是继续等吧,杀猪是大事,等胡老四有空了,还是让胡老四来掌刀吧。

  我还挺纳闷,什么算"杀猪杀得好"?不都是把猪弄死么。杀得不好会怎么样?

  那天,胡老四杀猪,我跑啊跑跑啊跑,跑到村长家院头去凑热闹。

  "村长"也不是村长,就是原先生产队的小队长,大伙把责任田分了就单干了,也就没有生产队了,但是还会保留个队长,给老百姓派活儿。因为梅赫川这块地方孤零零一撮儿,大伙就把小队长喊成了"村长",这样显得官儿还挺大,其实和会欺负人的孩子头差不多。

猪是梅赫川的土猪,不是别的猪。虽然这几年开始养起了洋猪,嘿嘿,不是我,是真的洋猪,梅赫川人吃不惯洋猪的肉。我寻摸着它们的区别:土猪是黑色的毛毛,皮黑,看起来不好看,脸长,要养两年才能杀了吃,长得慢;洋猪嘛,白色的毛毛,粉嘟嘟的白净皮肤,水灵,小的时候圆滚滚的,算了,又要说到我的屁股了……洋猪长得快,大半年就能杀了吃肉了。现在也有一些人家开始养洋猪,过年杀的,毕竟长得快。两年以上的土猪,能杀出来"五指膘"的肉,就是五花肉横着切,手掌一比量,五个手指头那么厚。像村长这么显赫的人家,肯定要杀土猪啦,不够"五指膘"也折了面子。

咱们还是说杀猪吧,不说村长和猪的区别了。

那天我跑去凑热闹,看胡老四杀猪。

胡老四脱了棉袄,撸起袖子,穿着个皮围裙。他长着猪肝色的脸,眼睛瞪得像要顶架的大黄牛,微微一抹胡茬子,那胡茬子沿着脸颊向上一翘,就有一锋尖尖在下巴两侧,像极了刀刃儿。大冬天他一呼气,一绺白烟儿从这嘴角两侧的"刀刃儿"蹿出来,呀,这不就是杀气腾腾嘛!我的妈哟,这就是胡老四呀,他还没亮家伙,我就知道他肯定杀猪最厉害啦。

村长家的房盖儿腾起了白色蒸汽,大冷天却敞开着门,白气从房门一股一股冒出,升到空中,升到一定高度就不见了,只能看到瓦蓝瓦蓝的天了。想来是屋里烧了一大锅开水,准备给猪褪毛。

昨儿个下了一整夜的雪,屋顶还是白皑皑的一层,天儿却洗得透亮透亮的,像文芹妈妈熬的皮冻,让人想嘞喽两口呢。村长家院头的雪这会儿都被踩实成了,滴溜滑。

"一锅不够,等听不到猪叫的时候,再烧,再烧一大锅。"胡老四冲白色蒸汽的屋里喊道,里面村长老婆和帮忙的娘儿们"哎,哎"回应道。

胡老四左手操起一面大洗脸盆,右手薅起一张炕桌,那梨木炕桌我家里也有,很沉的,我可两只手都拿不动。胡老四一只手拎着炕桌的一条腿,稳稳戳在村长家门口,麻利地把脸盆摆在了桌沿儿,这才用余光扫视了一下看热闹的大伙。

围观的人中有个叫郝金生的,一边比画一边解说:一会儿怎么摆布猪,刀要从哪个角度递进去,猪血是怎么样恰好流进脸盆的,这时候就要使劲儿搅动高粱秆,要不猪血会凝了,就不好吃了……

郝金生比画得正欢,看到胡老四的目光似乎瞥到了自己,连忙闭嘴了。

这是人家胡老四的舞台,怎么干得听胡老四的。

胡老四示意郝金生搭把手,去柴火垛拣两个高粱秆来。

郝金生乐颠颠跑出去,回来的时候捧了两个溜直溜直的高粱秆。看得我这个心疼呢,这么帅的高粱秆编个手枪最好玩儿了,用来搅猪血白瞎了。

四个老爷们儿，站在猪圈门口，领头的是身材最奘的朱万山，他把一根撇绳子绕了个圈儿，在空中晃了晃，给了胡老四一个眼神儿——准备得差不多了。

胡老四冲朱万山点了点头。那边厢，四个人就进猪圈动手抓猪了。

围观的人呼啦一下子都围在了猪圈周围，紧接着就是大猪嗷嗷的叫声，四个大汉的呼喊声：摁住、摁住，后腿儿拽过去，猪蹄扣猪蹄扣……紧接着是围观的女人孩子的惊呼声。

只有我和胡老四没有看抓猪。胡老四闭着眼睛，好像在听猪叫的声音，他要通过叫声的急促判断抓到了吗、摁倒了吗、抬出猪圈了没……他一边听还一边咂摸着嘴，像是要在这猪叫声中品出点儿味道来一样。

他稍微一眯眼，看到了我——居然还有一个小孩儿没去看热闹！

"小洋猪，你咋不去看看？"他好奇地问。

我想说，我不喜欢猪叫的声音，忽然想起胡老四可能很喜欢这个动静呢，一着急说成了"我不喜欢听你叫的声音"。

我说话的声音毕竟小，再加上猪叫得正欢，胡老四胡乱中也没听清我说啥。看到我窘迫的样子，反倒安慰说——

"你这头小洋猪还不够大，虽然挺肥，不用怕，今年过年不杀你，哈哈哈哈。"他说笑的时候一股白色哈气从嘴角呼出，沿着两撇刀刃胡茬子掠过去，我脑子里真真再次出现那四个字：杀气腾腾！

我下意识向后退了一步，一般大人叫我"小洋猪"的时候，都喜欢用手捏我的脸蛋，我还是不被胡老四捏到的好。

眼瞅着四个老爷们儿架着一头猪，就往炕桌上抬，刚才看抓猪的人群，好像鸡群中撒了一把碎苞米粒，呼啦一下子又一次重新围到了炕桌这边。只见胡老四忽然退后半步，左手往腰间一抄，拽出一个布卷来，一哈腰，布卷就抖搂开平铺在脸盆旁边了。

呵！这才是他杀猪的家伙。一溜儿看去，有六七把刀，还有抹布、胶皮手套、磨刀石，大伙看呆了。胡老四微微皱眉嘟囔一句：怎么好像少了一把刀。

胡老四杀猪，只需要一把刀，但是每次都带好多把，其实是用来剔肉的。不同的刀剔不同部位的猪肉，这样是不是才叫专业人士啊？

胡老四把高粱秆掰成了"冂"字形，递给了郝金生，郝金生早早乐颠颠跟在屁股后了。哎哟，我的高粱秆手枪哟，白瞎了。看着还带着青翠颜色的高粱秆我这个心疼呢！

大猪已经被摁到了炕桌上，还在叫得欢，一声长两声短，嗷嗷声间夹杂着哼哼声，真是难听，太难听了。

胡老四略一哈腰，右手三个指头捡起来一只短刀，一捻，刀柄反握拳头在前。炕桌上的猪只看到了胡老四的拳头，他手心里的刀柄、胳膊底下的刀身，围观的人看不见，猪也看不见。胡老四左手揪了揪猪脖子下的毛，然后薅住了一只猪耳朵，右手握的拳头往猪脖子一抵，腕子就那么一扭——大家谁都没看清，就听到大猪一声长嚎，刀子就已经递进去了。

好奇怪，没有出血，猪叫得却越发卖力。郝金生已经耐不住了，拿着高粱秆在脸盆里搅啊搅的，好像空气中已经有战利品了似的。就在大家好奇的时候，胡老四轻轻一撤，没进血脖的刀把儿就退出来一寸，一股殷红唰的一下子蹿了出来。

郝金生一下子手忙脚乱，胡乱搅和着。从血脖冒出来的血还带着热气，搅动起来才不会凝固，回头再兑适量的水和盐，做成血豆腐或者灌血肠。杀猪菜，必须要有猪血，要会杀猪的人才能让猪流出来最后一滴血。

你看，为了多吃一口血豆腐，梅赫川的人有多拼！

村长点上了一袋旱烟，得意地抽了一口，冲着大伙说："看到没，这才是会杀猪，梅赫川第一刀。"他腰间挂了一串钥匙，走路叮当响，可气派了。人们都说他"上面冒烟，下面带响"。不过人们不在当面说，"冒烟"这个词人们平常说的时候，往往会说一个人缺德冒烟，就是缺德到家了的意思。

这猪血在腔膛中多憋了十秒钟，蹿出来劲头十足，腾着热气。鲜血映着地上的白雪，一红一白，煞是鲜亮扎眼，大伙看得那叫一个欢快呀。

忽然人群中有人叫道："尿了，郝来宝，吓尿裤子了。"

郝金生搅着猪血，头也没回，嘴里嘟囔着"完犊子玩意儿"。他这个儿子胆儿小，还偏要凑热闹，快十岁了，偏偏没看过杀猪，这一杆儿血蹿出来太突然，给郝金生的儿子郝来宝吓尿了。

杀猪可真好玩儿，居然有人吓尿裤子了。就好像节日里有人讲了一个笑话，本来就开心，你那边火星子一撞，我这边就着火啊。

听叫声，大猪好像并没有放弃，还在拼命折腾那四条腿，朱万山几个人那真是身强力壮，这时候肯定没有让它再站起来跑两圈的可能了。就算不站起来，挣脱了，洒得到处是血也浪费啊！

胡老四看准火候，又把刀子往前递了半尺，这下子刀柄都不够长了，他的手都伸进了血脖了，我还想他怎么不选一把长一些的刀呢？可是又一大股鲜血从他手指丫淌出来，正正好好涌进洗脸盆。眼见着已经大半盆了，还要兑水呢，郝金生赶忙换了一个空盆接血。村长家洗脸盆多，这要是别人家还得现去借盆，会来不及吧？

"老四能杀出两盆血，别人，嘿嘿，不行。"村长吐了口旱烟，表扬道。

胡老四好像没有听见村长说话一样，痴痴望着殷红的猪血，有一抹淡淡的微笑从他杀气腾腾的嘴角迅速掠过，我感觉这种微笑很熟悉，就好像我吃饱了摸摸肚皮，文芹妈妈也是这样看着我笑的。

忽然，有个人扒拉开人群，喘着粗气嚷嚷："杀人啦，胡老五，杀人啦！"

大伙一时惊诧，没反应过来，那人又喘上一口气，嚷道："老四叔，你弟，杀人了，胡老五，杀人了！"这次很明显，就是说给胡老四的。

跑来传口风的人叫吕小子，一年中有半年戴着狗皮帽子的人，一着急说话都没大没小的了。"那血，海了去了！"吕小子向大伙比画着说。他有个口头禅：海了去了。

胡老四依然俯身在大猪的血脖那儿，也没回头，只嘟囔着"等我把猪杀完了"。说完他手腕儿一转，那刀第二次捅进去的时候，原本就应该到了心脏了，这一搅，又一股鲜血涌了出来，大猪只剩下微弱的哼哼声，不再拼命嚎叫了，连腿都只是轻微蹬两下意思意思而已。

两盆血，殷红鲜亮，非常圆满。这要是往年，应该爆出喝彩声。

胡老四等不及帮忙开膛破肚解肉，收拾刀具就要回家。按老规矩，他还会得到一条五花肉作为酬劳，他也顾不上了，解开皮围裙，一边套棉袄，一边嘴里骂着：小兔崽子你最终还是惹祸了哈！

胡老五有个口头禅：明儿个我捅死你。不承想真的杀人了。

还是村长沉着，微微皱着眉和胡老四说："别着慌，遇到什么河过什么桥，派出所所长李斧头是我连襟，有事说句话，好使！老四，我说了，你杀的猪是梅赫川最好的，千斤不下刀，回头过来帮我接着剔肉哇。"

胡老四哼了一声，一溜烟跑了出去。

杀人会比杀猪还好玩儿吗？

我在想这个问题，已经有人疯也似的往胡老五家跑去，这次不像鸡群里撒了一把米，像鸡群中有只被抓去剁了，其他鸡撒腿逃命那会儿。

我跑啊跑，跑啊跑，一口气又跑到胡老五家门口。

胡老五家门口围了一圈土围墙，这会儿围墙上站满了人，有的不结实的地方还被人蹬塌了，两个半大小子爬上了柳树。

我没爬柳树，柳树比杨树好爬，我爬也会选有难度的。主要是门口没有杨树，梅赫川人迷信"前不栽杨，后不栽柳"，房前不栽种杨树。我也没站上土墙，站也找个砖墙吧，整个梅赫川，就两家有砖墙，剩下的都是土墙，而且还不是土坯垒的墙，就是黄泥搅拌着稻草茬起来的墙，这种土墙茬不高，高了就倒了。土围墙不高，站在这种墙上看热闹没难度啊，没啥意思。

主要是我去晚了，我跑啊跑跑啊跑，跑到胡老五家门口的时候，土围墙和大柳树都没地方了，人太多了。嘿嘿，很多人这辈子都没有见过杀人，都想看看热闹呢。

还有很多老人、妇女挤在了门口，我看到的都是脏兮兮的后屁股、无数条腿，我就从这无数条腿中间钻了进去。

院子里停了一辆吉普车，站着六个老爷们儿。

绿色是冬天最稀罕的颜色了，我最喜欢了。两个警察，穿着我最喜欢的绿色的衣服。我觉得他们的衣服不光颜色稀罕，而且都很干净。梅赫川的冬天，看不到几件干净的衣服。

两个警察架着胡老五，左右护法一样，有派。胡老五戴着手铐子，白亮白亮的，警察的东西不光新，还好看。就是胡老五脸色不大好看，头发也乱了。他原本梳着光溜溜的分头，就因为这个发型,大伙背后叫他二流子,我还是觉得发型很拉风啊,叫二流子也无所谓嘛。

没人敢当面叫他二流子,他动不动就说要捅死你!

看样子警察在指认现场,顺便问话。旁边除了胡老四还有两个爷们儿在跟前。看热闹的人虽然很多,终究还是没有凑得太近。

一个警察拎起一柄剔肉刀,举到胡老五眼前:"是这把刀吗?"

胡老五镇定地点点头。

警察拿刀的手戴着手套呢!他的手套可真新啊,我从来没见过这么新的白手套啊。

警察问:"捅了几刀?"

胡老五一脸的嫌弃:"那个小犊子,还用得着第二刀吗?我一刀就利索他了,上去就——"

胡老四上去就是一个大耳光,抽得脆亮亮地响,胡老五嘴角都流血了,哼都没哼一下。

"真是个爷们儿!"人群中有人喝彩。

听到喝彩,胡老五戴手铐的双手试着梳理一下头发,没够到,就稍微甩了一下头。脸上也多了一抹亮光。他还是挺帅的,连我都看出来了。

警察厉声喊道:"家属不要妨碍执法,我们是人民警察,我们在办案,不准打人。"

胡老四急红了眼:"我打我弟弟,咋了?!"太着急,嗓子都破音了。

"打人就是犯法。打谁都不行。你如果不配合,也给你铐上。"警察瞪着胡老四说。

胡老四不说话了,连看热闹的人都不吱声了。

胡老五仰起头,环视了一下大伙。他眼睛大大的,眉毛浓浓的,可真是好看。他又看了一眼警察,唯独没有看他哥胡老四,然后吐出一口血沫子。

天哪,胡老五太帅了。比我看的《射雕英雄传》里的杨康还帅。

警察又问:"刀是哪儿来的?"

"我自己的,前几年大集上买的,谁不服就削谁!"胡老五白了一眼警察回答。

"为啥捅人?"警察问。

"路见不平,拔刀相助!"胡老五一字一顿说。

最后,另一个警察大声说:"耍钱是小事儿,出人命是大事。现在人还在镇里卫生院,要是踢蹬了,你就偿命。要能抢救过来,你也该赔偿赔偿,该判刑判刑。我们先把你带派出所去。"

梅赫川管赌博叫耍钱。另外两个人也被带走了,只是没戴手铐子,说是录口供。其中有一个人我认识,是村干部姜云昌。这两个人打一开头就没吱过声。

"还没死呢?咋还没杀死?"人群中看热闹的有人嘀咕。大伙有一些失望,不是说杀人了吗,怎么还没杀死呢?

胡老五一扬脖子,挺着胸脯就跟警察上车。胡老四拉着警察衣袖,絮絮叨叨地问,我兄弟能判几年,判几年?

"判几年得听法院的,我们只管抓人。"警察说。

"我坐坐这车,看看怎么样,舒服不?"胡老五淡然一笑,冲看热闹的人群大声说。

"爷们儿,纯爷们儿!"人群中有人喊。胡老五都没回头看一眼,乘上吉普车,突突突,呜呜,走了。

他真帅!警察的衣服和手套都好干净!

等车都走了,人群中有个老娘儿们,声音不大,说了句:"把谁捅死了?"

看警察走了,大家说话的动静也大了。不知是谁嚷嚷:"把谁捅死了?不是你,不是我,你看看家伴拉,一个也没少,不是梅赫川的。不知道是三里村的还是红旗屯子的,过来耍钱的。反正不是咱梅赫川的人,爱谁谁。"

大伙看了下半场,毕竟没有看到杀人过程。只看到了抓捕和审讯的一骨节,不过瘾。但是,见到抓捕了,大伙就已经收获足够的谈资了。散了。

村长最后也没出现,只是派人招呼人手去他们家帮忙剔肉,虽然没有明说,那主要就是叫胡老四嘛。胡老四没去,反倒去了一帮半大小子,混吃杀猪菜去了。

当天下午,镇里卫生院就传来信儿了,被捅的那个人没挺住,咽气儿了。胡老五真的杀人了,杀死了才算真的杀人。

打第二天起,胡老五杀人案像蹿天猴,一下子在梅赫川炸开了。流传的说法没边儿了,都说得有鼻子有眼的,好像人人都在杀人现场亲眼所见。我就想,这好几个版本,大人们喜欢把一件事儿编排成好几种说法,听起来像好几件事儿。无论哪个版本,听起来胡老五都有一些冤,我拼一拼,凑一凑,刨去科学解释不了的,刨去一看就是胡编乱造的,刨去添的油加的醋,大概其能整出个事件经过来——

梅赫川有几个赌徒,常年到辈耍钱,简称耍钱鬼。天天耍钱,终究就那几个人,今天呢你赢了点儿,明天又吐回来,最后也没大输赢,就这几个人掰弄手指头而已。想赢钱也没有那么多来钱的道道啊。于是就有长着花花肠子的,动了歪主意,想着"牵驴"。

"牵驴"就是设个局,骗人。家伴拉也知根知底,没人上套是吧,那就想着骗隔壁村屯的。几个人先是支棱个点儿,村干部姜云昌张罗的,就放在他家,支棱局的要抽红,但是很少,也就一宿块八毛的电字儿钱。然后,王新福和吕春和去外面牵驴。三个人想要怂一个人,总还是赢的面大吧。

要说这仨人也有心眼儿,还是踩好了盘子,专门找有钱的人下手。他们这次看上的倒霉催的就是赵大龙。赵家是三里村的大户,包了一片林子种人参的,还给县里的药厂供货呢,赵大龙是年轻一辈最有派的,万元户。据说赵大龙是三里村第一个穿皮夹克的人呢!

但是,人家赵大龙不耍钱。

王新福、吕春和没牵成驴。回来挨姜云昌一顿抢白:你俩小子油梭子发白——手艺短炼啊。他俩也不服气,你行你上啊,谁牵来多给谁一成分红啊!

看,大人们,钱没到手,先商量好怎么分了都。

姜云昌就发挥了村干部的优势啦。他先去三里村队部套近乎,"考察"人参种植,他可不光考察,还带着自己养蜜蜂和开拖拉机的经验,与人家分享,这可比介绍信还管用。那边厢人家村干部就介绍赵大龙和他认识啊。赵大龙原本是个豪爽的爷们儿,人长得也帅,没有戒备。这一搭上线儿,姜云昌就邀请赵大龙来梅赫川玩玩。赵大龙有几个钱,也是年轻,可梅赫川是穷地方,穷山恶水多刁民,能有啥好玩儿的?

姜云昌就说,梅赫川还有几个哥们儿,仗义,可以交个朋友。

赵大龙没听说过梅赫川出过哪号人物啊,净出搞破鞋私奔的啦。于是就说,要是真有讲义气的哥们儿,那真要借你这村干部的人脉认识认识。

姜云昌脑瓜子一转,嗨,真就有一号人物啊,胡老五!

说到这儿,这事儿还跟人家胡老五没半毛钱关系,要怎么说胡老五冤屈呢。

姜云昌把胡老五很爷们儿的事迹吹嘘一番,然后说,我回去给你约胡老五哈,改天就找你,说完他也不等赵大龙答不答应就跑回来了。

他要回来支棱这个罗网啊,牵驴这才牵了一半啊。

他再回来忽悠胡老五。姜云昌真的厉害,嘴皮子厉害,干正事不行的。

他确实养过蜜蜂,也确实开过拖拉机,用的都是村支部的开发第三产业的开销，蜂蜜主要自己喝了，一分钱没挣回来；他忽悠村里花钱搞个机械化耕种试验，具体说就是村里花钱买个拖拉机给他练习，没多久拖拉机造零碎了，轱辘还在他家院子躺着。眼瞅着不靠谱的事儿，他就能忽悠来，结果是做不成事的。做不成也不影响他下次忽悠，反正呢，败霍钱他是一套一套的。

胡老五没啥特别本事，还不如他哥胡老四，人家胡老四还擅长杀猪。胡老五在梅赫川要钱没钱，要地位也没啥地位，但是年轻半大小子们买他的账，人长得帅，小姑娘们看着眼睛热，大伙说他做事有甩头，是个爷们儿。我只记得他会吹口哨，别的都是听来的了。

胡老五和他哥早分家了，胡老四分家得了的钱又找补一些，盖了个房子，有了房子就轻松娶了媳妇。胡老五分家得了点钱儿，买了一件皮夹克。胡老四知道后就骂，骂了两次就不骂了——你骂你的，人家胡老五还是胡老五，不理你，毕竟也分家了。

分家，是一件让我想不明白的事情，这些大人们明明是一家人，为啥要分家？等我长大了，也要和我哥分家吗？能不能把文芹妈妈分给我，把我爸分给我哥好啦。看来，分家也不错嘛！也不知道我能分多少钱，我还不喜欢盖房子，也不喜欢皮夹克。我可能就是喜欢分家吧。

我猜，胡老五应该瞧不上姜云昌，瞧不上王新福，瞧不上吕春和。他比他们年轻，他们仨太土，不会吹口哨光知道耍钱。

姜云昌还是利用了一下他的村干部身份，动用了"义务工工分"。一年到头，每家都要出几个义务工。什么是义务工呢，我也整不明白，类似情况就比如吧——老狠头家有大马车，修公共路段的时候就做几次车老板；巫殿礼会炒菜，赶上镇里的干部下乡，他就到队部给做几个菜；小学的围墙塌了，村长吆喝郝金生几个人带上扬杈和铁锹过去给砌墙。活儿白干，不给钱，但是又不白干，给算工分，工分到秋后好像也不给钱，就是表示完成了任务，就这么个事儿吧。

胡老五一直没挣过工分，活儿都是他哥替他干的。现在机会来了，陪着接待一下邻村的有钱人赵大龙，就算挣了工分。这笔交易划算，干了。

王新福和吕春和竖起大拇指，你姜云昌牛，有招儿，干牵驴屈才了。

梅赫川就有一条河，剩下就是穷了，没啥可看的。赵大龙之前预判的没错，这里除了搞破鞋的，真的没啥人物了。不过，姜云昌介绍的这个胡老五还不错，皮夹克遇到了皮夹克，算是没有白来一趟。

拉鼓了两次，就到了腊月了。大冬天的，天天猫冬，闲得慌啊。姜云昌就提议打麻将。

耍钱我可不擅长啊！赵大龙意思明摆着，可抵不住姜云昌忽悠：人家胡老五讲义气要陪咱玩儿，不能扫兴啊。

那天天还没擦黑就飘起了雪，据那些记性好的人说，那天外面的雪下得像扯碎了的鹅毛褥子，前面的雪还没落实成，后面的又续上来了。西北风吹着窗户纸吱吱吱叫唤，人们硬着头皮出去撒尿，回屋裤裆里还冷飕飕的。我最嫌弃大冬天刮风了，我发现呢，风都是树刮来的，有树的地方就有风，树越多风越大。我的理想之一，就是长大后把房前屋后的树都锯倒了，把风干掉。那晚我就一边想着锯树，一边想着第二天早晨要去村长家看杀猪，迷迷糊糊睡着了。风雪和长夜包裹着整个梅赫川，裹得结结实实的，让人一点儿念想都不敢有。

赵大龙家在三里村，虽然离得不太远，确实不方便回去了。这风雪夜真是耍钱的好时候啊。

一般耍钱，输赢不大的话，都是有"捧屁股局"的。自己没钱耍不起，又想观战过瘾，就叫捧屁股局。上真章的耍钱，是不准有捧屁股局的。

那天夜里，姜云昌家里的灯亮了通宵，姜云昌、王新福和胡老五陪赵大龙耍钱。没有捧屁股局的，只留了吕春和伺候局：帮忙抓瓜子、化冻梨、续茶水。

胡老五虽然仗义，毕竟手上也不宽裕，好在事前姜云昌私下塞了二十块钱——输了算我的，赢了还哥一个本儿就行——姜云昌说。

姜云昌也没有把握，他和王新福、吕春和做的局，但是胡老五压根儿不知道。只是他和王新福合伙，赢面儿稍微大一点点，再有就是端茶送水的吕春和，那也是一边服务，一边传递牌桌上的暗号。

吕春和一直输钱，赵大龙也输钱，只是开始输得不多。赵大龙就想不玩儿了。吕春和不依不饶，输家不松口，赢家不准走，我输这么多还想捞回来，人家赢家都没说不玩儿，你才输了两把，你撤了这个局就黄了，不行不行。

谁会想到人家吕春和是牵驴的啊！

胡老五人聪明，还赢了一些钱，也不多，十块二十块的。

中途赵大龙出去撒尿，天太冷了，风又硬，就没走远戳在窗外。裤子还没系好，就听屋里在低声说：蔫饼轻条出溜万……再收拾两圈就给他榨干得了！

赵大龙之前没怎么耍过钱，但是也能听懂这些话里的含义。

几个人打牌，其中有人做局，就会有暗号。想要什么牌，就会有什么暗号——蔫声打牌，那就是要饼子（筒子），轻拿轻放那就是要条子，打牌时把牌出溜弹出去，那就是等着要和万字牌。

赵大龙年轻气盛，进屋就翻脸了。他指着三个人的鼻子就骂他们不地道。姜云昌看事情败露，就装好人，拱火胡老五。胡老五觉得这是几个爷们儿在玩牌啊，没有谁骗谁嘛。你赵大龙不识好歹啊，当你是兄弟你怎么翻脸咬人啊。

一言不合，就动手了。胡老五平时喜欢带着他哥的杀猪刀，出来显摆，吓唬人。情急之下就掏出来了刀，自己也没想到会真的捅人，所有人也都没想到，就阴错阳差把赵大龙给捅了。

胡老五杀人案，还有不少版本。说得比较邪乎，还有一些都是很大人的话讲出来的，我感觉不像真的。

除了几个邪乎的版本，梅赫川也有一些明显的变化。

首先是没人杀猪了，这个比较麻烦。要过年了，稍微富足的人家都要杀猪的，没钱的人家也要联合几家人插伙杀一头猪的。胡老四坚决不动刀了，谁说也没用，给钱都没用。大伙眼瞅着近了小年了，胡老四是铁了心不动刀了，就只能硬着头皮想办法。

于是各路神仙都上手杀猪了。

民办教师吕先生帮忙杀了一头邻居家的猪，刀捅进去猪就打滚，吕先生抱着猪脖子也跟着打滚，弄得血染战袍，浑身上下满脸都是红的，像刚下了戏台；车老板老狠头杀了一头当年的小猪，一直放不出来血，就下狠手捅啊捅、拉啊拉，最后血没放出来多少，猪头给卸下来了，狠人；郝金生给他老丈爷家杀猪，刀子捅了一上午，也没捅死，最后是用撒绳子勒死的，他老婆气得一直跺脚；开磨米坊的范良材和邻居楚汉举插伙杀猪，已经要剃毛了，开水一浇猪又醒了，几个人一忙乱没摁住，这畜生跑磨米坊里去了，洒得水磨苞米面到处是血，最后大猪是跑不动失血过多而死的，据说他们家吃了一冬天红色的馇条。

一整个腊月，梅赫川的猪死得都很惨。

反正猪血肯定是减产了，能杀出一盆血就算好的了，村长那句话算说着了：整个梅赫川，只有胡老四能杀出两盆血。村长家那头猪，就是前有古猪后无来者的绝响了。

没人杀猪了，可是胡老四没有闲着，他一直托人找关系捞他弟。先是借钱，后来是变卖家当。普通人家，也没啥值钱的东西，就是卖粮。可把粮食都卖了，开春吃什么？种地也需要种子啊！

卖完粮食不够，又卖房子。可梅赫川都是穷人，缺房子住的人也缺钱啊，想趁机会捞一把的人也有，但是没钱。胡老四的房子还算敞亮，虽然是土坯房子，外立面抹了水泥，房盖是青瓦，看起来还不错的三间房子，他老婆天天以泪洗面要和他拼命。

　　胡老四的故事要暂时先放一下，有两个紧急的人物要挤进来，我的小脑壳要捋一捋。

02

　　天天以泪洗面的还有郝金生媳妇。她家郝来宝病了,自从看到杀猪那杆儿殷红的猪血,他就不吃猪血了,也不吃猪肉了,凡是肉都吃不下去,吃了就吐,再吃再吐。

　　郝金生媳妇说这孩子是中了邪了,要"扎鼓"病。郝金生在院头搓着手转圈,嘴里不住骂:"小兔崽子,你真的不饿吗?搁'文化大革命'那会儿,和尚老道都要吃肉的,你要做和尚吗?小兔崽子!"

　　梅赫川人管土偏方治病叫"扎鼓"病。每当我跑啊跑跑啊跑,跑过村长家院头,总会看到郝金生媳妇抽抽着脸,嘴里嘟囔着"要给郝来宝扎鼓病啊,要扎鼓病啊"。

　　也有人说郝金生媳妇中邪了,得先给她扎鼓病。

　　我忽然想起,文芹妈妈从来没和我提过要给我扎鼓病。扎鼓病这个词儿,让我联想到在溃烂的脓疮上涂上脏乎乎的狗皮膏药——哎呀，想想就……我是文明人儿，不说了。

我其实也亲眼见过扎鼓病——我就说我见过世面嘛！

主要是咱自己现在不也是个资深病号了嘛，总能和大夫打交道，让大夫为难也挺有意思，他们就是找不到我的病根儿。

梅赫川地方不大，却拥有两位大夫，一位是赤脚大夫王连朋，我从来没见过他赤脚，但是我感觉他应该有某种法力，因为我知道有一位赤脚大仙有一些本事，有一回孙悟空搬救兵的时候就找过他，他们俩都是赤脚辈分的。王连朋是那种会打吊瓶的大夫，往屁股打针特别疼，特别特别疼，打一次要一瘸一拐三天三夜那种，他简直就是我的噩梦。有时候，他给开药，多数药不苦，不用熬成苦汤水，我抓一把往嘴里一塞，水碗一掼，就能下肚。每当这时候，我都会把水碗扬起，侧倒过来一亮——看到没，一滴不剩，看到没，咱就这个量。文芹妈妈会抿嘴乐啊乐，然后向我竖起大拇指。文芹妈妈不竖起大拇指我就不放下碗。

郝金生媳妇找来王连朋，赤脚大仙级别的王连朋大夫在那可怜女人连鼻涕带泪水的讲述中，好像整明白了郝来宝的病。王大夫把郝来宝拉到跟前，掀起前衣襟，拿个冰冰凉的圆铲子接个管子到自己耳朵，听啊听，又按了按小肚皮问，疼吗，这里疼吗？这里呢？还有这里呢？

郝来宝一直咬着下嘴唇，一脸痛苦，像吸干了水的冻秋梨，王大夫问一句，他使劲摇一下头。王大夫看着郝来宝那张痛苦的抽抽脸，就问，哪儿疼啊？到底哪儿疼啊？

郝来宝憋得满脸涨红不吱声，现在他的脸又像吸干了水的冻柿子了。

郝金生媳妇大吼："哪儿疼，你倒是放个屁啊！"

郝来宝支支吾吾说："没……没有，屁。哪儿都不疼。就是王大夫的'刺角'太凉了！"

看病是白看的，只有打针开药才花钱。王连朋也不开药，生着气，撂下听诊器就要走。郝金生媳妇着急了："啊呀，孩子不懂事儿瞎所（说）话啊，你别往心里去啊。他这到底得的啥邪乎病啊？怎么扎鼓啊？"

赤脚当然会凉，刺角会凉吗？

梅赫川的人一着急说话就平翘舌不分，其实也没啥，大伙也都听得懂要说啥。不认识医疗器械的笑话也常发生，没有卫生常识也发生过，开水煮注射针头往水里放盐和酱油的事儿也发生过。只是，王连朋确实比较介意当面叫他赤脚大夫。

王连朋告诉郝金生媳妇，你的孩子没有病，只是得了心理病，需要疏导。

郝金生媳妇蒙圈了，自言自语："没有病，心里得了病？那就是心脏病了呀？"那边厢郝来宝哇的一声哭了，以为自己得了绝症，跟着裤裆湿漉漉的。当场蹽出来什么味道啊，你们自己想去吧。

我特别同情王大夫，赤脚大夫，那也是赤脚大仙这个辈分的；刺角大夫，那可能就是牛魔王一伙儿的了。神仙和妖怪，确实不一样。

王大夫说没有病，郝金生媳妇根本不信啊。没有病怎么会一吃肉就吐呢！到了第二天，传说的正式版本就出来了——就连王连朋大夫，都没有看好郝来宝的病。

看来需要搬老周大夫了。要说扎鼓病，那还得是老周大夫啊！人家老周大夫看病的时候，嘴上说得最多的就是"我来给你扎鼓扎鼓"。

老周大夫是中医，戴个眼镜，中山装胸口口袋别一支钢笔。他有个药碾子，特别好玩儿，我曾经趁他中午不在，滚来滚去蹬着玩儿过，比我滚的铁环沉好多，但是可比滚铁环有气派。他还有一个小秤，用来称药材，特别小。我喜欢那个秤砣，金光闪闪的，抡起来像个不错的兵器。他午睡时，眼镜就放在桌上，我试着戴了一下，和没戴一样，既没有看得更清也没有看不清。我认识他的时候，他年龄也不算大，五十多岁。听说他年轻的时候给一位老中医捣药。感觉级别类似帮助太上老君看护炼丹炉的仙童，同时还要兼职看守九头元圣那个工作，是一犯瞌睡就出大事的重要岗位。

尽管他岁数不大，梅赫川的人还是习惯称呼他老周大夫，他其实是一位妇科中医，据说把脉特别用心，谁家年轻小媳妇有个不舒服就找到他，准没错。他能在人家手腕子上摸一下午，两只手腕轮番摸。他不说摸脉，也不说把脉，说切脉。一般老周大夫先把眼镜往下拖一下，从眼镜外面翻着眼皮看人，先看看病人的脸，然后笑嘻嘻地说，来，伸出手腕，让我切脉，不要乱动啊。

然后手指头搭上人家手腕，就眯上眼了。只要他没说"嗯"，患者可别大声喘气。当然，他说完"嗯"，接着也可能是"换一只手来，让我切脉"。据说有一次病人切脉时，听见他打呼噜了都。睡觉时都在给病人看病，怎么说来着——重要岗位！

郝金生媳妇不管那么多了，反正王连朋都看不好的病，在梅赫川没啥办法了，找周大夫那就是唯一的一线希望了吧。而且，我猜啊，郝金生媳妇在骨子里还是最信任老周大夫的，因为他们对治病的理念是一样的——扎鼓病。

我很庆幸，文芹妈妈始终都没带我找老周大夫扎鼓病。我估计那一碗汤药，我一口干不下去！我喝不完，就不能亮碗，我不亮碗文芹妈妈就不会给我竖起大拇指。

但是，我还是挺希望郝来宝把病扎鼓好的，虽然我不和他一块儿玩儿。看着他们娘俩哭抽巴的脸，确实挺可怜。幸好，我跑得快，每次我跑啊跑跑啊跑，从村长家院头跑过去，路过哭哭啼啼的郝金生媳妇，我也没空细看她的脸。

老周大夫没有给我灌过汤药，也不会往屁股打很疼的针，我不该嘲笑他。他唯一让我厌烦的是诊室里的空气太难闻了，汤药味道。他还羞辱过我太爷爷，算了，小人不计老人过，太爷爷也不会往心里去，我都忘了，不记得这些了。

老周大夫的诊室是村里的队部隔出来的半间房子，王连朋的诊室是自己家。老周医生也曾经在自己家里坐诊过，他媳妇和他吵翻了，桌子都掀了，药碾子都滚到门外了。这女人不知喝了什么汤药，劲儿真大。他媳妇挺年轻，他给别人家的小媳妇看病的时候拉鼓上的。

梅赫川的人说做事叫鼓捣，做坏事叫捅鼓事儿，这个鼓又和好多动词合伙，再鼓捣出一些新的东西：扎鼓、拉鼓、捅鼓。这就像梅赫川的人，每家都能扯上亲戚，丢人的事儿，大伙谁也不用嫌弃谁。

有一次，我跑啊跑跑啊跑，跑过队部。老周大夫刚刚午睡醒来，伸了个懒腰，正好看见我在窗外跑过。他就招手，小洋猪啊，来来来，让你周爷爷给切个脉，看看你啥毛病，听说你光顾着生病了，都没去上学。他还没忘说了句我来给你扎鼓扎鼓。

我嘴里嚼着杏子干，走到窗前，扬起脸，看着这个老头。他的脸油乎乎的，没戴眼镜——只要不给人看病他就不戴，华子呢的中山装领口扣子扣得周正，上衣胸口别了一支钢笔。全梅赫川就他和村长喜欢别钢笔，他别一支，村长别两支。我瞄了一眼，就他一个人在，看来今天没有来看病的小媳妇啊。但是看样子他已经睡醒了，药碾子是没机会拖出来滚着玩儿了，秤砣也抢不起来了。

老周大夫笑嘻嘻地问，小洋猪，你哪里不得劲儿啊？是前蹄还是后鞴？我给你扎鼓扎鼓，明儿个你就能哼哧哼哧去上学了。

我痉着眉毛，瞪了他一下——还好他没注意到。梅赫川的人习惯了管我叫小洋猪，拿我开玩笑我也习惯了。病也不是我想得的，但是，我不想上学，谁和我提上学我就想和谁急。

我圆嘟嘟的脸、痉着的眉毛，从鼻子到眉心揪成了蜘蛛网，老周大夫看到了忍不住大笑，他嘴里不停念叨小洋猪、小洋猪，果然是小洋猪……

我使劲嚼了嚼嘴里的杏子干，听见自己喉咙里发出一阵低吼。我撒腿就跑，我跑啊跑跑啊跑，绕着队部跑了两大圈，然后怒气就消了，忘了自己为啥生气了。

　　我转回到窗口。老周大夫正悄么登地把两只小哈喇瓢[①]悄悄塞进药碾子，然后嘿嘿一笑，又转身面向他的药匣子大柜子。柜子分成了好多好多的格子，每个格子都有一个小抽屉，抽屉外面写的毛笔字，我也不认识，估摸是药材的外号或者药材的属相。老周大夫扫了一眼那么多的小抽屉，一个没选，蹲下来伸手往柜子底下掏。他有一些胖，闷哼了一声，才从柜子底下最深处拖出个盒子，轻轻在盒子里翻腾。

　　他这是藏了什么宝贝吗？我不敢出大气儿，趴在窗口露出头瞪大了眼睛看。

　　他找了半天，从藏宝盒里面拣出来两只小蒲棒。

　　原来我平时玩儿的哈喇瓢和蒲棒，到他这里都是药啊！骗子！我心里想。

　　老周大夫把藏宝盒塞回柜子底下，乐颠颠看着手上的两只小蒲棒——天哪，我这才看真清了，哪里是小蒲棒啊，原来是大烟壳。他轻巧地丢进药碾子，得意间嘴里哼起了小曲。那曲子我听过，是二人转《猪八戒拱地》，就是"哧溜溜他拱开了两垄地呀，八戒我这心里头真轻松"那段没错了。

　　大烟壳我可是认识的。隔壁老袁太太在后园子种过大烟，夏天的时候，那花开得鲜艳呢，晃眼睛。我可稀罕那花了，但是不

[①] 哈喇瓢是俗称，这种植物的学名叫萝藦荚。——梅赫川植物学家小洋猪注

敢碰。因为文芹妈妈说，小子爱花可容易尿炕哦！秋天的时候，老袁太太就把大烟壳藏在鸡架后面，我见过。秋天更容易尿炕，更不能碰。

老周大夫脱了鞋，坐在药碾子上，用脚推了两下药碾子，刚才扔进去的哈喇瓢和大烟壳就嘎嘣嘎嘣碾成了末末了。

他猛抬头，看见我在窗口趴着，吓了一跳。随即叫了声，小洋猪，你啥时候跑回来的。他这次没有嘻嘻笑，他油乎乎的脸却让我想起二月二的时候，文芹妈妈烤的猪头。

老周大夫定了定神，戴上了眼镜，问我，你啥时候跑回来的？

刚刚。我随口答道。

去，回家和你爹妈说，带你来扎鼓病，找老中医老周大夫好好看看病，看完就能上学了。他说话时把老中医三个字说得特别使劲，他又恢复了笑脸，油亮油亮的笑脸。

"我太爷爷就是老中医。"我回答。可我并没想过，太爷爷都去世了，去世的老中医怎么给我看病。

老周大夫收拢了笑脸，有一些纳闷地说："梅赫川就我一个老中医，蝎子拉粑粑——毒（独）一粪（份）。你太爷爷——

"嗷哦，对了，你太爷爷啊，'四屁'！"他说"四屁"的时候，一字一顿，还用手指头连续点了我三下。

我呸，啐了一口，嘴里的杏干直接喷射出去，击中了窗框，又弹到了地上。没味儿了，还嚼它干吗？

我，小洋猪，在梅赫川跑了六年了，平生受到的最大的侮辱就是这次了。我又痉起了眉毛，鼻子到眉心再次揪成蜘蛛网，喉咙里发出了怒吼。如果这会儿再给我配上几股白烟，我就是一台突突突的摩托车。

太爷爷在世的时候，是个很厉害的真正的老中医。可他不卖药，给别人看病也是白看，看完用毛笔唰唰唰写一副药方，病人自己去镇上药店抓药就行了。他最大的爱好是评论古今中外的名人，特别是喝酒之后，能从三皇五帝一直讲到爱新觉罗·溥仪。因为喜欢臧否人物，又排行第四，他自号四否（pǐ）。那些没文化又喜欢开玩笑的人，背后叫他"四屁"。

太爷爷真有四屁也行，一屁崩他二里地，四屁就可以把老周大夫崩八里地，四屁，八里地，哈哈哈哈，崩出梅赫川！哈哈哈哈。

好了，我和老周大夫也往日无冤近日无仇，我出去跑一圈，我跑啊跑跑啊跑，从梅赫川后沟跑到前街，也就把他的话跑忘了。

要说老周大夫也是负责任的人呢！那天胡老五捅了人，吕春和跑去敲窗户，搬老周大夫给看病。老周大夫的小媳妇摁着他，愣是没让下炕开门都。老周大夫隔着窗户对吕春和喊：找王连朋吧，中医扎鼓不了外伤。

还是媳妇最了解他，开门也是耽搁时间。

尽管没有参与抢救赵大龙，可老周大夫给郝来宝看病，也算是为中医的面子扳回一局。

那天我跑啊跑，跑啊跑。跑到队部门前，爬上了大榆树。我爬树那可是有一套,好像打娘胎就带来的本事,当然我后天也很努力呢,磨破了好几条裤子,袖子刮咧过,其实也受过伤划破过皮,这点儿小伤不算啥,小意思。胖是不是爬树的一种无法克服的障碍呢?如果你活了一大把年纪,还不会爬树,真的不要找理由了,眼前多么鲜活的例子啊,我不光胖而且还圆,我不光圆,而且爬树爬得还叫一个好。

我抄着手放进袖子,往树丫丫上面一倚,整个梅赫川就都在我的视线掌控之内了。这里除了看不到北省[①]、四平和关里,能看到全世界。

最远处是青黛色的群山间杂着白雪,像电视机没有信号时的雪花点,它是长白山的余脉。今年腊月里就没再下雪,山上都是一片青黑,北坡终年不见太阳,还有积雪。近一些,那弯弯曲曲的白色长链,就是结了冰的梅赫川啦,一百零八里的大梅河,阳光一晃银灿灿,看着心里敞亮。河南岸的三里村在山脚下,没有平地,只能在山地种"铁单四"苞米;河北岸的梅赫川则是一片沃土,平地上种水稻,山地里种苞米、高粱、大豆。一河之隔,差距很大。由远及近,依次是远山、三里村、大河、水田、旱田、前街人家的菜园子、房子、前街、房子、后山。

但是就没人纳闷过:既然梅赫川有这么好的地理条件,怎么这么穷呢?

在大榆树上,你会发现,这不仅仅是前街视野最好的地方,

[①] 以前吉林人、辽宁人对黑龙江省的称呼。

同时也是对一个擅长爬树的孩子的最高奖赏，值得拥有哇。大榆树前面就是前街，前街也就几米宽，路北是队部，路南是高二家。我看得真真确确，高二家的猪又晃晃荡荡从场院走出来，开始一天的觅食活动了。不，它主要是出来看云，顺便找点儿吃的。菜园子到秋天收拾利索了，就用碌子压溜平，这就是场院了。场院主要是扒苞米叶子方便，晒高粱、晒黄豆方便。别人家的场院都搭个苞米楼子支个高粱垛，高二家的场院溜光，啥都没有，视野好。怪不得猪都被逼得要离家出走了。眼瞅着高二家的猪走了出来，他家连大门都没有。一个人如果足够穷，家里就不需要大门了。

高二家的猪没有急着去找吃的，先哼哼低吟了两声，然后就抬起头看天。它在找天上的云。很快它就欢快地连续叫着，那声音需要解码翻译，我给大家同声传译一下：找到云彩了，好开心哪，找到云彩了，好开心哪，你看天上的云，像不像你要请我吃的酸菜馅儿饺子啊！

嘿嘿，到底像不像呢？我也看着天上的云发呆，嘴里哼唱起春节晚会上的一首好听的歌：

　　天边飘过故乡的云，
　　它不停地向我召唤，
　　当身边的风轻轻吹起，
　　有个声音在对我呼唤——
　　归来吧，归来哟，

浪迹天涯的"柚子"。

归来吧，归来哟，

我已厌倦漂泊。

好。大家可以鼓掌了。梅赫川著名少年歌唱家小洋猪的演出，今天就到这里。我一直不明白，"柚子"为什么要浪迹天涯，费翔唱的是一个柚子！为什么不唱爬上树看云的小洋猪？

如果你还想听我唱歌，下次等我开心了，背上翠绿翠绿的高粱秆折叠手枪，戴上洗掉色的小军帽，整个椅子坐在上面，找个老娘儿们假装在后面推着轮椅，我给大家扯脖子唱"共和国的旗帜上面有我们血染的风采"。

我说什么了？只要脚离开地面，就能看到梅赫川的秘密！横仰歪在队部门前的这条道就是前街了，它是梅赫川最重要的一条道。我扼守这条关隘，我就是劫皇纲的程咬金，此树是我栽，此路是我开，要想从此过，嘿嘿，你留下买路财。我小洋猪要一夫当"官"，万夫莫开，小洋猪就是这里上管天下管地中间管空气的大官，梅赫川审葫芦问黄瓜的"晴天"大老爷！

我在树上比比画画，从《血染的风采》串台到《瓦岗山》，接着串台到《杨家将》，忽然瞥见高二媳妇出来倒垃圾，倒完垃圾一扭屁股，抬脚就踹了她家的猪一脚，这一脚出脚功力了得，看起来像《再向虎山行》当中姜铁山媳妇苗玉娘的身手。只是那猪也不是普通的猪，经常被踹，挨了一脚就是嗷嗷大叫，往前一蹿，一撅一撅往前面大地里跑去。主人给了一个明确的信号：别看云啦，去找吃的吧！地里偶尔会有掉落的苞米粒，那是它一天的游荡间可能吃到东西的地方，如果不在大地里拱来拱过去，它就在壕沟里找烂白菜叶，它的世界普通的猪不会懂。高二家的猪向来都是散养的，自己出去找吃的，虽然很瘦，但是也没饿死。每天晚上还会自己乖乖地跑回来，再穷也是家。

高二媳妇正好看见了郝金生媳妇。梅赫川如果有个广播喇叭，它的声音传播途径是这样的——队部、高二媳妇、全村。简单高效，呈点状爆破扩散。高二媳妇天天倒垃圾，倒得越勤小道消息越多。

远处，高二家的猪卷起了一溜烟，哐哐哐刨着地，到处找吃的；近处，我还看见郝金生媳妇拖着郝来宝进了老周大夫的诊室，后面的事儿不用看也不用听高二媳妇的广播，我就能知道七七八八了——

老周大夫眯着眼睛，望着戳在诊室的郝金生媳妇说，来，伸出手腕，撸起袖子，我给你切脉。

郝金生媳妇直不愣登挺在那里，满脸通红不说话。老周大夫往前拖了一下眼镜，翻着眼皮说，袖子，撸一下，老中医要给你切——脉。

郝金生媳妇迷迷瞪瞪撸起手腕："周大夫，我，我……"

老周大夫竖起食指在嘴边，示意她别说话，然后低声说："中医切脉，要安静，别吱声。"

老周大夫一顿摸脉，摸完还换了只手摸。等周大夫睁开眼睛,看到郝金生媳妇满脸羞愧,脸热辣到耳根,红得像十月份地里刚起出来的红萝卜。就是包饺子馅儿那种萝卜,我不喜欢吃萝卜馅儿的,如果放虾米就更难吃了。

我喜欢吃酸菜馅儿的饺子,吃饺子也一定要就着蒜。吃饺子不吃蒜,相当于……没吃蒜。算了,不说饺子了,还是围观老周大夫给人把脉吧。

郝来宝瞪着大眼睛,看看老周大夫,又看看自己的妈,又看看老周大夫,又看看自己的妈。然后咧嘴憨笑说,我就说嘛,我没病,没病!

老周大夫发现自己弄错了,也不慌。沉着应对,竖起中指,扶了一下眼镜。用力"嗯哼"一声,清了清嗓子说——

刚才呢,就是看看你妈妈有没有啥毛病,别是遗传。看来没事儿,这病是后天得的。来,现在到你了,坐下来。

老周大夫示意郝来宝坐下,郝金生媳妇赶忙给郝来宝撸起袖子,准备让老周大夫切脉。老周大夫摆手,不急,来,张嘴,先看看舌苔。

然后,老周大夫问了一堆问题:吃瘦肉吐还是吃肥肉吐?吃又肥又瘦的五花肉吐吗?吃猪肉吐还是吃鸡肉吐?吃猪血吐吗?吐的时候是迎着风吐还是背着风?大便的形状?睡觉打呼噜吗?说梦话吗?梦话说了什么?着过凉吗?每个月有没有固定几天肚子疼?

老周大夫问得详细,一边问一边用钢笔勾画着。有一些是郝来宝直接回答的,有一些是郝金生媳妇帮着回答的。最后一个问题有一些为难，郝金生媳妇只好照实来讲，这个病从坐下来到扎鼓还不到一个月，以后每个月留意观察。

老周大夫最后开了两张纸的处方，这药还是要从他这里抓的，他端起那个小小的秤盘，一个个精细称过，用上坟烧的那种黄纸包好。

我发现，包中药用的黄纸、上坟用的黄纸、代销点包麻花的黄纸，还有小瓦厂做瓦用的黄纸，其实是同一种东西。切成小方块形，随手一包递给你，那里面包的就是麻花了；裁成正方形，捻一沓用手背打成锯齿形，那就是准备做瓦用的了；不裁开，摊平了，面朝北跪地上用纸凿子吭吭吭凿一遍，再叠成尖尖的，就是上坟烧的了。

上坟只能烧黄纸，不能烧报纸，梅赫川人常说的话就是——上坟烧报纸，你在那儿糊弄鬼呢？

老周大夫用上坟的黄纸包中药，用法有点特别。他用正方形的黄纸，东南西北折叠包好，就成了一个方方正正的盒子，也不用胶水糨糊粘封口，用三根手指头捻一个纸捻子，捆一个井字结。然后纸捻子也不剪断，继续捆下一包药。最后，你开了多少包药就捆了多少个纸包，站起来一提——就像过年串成串的鞭炮，看得大伙眼花缭乱。

要我说，老周大夫看病最好玩儿的就是包药材了，摸手腕子看舌苔啥的实在没啥看头。这是实打实的本事，没有三五年的打包经验，做不到一提一大串子的豪华感。特别是病人花完钱，拿到这一大串子中药包，心里特别踏实，就凭这打包的手艺，老周大夫那也是梅赫川最厉害的中医大夫啦！不接受反驳。

最后，老周大夫郑重告诫：治疗呕吐，我还是有一套的。整个梅赫川喜欢吐的人，都是我治好的，那些治好的人，现在有的当了妈，有的做了奶奶了。我这药方，可是《黄帝内经》《苏沈良方》上面都没有的好方子，郝来宝这小子造化好，遇到我了。他以后不要吃肉，按照这个方子吃药，就不会犯病。药包得放在用荆条编的筐里，筐要挂起来，不可以落地，落地药效就失灵了。

郝金生媳妇终于见到亮了。不住地说是是是、行行行、好好好。付完药钱，捋着一长串中药包，心里这个美啊。忽然想起来一件事问老周大夫：他不吃肉，有时候吃不饱，饿啊！可咋办？

老周大夫左手一背，右手竖起中指，扶了一下眼镜，自信地说——吃粘火勺。我开这药，平时搭配吃粘火勺，效果好得出奇！搭配红枣也行，你家没有红枣，就粘火勺吧。

吃粘火勺，这个不难。一入冬，梅赫川最不缺的两种好吃的，一个是猪肉炖酸菜，另一个就是烙的粘火勺了，管够。看来郝来宝有救，就说嘛，不是遗传的，能治好。郝金生媳妇快哭瞎的眼睛看到了希望，瞬间锃亮。

老周大夫治好了郝来宝的病。没用一顿饭的工夫，整个梅赫川的人都知道了这个消息。其实也不用有人告诉，就像我一样，在村里跑啊跑跑啊跑，跑过村长家院头就知道了——郝金生媳妇已经不在那儿哭了。

要说治好了倒也没治好，这汤药还天天喝着，人确实不吐了。以前一吃肉就吐，现在确实不吐了。现在不吃肉，喝汤药吃粘火勺，确实不吐了，岂止不吐了，简直是药到病除哇。

郝金生在院头骂，小兔崽子，肉都不吃了，还是不饿！

有一天，郝金生媳妇又来找老周大夫——那啥，周大夫，我家郝来宝不吐了，现在能不能让他吃肉啊？他馋了。

老周大夫回答得干净利落：猪都没人杀了，还吃肉干吗？

是的，自打胡老五杀了人，胡老四就着魔了似的，成天想着捞人，就没碰过杀猪刀。以后真的没人杀猪了，是不是也就不用想吃猪肉的事儿了？

郝金生媳妇原本就是胆小的人，郝来宝生病后，她就一直想怎么扎鼓病。她捅鼓过好多次，让他家男人找村长去，毕竟郝来宝是在村长家看杀猪才病的。郝金生老爷们儿的暴脾气发作了：让我找村长，哼，门儿都没有，谁说都没用。

真是个刚烈的男人啊！

郝金生媳妇就天天去村长家院头哭，她就是想哭给村长看——你看看，你是不是给想办法扎鼓病啊？但是她又不敢自己去找村长，村长是大官，村长家杀猪她帮助过烧开水褪猪毛，再就一年到头都没进过人家大门。

村长毕竟是有格局的，你哭你的，我不过去递手绢。村长家院头外就是梅赫川的崴子口，是个与村队部大门口老榆树下差不多的交通要道，交通要道那就是大伙的地盘，谁都可以去那儿哭的，只要过年过节不在那里烧纸，村长才不管呢。

反正呢，郝金生媳妇哭的时候，村长就不出大门。我相信，别人哭的时候，村长也不出大门。不光有格局，还有原则，这才可以做村长。真是个爷们儿！

现在郝金生媳妇不哭了，村长好像最近也里出外进忙起来了。根据高二媳妇的小道消息，还有个说法，郝金生媳妇曾经想过找胡老四算账。因为，郝来宝是看着杀猪喷出来那杆儿血才落下的病根儿，猪虽然是村长家的，杀猪的毕竟是胡老四，这事儿不能怪猪，它也不想被捅死，更不想被捅死的时候淌那么多血，两大盆哪，两大洗脸盆。因此也不能怪猪的主人，要怪就只能怪杀猪的。这样说的证据就是，郝金生媳妇曾经有两次哭着走过胡老四家门口，她肯定不是平白无故从那里走过的。高二家最懂猪了，大伙凡是有眼睛的都看到了，这个说法也值得信。

郝金生媳妇毕竟没有找胡老四，而是找了王连朋大夫，又找了老周大夫。她明白，扎鼓病还得靠自己出头，再说，上哪儿找胡老四啊，胡老四总也不着家啊。

郝来宝的毛病确实没有再犯，而且一天天长得像处暑之后的苞米秆，溜直溜直的。但是老周大夫却快失业了。

梅赫川有个说法，熬汤药的壶不能送人，谁家用就一直放在谁家，送回去就是把病根儿送给人家了，不仗义，也不吉利。等下个病号用药壶，再到上一家请，谁用完就放谁家。时间久了，也就说不清那个药壶是谁家的了，大伙的药壶大伙用。凡事都会上升到大伙的事儿，集体主义最光荣。

可是，郝来宝的病太邪乎，大家传得厉害，都不敢用他用过的药壶。特别是高二媳妇还没有权威发布之前，群众还在积极观望着。

　　面对传言和这个尴尬的局面,老周大夫也是愁眉不展啊。他家小媳妇眼瞅着他天天伸手就是干抓,拿不回来钱,急了。把他往炕梢一摁:你个老东西,当初拉鼓我的时候那本事哪儿去了?你不会吃了碗里看着盆里吗?你不会再找一个壶?

　　老周大夫脑子里嘀零零一声响,这就开了窍了,觍着油乎乎的脸拱手说,还是夫人高见哪,每次你把我摁在炕上,我都说不完地受用哪!

　　第二天,老周大夫就去镇上买了个新壶。回到队部他的药房,抓了一大把哈喇瓢、杨铁叶子,灌上水。等着。剩下来的就是交给时间了——他要等新壶生锈。

　　没几天就过年了,大伙有个头疼脑热也忍着,过年看病不吉利。再加上听说药壶在郝金生家里,他家郝来宝得了奇怪的病,没人敢去取药壶。

　　等过了正月十五,梅赫川的人忽然听说一个大喜讯:隔壁三里村的一个二十年不孕的老妇女生了一个胖娃娃,不用说,肯定是吃了老周大夫的高级汤药。高二媳妇亲眼所见:头年那天三里村来了个年龄不小的小媳妇,在老周大夫的诊室里摸了一下午脉。一下午啊,肯定是疑难杂症。这可是多子多福的药壶,仁慈心肠的老周大夫亲自把那个药壶请了回来,就是想造福梅赫川,老周大夫果然有一手。

　　于是,家家的小媳妇又重新排队找老周大夫切脉抓药。在队部的药方桌子上,一把古铜色的药壶稳稳端坐在那里。大伙都

45

说,这可不是普通的药壶,普通的药壶是黑乎乎的,人家这个壶,你看这色儿,从里到外都散发着富贵气。壶把手上拴了一根红嘟嘟的绳子,透着喜庆。那些还没怀上孩子的小媳妇,一看见这根红绳子就害羞,好像看一眼就已经有了,吃不吃汤药只是走个过场而已。

真正让老周大夫的药方生意变好的,还不是这把壶,而是一个传言。不知从哪儿传出来的,后沟的人说是前街的人说的,前街的人说是在村长家门口听说的,村长出来辟谣说这是谣言。大伙也随声附和说谣言、谣言,闲着没事儿的人造谣,不能信!

谣言的内容说,被胡老五捅死的赵大龙,那是百年不遇的大富大贵的人,可人家不是梅赫川的人。属龙的赵大龙在虎年遇到了胡老五,胡老五是属虎的,他俩命中龙虎斗。他俩原本都有四十年的豪横富贵命,可赵大龙被捅死了,胡老五被抓进去了,可这命格里原本有的大富大贵的命不能断,都会留在梅赫川。今后三年出生的孩子,都是金兔、金龙、金蛇的富贵命,那就是大富大贵的好命啊。

03

我跑啊跑，跑啊跑，跑到村长家院头。我把手里攥着的一串糖葫芦横着叼在嘴里，提了一把裤子，蹿上了村长家的围墙。然后闷一口气，小步弯腰，沿着围墙挪到一棵大榆树下面。我两手搂着树干，身体一紧就爬上了树。榆树是最好爬的，枝丫多，皮糙不打滑，而且颜色深，躲在上面可不容易发现呢。沿着一股粗壮的树枝攀了两拃，我停下来嘬喽一口糖葫芦，酸酸甜甜的，还挺带劲儿呢。嗯，我忍不住又嘬喽一口，然后叼着糖葫芦，两只手箍着树枝，慢慢把身体溜下来，然后只轻轻一落，我就落在了村长家的房檐上了。

毕竟是村长家，有格局，就是不一样，他家是瓦房，不用担心会把房子踩塌了，沿着房檐山墙我猫腰向上，又遛了十二块瓦那么远，遛上了房顶，屁股一沉，横着骑在房顶的脊瓦上。

这里可是我在梅赫川的三个秘密基地之一。谁都想不到房顶上骑着小洋猪，还有大榆树掩护着，带劲儿！远处，最敞亮的还是大梅河，银链子一般的大梅河，阳光这么一晃，冰面能映出好几里地来，纯银的链子，没错。明天要去河上放爬犁，我心里盘算着。自打年前腊月里下了一场大雪，就是村长家杀猪前一宿那场，梅赫川就再没下过雪。不下雪的冬天，只有放爬犁滑冰好玩儿。

眼皮底下，房檐下，是村长家猪圈，空落落的猪圈，却紧紧关着猪圈门。十几片瓦搭建起了猪窝，下雨淋不到，毕竟是瓦房。猪槽子里面还结着冰碴，葫芦做的猪食瓢撂在了一边，瓢里面还能隐约看到米糠和碎苞米粒，就好像昨天这里还有一头快乐的肥猪，在低头吭哧吭哧拱食。

什么样的猪会喜欢这个猪圈呢？只要是个猪就会喜欢吧，除了高二家的猪。大榆树遮挡着，影响看云彩！

村长家的猪槽子可真豪横呢，一整段大柞木，太粗了，我一把都搂不过来，中间挖出个深槽，天哪，我感觉我都可以坐里面当船划了。柞木看起来有些年月了，也不知道喂养了几代猪了！

文芹妈妈说过，柞木是最硬的木头，还不爱烂。她秋天去山地收黄豆的时候，会找一下柞树林子，有时候能拣到木耳。夏天的时候，也会摘柞树叶子喂蚕。梅赫川人也有养蚕的，但不是为了缫丝，纯粹为了吃。我也吃过，还行，味道和烤洋辣子差不多。

梅赫川的老人，喜欢用柞木做棺材，在他们五十多岁的时候，就会请木匠打棺材，本地好找又结实的料首选柞木。做好的棺材就塞在苞米楼子底下，风能吹到雨淋不到。要放多久呢？据说最短的就放了三天，也有长的，我太爷爷活到九十多，那就是放了四十年吧，苞米楼子都换了十几茬了吧。我以前都在那个棺材里面玩儿过，躲猫猫最合适了。

所以啊，村长家的这个大猪槽子，可惜了，做成个棺材，还能用来躲猫猫。

我爬到村长家房顶，肯定不是为了研究猪是怎么想的，也不是为了做猪槽子改造棺材用于躲猫猫的可行性分析。我主要是想吃串冰糖葫芦。光吃糖葫芦有啥意思，我要坐在村长家房盖上，俯视整个梅赫川，顺便撸一串糖葫芦，这才是东北梅赫川冰糖葫芦的正宗吃法。以我六岁半的经验来分析，这时候的糖葫芦味道最正了。但是，还不够，需要再整一个歌曲，烘托一下小洋猪今天欢快的气氛。

我得意着哼起了小曲：

  一个小洋猪，坐在房盖上，根儿深，干儿壮，守护着北疆。微风吹，吹得绿叶沙沙响咯喂，太阳照得绿叶闪银光，来来来来来，来来来来来，小白杨和小洋猪，它长我也长，同我一起守边防。来来来来来，来来来来来——

后面的词儿太长了，人家有点儿想不起来了，嘿嘿。歌儿还没唱完，糖葫芦已经被我都造了。我把手上的竹扦子一挥，好，今天的演出就到这里，大家可以鼓掌了。我看春节晚会上就有一个人拿根筷子就这么比画的,他光比画筷子了,一晚上也没瞅见他用筷子吃到啥,大过年的,哪怕嘚喽根糖葫芦也行啊!

如果这时候,给我一嘟噜毛线假扮成铁链子挂脖子上,我还可以唱一句"手里捧着窝窝头"。小洋猪就是这样可以驾驭多种演唱风格的实力派歌手。

我正准备演出散场,拍屁股下房,就看见了百事通千事明万事不糊涂的高二媳妇。她鸟悄儿地扒开了老杨太太家的松木板皮子大门,溜进去了。

老杨太太家就在村长家隔壁,草房,我就不开房盖儿演出了,爬上去容易压塌了。高二媳妇那点儿事儿,我眨巴眨巴眼睛就能整明白——

高二媳妇亲自登门,无外乎找梅赫川的算命大咖老杨太太求证:金兔、金龙、金蛇的富贵命,真的降临到梅赫川了吗?具体场景是这样的——

老杨太太也是讲原则的人,凝眉深思,表情严肃地说,村长不让我瞎咵咵啊,但是,子丑寅卯,今年确实是兔年,明年是龙年,后年真的是蛇年,这可是十二年不遇一次的。而且,最最关键的是,马上要来的龙年和蛇年,申酉戌亥,这是最近一千年最后一个龙年和蛇年,确实是千年等一回的!

高二媳妇嗯嗯嗯点头,小鸡啄米一样,异常兴奋的小鸡,啊不,异常兴奋的高二媳妇。肯定有说道,这事儿也就你能整明白了!全梅赫川,你是公认的半仙儿。她趁热打铁恭维老杨太太。

老杨太太就喜欢能问话问到节骨眼的人。一旦打开了话匣子，总得摆两道——要说梅赫川啊，大梅河一百零八里——老杨太太两只手张开到最宽最宽，比画着——这老长的大河！凭啥只咱们这疙瘩叫梅赫川？你造不？① 凭啥？那是有讲儿的！

是是是，有讲究。你给说说这千年等一回吧！高二媳妇战术性打断老杨太太，央求她讲正题。

可是，老杨太太沉浸在自己的宇宙理论中——这大梅河既是一条大长虫，你造不？还不是普通的长虫，是白龙过江，明年是大龙年，后年是小龙年，那都是梅赫川的本命年。人的本命年都是劫，白龙的本命年啊，那是大大的劫啊！

老杨太太的梅赫川普通话夹杂一些外地口音。高二媳妇激动地附和，对对对，大节！大节！小鸡再次啄米。

老杨太太接着掰她的宇宙理论：劫上加劫，你造不？你造这是啥不？

高二媳妇瞪大眼睛看着老杨太太，老杨太太古铜色的脸在白炽灯下散发着古老而神秘的光泽，两只榆树皮一般的手掌就这么挥舞之间，就仿佛牵动了梅赫川的敏感神经。世间的秘密原本都在她的眯起来的眼缝中，她肯定看得到！她上嘴皮子和下嘴皮子一张一合之间，就把这些秘密哗哗出来了！是的，她不需要筷子就能指挥整个乐队！

高二媳妇如睡梦中突然醒过味儿来：那，那就是，节节高啊！

老杨太太一边数着子丑寅卯，一边眯着眼睛掰着手指头。可

---

① 相当于普通话：你知道吗？——译者小洋猪注

是，高二媳妇已经感受到全部的惊天秘密啦！她已经耐不住这片刻等待的寂寞了，也不需要杨半仙儿说得太透彻了，窥探天机这种事捅破了会折寿的。

老杨太太一个手指节一个手指节地数着子丑寅卯辰巳午未申酉戌亥，翻来覆去覆去翻来，好像有无穷的手指关节，等她再次数完申酉戌亥，睁开眼睛的时候，高二媳妇已经一个箭步射了出去，那身手矫捷，确实看起来源自《再向虎山行》啊！小鸡已经啄完米了，要飞！

老杨太太急忙跟了出来，去喊高二媳妇——村长不让我瞎哗哗啊，村长不让，我可啥也没说啊！

可是已经晚了，高二媳妇前腿迈出木门的刹那，这个喜讯也像长了飞毛腿一样，嗖嗖嗖，嗖嗖嗖地在梅赫川传遍了。老杨太太望着高二媳妇屁颠屁颠的背影，瞬间有一丝挫败感如三伏天涨潮的大梅河水涌向心头：我还没跟你讲呢，这梅赫川哪，就是大梅河这条大蛇的七寸哪！毕竟是凡夫俗子！

老杨太太有一些担心，高二媳妇的口风会不会成为村长批斗自己的把柄。可她是个裹着小脚的老太太，跑起步来也追不上高二媳妇。同时，她又有一点儿落寞，梅赫川是大蛇的七寸，那可是自己开天眼归纳出来的讲儿，没有个知己好好听她来说说。于是，她一边关上松门板皮子木门，一边深深叹了口气。朦胧间，她有一些眼花，好像一个肥嘟嘟的身影，屁股一耸一耸地从前面跑过了。

这不是文芹家老二吗？她纳闷地小声说。她揉了一下眼睛，好像又啥都没看见。

于是她又叹了口气，自己嘟囔着：这一天天的，我瞎哗哗啥呢！

一千年最后一个……千年等一回……大大的节日！那得普天同庆吧！天老爷都得随礼吧！老杨太太亲口说的！没跑儿了！在资讯最前沿的高二媳妇，第一时间给梅赫川的群众带来了最新的报道。在1987年的梅赫川，这就是权威发布了。

群众好久没有听到这样的喜讯了，兴奋得想放鞭炮，刚过完年，恨不得再过一次年。不，再过就是千年一遇的龙年了，不行，得准备好，慢慢过！除了高兴，还有犹豫，还有一丝困惑和将信将疑！有人翻了阳黄历，说确实是一千年最后一个龙年，最后一个蛇年。但是好像不是最后一个兔年。

村长出来辟谣后没几天，村长的儿媳妇就去老周大夫家抓药去了。回头别人闲说话就问，村长哪，你儿媳妇怎么了？有信儿了？

村长含糊回答，小感冒，小感冒而已。

那是千年等一回的小感冒吗？群众不得不困惑了！

消息灵通的高二媳妇去找老周大夫摸脉，就顺便问，那村长儿媳妇扎鼓的是啥毛病啊？

老周大夫觍着油乎乎的脸笑嘻嘻地说，没毛病，没毛病，人家好着呢，就是问问这药壶怎么用。哎呀，你别动，换一只手腕，来，让我再给你切脉，你今儿个这脉象有一些不稳呢？

高二媳妇那也是口风紧的人,她也只告诉了她兄弟媳妇一个人啊!她兄弟媳妇也不是费油的灯,也只是稍微敲打了一下她等着抱孙子的二姑姥姥哇。女人们有她们的优雅社交场所,用不着去村长家院头咬耳朵嚼舌头。有的时候是大冷天的热炕头,张婶要纳鞋底,找王姨借一根针,一根针那就是很多很多年积淀的友谊哇;有的时候是冬日暖阳下,巫大姐要抻一下浆洗的被单,找李二妗妈搭把手,这一抻就是一下午,感情越抻越长越抻越热乎啊;还有的时候,是前街的小媳妇和后沟的小媳妇正好都得了小感冒,正正好好都去找老周大夫摸脉,彼此相视一笑,谁也不去问对方怎么不找王连朋大夫呢?

梅赫川最近忽然流行小感冒,看来要换季节了。

面对各路神仙打探小道消息,老周大夫依旧觍着油乎乎的脸,笑嘻嘻地说:没毛病,没毛病,人家好着呢。

大伙也都是神秘、默契地会心一笑。

就在这样一团和气的节日气氛中,在风平浪静的岁月静好中,梅赫川私底下彻底炸锅了!

大富大贵和多子多福紧密地联系在一起。梅赫川的人穷怕了,梅赫川的人太渴望生儿子了,尤其是能挣很多钱的儿子,谁不稀罕啊!高二的闺女都快二十了,他们两口子都想试试呢!

三年,就这三年的机会,那不是猫三狗四,那是需要十月怀胎的灵长类动物人类啊。有脑瓜子灵通数学好的,一拨撸手指头,刨去十个月播种期,就剩两年零两个月时间啦。兔子尾巴可能赶不上了,最麻利的也只能赶上龙头了。算来算去,只能在龙年和蛇年生了，老杨太太说的千年等一回，那一点儿不差啊，龙年和蛇年都是一千年最后一个龙蛇呢，一个大龙一个小龙，和兔子没半毛钱关系啊！人家老杨太太早就算到了，连怀胎十月都算到了！就是没点透高二媳妇嘛！

旁观者似乎门儿清！

大伙好像一下子醒过味儿来了！要不怎么说群众的眼睛是雪亮的呢！

得抓紧时间哪，赶早不赶晚啊，不能输在起跑线上哪。那些已经娶媳妇的适龄壮劳力，天一擦黑就不准外出了，基本都被媳妇摁在了炕头。也有不听劝要出去耍钱的，那都是亲爹亲妈直接从牌桌薅下来，拎回家的。后来风向变了，天一黑，大伙就早早关灯，看来这种事会上瘾。

整个冬天，梅赫川的猪叫得都贼惨。可是转过头，整个春天，梅赫川的女人晚上叫得都贼欢。在1987年春天，一个崭新的春天在向我们走来，一个与以往任何时候都不一样的春天啊，嘎嘎新的春天，迈着矫健的步伐向我们走来。

梅赫川的春天，就这样来了吗？

生儿子这事儿，那可是梅赫川的大事。虽然有计划生育政策卡着，计生办的人隔三岔五就来村里打听谁家又怀孕了，是不是超生？超生要罚钱，瞒报要罚钱，从孩子出生一直罚到十二岁。我有个表妹，比我晚出生七天，多罚了八百块钱八百块钱呢，每年。

罚钱这事儿也挡不住想生的热乎劲儿，而且计生办也不能天天蹲在谁家后房檐,听人家有没有怀孕的信儿。计生办就想个损招儿:扣村长的钱。

于是,村长除了管天管地管空气,还要管男人的裤腰带。管得非常全面、具体。但是,没有用,毕竟生产队单干也有一些年了,村长的话听不听也得掂量一下,再说了,村长的儿媳妇也去过老周大夫那儿请药壶,想生个金龙呢,村长儿子也想超生呢!

村长还有一招,就是哭穷。挨家诉委屈:我这个村长不好当啊,就是个委屈活儿,替大伙受委屈。兄弟你给我交个底,能不能不超生!要不,你来当村长吧,算了,你来当你也受委屈,我这于心不忍哪,还是可我一个人踢蹬吧!

就说嘛,村长有格局,不光有格局,还有原则,这才可以做村长嘛。群众也通情达理,明白大是大非,在生儿子这件事面前,踢蹬个村长那也是眼皮眨都不眨的事儿。

我发现一个秘密,就是计生办的人不管别的地方跑来的孕妇。大伙超生就有了一个胡志明小道:跑到隔壁镇的村子生,生完再回来交罚款。也有跑出去中途被截和的,直接拉去医院打针就行了,没办法,点儿背。也有个别的,快生了,打针药量整小了,孩子还是好好生下来了,没办法,人家命硬,但是罚款还是照旧要交的,打针的费用也是要自费的。

我跑啊跑跑啊跑,从梅赫川北沟跑到前街,能蹬出一股烟儿来——天气太干了,从年前那场大雪之后就没有过降水。

日子还没到谷雨,大地早就撑不住了,老天哇哇旱,眼瞅着今天的庄稼地要完犊子了。已经这样了,就有人破罐子破摔了!

04

播种除了有种子，也得有地。那些偷偷撒种子盼着长出个大胖小子的，至少还有种子有地，还有人连地也没有，打光棍。整个春天大伙都在想办法偷偷生孩子，那些连媳妇都没有的光棍，他们也在剜门盗洞想招数。一千年才有一次的机会，拼了。

资深光棍王老三上午去赶了趟集，领回来一个媳妇。他带着女人走过队部的时候，高二媳妇刚踹完猪，和几个老娘儿们在队部门口太阳地儿卖呆儿。王老三特意和高二媳妇打了招呼。这么劲爆的消息，就这么轻描淡抹地官宣了。

不到半天的工夫，全梅赫川都共享到这个大事件了。就连这个女人的相貌都完成了刑侦水平的画像——

女，三十五岁左右，外地口音，短发，长相一般，身材比较奘，看起来能下地干农活，尚不清楚生过孩子没有，名字的发音是崔美丽。有目击者称其上午出现在镇上的大集，目前居住地是梅赫川王老三家。

要说王老三只是穷,不是笨。他这种信息发布方式简洁高效,下午猴急火燎的村长就找上门了。

"老三哪,你这么干太突然了。虽然手头紧吧,可这手续也都省了?梅赫川平地里多出来一口子人哪,那不是多出一头牲口!"村长吭吭吭用烟袋锅敲打着炕沿儿,质问王老三。

王老三嘿嘿贱笑。

"计生办来人怎么办?把人给你铐走,这可不是牵走一头驴,撵跑个骡子!鸡飞蛋打、人财两空!"村长吭吭吭又敲了三下,连续使用了两个有威慑力量的成语!

"罚你钱,把你家稻子黄豆大楂子二楂子都拉走!"吭吭吭,再次敲了三下炕沿儿,以示警告。

王老三嘴角一翘,两道细眉两头一抾,像马上要分家一样往额角跑去,整个五官中庭空落落的就变宽了,随即一摊手,目光扫了大半圈家里。

村长跟随他的目光也扫了大半圈家里——啥都没有,连墙上的年画都是头几年贴的。

王老三忽然多了莫名的底气,他高傲地昂着头向村长宣布:这个女人就是他媳妇了,其他的爱咋地咋地。反正他家里穷得啥都没有,计生办来抄家还得管他们两口子饭。

村长第一次遭遇这样的藐视,而且是一个光棍当着一个陌生女人的面,他愤怒了,一把薅起王老三的衣领子:"你小子给我听着!你等着挨收拾吧!"

王老三身材瘦干，再加上毕竟气短，刚支棱起的花架势一晃悠眼瞅就零碎了。他脸色煞白，腿也筛糠，真的怕了。村长官德宽既不德也不宽，是个狠人，没两下子怎么镇得住梅赫川！

就在这个时候，突然一股蛮力把村长的胳膊撕扯开，那女人站出来护着王老三。王老三喀喀喀咳嗽几声，气管终于顺畅地捯上气来了。但是，从这天起王老三气管就出了毛病，据说得了气管炎。

这疯女人劲头还挺大！两个男人都惊呆了。

"俺们家的事儿，我做主！"女人一拍胸脯，气势汹汹的村长直接被干没电了。

村长明白一句古老的哲理，好男不和女斗。特别是敢拍自己胸脯的女人，一般都是胸大、脾气暴、放得开、豁得出去，占不到便宜的。可村长毕竟是村长，该有的官威和派头一点儿没落下，姿态还是不一般的。

村长抢起烟袋杆就要再敲炕沿儿——

女人一把抢过烟袋杆，横眉说："俺们这炕沿儿不结实，敲坏了村长你还得赔。你先回吧，过两天俺们摆一桌喜酒请老少爷们儿过来喝酒哈，村长大人你也来家里捧场赶礼吧！"说着又把村长的烟袋杆塞回他手里。

村长眼睛瞪得像个土豆子大，看看女人又看看王老三，再看看女人，一句话噎了回去。看看手上的烟袋杆，完好无损。他用烟袋杆点着王老三：你你你，后果自负！

王老三嘿嘿贱笑，这次笑得更卖力了。

没两天，计生办的人就找上门了。王老三家里连个门闩都没有，就在屋里薅着门把手，不让计生办的工作人员进门。双方就这么僵持着！

崔美丽上去一把将王老三推了个趔趄，吼道：怕个鸡毛掸子啊，你挺大个老爷们儿，昨晚睡老娘的时候你哪儿来的胆儿！

大人们睡觉是需要胆量的。此处小洋猪特别批注一下。

崔美丽叉着腰，往门口一站，那气场也和村长给老百姓开大会差不多。两个计生办的老爷们儿攥着大号螺丝刀，戳在那儿卡壳了，不知道螺丝刀往哪儿下手！

大号螺丝刀是重要办公用具，我见过的计生办工作人员，只要下乡，手上都会拎着一只螺丝刀。大号螺丝刀，半截烧火棍那么长。不过他们经常换新的螺丝刀，有一些人家用铁链子锁门，螺丝刀也给撬坏了。

我一直纳闷：计生办为什么没有女的。看到他们经常撬门、牵牛、打架，好像也就明白了，都是体力活！

接下来是一番辩论环节，双方辩论队就是否获得生育许可证这个关键争议展开激烈辩论，对于进攻和防守的概要，我给大伙做个简单梳理，具体场景是这个样子的——

攻方：你不能生！

守方：俺还没有生！

攻方：你这是打算生，你要敢生，就撬开你家门！牵走你家牛！拉走你家东西！罚钱！

守方：俺还没打算生！撬门，你敢！牛，俺们还没有！以后会有，有也是俺的牛，你连根牛毛都别想摸一把，有屁就放，没屁别在这儿搁搂嗓子！你敢动家里的东西，老娘和你拼了！

攻方：你们结婚就是想生孩子，生孩子那得有准生证，没有那个小本本就是超生！超生就归我们管！我们管，你们就得锁了门跑，你们跑，我们就敢撬开你家门。

守方：俺们就是想结婚，就是喜欢结婚，结婚可好玩儿了！俺们就是喜欢结！俺们还没打算生孩子！就算生了孩子，俺们也不跑，不跑不跑我不跑，都说了不跑了，不用撬门！

攻方：你们结婚了，那就得申请准生证，就得……

守方：俺还没结婚！就是想！想想可以吧？你想不想？你想的话，和姐说！

攻方：你们——

守方：俺们爱意！你一边凉快去！

攻方：我找你们村干部去！无法无天了！等你们跑了，我把你家给你清空，六门到底搬个干净！罚死你！

守方：俺不跑，俺自己的家俺哪儿都不跑！村长嘛，嘿嘿，昨儿被我撵跑了。

攻方：……

守方最后抄起来一根烧火棍，做出了一个你再不滚蛋，俺就要削你的进攻动作。

本场辩论结束。

虽然双方人数相当，但是王老三一方只有崔美丽一个人在发言,并且不失时机使用了肢体语言。本场辩论赛的最佳辩手属于崔美丽,辩论界一颗冉冉升起的新星,能把对方辩友气得冒烟儿的大梅赫川地区最佳辩手。

又过了一天,新的访客再次登门。这次是四个爷们儿,村长陪同,上次那两位计生办工作人员牵头,派出所户籍科民警协同办公。

四个人,三张不算生面孔。只是那个民警有一些麻烦,警察出来了,不知是不是大事,瞄了一眼腰间——没有带枪。

崔美丽早有准备,分析了当前的敌我形势,对以村长为代表的敌方可能采取的战术,做了周密的考量。然后,崔美丽向王老三做了交代部署。

王老三有一些五迷三道,皱着细眉毛疑惑地问:"行吗?这么干真的行吗?"

崔美丽一瞪眼:你是不是个爷们儿?你昨晚那么干的时候,怎么就行了?你,行不行?不行我就换人了!

男人就怕将一军:你行不行?王老三一直不太行,可是自我感觉还是个男人,并且新领回来的媳妇,咬着牙也得撑着啊,必须得行啊!

王老三一下子找到了自信,充满血丝的眼睛冒出火辣辣的光。双眉也舒展开,再舒展,舒展后中庭又都空了,两条眉毛都跑到鬓角,嘴角上翘,贱兮兮地笑啊笑。王老三腰杆挺得溜直,提高了嗓门对面前的女人大声说:当家的事,那得按你说的办!

崔美丽大大方方，把四个客人请进了家里。反正家里溜空，她来了之后洒水扫地擦玻璃糊墙，归整得更干净了。

计生办的人直接问王老三，你想咋办？啊？

王老三一时紧张，之前崔美丽手把手口对口教的台词，一句也想不起来了，细长的眉毛上蹿下跳拧来拧去，也没吭出个动静来。

你们四个爷们儿啊！真是个爷们儿！崔美丽小声念叨着。

崔美丽是梅赫川少有的能熟练切换平翘舌发音的人，连吕先生、李魁星两个乡村民办老师都做不到。这样的人物在梅赫川，珍稀啊。

计生办的人吃过亏，辩论不过最佳辩手，直接对着王老三说，你是一家之主啊，你说说怎么办？想干啥？

王老三吭哧瘪肚地说，一家之主，当家的……当家的事儿找俺们当家的！

崔美丽眼里噙着泪花，柔声细语说，老三哪，你是个爷们儿，顶天立地男子汉，这么干还是那么干，你撂下一句话，水里火里，俺都随着你！

王老三此时脑海里一定想起了一首歌：

　　脚下的地在动，身边的水在流……告诉你我等了很久，告诉你我最后的要求……这时你的手在颤抖，这时你的泪在流；莫非你是正在告诉我，你爱我一无所有！

王老三抓起崔美丽的手，往自己身后一拉，挺起了胸膛站到了四个彪形大汉身前，一字一顿朗声说道：我的媳妇，谁敢动一根头发，我就和他——拼命！

一只螳螂，支棱起胳臂肘，想要掀翻车轱辘！推着这辆车的四个人，愣住了。

空气和时间都凝固了，王老三甚至能听到自己扑腾扑腾的心跳，热血从他心脏里挤压出来，比摩托车还快的速度。唰唰唰，供应浑身的器官，五脏六腑就像大流水线上的机器，都突突突工作起来，前两天新得的气管炎好像瞬间都痊愈了。这种感觉，太刺激了！

这是王老三最自豪的一刻，如果这时候，他的人生还有什么更高层次的愿望的话，那只有一种选择了：找个人，把这一幕拍成照片，最好是八寸的！

可能是血液循环太快了，又或者是新近畅通的气管对凝固的空气有一些不适应，王老三感觉还应该讲两句儿，可噎在喉咙的一句话没吭出来，自己硬生生呛着了，连续咳嗽两下。四个访客突然被拉回了现实。

户籍民警毕竟见过的案子多了，有一些过道码一看就透亮，也不直接捅破，提出来个户籍问题。你要娶媳妇可以，那要去民政局办登记，登记完落户口，村里好安排分责任田。咱们是人民警察，为人民服务。但是，你结了婚，落了户口，按照咱们计划生育政策办。你们之前如果生过孩子，就不能生了。如果没生过，那要户口所在地计生办出具证明，证明你没生过。咱们这边的计生办和村里也好办是吧。

王老三又哆嗦了。回头看看自己身材魁梧目光温柔的新媳妇——崔美丽目光莹莹点点，眼瞅着一句稍微生硬的话都能把她眼泪花儿催下来，他又似乎找到了坚强的力量。

只是这力量像一缕游丝，纤细丝滑，抓不稳，使不上劲儿！

还是崔美丽扛事儿，悄声说："怎么教你的来着……"

于是，王老三转过身来，缓缓讲述了一段催人泪下的故事——

在隔壁县城的隔壁乡镇的隔壁村，那里是满族、朝鲜族等少数民族聚居的地方。最主要的是那里的朝鲜族中有个善良人家，生了个孩子叫崔美丽。从小就没爹没娘没有三叔没有二大爷的小崔美丽生活在那里，天真善良热情淳朴的她度过了美好的童年时光。可是，在她二十多岁的时候，当地的村匪路霸就想霸占她，主要是想霸占她家里的土地，那可是她维持生活的责任田和口粮田啊！他们动用了新社会能使用的一切威胁手段，也亮出了冷兵器时代最晃眼睛的镰刀和扬杈！简单说就是"你不从，就弄死你"。

崔美丽进行了顽强的反抗，从二十多岁一直抗争到三十多岁！镰刀干卷刃了十多把，扬杈整豁齿了二十多副，正义和邪恶一直这么对抗着。可是，长期的对抗让崔美丽疲惫不堪，村里的铁匠也怨声载道：你们别干仗了，我都整不出来那么多镰刀扬杈了。

为了结束这漫长的苦难生活，也解放村里的铁匠，崔美丽毅然决然地离开了隔壁村，跑出了隔壁乡，离开了隔壁县城，终于来到了梅赫川。梅赫川是她三十多年艰苦斗争的胜利成果，是她要拥抱的新世界，是她黎明前看到的通亮的曙光，是她饥饿时候的粘火勺，是她干了一天活儿手里攥的唯一一块大饼子。

讲到动情处，王老三流下两行细细的眼泪。他真是挨过饿的，讲到最后只能扣题到吃的上，为了表达气氛，肚子里咕咕叫了两声。估计他心里也是暗自欢喜：这肚子，真是争气。

崔美丽看时机到了，连忙凑上前，拉着村长的手就不放，诉衷肠啊——村长啊，我崔美丽在这世上没有亲人，自打前天看到你就格外亲啊，这都三天了我还念念不忘。你就是我亲爹一样啊，我都不记着我亲爹长啥样了，想起你我就想，我亲爹就应该照你这瓜子脸长，按照你的这么个模子长。你可要为我做主，不能把我送回隔壁村啊。

户籍民警说，这好办啊，只要村里愿意接这个人，开个介绍信，回去起户口过来，也把结婚登记办了。不用哭，这是喜事啊！

崔美丽原本没打算哭，一听民警劝阻她别哭，一下子就哭开了！

这可是要我的命啊，我的老天爷爷爷爷爷爷呀，我的老天爷呀呀呀呀呀呀。

她哭归哭，就是抓着村长的手不放，还使劲儿跺了一脚，蹬在王老三脚面上。王老三也是默契感倍增，正义凛然地说，可使不得！那些村匪路霸，哪有你们三个这么善良啊，你可没见到他们,让他们知道美丽的信儿,那还不往死里整。你今天带个介绍信过去,明天就得带个死亡通知书回来。

户籍民警看了看计生办工作人员,又看看村长,感觉哪里不对劲儿呢!

计生办工作人员说,这个,这个,那啥,这个事吧,它在流程上,这个,严格意义上讲,还没到计生办这里,这个,是吧,你们明白了吧。

村长试着用力挣脱崔美丽的手,可这个娘儿们太有劲儿了,愣是没挣脱。他就憋着不说话,继续试着往外挣脱。

户籍科民警一看,计生办的人往外推,村长不说话,自己纳闷问了一句:按理说,各地都有民族政策,应该会额外保护少数民族,怎么会被欺负呢?这个隔壁县隔壁乡隔壁村的做法,有一些不符合常理。

村长耳朵一直没闲着,忽然捕捉到一个有用的词——

"啊呀,啊呀呀,小付警官哪,这涉及民族问题,咱们得慎重,慎重啊。再说,隔壁县隔壁乡还有倒霉催的隔壁村,也不归咱们管。县官不如现管,咱少一事不如再少一事儿啊。"村长继续说,"啊呀呀呀,美丽,我也看着你特别亲,你放心,梅赫川都是有血有肉的爷们儿,人心都是肉长的,不会看着你挨欺负,老三这不是罩着你嘛!老三这几年也整得不错。哎呀呀呀,我作为一村之长,也替你们想想招儿,也搭把手,你先把手松了!"

小付警官也不想多事儿,想尽快结束了这事儿,好和计生办的人去村长家喝酒。于是就说,你如果真是朝鲜族的话,也好办,就看村长怎么说了,听村长的。

王老三忽然鼓起了勇气,噌一下跳了起来:村长啊,你都说我这几年整得不错,我这三十多年的光棍打到家了,得有个媳妇,得有个像样的家。你这干女儿崔美丽,也得有个落脚的地方。你就成全我俩吧!民警大人也都说了,她要是真的朝鲜族,那就靠你拍板了。

话赶话,再加上村长觉得崔美丽不像朝鲜族的,普通话说得比谁都溜,就说:啊,是啊,没错,是得有个像样的家。可是,你真的是朝鲜族的吗?怎么证明啊?

五个男人,眼神齐刷刷地看向了崔美丽。

眼前这个女人,刚刚哭了一场,眼睛还有一些红,脸上的皮肤有一些粗糙,五官谈不上精致,只是精气神还挺足。只见她晃动魁梧的身材,双手抱拳向众人作揖,然后只听得足足三秒钟的嘶嘶嘶的响声,她使劲吸了一口气——

"禽堪煤锢露吼堪煤锢露苑莱是帕哩!"

"森晋达拉嚼潮姨玛骚思密达!"

"嫩景抹油蛤耳鬓楞,姨岛嫩景酒搭嘎!"

五个男人被镇住了,这么流畅的朝鲜语,连朝鲜人都说不出来吧。崔美丽,板上钉钉的朝鲜族同胞啊。

于是,那天傍晚,为了民族团结,也为了村长新收了一个干女儿,民警小付和两名计生办干部,在村长家举杯畅饮。崔美丽去村长家做帮厨,席上崔美丽向众人敬酒时说:"回头俺们要正儿八经摆一桌结婚酒席,你们几个爷们儿都过去喝酒哈,不去的是王八！"说完手里比画了一个王八的造型，别说比画得还有模有样，不像王八也接近王七了呢。

众人哈哈哈大笑。

梅赫川就是梅赫川，天大的事情，整一顿酒大伙哈哈哈大笑一下，就能撑过去。

让人大笑，也是崔美丽的特有本事。

晚上被窝里，王老三好奇地问，美丽呀，你那些朝鲜话说得真溜道，说的都啥意思啊，怕不是真的朝鲜族的吧，明儿也教教我。

崔美丽一个巴掌拍过去，啪地打在了王老三脖子上，差点儿呼他脸上。

"咋样，清醒了一些没！等我有空再教你啊，你个生瓜蛋子！晚上就办晚上的正事儿，把你昨晚上的干劲儿拿出来呀，老娘又来瘾了！今晚，俺还要大战三百回合！放马过来！"崔美丽红着脸就往王老三怀里钻。

以上描述是小洋猪根据蛛丝马迹展开的推理，少儿不宜，不过大人那点儿事情，也就那么回事儿，连姿势都相互抄袭。如有巧合，纯属雷同。

二月里还是冷飕飕，虽然没有雪，可还是天寒地冻没开化。崔美丽就要张罗办婚礼摆酒席。王老三不同意，这大冷天的，再说也没有应季的蔬菜上桌呢。

没钱才是关键，王老三没直接说。

崔美丽心里明镜一般，也不捅破。只说，老三，听我的，花钱的事儿，我自有办法。这酒席嘛，高低得摆，再不摆，人家就要露馅儿了！

红白喜事，那是最大的事。只是梅赫川结婚的少，送终的多，大伙参加的往往是白事。梅赫川的年轻男人很难娶到媳妇，本地有点儿本事的家庭，都会把闺女嫁到外面去。嫁回梅赫川，那爹妈都要仔细掂量，除非外面实在找不到相当的，闺女年龄又大了，万不得已才走这条路。对了，二十五岁还没结婚，那就是大龄了。这个标准，确实留给年轻人的时间比较有限。

王老三和崔美丽，那就是大大大大龄了。消息散布出去，还是引起很大轰动！梅赫川太穷了，嫁闺女出去也都小打小闹支应一下，小范围摆个酒席拉倒。上次村里有人娶媳妇，那还是三年前村长家儿子结婚。大伙都想看热闹，毕竟好久没有人家办喜事了。

看来，这1987年真的是不平常的年份，连王老三都要结婚了，是着急生大富大贵的大龙年小龙年的儿子吧！大伙嘀咕着。

崔美丽没有人，没有钱，要在初来乍到的梅赫川给自己办一场婚礼。看着王老三眼热的人等着看笑话，多数平头老百姓则是为了这个粗线条的女人捏了把汗。

崔美丽真是能支开套的人吗？能把事运筹明白，叫支开套，支套其实是准备架车时，一只手牵着牛引导它后退到车辕里，另一只手挑起牛车的行头，支套是成熟的车老板的基本功。摆布人做事情，说白了也和赶牲口干活差不多。

办喜事，用得最多的人手是忙工，当地也叫耢忙。大席的编制需要十二个男忙工、六个女忙工，外加四个小工，算下来光忙工那就是二十来号人。厨师要一个大厨管热菜，一个大厨拼冷盘，一个手脚麻利又能统筹食材数量的人负责砍菜。农村的流水席口味差不多，也不要求多精细，大伙要的就是个乐呵的气氛，只要东家食材充裕，也都过得去。要是食材短了一些，那砍菜的人就特别关键，他要能周全得了各桌菜码子，还能给东家省钱。

耢忙的忙工得选个忙工头，干活的时候得有人带头干，还得能吆喝得动混饭吃的。就梅赫川这些奸懒馋滑的老爷们儿，只想昧下来两包烟又不想真出力。光这些忙工的活儿都难拿得起来。

除了这二十三个人，还需要一个人写礼账，一个人收礼金，这得安排贴心的家里人干，字儿写得歪歪扭扭也没啥，礼金别出了岔子。这样的人，亲戚哥们儿多的家庭，就找两个长辈办了，可崔美丽王老三也找不到兜底的人。

还有更关键的。招待客人的头头，当地叫"待戚的"。这个人相当于整个婚庆活动酒席流程的核心主导，要有头有脸的人给张罗，能调得动忙工头，能上得了台面招待"娘家戚"。戚，读作 qiě，就是客人。按理说办喜事第一轮是招待迎接娘家戚，举行结婚典礼，然后是上娘家戚的酒席。等娘家戚吃好喝好要送上车送走了，剩下村里随礼的人才开始正式的流水席。当然，娘家戚有加菜，属于伙食最好的。我就喜欢干送亲这个活儿，能吃到最好最好的又酥又甜又脆的酥白肉、又实成又香又糯又焦的熘肉段、一丝丝晶亮透光金灿灿甜兮兮的熘地瓜（城里人现在叫拔丝

71

红薯）、整个一只雄赳赳气昂昂放在桌子最中央的鸡冠子颤巍巍的大烧鸡、好几拃那么长的眼睛都比黄豆还大的红烧鲤鱼！

还有好多好多数不过来的好吃的，我只能说说，你们想想，也就想想，因为王老三家的流水席，大伙根本不报以希望。

用高二媳妇的话说，能有一碗带油腥的刷锅水喝，就不错了。

说到吃了，临时跑题了，哈哈哈。回来说办喜事的人手，除了重要的待戚的，还需要婚礼主持人，嘴皮子要溜，玩笑要开得哄堂大笑东家又接得住。让大伙笑起来很重要，我说了，在梅赫川，要么请人家喝酒，要么让人家笑起来。

寻常人家，准备这些人手之后，再广发"英雄帖"，招呼各路亲朋好友来捧场。东家拿出一笔钱，给到买菜的人、待戚的人，给忙工散几包烟、买几挂电光排炮和二踢脚鞭炮，贴上喜字对联，割三斤后鞧肉作为娘家戚回程时候的"回娘肉"，就差不多了。

但是，对于崔美丽、王老三来说，他们除了没有钱没有人手支棱起来这一摊子事儿，还不得不考虑一个现实问题：会有谁来捧场！

就凭王老三的人缘和他一贯的奸懒馋滑做派，谁都不乐意跟他随礼。随礼给他那也是肉包子打狗一去不回，有这个肉包子自己啃多好，自己啃不完剩下的，送给要饭的还能听到一声谢谢呢！

所以，王老三不同意办酒席是有原因的。穷只是一方面，王老三是撒尿照过自己的,自己啥德行心里还是有个数的。

崔美丽带着王老三这一路分析路演下来,越说心越凉快,最后拔拔凉,感觉酒席还是摆不成,婚礼也得黄。

你看,大人们结婚多麻烦,小孩子过家家结个婚可简单得多了。

崔美丽没有责怪王老三,只狠狠咬着嘴唇,把拳头握得咔咔直响。她注视着王老三,坚定地说:老三,这一次如果不抬起头,你一辈子都会被别人看扁的,等咱们的孩子出生了,他也要一辈子被人家看扁的——他的爹妈连个婚礼都没办就悄摸地生了孩子!

听到说要生孩子,王老三又惊又喜,从凳子上跳了起来,在地上一边拍手一边打转转,然后乐着抱着崔美丽,天哪!他想把崔美丽抱起来,试了一下没抱动,又后悔自己动作鲁莽,一只手狠狠拍打另一只手的手背!

是啦,崔美丽都说了,再不办酒席她就要露馅儿了!王老三自己虽然平生第一次上手女人,但是怀孕是怎么回事还是知道的。村里狗带上了崽子,羊揣上了羊羔子,母鸡要趴窝,兔子生兔崽子,他还是见识过的。崔美丽这是怀孕了呀!人,怀孕了,接下来就是生孩子。

想到孩子,自己快奔四十岁的人了,这辈子原打算就这样光棍打到底了。现在终于熬到一个媳妇,俺王老三也是有家的人了,也是要当爹的人了。王老三激动得眼泪都蹿了出来,细长细长的眼泪,幸福的眼泪。

73

这是俺们老王家祖坟冒青烟了，积德了！他心里欢喜地想着。联想到最近村里的传言，看样子，今年还真是大年头，说啥来着？千年等一回！王老三更加飘飘然，喜不自胜，凭空也多出来三分操办喜事的勇气。

可是，这么大的事儿，该如何下手呢？王老三现在觉得，当家主事，还真的需要崔美丽来操持。

你就说怎么干吧，咱家的事儿你说了算。王老三一下子果断了起来，看着崔美丽。

崔美丽知道，这事儿非常难。可她嘴上也没说出来，只是抄起了阳黄历：来，咱们先把日子定了。

选个良辰吉日，这种节骨眼的事儿那不得找大仙二神吗？在梅赫川那也得老杨太太这样能掐会算的半仙儿，或者也得是巫殿礼这样的咖位，能挂起腰鼓摇起摇铃请得动黄皮子大仙儿的二大神啊！难道自己领回来的媳妇神通广大，不但精通朝鲜语，还懂风水会爻卦？

王老三没憋住，提出了自己的困惑。

崔美丽咧开大嘴哈哈一笑：咱们的事儿咱自己做主，翻翻阳黄历，咱也能鼓捣个七七八八。你看哈，这个1987年很有意思，它有两个立春，春打六九头，它前一个立春打在正月里，后一个立春打在年尾巴腊月里。不打春的年头结婚不吉利，去年1986年就不行，整个一年就没有打春，立春赶在了年前的腊月，年底还没有腊月三十，腊月二十九"小进"过年，所以这年头不咋地；今年好，咱们赶上两个打春的年头，要怎么说咱们去年没认识，今年认识了，今年结婚呢！明年也不中用，明年年头没有打春，年尾巴的打春都赶在了腊月二十八，而且还是"小进"过年，打春那天都1989年2月4号了，也是寡犊子的一年。今年年头最好，而且春天最好，再等这么好的时候，就得1989年上半年了……嗯，确实是。

崔美丽端着阳黄历，瞥了王老三一眼，半开玩笑地说：要不，咱们等到1989年再结婚？哈哈哈哈！

看着王老三半带惊惧的眼神，还没等他拦阻改日子，崔美丽已经笑仰歪了！

崔美丽翻着阳黄历，接着分析：今年虽然是好年头，但是春夏之交，看样子要大旱，这会儿都一个月没下过雪了。"雨水"这天是个好日子，日子还是个双数，阳黄历也说大吉、喜神在正东方，啧啧啧，唉！

崔美丽摇着头。

王老三急了，摇头啥意思，好日子就整啊，就这天了不行吗？

崔美丽说，时间啊稍微有那么一点点紧，就算你着急当新郎官，那也得给人家新娘子准备一番打扮打扮吧。

王老三贱笑着说，你不用打扮就非常好看了，你名字就叫美丽，那指定老美丽了。闭了灯，都不用看，更美丽。

崔美丽说，时间确实紧张一点，雨水这天是正月二十二，算起来啊就是明天，哈哈哈哈。

崔美丽嗓门洪亮，大笑起来整个房子上的破瓦都抖啊抖，王老三空荡荡的屋子里都有回音。

最后崔美丽选了二月二这天,阳历是3月1号,留给两个人二十天筹备婚礼的时间。时间特别紧,但是按照崔美丽结合阳黄历的推算,日子确实是好日子:二月二龙抬头,出了正月第一个大好的日子,而且是龙抬头。明年也要在龙年的开头生个大富大贵的龙宝。除了这些理由,那时候还没开始春耕农忙,大伙也有工夫张罗和帮着忙活流水席。

两个人都没捅破的一个事儿——时间长了,崔美丽显怀了,挺着大肚子参加婚礼就真的不好看了。

王老三看着眼前的女人,感觉她身上散发着神奇的光泽。虽然从集市上"买"回来才半个多月,但是好像很多很多年前,老天爷就安排好了自己要吃很多很多的苦,就为了等待这么好的女人来解放自己。天哪,她还能掐会算看日子,她会不会是观音菩萨啊!

在王老三看来,能看懂日历牌的人,那都不是一般人,就接近于封神了。

二十天的时间,崔美丽和王老三——穷得叮当响的两个人,要给自己办一场婚礼。这个爆炸新闻通过三个途径在梅赫川迅速传开。从前街到后沟,从后沟到前街,再从前街到后沟,人们从不同信息渠道反复听到春节后这第一个新春喜讯。

什么是大事?在梅赫川,一件事情在短时间内由不同的人给你讲过三次,那就是大事。比如,胡老五杀人了,老杨太太说今年要生千年一遇的大富大贵的孩子,崔美丽和王老三要结婚了。

于是，关于崔美丽婚礼的一丁点消息，都会成为大家热议的话题。毕竟闲着也是闲着，耍正月，闹二月，哩哩啦啦到三月，梅赫川人的春节档期就是这么长！在这漫长的节日中，人们其实超级无聊，除了打牌就是喝酒吹牛，有钱的人家还有一台电视能在晚上看看，白天也没有电视节目，只有一个圆球球杵在电视机荧屏上，没钱的人家晚上继续白天的打牌。在牌桌上、酒桌上总需要一些新话题，最近全部的新话题就是崔美丽和王老三的婚礼——这可能是向全村人表演的丢人现眼的喜剧，也可能是一个让大伙大开眼界的新玩意儿，反正呢，值得关注。

这段时间我也没闲着，主要是吃。一年中最好吃的东西都在过年这段时间里。吃完我就出去疯跑、放鞭炮、去大梅河冰上放爬犁，饿了再回家吃。冬天天短，好多人都吃两顿饭，我和他们不一样，吃两顿饭的大人活得太平庸了，我要做不凡的孩子，一天吃四顿饭。大半年来我一点也不见长个子的迹象，但是脸却更圆了，跑起来屁股还是一耸一耸的。

文芹妈妈还是担心我的病情，虽然我很少高烧了，但是个头一直没长。已经耽搁了一年，今年秋天得争取上学啊。我感觉天天玩儿可真好，一点儿也不想上学。那些想上学的人可真傻，我左手攥着一只冻梨，右手攥着一串糖葫芦，嘴里塞着一个粘火勺，心里想：那些上学的人，确实是傻。

文芹妈妈带我又去看了几次白大褂，这次好一些，下次又不灵了，人家又摇头拨楞脑袋了。她很焦虑，好像她才是病人，我只是病人家属，还是那种新闻里面说的病人家属——目前情绪稳定。

文芹妈妈找了我的两个表哥，也就是她的侄子，让他们教一下我写名字和简单的算术，毕竟他们读过三个一年级，两个二年级。哈哈哈哈，他们俩也是笨蛋呢，教一下下就泄气了，败下阵来。

小洋猪，你看，你的姓是这么写的。大表哥比比画画，在一张文芹做瓦用剩下的黄草纸上写了一个字，歪歪扭扭的。

我马上就问，为啥我不能姓小，小只有三笔，多好写啊！我质疑。

大表哥挠挠头，小洋猪只是你的外号呀，没听过谁姓小，咱们都是跟爹姓啊。

我马上紧跟着提问，那为啥我不能跟着文片姓，文，看起来好像只有四笔，是吧？

大表哥摇摇头说，俺二姑不姓文，文芹只是她的名字。

我不想跟我爹姓，等我长大了分家要把他分出去。再说了，谁规定的我不能姓小，我不能姓文？你把他找来，我要和他评论评论，你把他给我弄来！

大表哥拿着铅笔杵在那儿，这个问题他确实没想过。

上阵亲兄弟啊，二表哥站出来替大表哥解围——要不咱们学一下算术吧。

二表哥眼睛贼亮，明显算术懂得多一些——

你看哈，这个算术，老师教咱们是这么教的，先学十以内的加减法，然后学一百以内的加减法，然后学简单乘除法、一百以内的乘除法，以后呢，还要学一千以内、一万以内的加减乘除法，越往后越难，咱们先从——

咱们先从难的学吧，我慷慨激昂地说。我要先学一万以外的加减乘除法，这样就可以一步到位，学完咱们就去放鞭炮玩火药枪！

二表哥慌了，俺们老师还没教过那么难的算术，都是一步一步来的，有先后顺序的，后面的不能提前！

我一脸严肃地对二表哥说，可以的，后面可以提前的，这种提前更难，你们老师还没教你。你看，咱们学完算术后面就可以放鞭炮，其实放鞭炮可以提到前面的，你们老师肯定没教你。

二表哥将信将疑啊，嘴里嘟囔着好像也是呢，可以先放鞭炮呢，俺们老师真没教呢。

那还说啥啊！我们俩人一拍巴掌，管它三七二十一，先去放鞭炮啊。

半天下来，名字一个字没学会怎么写，算术题一道也没学，哈哈哈，太好了。不过我们可以一起放鞭炮、玩儿火药枪。他们可真是玩儿火药枪的高手，肯定是被上学耽误了，如果不上学，他们玩儿火药枪的水平肯定能申报吉尼斯世界纪录，或者上个奥运会啥的。我们把家里过年放的电光排炮拆了，一千响的鞭炮拆下来五十个以上一百个以下这种规模，一点儿不影响过年放鞭炮，大人们根本察觉不出来。我打小就是数据造假高手，有天赋。

电光排炮特别响，一个一个地放也都震得耳朵嗡嗡的。我们还捣鼓出很多新花样，鞭炮压在石头下面，可以把石头崩开；塞进冰里面能把冰碴震飞；要是塞进雪里面，有时候会哑火，药捻子直接熄灭了，有时炸开了，雪花四溅。有个独特的玩法，把单个鞭炮塞进玉米芯里头，用上坟的香点上，往天上扔。炸开的时候，玉米芯会崩得七零八落，带着灰烟儿在空中飘啊飘的。这种玩法炸开的时候，目标大，看起来最过瘾，哈哈哈哈，太好玩儿了。

二表哥是发明家，他把鞭炮的炸药倒出来，混合上火柴头，用在他自己研制的火药枪上面。威力贼大，声音像二踢脚。有一次把他自己的手崩坏了。

但是，这些东西对我而言，很快就玩儿腻了。主要是他们能偷出来的鞭炮太少，半个上午就弹尽粮绝。再加上我还是喜欢自己玩儿跑来跑去和飞檐走壁。

我跑啊跑跑啊跑，从后沟跑到前街，跑过的地方拉起一道烟儿——太久没下雪了，到处都是泥土地的灰。我爬上大榆树，翻上村长家的房盖。整个梅赫川都灰突突的，死气沉沉，连鸟儿飞过的时候都急转弯绕行。只有远处的大梅河亮堂堂的，冰面晃眼睛，我心下一动，沿着大榆树树干出溜下来，往大梅河跑去。

高兴的时候我抽两口气，就能够跑到河沿上。寒风吹得脸肿胀，原本就很圆的脸，现在像个没有化开的冻柿子，不光是圆，捏起来还有一些硬。我一屁股坐在了护坡石头上，河上没有雪，阳光还挺足，映着冰面光溜溜的晃眼睛。远处几个灰蒙蒙的身影在冰面上，看样子他们没有带爬犁也没有滑冰，呼出来的热哈气像刚打着火的拖拉机,玩儿得还挺欢,好像还有个女的,是在做什么呢?

如果是腊月里那肯定是取冰。

之前老人们传说,这梅赫川是一条大蛇,冬天要睡觉,不能打扰,醒了就哄不睡了,所以冬天不可以到河里取冰。我感觉老人家都是懒,冬天怕冷还找借口。年轻人就不信邪,也有到河里取冰的。

像今年这样干旱的年头,下雪少,村里人过年需要冰雪的。梅赫川取冰的用途只有一个,就是冻肉。进了腊月很多人家杀猪,哈哈哈,就是胡老四给村长家杀猪那种,还带给人吓尿裤子的那种杀猪。用大梅河的冰和分割好的猪肉混到一起,倒进大陶水缸里,存在仓房。这样的肉可以存到二月二都不会变味道,洗干净炒着吃,和从新杀的猪身上刚刚剔下来的肉一样新鲜。这就是大梅河冬天的冰,神奇得很。

懒人们不取冰,就等着下雪,用雪储存冻猪肉。文芹妈妈说冰比雪干净,我感觉都挺白的,但是文芹妈妈长得好看,说的准没错。我就是听着她的话长大的。你们如果也想像我一样健康成长,也请多听听文芹妈妈的话。

我在房盖上面看热闹的时候,总结出一个经验,男女混杂的游戏不要轻易靠过去。没啥意思,特别是一男一女的,这类游戏就像二表哥的火药枪,都不可持久,干两下就没药了。今儿个还看他们捅捅鼓鼓的,明天就听说两个人"跑了"。

我就坐在护坡石上,隐约听到他们是在挖宝贝,好家伙,这

81

得去看看!

原来是崔美丽带着几个半大小子在刨鱼,这个好玩!

梅赫川没有冬季捕捞的习惯,主要是大伙懒。大梅河是山泉水下来汇聚的河水,河里的鱼都比较小,泥鳅、白膘子、老头鱼、穿钉鱼多一些,大个头的鲫鱼草鱼很少,有的话也是上游水库泄洪的时候跑出来的。

反正之前就没见到谁大冬天跑大梅河上破冰刨鱼。

这些十六七岁的年轻人,之前都跟着胡老五混。胡老五捅死了人被抓了,一下子少了核心领导了,感觉大哥不在群龙无首啊。他们中人缘最好的是王国权,他个子小腿勤嘴甜有眼力见,六岁半的小洋猪没有的优点他都有。让我嫉妒得要死!等我长大了能有他一半就行了,按照我现在的发育速度,只有身高能达标——到时候个头超过他现在的一半。

不能比,人比人得活着,鱼比鱼得留着,都留着给我吃。

崔美丽刚到梅赫川,居然很快和这些小年轻混熟了,唠嗑的时候也不论男女不论辈分,一下子就弄得和别人不一样,这些半大小子还都挺喜欢她。她带头招呼,带着这些半大小子出来刨鱼。虽然没有刨到太多鱼,但是大伙还是很兴奋,毕竟是第一次,一个个直呼真过瘾。

中途喘口气的工夫,崔美丽掏出来一包金葫芦来,散给大伙。有的人还是第一次抽烟,但是一下子又亲近了不少。

吕小子嘿嘿一声,开玩笑说,王老三好不好用啊,不好用哥儿几个都可以帮忙的。吕小子说话没大没小,还喜欢蹬鼻子上脸。

毕竟是男人，两句话不离那点事儿，就这点儿出息。大伙轰的一笑炸开了。

崔美丽也不恼火，上去一把就把吕小子嘴里的金葫芦薅下来，半开玩笑地说："都当哥们儿处着哈，别瞎琢磨，瞎动心眼就削你哈，打不出屎都算你拉得干净！"说着又笑嘻嘻地把金葫芦塞进他嘴里。

吕小子嘿嘿一笑，一下子钻进了冰窟窿里，那里刚才还在刨鱼，现在就成了避难所。他钻进去还不忘嬉皮笑脸念叨着顺口溜：打不着，气老遥，吃鸡蛋，长白毛。

吕小子一边在冰窟窿里嘚瑟，一边夸张地念叨：这鱼，海了去了。

大伙喜欢听崔美丽说话，就算被损几句骂几句也说不出地浑身舒畅，就好像她的话能舒经活络一样，比老周大夫的汤药可管用多了。

王国权说："哥们儿这眼瞅着就要结婚了，大伙也得表示表示。"

他不说谁要结婚了，也不说这哥们儿是王老三还是崔美丽，但又好像是接着崔美丽的话茬儿，要怎么说王国权有眼力见嘴甜呢，也无怪大伙都喜欢和王国权一起玩儿。

崔美丽呼了一口白哈气，郑重地说："等我下次结婚请哥儿几个抽人参。"

人参是梅赫川人见过的最贵的香烟，金葫芦两毛钱一包，人参三块钱一包,我都积攒过很多金葫芦的烟盒纸,人参的也才有一幅。普通人家别说抽不起人参了,一年到头见都见不到几次。

刚才开玩笑的吕小子又鼓起了勇气:"那你这次结婚请大伙抽什么烟啊?"

崔美丽有一些气短,王国权说:"看你说的,没有烟就光看热闹吗?大伙搭把手就干成了。到时候哥们儿几个都过去㧟忙,当一天忙工也不白干,哪年二月二都是啃猪头肉,也没意思。今年咱们村多了个喜事儿,这个龙抬头就更热闹了,大伙说是不是?"

崔美丽还是正面回答了那个小子的问题:"这次结婚哪,我争取请大伙抽金葫芦,说实话,能抽上金葫芦也得多亏大伙帮忙呢。"

有人说:"这不已经整到鱼了吗?流水席上的硬菜,已经'落听'一个菜了。都上听了,就不愁和牌了嘛,哈哈哈哈。"

抽完烟,一伙人又多了干劲,一天下来虽然没有刨到很多鱼,但是第二天、第三天、第四天,他们也都没闲着,连续刨了四天。

第五天是大集,几个半大小子陪着崔美丽去赶集,把冰窟窿里刨出来的鱼卖了。大梅河的知名度,再加上春节下来人们吃腻了猪肉炖粉条鸡肉炖蘑菇,看到新刨出来带着冰碴和泥沙的河鱼,特别有新鲜感。没到一上午都卖了出去,崔美丽只留了几条大个的白鲢。一共卖出去四十多块钱,大伙乐坏了。王国权提议,这些钱都给崔美丽办置流水席用。崔美丽很感动,不住地搓手说：瘪犊子玩意儿，太仗义了！尿性，爷们儿，梅赫川的爷们儿！

　　她在集上买了几包烟给大伙，这次王国权没有阻拦。

　　可是，四十块钱哪里够办置一场婚礼呀？

　　第二天，王老三一整天都在糊墙，他发现真要撸起袖子干起来，自己还挺擅长做屋里的活儿的。只要不出屋，他就特自信，一点儿不厌。昨天他从队部找来了以前的《人民日报》，说是找，其实也就是偷，平时村干部也不在队部，这个地方只是用来开会。王老三没舍得用太多的糨糊，兑了不少水，好在他糊墙仔细，也都勉强抹平了，等崔美丽回来一看，还挺敞亮。屋子里一下子亮堂了不少，像个要结婚的人的新屋子了呢。

　　两个人的晚餐只是一小钵煮地瓜、几块咸萝卜干，一天只吃两顿饭，省粮。地瓜刚端上桌还没吃，房门就被人撞开了。四五个汉子闯了进来，灰着脸，还有人手里拎着个土炮。

　　这架势，整个一小偷母亲生孩子——贼他妈下（吓）人啊！王老三脸都吓白了，该不是绺子进村了吧，他情急之下顺手抄起一根擀面杖准备防身。

　　崔美丽稍微稳住了架势，还算镇得住场面。定睛一看，领头的却是王国权。王国权从腰间一掏，咚咚两声有东西丢在了地上。大伙一看，都是野味山货，点了一下：五只雉鸡两只野兔子还有八只沙斑鸡。好家伙，这老多！

　　哥儿几个这一天的战利品，还凑合吧！王国权轻描淡抹地说。

如果这时候给王国权披一件皮夹克,那就是十足胡老五的派头了,当然,胡老五更帅。

崔美丽开心坏了,又跺脚又拍桌子:瘪犊子玩意儿,上真章的时候还真顶事儿!都不叫上老娘!

原来这一天,王国权去他二大爷家把土炮偷了出来,带着几个半大小子就钻进山里头了。等到天都擦黑了,他们几个才扛着土炮回来,棉鞋里面都灌了雪,脸上都造得灰一块紫一块的。不过收获还是不小。

王老三把手摸在雉鸡翎上就不舍得撒手啊:这两根毛太喜庆了,要给咱媳妇插头上,那就是穆桂英下凡啊!

吕小子说,穆桂英是古代大破天门阵的,不是嫁给放牛的七仙女那样住天上的,不会下凡。大伙哈哈哈大笑,王老三也不明白啥意思,也跟着贱兮兮地笑。

崔美丽实在没有啥东西招待大伙,就说吃地瓜吧,刚出锅。

王国权一拍脑门说,不好,我得把土炮还回去,等我二大爷发现了,他要掀桌子了。说完,带着一群人就散了。

虽然村里的一群年轻人帮忙凑了几个菜,但是崔美丽心下明镜一般清楚,就凭这点儿货要应付一天的流水席还差得远哪。

时间经不起晃荡,二月二说起来还有二十天,过起来也就是几轮热闹嘈杂的声音罢了:几圈麻将搓起来哗啦啦啦啦,几个二踢脚崩出去砰啪啪啪啪,几顿小酒吆喝起来六六六啊八匹马啊五魁首呀……时间在梅赫川这里,就像是一把一把的玻璃弹珠放进了储钱罐,就这么一晃荡,听起来也是货真价实地哗哗响,掏出来毕竟不是真金白银。但是，人们的时间在这里年复一年日复一日，不就是这么晃荡过去的吗？不要去细琢磨，一琢磨的工夫，你就得错过多少快活的小日子，反正大家都没钱，不用多想。

梅赫川的人还沉浸在过年的余味当中，见面打招呼还要唤一声"过年好"，若是串门的还要拱手"给你拜个晚年"，但是不会说"祝你晚年幸福"这样啰唆的话。往往开场就是这样温馨和谐的——

"给你拜个晚年，最近手头紧，找你挪俩钱花。什么？你昨晚打麻将输了两百？谁赢了，我找他挪钱去。""过年好哇，开春家里打算买种子，想起去年你家买种子还借我五十块钱。""哎哟，大过年的，你怎么还打孩子啊，不就是玩火差点儿点了柴火垛嘛，多大点事儿！"

大家既讲究传统也直奔主题，同时还会兼顾熊孩子惹多大的烂子都不怕，只要不是自己家的孩子。这就是生活嘛。

崔美丽却一天都没闲着，拿出了九头牛两只老虎的劲头，外加一头骆驼的诚意，一家一户地拜。嘴唇磨薄了，鞋底磨漏了，磨啊磨，磨啊磨。当然，她不是一个笨女人，她也使用了一些小手段，人嘛，毕竟比牤牛、老虎、骆驼这些牲口畜生有招儿。

二月二，崔美丽定的结婚的日子，这一晃荡也就近了。

二月初一这天，按照惯例，婚礼头一天要上耪忙。这一天忙工们进场，厨房要备上食材，各个环节应该处在暖场状态，气氛组要支棱起来。就好比炉子的火已经生起来了，要想大热只需要再戳一铁锹煤就行了，达到这个火候，这三天头的流水席就算整起来了。

我要去看看，崔美丽和王老三家现在是啥火候，是还差一锹煤还是差一个炉子？毕竟这顿饭我还是很想吃的，我咕咚咽了一下口水，心里暗想。

说是三天流水席，其实就是数据帮忙，往脸上贴金。第一天主要是忙工置办流水席的家当物事，厨房备菜。第三天要把灶台拆了，借来的桌椅板凳锅碗瓢盆还回去，帮助主人家稍微打扫一下门庭。第一天管一顿晚饭，第三天管一顿午饭，其实都是简单给忙工们做顿饭，也有脸皮厚的忙工会叫上老婆孩子啊一起来蹭饭，东家也是为了热闹喜庆不会责怪的。但是，深谙这饭菜水准的我再明白不过，只有第二天大席上的饭菜值得吃一下，而且啊只有"娘家戚"那桌才是最豪华的。我只想着能不能吃到酥白肉，其他的我才不在乎呢！

我跑啊跑，跑啊跑，跑过村长家院头，高二媳妇和郝金生媳妇等一群老娘儿们在嗑瓜子传瞎话，没堵住的嘴在哔哩哔哩哔哩，闲不住的手像赶苍蝇一样在空中比比画画。我跑过队部门口，老周大夫觍着他油乎乎的脸，还在窗前轱辘他的药碾子；高二家的猪已经看了大半天的云彩往家里走，它正迎着晚霞踏着夕阳吹着温柔的晚风心里备不住还哼着《走在乡间的小路上》呢。

梅赫川还是梅赫川，看不出有什么风吹草动呢。

我跑过王老三家门口，两个大柴火灶已经在场院中垒起来了，旁边是两大缸清水，满满当当，两个壮劳力正用大铁皮水筲从后沟老古井挑水。几个半大小子充当忙工在劈柴，每个忙工脖子上都系了一条新毛巾——这是他们耪忙的唯一物质报酬,同时新毛巾也是他们在整个盛大活动中的身份标志。王国权站在凳子上比量着贴喜字,吕小子吆喝"贴歪了贴歪了",王国权说:"你行不行啊?刚才就说歪了,按你说的贴又说歪了,你好好看看,是不是你整个人长歪了。"吕小子嘿嘿一笑,一拍脑袋:"啊呀呀,我刚才以为喜字得和福字一样倒着贴呢,我说呢,怎么比量都感觉贴歪了呢。"王国权笑着跳下凳子就要去削吕小子!大伙也觉得吕小子欠削,但谁都不会去真的削他,办喜事就是图热闹,他也是热闹的一部分。

院子里没有看到"待戚的",还不知道这么重要的角色请谁来担纲,也没见到男女主角,他们现在是喜悦多一些还是忧愁多一些?他们的计划都一一"落听"了吗?

以往的婚礼都有一个秘密要最后揭晓——新娘子长啥样?这次已经不是秘密了,谁都知道新娘子是谁长啥样子,这是和以往的婚礼最大的不同。不难发现,一场多年都没有出现的成建制的婚礼预备现场,正在这里鼓捣起来了。梅赫川还是动了起来,其实大伙心里都特别期待一场喜事的到来,期待好消息对生活的改变,只要是喜事就行,管它是谁的喜事呢!

我望着大柴火灶突突突蹿起来的炊烟,心中暗想:有戏。我又咽了一下口水,咕咚。

二月二是春节的尾巴,它是人们对爷爷奶奶太爷爷太奶奶祖太爷爷祖太奶奶们传下来的仪式感的眷恋,是对流着哈喇子顿顿酸菜粉条子大肥肉可劲儿造的富足生活的不舍,也是对接下来未知生活的一丝迷茫——吃完猪头肉，好像就没啥好吃的了！连地窖里的土豆子都开始发芽了。

不要着急，这一天还有一场流水席等着梅赫川的人们，吃不到好吃的还可以热闹一番。打麻将喝酒放鞭炮，也不就是图个热闹乐呵嘛，打麻将还有输钱的时候，喝酒还有被人家干倒的时候，放炮也有崩了手的时候，流水席不会，流水席要么吃要么闹，要么又吃又闹，人们最喜欢的还是热闹。很多人都准备好了要大闹一场了！咱梅赫川最不缺的就是起哄的、砸场子的、混吃的了。也有人稀罕崔美丽的仗义，可怜王老三终于熬出了头娶上了媳妇，盼着他们能过上安稳的小日子。还有人只是闲得慌，凑热闹看看除了办个流水席，这场婚礼还会不会发生一些什么。

当新一天的第一缕阳光照在王老三家的小矮房，玻璃上的冰花映着金灿灿的光泽，窗户上两枚大红的喜字特别扎眼。不知谁给扎了个那老大个的红灯笼，高高挑在了门前，打老远都望得见，让人多了莫名的欣喜。

王老三心里打鼓、肝儿颤、五脏六腑犯嘀咕：到底能来多少人捧场啊？崔美丽用手压实了一下喜字，昨天贴上的就怕太阳一照就缓霜，缓霜就贴不稳了。贴喜字的红纸掉色，崔美丽并没有去洗手，这个颜色刚刚好，顺手往嘴唇上抹了一把。她深吸一口气，闻到一股雪花膏的清香，嘿嘿，早上特意抹的雪花膏，抹了两遍呢。

阳光晃啊晃，崔美丽笑啊笑，她心里头指不定咂摸着：老娘今儿个要结婚了！要是能扯着嗓子，飙一句脏话，才叫过足瘾呢！她想过今天不说脏话的，但是也没后悔。忽然心血来潮，端端正正向王老三一抱拳，老三，今儿是大日子，咱们可要相互捧个场啊！然后也不顾王老三一脸的错愕，咧开大嘴哈哈哈哈大笑几声。在清晨的微风中，那笑声听起来爽朗清澈，比大梅河的水都干净。

她现在已经不在乎有多少人来捧场了，她已经准备好了。

人们怀揣着各自的小心思，乌泱泱涌向王老三家，涌向一个平时路过都想快走两步、怕沾染了穷酸气的地方。

1987年的农历二月二，阳历3月1日，原本学生开学的日子却赶上了个星期天。新学期要明天才开学了，孩子们感觉多占了一天便宜似的乐得屁颠屁颠，只有我小洋猪已经占了半年便宜了，完全没感觉。村子里上学的孩子们也一下子聚拢来，他们属于另一种热闹。老爷们儿老娘儿们大姑娘小媳妇半大小子都躁动起来了，有头有脸有屁股的人们也都凑齐了，连最近不怎么露面的胡老四都来了。胡老四把两锋溜尖溜尖的胡子剃了，猛一看都认不出来，整个人杀气全无，一下子和善多了。

村长官德宽感慨：平时生产队开会都从来没有聚拢过这么多人。

"待戚的"请的是村长，能请动他也是费了一些周折，直接动力来源于当地生产的一种叫梅河大高粱的白酒。崔美丽提着两瓶梅河大高粱往村长家柜盖上一蹾，然后说了一堆软话。村长嘛，有格局讲原则，全心全意为村民服务。当即表态，我这个干爹算娘家戚，不方便赶礼了，我送两捆老汉烟吧，婚礼当天用得上。

村长给主持确实也挺有面子，一些喜欢闹事的二流子稍微有一些忌惮。

我跑啊跑跑啊跑，跑过了前街，跑到了王老三家门口。他家门口连一棵像样的树都没有，我只好爬上了柴火垛，这里瞭望视野还凑合吧，就是柴火垛上面灰尘太多呛嗓子。我打小就知道，有一棵树长在家门口是多么重要的一笔财富。

九点钟的时候，身披萨满神服的村民巫殿礼站在王老三家大门口。他左手拿着摇铃，腰间挎着腰鼓，这一身行头原本是跳大神的装扮，大人们见过他请神儿的场面，孩子们从来没见过。场面一下子热闹起来，都想看看这婚礼上怎么跳起了大神。

巫殿礼今天的装扮又和跳大神不同，右手多了一个铜锣，后背别着一把锣锤，锣锤上拴了红丝带。他铆足劲儿咔咔咔晃了一晃脖子，头顶上的沙斑鸡羽毛也跟着晃了一下。

有人喊，快看快看，要来神儿啊。

巫殿礼咔咔咔，又晃了一下脖子，接着一声长啸，呦嘿——咣咣咣，敲了三下锣。大伙还等着巫殿礼来神儿呢，可惜留给他的戏份就这么多，他的表演完毕。

原来他就是被请来敲锣的。

大门另一侧，能掐会算的老杨太太站到了巫殿礼的对面，扯着嗓子哆哆嗦嗦喊道：上天言好事，下界保平安，吉时已到，鸣放爆竹。

吕小子和郝来宝蹿了出来，各自手上拈着一根冒烟儿的香，就去点鞭炮。哧哧哧，噼里啪啦噼里啪啦噼里啪啦……就炸开了。

吕小子负责的鞭炮还没放完，郝来宝那边就续上了。一共也不多，看样子也就两挂五百响的电光排炮，很快就放完了。

郝金生骂骂咧咧地说，小兔崽子，胆儿肥了，敢放炮了，敢放炮好啊，敢放炮就不会尿炕了。

鞭炮声音太响了，他说啥大伙也都不清不楚的。这时候，小兔崽子、小狗崽子和小瘪犊子没啥区别的。

大伙给这场面震撼住了。梅赫川的逍遥二仙啊，可以邀来三山五岳七十二洞府老北沟黄皮子大仙的二大神巫殿礼和算天天不敢应、算地地不好意思灵的命星宿占卜师老杨太太，这么重量级的人物，在崔美丽王老三婚礼的开场中登场，而且还只是敲一下锣喊一嗓子就拉倒了，这般阵仗，在梅赫川从来没有过啊！

村里资深小学低年级教师吕先生微皱眉头，不无惆怅地嘀嘀咕咕：上天言好事，下界保平安……这不是送灶王爷的词儿吗？

他不喜欢别人叫他吕老师，他纠正人家说叫先生，请叫我吕先生。他一辈子都在教学岗位上辛勤坚守着，教了二十年的小学二年级和二十一年的小学一年级。村里的小学只有一年级和二年级，要追求更高的学历那得去镇上了。吕先生就代表着梅赫川的最高学术水平，他的学生中也有一个居然考上了大学呢！他自己的话说那叫"我连大学生都能教"。

他说的不会错，只是大伙没人听他瞎嘞嘞。

接下来，是新娘子和"娘家戚"入场。别的新娘子都要乘坐吉普车在新郎家门口兜三圈，把汽车的喇叭嘀嘀嘀按了再按。崔美丽不是远道而来的新娘子啊，不需要乘坐小轿车，她是隔壁县城隔壁乡镇隔壁村的一朵花一片云一阵风啊，就从隔壁走过来飘过来就行啦——

小小的一片云呀，慢慢地走过来呀……山上的山花开呀，我才到山上来，原来你也是上山，看那山花开，小小的一阵风啊，慢慢地走过来……

台下的朋友们，小洋猪的演唱不得不中断一下，因为，新娘子崔美丽，她，走过来啦！

新娘子也没啥特别了不得的新衣服，只是穿的是一件新的红衣服，裤子也都是平时的，脚上的鞋子却是崭新的。新鞋子是黑色烫绒的布面、手工纳的千层底，鞋腰儿处滚了毛茸茸的边，秀气了不少，外帮还绣了一小朵猩红的梅花。寻常乡下人的黑色鞋面，配一点点红，看起来既喜庆又高档。崔美丽脚大，看她的轻快步子就知道，这鞋虽是棉鞋，但是做得比较薄，好穿，很随脚。这一身上下，最得体的就数这双鞋了，大姑娘小媳妇们看着都眼馋。

新娘子的身材还是那老虎和狗熊一般健硕的身材。新衣服是王老三咬咬牙坚持要买的，这是整个婚礼他第一个要坚持的，崔美丽答应了。

要说特别也有一个很特别的地方,就是新娘子头发上插了两支雉鸡翎,像极了京剧里面的穆桂英。她头上顶的红盖头就卡在了两支野鸡毛中间,盖头只遮住了前脸,左右都透光。这也是王老三坚持的,他说崔美丽就是穆桂英下凡嘛。好吧,崔美丽居然没有扇他耳刮子,事前演练了一下觉得也行,也答应了。

我看着崔美丽,感觉她今天长得像一朵花啊。像什么花呢?我敲着我的脑瓜壳子想了想,对了,她像是一朵大鸡冠子花啊!

崔美丽是一朵鸡冠子花!

此时,新娘子崔美丽和她的亲友团正在向我们走来,是那种自信的矫健步伐,不是梅赫川老娘儿们拧搭拧搭的走法。陪着她从大门走过来的还有梅赫川有头有脸有屁股的大人物们,他们是村长官某宽,村干部姜某昌,神仙眷侣巫某礼和老某太太,以及其他许多不上学来瞎凑热闹的小屁孩儿们,他们的名字我也叫不出来。

到了房檐前,老周大夫端出来一个火盆,新娘子要在上面跨过去。崔美丽纵身一跃双腿一齐跳过去了,说了句:啊呀妈呀,可别燎着腚啊!

王老三极不自然地站在屋檐下,身上披了一条红布,上衣遮住了一大半,这样也没人注意到,他其实穿的是一件皱巴巴的棉袄。他手里拿着一根秤杆子,秤是昨晚从豆腐坊老莫头那里借来的,老莫头一再嘱咐:明儿上午用完马上还回来呀,人家卖豆腐还要用!

王老三瞄准了红盖头,就要去挑下来。老杨太太一个箭步冲过去拦住他,新郎官大人啊,我还没喊台词呢,你先冷静一下哈!

老杨太太又颤颤巍巍哆哆嗦嗦地喊道:上天言好事,下界保平安,鸿运当头照,新人入洞房。

王老三一看时机已到,秤杆子往前一捅,然后啪的一声就把盖头挑起来了。也是房子矮,盖头正正好好落在了房檐上。只是他用力过猛,一杆子撅回来打自己脑瓜门子上了,把人家秤杆子都干弯了。要怎么说王老三有时候也是一条好汉呢,愣是没有哭。如果是我早哭了,那得多疼啊!

人群中有人喝彩:好!然后就有人鼓掌。大伙也跟着鼓掌,喊好!一群孩子没整明白发生了什么,以为撒喜糖了,就往人群里钻,往地下找。

这时候我才没那么笨呢。我从来不去到地上捡喜糖,主要是我个子小,抢不过他们,再说了,人家还没撒喜糖呢!

王老三趁着乱哄哄就拉着新媳妇进屋了。其他人都堵在门口趴在窗户上,看洞房里发生了什么。

其实没啥看头,跟《西游记》猪八戒撞天婚比起来差远了。但是,大伙还是像看现场直播一样巴望着屋里两个人的一举一动。

其实呢,屋里的动作戏还是按照爷爷奶奶太爷爷太奶奶祖太爷爷祖太奶奶们传下来的脚本编排的。要不然呢,大白天,你还想怎么样。具体来说就是两个人脱了鞋,都往炕头跑哦。炕头的褥子底下藏了一把斧头,要看谁先抢到斧头,这个斧头啊也不是抢过去拿在手里,谁先抢过去坐在屁股底下,谁抢到"斧"表示谁最有"福",谁就是家里的一把手。

大人们真是幼稚,想当老大,拿个斧头有个屁用啊,至少得揣个土炮或者火药枪吧!

王老三象征性地试着去抢斧头,崔美丽一把拨搂过去,王老三一个趔趄从炕头被拨到炕梢去了。

窗口的观众响起雷鸣般的叫好声,和毫无节拍的拍打窗户的声音。这个回合诞生了本届比赛——噢,不,本届婚礼的一把手,崔美丽。

好吧,这样选举产生领导的方式好像也很客观公正,我没意见。下次选村长请参照这个标准来,抢镰刀抢菜刀都行,必须得是刀刃锋快锋快那种。

其实呢,观众们可能还没反应过来,这轮传统的比赛就结束了。两个人穿好鞋,就从"洞房"里面走了。因为呀,现在要开始整一个八十年代年轻人生活方式的结婚典礼。之前的那些爷爷太爷爷祖太爷爷的过道码算什么呢?

我感觉不发糖的婚礼都是耍流氓,爱算啥算啥。

一对新人,像嘎嘎新的珠宝熠熠生辉,看背影至少像新拆封的玻璃球一般崭新,他俩尽力穿得整整齐齐站到大伙跟前,庄重且面带微笑。脸上充盈着八十年代年轻人特有的朝气和自信,虽然他们也不敢确信接下来的婚礼会不会演砸了,但是就是自信。王老三看了一眼自己挑上屋檐的红盖头,揉了一把自己抢秤杆子打疼的额头,感受到了看得见摸得着的幸福。就算上午不还他老莫头的秤杆子又能怎么样?哼,我就是我!

崔美丽已经把野鸡尾巴也摘了去,插在了柜盖上的灶王爷画像旁边,王老三也把身上披的大红布条整齐叠好,两个人前胸只别了一个小红花。

村长展开了一张写好台词的纸片,在主持人证婚人兼媒人村长的主持下,一对新人当着全村人的面,冲着小矮房子,一拜养育自己的爸爸妈妈爷爷奶奶太爷爷太奶奶祖太爷爷祖太奶奶们;冲着院子里乌泱乌泱的人,二拜梅赫川的父老乡亲;三拜要冲着彼此鞠躬,夫妻对拜,请以后好好善待彼此,没事别吵吵别动手。

王老三低声提醒,动手也别打脸。

就这样,二人郑重结为两口子。

嗵、啪,嗵、啪,两个二踢脚在空中炸响。大伙原以为鞭炮都放完了,这两声还挺意外,村长吓得一哆嗦。王国权带头叫好鼓掌,大伙也跟着鼓掌。

一声悠扬的唢呐划破喧嚣,李魁星吹起了一曲《小拜年》。曲调人人耳熟,在婚礼场合却是第一次听,灵巧婉转,又快活喜庆。吹到高潮处,李魁星把唢呐管塞进鼻子里,天哪,全场爆发雷鸣般的掌声,大伙都为他能够用鼻子吹喇叭叫好,没人去想这会不会有一些……脏!

好吧,谁还没有个鼻涕。大伙都有鼻涕,就像大伙都没钱一样嘛,算了,那扯平了。

李魁星老师和吕先生是梅赫川唯二的两位教师,他们也是一专多能多才多艺的人,难得都请来表演。吕先生还有个重要兼职，就是一会儿去写礼账，谁随了多少礼金都要找他登记。当然，崔美丽还请了王老三的二哥王老二帮忙收礼金，他和吕先生一个登记一个收钱。

王老三有两个哥哥。大哥自然就叫王老大了，王老大倒插门做了上门女婿，离开了梅赫川，从他走出梅赫川就没回来过。是的，好不容易离开了谁还愿意回这地方呢？所以，王老三捎信给大哥，说自己终于娶到媳妇儿了，大哥哟，你来参加婚礼吧。他只回了个信儿：挺好，不回了。

大哥不回来，原本也在意料之中。但是王老二还在梅赫川，早已成家立业。只是和老三分家后，看不起老三的做派，再加上媳妇管得严——他们家族遗传性气管炎嘛，就没和老三怎么往来过。王老三也是在最后一刻才和崔美丽说自己还有哥哥嫂子在梅赫川，崔美丽带着老三登门通报结婚的喜讯，并且邀请二哥帮忙收礼金。毕竟是自家人嘛，再说收钱这活儿确实不赖，就算不是自己的钱，数钱也挺过瘾的。王老二就爽快答应了。

二踢脚也挺贵的，新人就准备了两个。放完二踢脚，崔美丽拉着王老三的手，两人先是郑重向大伙鞠躬。崔美丽清了清嗓子，动情地说：

老少爷们儿，我，崔美丽，没啥亲人，今天大伙都是我的亲人，都是"娘家戚"！从今儿个起，我就是梅赫川的媳妇儿了。我不光要做梅赫川的媳妇，我还要做梅赫川的女儿，梅赫川的妹妹，以后还要做梅赫川的孩儿他妈。

吕小子从人群中蹿了出来，大把大把的彩纸、荧光丝带往空中撒,一部分撒在了一对新人的头上,阳光一晃晶亮晶亮的。

人群中有人起哄:谁当家啊?

崔美丽望着王老三娇滴滴扭着身子咯咯笑,王老三攥着崔美丽的大手,洼沟脸涨得通红,他根本听不见人群中说了啥,只顾着痴痴看着自己娶到家的新媳妇:好像穆桂英啊,可真好看哪。

一个年轻人挤出人群,膀子上挎了一个大号的"冲锋枪",人群里有人识货说,这个是吉他,外国人玩儿的乐器。

哎呀呀,这人是小果义,我还得叫一声舅舅呢。当面我应该叫他果义舅舅,是文芹妈妈八竿子打不到的一个远房表弟。

梅赫川的人都是亲戚,所以,我的亲戚特别多。每个捏过我脸蛋的人都是我的亲戚。他们的称呼五花八门,我很小就能整明白这些拐弯的亲戚和自己到底有多近,也能弄清楚一个长辈亲戚在你面前的时候你应该怎么称呼他,根本不需要很多年后小超市门口的摇摇乐提示你:妈妈的弟弟叫什么?妈妈的弟弟叫舅舅。

这些人际关系的称谓提示很多余,在梅赫川住两年就都懂了;摇摇乐很多余,不如到梅赫川爬树荡秋千快活;小超市很多余,不如梅赫川的代销点实惠,瓜子汽水油茶面、糖块麻花槽子糕,啥都有。

小朋友们,欢迎你们来梅赫川度寒假。

好吧,回到小果义舅舅这里。如果不是他的出现,孩子们这会儿要冲上去抢糖块了。他们早就盯上了一大果盘的喜糖,摆在窗前的桌子上。其实我已经研究过了,只有上面的一小层是水果糖块,下面的是炸的面馃子染上红道道充数的。

但是，小果义舅舅的出场让大伙震惊了，很多人没见过这洋玩意，一些大姑娘小媳妇都指指点点，嘻嘻地笑。

小果义的头发很像胡老五，比一般老爷们儿的头发长，中间好像被雷劈开一道缝。他上身穿了一件灰绿色的西服，下身是一条牛仔裤，脖子上直挺挺挂了一条红围巾，也没绕一圈呢，真不知道这样的围巾起什么作用。如果光看上半身，说他是新郎官，多数人肯定相信。但是，他下半身太不像了。

很多人和我一样，平生第一次见到牛仔裤，这么紧巴巴的裤子啊，看着裤裆鼓囊囊的，怪让人不好意思的。

小果义甩了一下头发，这个细微动作引起了大姑娘小媳妇的些许骚动。他假装没看到，用手划了一把"冲锋枪"上的琴弦，嘚楞楞的声音，还挺好听，全场立马一点儿动静没有了，鸟儿悄的。

他冲着崔美丽和王老三点头微笑，然后把一只手摸在肚脐眼儿这里，向人群鞠躬，高声说：我代表八十年代的青年，送上一首歌，作为对新人的美好祝福。我这叫"实况转播"，连电视上都看不到。

嘚楞楞，他再次划了一把冲锋枪的琴弦。人们瞪着忽闪忽闪的大眼睛小眼睛和不大不小又大又小的各种眼睛，憋住了呼吸大气不敢喘，就像手里正在拈着点着的一根香去点燃一挂鞭炮的引线，既要颤颤巍巍凑过去，还想随时准备跑——想听这个响，又怕它崩了自己。

小果义环视了一下痴痴的众人，又轻微甩了一下头发，然后提醒大家：这时候，你们要鼓掌的！

王国权带头拍手，大家跟着哗哗哗鼓掌。

村长的脸色很难看，原本这时候要轮到他讲话的，他都背好词儿了。半路上杀出个愣头青！村长现在的脸色不大好描摹，用梅赫川人经常说的话说出来不大文雅，翻译成书面语言就是——像被公驴的生殖器官使劲抽打过的一样。

连梅赫川第一唢呐李魁星老师都鼓掌了。他还用手擦了擦唢呐嘴上的鼻涕，异常珍视地看看自己手上的宝贝乐器，然后又望了望小果义的吉他，然后又看了一眼自己的唢呐。这让我想起金角大王的紫金红葫芦和银角大王的羊脂玉净瓶：它俩哪个更厉害呢？

小果义拉过一把凳子，也不坐下，叉开一条腿站在凳子上。

我要是在家这么站在凳子上，我爸早一脚把我蹬出去了。

小果义清了清嗓子：这首歌叫《让世界充满爱》，城里人最时兴的歌，实况转播都看不到听不到的，春节联欢晚会都没有的。等会儿啊，我唱到高潮的时候，大伙要一起摆手。这是和我的互动环节，也是整个表演的高潮。

人群中有个小媳妇，清凉凉的嗓子问道：什么是高潮？

村长一看是自己儿媳妇，噎在嗓子眼儿的话没哼出来，这口气没捯上来，呛得自己干咳嗽了两声。

我觉得吧，村长你这时候不讲话也挺好，那句话咋说来着：我喜欢你是寂静的。有的人招人烦，那肯定是有个因为、所以、就算、到底也还是的！

如果造句子，那应该是这样子的——小洋猪不讨厌因为，不讨厌所以，只讨厌村长，就算他是村长，小洋猪到底也还是讨厌他，我就是这么单纯的小洋猪。

小果乂没有理睬村长儿媳妇，感觉火候差不多了，一只手向人群一划，然后指向天空，大吼一声：我代表八十年代的青年，马上就带给你高潮！

> 轻轻地捧着你的脸
> 为你把眼泪擦干
> 这颗心永远属于你
> 告诉我不再孤单
> 深深地凝望你的眼
> 不需要更多的语言
> 紧紧地握住你的手
> 这温暖依旧未改变

他唱得可真干净，就像春分开河的那会儿，梅赫川冰凌花中间淌出来的河水，透亮透亮的、瓦蓝瓦蓝的。人们好像从来没有听过这样的歌，说的都是人话却又不是我们张口就能说出来的能上台面的话。又耐听又不吵闹，让人又想听又说不出它好在哪儿，一句拜年的话都没有，却让人心里热烘烘眼眶湿答答的。

小果乂继续唱——

轻轻地捧着你的脸

为你把眼泪擦干

这颗心永远属于你

告诉我不再孤单

深深地凝望你的眼

不需要更多的语言

  他唱"为你把眼泪擦干",大家真的就好像马上要掉下眼泪了,是幸福的眼泪吧,我一点儿都不怀疑。大伙都沉浸在他干净的歌声中,瞬间忘记了原本是来看婚礼凑热闹的,忘了是来坐流水席混饭的,忘了接下来还要抢糖块吃呢,也忘了自己身在梅赫川。就好像真的在一个实况转播的现场,大伙看一场青年歌手大奖赛。很多人还没见识过八十年代的青年歌手怎么唱歌呢,那可得抓紧时间呢,不小心这时间一滑溜,就到九十年代了。

  小果义撩拨吉他的动作只有一个姿势,看不出其中的奥秘,不过现场也就李老师会"哆来咪发嗖拉稀",有没有"拉稀"大伙也听不懂看不明白,合不合拍已经无所谓啦。是的,唱歌这件事,合不合拍没那么重要,这是我六岁多看这次现场直播的时候就明白了的道理。

  他唱到"不需要更多的语言"就卡壳了,白净的脸上略显青春羞涩以及尴尬还有一丁点神秘的迷茫。所有人都是第一次看到这样的表情。以至于后来大伙每当看到年轻人这副表情的时候,就说:看,这就是八十年代的迷茫,我说什么来着,我当初就亲眼见过这副表情的,真真的。

是啊,都不需要"更多的语言了",那还需不需要接着唱呢?此处确实需要停顿重新思考呢——人群中一些先知先觉的年轻人,不免迷茫了。

人群一下子安静了,只有一个年轻小媳妇怯生生地问:咋回事儿?是要高潮了吗?

小果义如梦初醒,两句歌词如甘霖一般倾泻而出——

　　紧紧地握住你的手
　　这温暖依旧未改变

紧接着,他挥动着一只手,全场的人们也随着他挥动手臂,反正他现在做什么,大伙也都会着魔了一般跟着他做什么。

　　我们同欢乐
　　我们同忍受
　　我们怀着同样的期待
　　我们同风雨
　　我们共追求
　　我们珍存同一样的爱

　　无论你我可曾相识
　　无论在眼前在天边

真心地为你祝愿

祝愿你幸福平安

我们同欢乐

我们同忍受

我们怀着同样的期待

我们同风雨

我们共追求

我们珍存同一样的爱

无论你我可曾相识

无论在眼前在天边

真心地为你祝愿

祝愿你幸福平安

　　小果义又摸了一下肚脐眼儿，向大伙鞠躬。大伙才知道：这是唱完了啊！那就鼓掌吧。这次掌声明显热烈了很多很多。

　　小果义忽然一只脚蹬了一下凳子，跳了起来。人群中"哦"了一大声。他一把抄起桌上的一瓶啤酒，腮帮子一扯，"咔"的一声，铁皮做的瓶盖啊，直接用牙齿就嗑下来了。人群沸腾了，这才是高潮啊，真的高潮，刚才挥手那个只是前戏，这才是要往高潮整啊！大伙也不知道小果义要干吗，就是觉得够刺激，都跟着哗啦哗啦磨牙齿，都想比画比画自己是不是也能嗑开一瓶啤酒，要跟着小果义一起奔高潮。

　　然后，小果义头发一甩，喊道：我还可以再唱一首我的代表作《冬天里的一把火》,你们要听吗?

好!有人喝彩。

小果义摸了摸耳朵说,我没听见。要吗?

要!要啊,要要要!大姑娘小媳妇叫得最欢了。

这个歌曲最近特别火,有电视的人家刚刚在春节联欢晚会上看到了。一边唱还要一边跳的,那哥们儿好像叫费翔,不是小果义呢。没电视的人家,现在也多少知道这首歌了。没想到,有生之年,刚刚电视上这么火的歌曲,马上就能看到现场了!

老杨太太掐指一算,在人群中嘀咕,这都雨水节气了,冬天不都过去了吗?

接话把儿的人给她解释,没事,还可以唱春天也有一把火,夏天和秋天再来一把火,一年四把火,唱四首歌。

老杨太太撇嘴:今年缺雨水啊!年轻人,别瞎说。

旁边多嘴的人说,守着梅赫川的大河,怎么会缺水?

老周大夫觍着油乎乎的脸,接着话把儿说,火大,容易尿炕。

喜欢喝酒的高二心疼地说,这个歌唱完,还不得再干了两瓶啤酒啊?歌挺好听,就是费酒啊!

村干部姜云昌面带忧国忧民的严肃:这村长怎么还没讲话啊!看新闻联播都知道,大领导先讲话啊!

梅赫川物产富饶,从来不缺少接话把儿的人。

小果义重新进入演唱状态,只是这次他不是一只脚搭在凳子上,而是整个人都站在了凳子上,像扭秧歌踩高跷的那老高。他再次甩了一下头发。人们都对他甩头发充满了期待,每甩一次他都会听到人群中的回应,那声音像海浪拍打沙滩,或许这就是高潮时特有的声音吧。没看过海的人们,一点儿不耽误体验高潮。

我感觉他甩头发的刹那,整个人群就好像拧了半天的收音机突然找到了台,信号一下子就对路了,全都对路了。

小果义就那么一扬脖子,瓶底朝天,咚咚咚,咚咚——对瓶一口闷,一大瓶啤酒一饮而尽。

全场炸开了锅,彻底沸腾了!

村长的儿媳妇跺着脚尖叫着。她和他们要的高潮,终于来了。

小果义把空空的啤酒瓶举得高高,用代表八十年代青年特有的迷茫眼神,看着它,从瓶口看到瓶底,再从瓶底看到天空,仿佛看到浩瀚而神秘的银河、古老而遥远的过去,足足看了五六秒钟,全场再次凝固了。

这种情景,其实见过世面的我经历过,收音机从一个唱着《何日君再来》的频道调过去寻找另一个讲《杨家将》评书的频道,在旋转旋钮的时候,会有几秒钟的时间凝固,就像真空,这时候你需要安静,屏住呼吸,别喘大气。小果义这五六秒就是全场大气都不敢喘的五六秒。

突然,他把手一扬,啤酒瓶子就往地上摔去。

也不知啥时候,王国权早已经蹿到了跟前,一把擎住了小果义的手,接住了酒瓶子。

"哥、哥、哥,一块钱一个,押金!有押金的!"王国权及时阻止了一场重大经济损失。

小果义问道:"有人愿意出一块钱吗?有人出的话,我现在就把它摔了,听个响儿!"

好几个起哄的人嚷嚷:你摔了吧,摔吧,俺们都要听响儿,俺们不要那一块钱。

我说错了,纠正一下:梅赫川物产富饶,从来不缺少接话把儿的人和起哄的人。可是,这是同一批人嘛,出厂批号都是一样一样一样的啊!谁都没有想过这个问题呢!

小果义头发一甩,天哪,帅。他再次划了一把琴弦,把脖子上逛荡的红围巾扯了下来,系在了脑瓜子上。天哪,人类居然可以这样系围巾,快看哪,这很可能是灵长类动物第一次这么系围巾,就真真地发生在今天的梅赫川啊。那个"鸡你撕世界纪录"应该记录一下。

要唱《冬天里的一把火》,就得有个八十年代青年的独特亮相。他喝酒上脸,这会儿的脸红扑扑的,堆满了笑容。光看脸色,那就和梅赫川风吹日晒的半大小子没啥区别嘛,他之前那种迷茫气质像一股烟儿,突突突,一下子散没了。

要怎么说酒是好东西呢。

全村的人都躁动起来,他们要高潮,要八十年代的青年带给大伙的高潮。

05

院子里太热闹了,有人从后厨走了出来,挤到了窗前,原来是大萨满巫殿礼。他今天除了放鞭炮之前担负引场子大司仪,还兼任后厨掌勺。他看了一眼太阳,已经挺高了,忍不住吆喝一声:那啥,待戚的,娘家戚啥时候开席啊?东家不是说十点半就开整吗?

这一嗓子太突然了,一下子把大家从文艺演出的高潮拉回了现实,这个现实就是结婚典礼的尾巴和流水席的开头,这个衔接有点儿挂不上挡。

家有千口,主持一人。家有两口,主持还是一人。所有人都把目光看向了崔美丽,毫无疑问,她当家。

崔美丽上去使劲拍了一下小果义肩膀:行啊,大兄弟,有两下子,下次结婚还请你来唱。咱们今天先到这里哈。

王国权也上前,一边伸出大拇哥一边不住点头。人群中也有年轻人稀稀拉拉鼓掌叫好。谁都没有留意，在人群中，还有个叫小洪伟的年轻人。他轻轻挽了挽袖子，嘴里吐出一口贯日白虹般的真气，轻蔑地说：就这三脚猫的功夫还出来嗑酒瓶子，我都不稀罕发功，我要发功李小龙都肝儿颤，哼，嗯哼，这个场子观众心不诚，容易破功。

总之，全村的人都算大开眼界了，连老周大夫也是看足了热闹，但是他没有鼓掌，只竖起了中指，抚了抚眼镜。梅赫川还是老年人多，年轻人少，四十岁以上的都算老年人了，而且算年龄都算虚岁，按虚岁算我小洋猪都八岁了，天哪，再有三十二年我就是老年人了。呜呜呜呜。

崔美丽拉着王老三的手，深情款款对村长说：干爹啊，你的讲话太重要了，我想请你在娘家戚酒桌上给大伙讲。这会儿大伙在外面也站冷了，等饿了，请你屋里上座，给大家讲话，你不讲话俺们可不敢开席！

崔美丽真会唠嗑，给足了村长脸子、面子和其他随身携带器官。

村长也是爱民如子、有格局的干爹，立马答应到酒桌上发表重要讲话。

改变历史进程的，往往不是什么皇帝、皇帝他爹、皇帝他妈，也不是什么村长、村长他爹、村长他妈、村长儿媳妇，往往是厨师啊酒保啊赌徒啊传瞎话的和老中医这种凡夫俗子。请相信一个六岁半就看清世界的小洋猪。是六岁半，不是八岁，不整虚的。

如果不是厨师巫殿礼的一嗓子，梅赫川的历史要被重写，巫殿礼这一声吆喝，将八十年代的文艺风潮在梅赫川的狂飙突进，整整延迟了好几天。要知道，吃什么归他管，这就是全世界权力最大的人。就好比那个词儿：衣食爹妈。流水席啊，能吃多少好吃的啊！

其实时候尚早，才十点半，一般流水席都要十一点之后才开席，一悠八桌算，梅赫川的流水席也要拉拉扯扯五悠六悠，一直吃到下午两点。

早开席的最最最重要的原因，是大伙都还不怎么饿，吃得少，不至于上一盘光一盘，东家太难看。而且，全村的人对王老三家的流水席都没有抱以期待，早晨都吃得饱饱的。

一桌一般八个人，梅赫川算下来，拢共也没那么多人坐席。一般一家就派一个代表去坐席，老人带孩子的也有，礼金也就几块钱，没人想吃回来本钱，总还是得要点儿脸的。但是这道计算题有一个神奇的地方，会有一些人吃完一悠再吃下一悠，吃完下一悠再吃下下一悠，哈哈哈哈，我就这么干过，主要是酥白肉和熘地瓜太好吃了。

流水席的精华在娘家戚这桌。崔美丽没有娘家戚，但是还是安排了两桌 VIP 雅座，主要留给本村有头有脸的人物。这桌除了原定的大人物，还特别邀请了小果义，他已经摘下了红围脖，但是小脸还是红扑扑的，啤酒劲儿还挺大。

我看时机差不多了，哧溜就往后厨钻。所谓"流水席的精华在娘家戚这桌",那是骗你们这些没见过世面的大人的,想解馋那得进后厨,像我这样的行家才知根知底。王老三家太小了,临时借用了郝金生家作为后厨,然后再把分好的半成品菜肴送到场院,那里支着柴火灶。柴火灶出锅的美味,那都是大厨师分好盘子可丁可卯的了,就压根儿没机会下手了。

一条长案子横在郝金生家厨房门口,里面的人砍菜,然后分给忙工,再传送到隔壁王老三家场院里。我每次都是直接从长案子底下钻进去的,路熟。长案子后面,那就是堆积如山还冒尖的食材,其中肘子是熟的,肉肠是现成的,拆骨肉是现成的。酥白肉和熘地瓜是半成品还差挂糖。我的小目标是拆骨肉,顺带看看有啥别的新花样,听说有两个特别的菜,我有一些不放心,要亲自考察一下味道。

我带着积攒多年的口水,脑瓜子里像过电影一样唰唰唰浮现着大肘子、熘肉段、酥白肉……远远都能瞅见那条长案子了,我稍微用力吸一口气,甚至感觉都能闻到香喷喷的味道了,脚底下加足油门马力全开,朝后厨杀去。

一个三十出头的女子系着小碎花布的围裙,围裙上的小花儿,是晒够了阳光吸够了雨露吃饱了喝足了正在飘落的四月里的杏花吧,要不怎么看得这么眼熟呢。这位亲爱的女子正站在后厨长案跟前,她娴熟忙碌优雅地安排砍菜,为别人制作美味的人,那都是忍得住口水存得住善良的好人呢。看到我溜过来,她叉着腰,扬起手掌,用手背做了三下向外拨的手势,这种肢体语言翻译成普通话就是——臭小子,你死了这条心吧,请鸟悄儿地滚蛋吧。

我亲爱的文芹妈妈哟,站在后厨长案前的她,怎么会让我想起张飞站到了长坂坡呢。她眼睛以上皱着眉头,像要发火,鼻子以下嘴角却上扬在微笑。

见我迈不开步,赖在跟前,她眉头又加了一分劲儿,用力瞪了我一眼。只是嘴角还是微笑的模样。

根据我的气象知识综合研判,看眉头像要下雷阵雨,看嘴角那是多云转晴。看来有机会下手,但也有机会挨雨拍挨雷劈。

就听旁边一个破锣一般的嗓音说:二嫂啊,这么点儿干货支棱不起来红案吧?

原来是高二媳妇在协助文芹妈妈,我看了一眼风向和敌我双方的形势,识相地掉转马头,向长坂坡相反的方向撤去。

那边"待戚的"和崔美丽、王老三在招呼客人,忙工们已经跑得脚打后脑勺了。热闹都是他们的,我终归是心里如灰烬一般冷清的——没机会了。别了我的大肘子,别了我的酥白肉,别了我的熘肉段,我的拆骨肉、熘地瓜、炸干果、渍菜粉、切麻花……

我难受得想哭。明明是人家的喜事,我怎么就想哭呢,为什么啊?"喂"什么?

忽然,有个脆生生的声音叫住了我:小洋猪!你怎么不高兴呢?是不是想娶媳妇了?

原来是崔美丽看见了我。她笑嘻嘻地蹲下来看着我,我看到她敷了胭脂水粉的脸颊,清澈的双眼,眼睛可真好看哪,人一结婚眼睛都会变好看呢。她没有伸手捏我的胖嘟嘟的愁眉苦脸的大

115

脸盘子。幸好没有,她捏的话我当场就能哭出来啊。

我想回答她我没有不高兴,忽然想到应该先回答没有想娶媳妇,可我当时难受死了,一紧张说了句:没有娶媳妇,我难受!

崔美丽下意识去捂嘴,害怕脸上的胭粉都笑裂开了,可随即放肆地大笑起来。屋里太吵闹了,她的笑声有没有声振屋瓦我不知道,却分明看到她脸上的胭粉簌簌地落下,那雪粒一般的胭粉,像极了我没有吃到的酥白肉上面挂的糖霜啊。

我永远都不会忘记,那些从我嘴边溜走的好吃的啊,它们是那么鲜活生动,它们原本是属于我的!

崔美丽从兜里摸出来两块水果糖。天哪。我现在觉得她是世界上最漂亮的新娘,我宣布,她就是穆桂英下凡!

她把攥着水果糖的手摊开了,天哪,我都看到糖纸上面红红的草莓图案和草莓的叶子了,我的心都快跳出来了,扑通扑通扑通,你们听到了吗?

我刚要去抓,她又握紧了大手:"要叫啥来着?你得……叫我一声……妗妈?是吧?"

我看出来了,这是个有一些调皮捣蛋的穆桂英,遇到同行了。

"妗妈,妗妈好!"我笑得像花儿一样,嘴甜得像花蜜。

然后急忙接过水果糖,红彤彤的草莓包装纸,这张纸我都舍不得扔的,我都想好吃完之后,这张纸放哪儿了。

崔美丽直起腰说:"玩儿去吧,小洋猪。"

"谢谢妗妈。妗妈你下次结婚,给我整两块山楂味儿的糖哈。"说完我撒腿就跑，跑出去我还喊道：让我押车也行。

娘家戚送亲的时候，新娘旁边要有个小男孩陪着，讨个多子多福的吉利口彩。这个孩子和新娘一起坐在头车上，也叫押车的。押车的，不光是娘家戚，娶媳妇那家还要给红包的。哈哈哈哈，吃不到水果糖能拿红包也行啊。

这会儿"娘家戚"在陆续入席。免不了一番虚头巴脑的推让，最后一些有头有脸有屁股的人被动和主动地坐到了酒席桌上。

"娘家戚"只有两桌，却一个娘家人都没有。这也是计划之中的，就是安排两桌"豪华"酒席，招呼梅赫川的大人物。然后，普通客人才会开席，他们吃的就不用多介绍了，是减配版的流水席。流水席和流水席还是有差别的，同样的名字可能压根儿就不是同一个东西，这个道理不复杂，我六岁半就知道了。

娘家戚吃饭要讲究个样子，具体来说就是要优雅，不能狼吞虎咽。

什么是优雅呢？

在一个热闹的流水席上，人们假模假样端坐着，新上来自己喜欢吃的菜都只能矜持地夹起一小块。这时候有个好看的姑娘，上手直接薅下来一个鸡腿，她美滋滋地嘬喽这个鸡腿的样子，那就是优雅。

那什么是不优雅呢？

在一个热闹的流水席上，新上来自己喜欢吃的菜，人们就抢着夹起一大筷头，这时候有个不怎么好看的姑娘，上手直接薅下来一个鸡腿，她美滋滋地嘬喽这个鸡腿的样子，那就是不优雅。

娘家戚吃了什么，一直都是红喜事中大家重要的谈资。虽然事前会有一些保密，开席过程中大伙不便围观，但是别忘了，这里是梅赫川，它拥有着古老而神秘的独特信息传播渠道。在本次盛大酒席演进过程中，担任实况转播解说员的是吕小子和郝金生。

他们俩都是忙工，但是别被名字误导了，忙工也不算忙。吕小子嘿嘿傻笑着负责端菜，具体来说就是从大厨巫殿礼的柴火灶旁边接过刚出锅的菜，端到大席上去。等菜的间隙，就和郝金生他们几个人唠唠嗑、吹吹牛。郝金生的具体分工是负责盛饭，这个工作在忙工当中属于第二梯队的，相当于去西天取经的师徒四人中挑着担那位，戏份和地位略高于白龙马。一般盛饭这个工作都是一些老娘儿们干，但是郝金生媳妇也参加了这个帮忙，她帮助择菜，就是把芹菜叶择掉这种活儿。王老三家不舍得择掉菜叶，所以郝金生媳妇的工作量减轻了一半：只负责洗菜就行了。崔美丽和王老三起初担心找不到劳动力捧场，就先把王国权、吕小子等铁哥们儿笼络起来，让他们打头阵干忙工。像郝金生这种手脚不够麻利，年龄三十多岁快到老年了，又想全家都能吃上三天流水席的特殊群体，就需要厚着脸皮和老娘儿们一起竞争岗位了。

不要觉得有一些岗位不重要，就会少了竞争。这是一门"流水席经济学"。

以娘家戚为例：两桌十六个人。最多十六碗饭，盛饭的忙工盛完就进入阶段性休假唠嗑扯淡阶段。但是，多数情况下，有头有脸有屁股的人,都还有一张喝酒的嘴巴,喝酒的人不吃饭。这些忙工的阶段性休假也会因为还没完成十六碗饭的 KPI,就提前进入休假模式。

娘家戚的席上是"12 + 6"模式,就是说有十二个菜和普通流水席是一样的,只是菜码子会大一些,肉片子会大一些,这些不易察觉的细节,那也是东家娶媳妇的诚意。加的六个菜表示只有娘家戚才会吃到哦!

我一般心尖尖上的,都是加菜,想到此处我又想哭了。人生最大的痛苦,莫过于吃不到。

屋里两桌娘家戚热腾腾就要开吃,场院里和吕小子一起上菜的几个半大小子忙工,每端上去一道菜就会报个菜名,场院里凑热闹的就议论点评一番。

第一批先铺上去六个凉菜,卷签子、焖肠子、炸干果这些常规凉菜。这些菜很具有欺骗性。焖肠子里面都是淀粉,基本不舍得放肉,何况是穷得叮当响、响叮当,响完还能叮叮当半天的王老三家,不用寻思了!

如果是普通流水席,这一轮很快会光盘,因为你不下手根本吃不饱,虽然不够赚油水,总比吃不饱强。但是,娘家戚嘛,总要做个斯文的样子,不能让婆家的人笑话了。因此,前一番六个菜上来,娘家戚都不会伸筷子,只是会礼节性点评一下刚才的主持人有口才、待戚的很热情,需要一些废话杀时间。

每桌娘家戚都会有陪酒的,一桌一个东家派的代表。也有特殊情况,满桌都是陪酒的东家代表,就没有娘家的人,比如今天。

桌上都有谁呢？

崔美丽请了村长官某宽，请了村干部姜某昌，还请了老周大夫、西医王连朋，还请了吕先生、李老师，老杨太太，赵木匠、张铁匠、磨米坊的老范，代销点掌柜的老徐；除了这些"乡贤"，还有王老二，还有到哪儿都提着马蹄表的我舅姥爷，还有几位年龄很大很大的人。要说年轻人嘛，除了新郎新娘，还有一位特殊嘉宾，就是小果义。崔美丽特别邀请他坐上了娘家戚这悠流水席。

活得足够久很重要，有一些便宜只能很老很老的老人才能占到。我虽然觉得，好东西给他们吃白瞎了，他们也不能长个儿了，不像我。但是我可不敢说出来，万一他们还能长个头呢？在梅赫川，没啥不可能。再说了，我说出来就能让我去娘家戚那桌吃饭吗？如果能，我早说了，我已经不是三岁小孩了，我是六岁半的小孩了。

梅赫川的规矩，红喜事要焖红小豆米饭，喜庆。梅赫川的红小豆种在沙土的山冈冈上，土好光照足，旱涝保收，泡了大半天再和米饭一起蒸，贼香。用一大锅白米和上红小豆，水要用后沟古井里甜丝丝的古井水，柴火灶焖一个小时，香喷喷的味道顺着长苤子锅盖咕嘟嘟蹿出来。精壮忙工擎着铁锹，把红小豆米饭铲到大铁皮水桶里，拎到大席跟前。客人要添饭，忙工抄起一个大瓷碗，站在大席跟前，弯腰就近一碗舀上来，往客人碗里一扣，又大气又讲效率。客人夹一口菜的空当就添好饭了，丝毫不耽搁客人吃饭。

客人会说添饭，也会说来碗红豆饭。耪忙的忙工会打趣地说："谁要饭啊？"忙工都喜欢耍嘴皮子，话里话外经常埋着"暗算"。也有一些走过江湖的老娘儿们，接个话把儿——你老娘要饭啊！大伙起哄一般笑一下，东家办喜事，图的就是这种"朴实无华"的热闹。

也有人会出难题，那要看接话把儿的水平了，接好了那就图一个乐呵，接不好就很难看，埋汰人了，有时候顺便打架也是常有的。

我其实挺纳闷，大人们追求的这种热闹，也是有节奏的，好像大梅河分旱涝两季。开席的时候往往顾不上扯犊子，先胡噜一个半饱再说。往往盘子快光了的时候，人们的幽默细胞才会活跃起来，话题才会打开，闹笑话的旺季才会到来。所以，大伙的幽默和凑热闹，那一定是吃饱了撑出来的。

上完一轮凉菜，村干部姜云昌就问新郎：哎，我说，老三哪！我问你哈，你订婚了吗？我怎么不记得你订婚了呢？你都没订婚就结婚啊？

给王老三造得脸通红，本就不善言辞，一着急直翻白眼，舌头都打结了。

李魁星老师看不过去，就说，现在时代不同了，不兴以前的那套了，新时代了，都按照新的规矩办事，这不挺好的吗。

村长接过来说，这叫什么？这叫先上车后买票。而且，老三坐的是快车呢。

大伙哈哈哈一笑，就算蒙混过去了。

村长接着说，我那年去四平，就是坐的快车。这快车啊，尥蹶子跑啊，干得老快了，我发车的时候点的一袋烟，到四平进站的时候，这一袋刚好抽完。这一路，遇到的净是补票的了，后买票好，后买票能少花钱，少买好几站路的票钱。

大伙都附和，是，村长见过世面，去过大地方的人。

其实，我特别讨厌抽烟，但是我记得梅赫川每个抽烟袋的人。他们的烟袋锅里面能刮出来烟袋油子，家里有人头疼的时候，就全村找烟袋油子。

这是老杨太太说过的偏方，但是她让大伙保密，说用了这个偏方就没人找老周大夫抓药了。所以，全村只有老周大夫和他的小媳妇不知道这个偏方。

烟味太难闻了。红小豆米饭的香味是最好闻的，我可以坐在大柴火铁锅跟前，静静坐一上午，听着要铺锅的哧溜哧溜的声音，就闻这个香味。我才六岁半啊，就已经是这么个耐得住寂寞的人了。

流水席，多的是便宜之计，梅赫川人的智慧，只要是吃，挡不住也难不倒。你看哪，砍菜的后厨借了隔壁邻居家的厨房；焖红米饭，临时征用了后院邻居家和他们的大锅；崔美丽家太小了，搁不下这些水筲也站不下忙工，忙工们就都提着饭桶在场院里，随时给添饭或者传菜。

都上完一轮凉菜了，郝金生在场院里好像才醒过味儿来，一边从大铁皮水筲里往外盛红小豆米饭，一边就问吕小子：咱们村长讲话了吗？整了点儿啥嗑唠啊？

吕小子窝着手掌,趴在郝金生耳根嘀咕说:别听他瞎哗哗,听他的死了都穿不上裤子。

郝金生扯着嗓子就嚷嚷:你说啥?我听不清!村长说啥?扯下来谁的裤子?

吕小子清了清嗓子,一副着急的样子,接着大嗓门说:你怎么就听不清呢——村长说,你没穿裤子。你,没穿,裤子!听清楚了没有。但是,村长没说是内裤还是外面的裤子!

院子里轰的一下子笑翻了,那些择完菜蹲在墙根晒太阳的老娘儿们,那些院子里跑过等待吃第二悠流水席的小学生们,也都跟着笑。

多数人也整不明白为什么笑。反正,一个人笑,大伙跟着笑就行了,准没错,不用知道为什么笑。有时候笑半天,也没弄明白为什么笑。这就是梅赫川,会笑和会喝酒是最重要的。

吕小子和郝金生都不是一个岁数的人,按辈分吕小子还得叫郝金生姨父呢。只要能一起扯淡,年龄不是问题。

郝金生抄起饭碗,就往吕小子头上比画。又是王国权及时接过饭碗,喊吕小子快去上菜去。王国权今天是忙工头,他平生第一次当忙工头,胆大心细人缘好,就算和老的忙工头比,第一次做也分毫不差。但凡办红白喜事,总有人闹事,开头往往是开玩笑,玩笑闹急眼了,那就会动手。砸了东家的锅碗瓢盆也是常有的,酒桌上喝大了,把桌子掀了也是常有的。王国权心里有数,崔美丽这一趟流水席是瘦驴拉硬屎——支棱起来太难了,他得帮衬着看好场子。

转过头再上一轮热菜，吕小子和郝金生就又黏糊上了，两个人又搭上腔了。

郝金生问：有啥硬菜啊？俺们家老娘儿们还寻摸着弄点儿折箩呢！

折箩，流水席剩菜。混合了所有菜肴的大乱菜，滋味丰富，微咸，运气好还能捞到两块熘肉段啥的。多数情况下，好运不会属于你。

吕小子说，还别说，够硬！好吃的，海了去了！我都没见过这阵仗，六个加菜，一个比一个硬气。说着，大拇指和小拇指比画了个"六"。

郝金生好奇心起，问，啥？

大伙也跟着好奇，围拢过来，啥？啥？

吕小子说，那家伙，太硬了，能把我二姨的牙口干崩了。

吕小子就是这样，人一多就蹬鼻子上脸，攀爬能力好。

吕小子的远房亲戚叫二姨的不是别人，就是郝金生嘴里的"俺们家老娘儿们"。

啥菜？快说啊，别吭哧瘪肚的！你二姨牙口整齐着呢！郝金生说。

哦！吕小子拍着脑瓜子好像忽然整明白了，接着说，我咋忘了，我二姨都"齐口"了！

你个小兔崽子，说话不把门，简直太虎了！郝金生骂道。骂完又好奇心起，黏糊着吕小子问，到底啥硬菜啊？

齐口，是说牲口岁数足够大了，满嘴的牙齿都长齐全了。

大伙都没吃午饭，饿着肚子，个别人为了坐席，早晨也只胡乱塞了两口。虽然时候也才十一点，但是闻着柴火灶的饭菜香，又有六个硬菜勾引着，早有人肚子咕噜咕噜叫了。看着大伙流着哈喇子，眼巴巴瞅着自己等着前方信息发布，吕小子带着得意和不忍，终于向大家播报了这悠流水席，这一桌梅赫川历史上很特殊的流水席。

第一道菜是红烧梅河鱼。鱼其实是崔美丽带着王国权他们几个人在冰窟窿里刨出来的，拣了两条大个头的，在大缸里用冰块冻着保鲜。一条是白鲢，另一条是草根，两条还不一样，顾不上那么多了。配上生姜、大蒜、发芽葱和豆瓣酱，反正红烧之后看起来差不多，在这大冷天能吃上新鲜的河鱼也是少见了。

梅赫川的豆子好，家家自己酿豆瓣酱，味儿醇。深秋上冻时候，把白露葱从园子里起出来，等到年根了再栽到盆里，放在灶台旁热乎的地方，一个星期就能发新芽，过年就能吃上新鲜的发芽葱。关键，那一抹绿太新鲜了，整个冬天最金贵。豆瓣酱配发芽葱，如果再卷两张干豆腐，那就是极品美味了。更别说豆瓣酱和发芽葱红烧河鱼了！

第二道菜居然是一整只烤野鸡。野鸡的身材要比小笨鸡瘦好多，但是毕竟是稀罕货。"我吃过烤野鸡，你吃过吗？"这样的资本，吹牛的时候很有用。就算不吹牛，毕竟很多人没吃过嘛，尝一尝也是占了便宜的。据说，大厨师巫殿礼做这道菜，把满汉全席的做法都研究了一下。经过吕小子的转述以及后来好事者对巫殿礼的访谈，大伙弄清楚了这道宫廷菜在梅赫川的民间改良版制作过程——

先把野鸡内脏掏空，但不要拔毛。从外面看还是好端端的野鸡，里面要收拾得干净利落，放上花椒、大料、茶叶、食盐、白糖等等调料，再用上半颗梅赫川出产的红萝卜切滚刀块，这些拌好，淋上白酒，塞进野鸡肚膛子里。接下来，用黄泥把整只野鸡糊上，野鸡要带着毛，扔灶坑里面烤。黄泥，得是从后山地皮土以下两锹深的地方取的黄土，够黏。灶坑里面还得是落叶松的松木火，火硬没灰尘。接下来就交给时间啦。

等黄泥烤得像贴了一个星期的膏药，纹路龟裂、颜色发褐的时候，再从灶坑捞出来，拔毛。扒掉黄泥也就拔掉了野鸡毛，肉看起来粉嘟嘟，鲜嫩六成熟，烤焦的野鸡毛和黄泥的味道充分融合。想来，给野鸡拔毛，那也是一种味觉和视觉享受吧。

这还只是六成熟。要趁着野鸡刚刚脱毛的湿乎乎的劲儿，再抹上一点点食盐，把柴火锅架上火，锅底涂上一层薄薄的豆油，野鸡下锅盖盖，文火慢烤。等野鸡由内到外的湿气肉汁都烤得差不多了，隔着锅盖缝儿都能闻到野味的醇香了，这才算大功告成了。

据吕小子说，这道菜一上桌，著名老中医老周大夫就说，这个大补啊！很多人都跟着伸筷子，但是都没夹下来肉，肉太紧实了。还是老周大夫见识多：根据古代医书《黄帝内经》记载，这道菜的吃法，那必须上手撕啊！这样才不会泄了元气，才能起到大补的神奇疗效，大补，大补！撕，撕撕撕！

看到大家刚在婚礼上体验了高潮，又热火朝天忙着补充元气,王老三欢喜得眉毛都开了花,向贵宾们补充了重要信息:我媳妇头上戴的那两根缨儿,就是从它屁股上薅下来的!哈哈哈!就薅下来这么两根,剩下的都糊到黄泥里面,烤了。不信,你吃的时候,还能闻到野鸡毛的味道呢!哈哈,哈哈哈!

第三道菜是香辣手撕兔!这道菜一上来,年长的贵宾们松了一口气,这个不用上手撕了,也能啃动。喂好调料的整只兔子,大锅大火煮一个半小时,然后再顺茬儿把肉撕下来,淋上蒜汁、酱油、陈醋、现烹的辣椒油,撒上香菜末、胡萝卜碎丝、葱花。看起来颜色丰富,嚼起来带劲儿。关键,这不是普通的兔子,是野兔子!

什么东西,一加上野,那档次立马就不一样了。梅赫川人吃东西稀罕有嚼头,说话喜欢调派"野",带上"野"的话语,就好像是一包辣条里头发现一条牛板筋——有嚼头,还是野食。

我用三种情境,大致描述一下梅赫川男子不同年龄阶段,日常怎么被使用野的。一比画,你就懂。

比如说:"你跟丫蛋上哪儿野去了?"那其实是很日常的问候——你小子刚刚带着邻居家的女孩丫蛋去哪儿鬼混去了?责问的核心并不是去哪里,而是提醒你,虽然年龄到了,要来,但是别乱来。"三九天的,俩人往大野地里踅哒啥?"说的是,天挺冷,就别往外面乱走动了,要处对象也要注意保暖,而且还是在公共视野范围,大伙都看着呢。"后半夜还不着家,走野蹄子了?"这个不大好翻译,人类被其他生物模拟化描述了,嗯,有调侃中还带着责怪的意思,如果责问你的人还没抓起笤帚疙瘩打你，那还是一种夜深人静时的体己话，一般应对战术就是别说话，直接搂过来……反正不翻译大伙也能懂。

人们擅长既骂你，又让你觉得亲近，火候拿捏得死死的，这就是梅赫川人的口味，一种又可爱又恶心的感觉吧。这种口味，兔子肉里加什么调料怎么调拌都做不出来的，哪个厨师也都做不到，只有野性的语言可以做到。

香辣手撕野兔一端上大席，我舅姥爷端起酒杯笑嘻嘻地说，有这个，还能多喝二两。

老杨太太眯着眼睛，扬起右手食指点了三下，才从容地说："我说什么来着？兔年，就差这一口儿了！就凭这个，今儿结婚的人家这两口子，那也是生个大富大贵的胖小子！啊！我说什么来着！"

兔子好可爱啊！他们居然吃兔子，而且还不给我吃。

第四道菜一上席，大伙没敢认。有了前面三道菜打头阵，大伙也是长了眼了。遵守官阶等级制度的村干部姜云昌请村长先尝尝，在村长几个吃过的人的辨认之下，线索拼图才拢到一起。肉的味道像小笨鸡，切成了带骨头的碎丁，但是比鸡肉瘦，更有嚼劲儿。深绿的素菜口感不脆却韧劲十足，也能嚼出咯吱咯吱的响来。搭进去的辅料是拍扁的独头蒜，大蒜煎得软糯七成熟，肉丁炒得黄嫩带着三分焦，微咸的素菜刚柔相济，闻起来咸香四溢，看起来翠绿欲滴，它们烩在一起火候拿捏得刚刚好。绝了！

老中医周大夫看着大伙疑问的眼神，竖起中指，扶了一下眼镜——我也不知道哇,还是问东家崔美丽吧。

谜底揭晓,原来是沙斑鸡烩咸黄瓜。一般咸菜不会上大席的,可众人都觉得,沙斑鸡这个东西,只有这么做才叫菜,才叫好。

沙斑鸡叫鸡不是鸡,是鸽子、喜鹊大小的飞禽。梅赫川满族的人多,不吃喜鹊,大巴掌个头、能用土炮轰到的鸟,主要就是沙斑鸡了。

这道菜好吃,我感觉也和顺序有关,要是第一个菜就上这个,嗯哼,大众点评的风向也会变吧。到哪个河脱哪个鞋,顺序太重要了,就像我刚才举例说的"野",等你四十多岁的人了,你的老爹还捏着你耳朵说:"你跟丫蛋上哪儿野去了?"你想想,你是不是活拧歪了。我才六岁半,离四十岁还有很多年,但是这个道理,我已经提前知道了。带丫蛋出去野,那要趁早。

第五道菜是惊喜。大伙都认识,又都觉得很特别,连资深坐席的几位,也都觉得难得。难得在流水席上第一次吃到这么亲切的菜肴,实惠又亲近。满桌子的假娘家戚一致认为,就算真的娘家戚来了,也能找到回家的感觉。

仔细找,肯定能找到,找不到就是还不仔细。村干部姜云昌补充说。

我舅姥爷端着酒杯,颤颤巍巍地说,我在北省那么多年,家乡让我留个念想的,也就是这口。你们今儿这个婚礼办得好哇,我也顺便找到了老家的味道。

大伙也没听清他啰里啰唆嘚啵啥,就看到他还没吃到菜,就冲着那盘子菜举起了酒杯一饮而尽啊。

后来人们说，老爷子敬那盘菜一杯，真爷们儿。也有见证的人说，不是，哪盘子菜上来，他都喝一个，十八个菜就做了十八回爷们儿！不醉才怪。

难为东家和厨师，真能琢磨，第五道菜做了一道"青龙穿白玉"。

这是梅赫川的家常名菜，但也只是夏天和秋天才能吃到，因为那时候才方便下河捞鱼。"青龙"，就是泥鳅。梅赫川的大梅河发源于山泉，成年到辈冲下来的山泉水冲刷着山上的花岗岩。数百年来泉水唰唰唰地冲，岩石都磨成了沙子，沙子吐进河床，河底积攒了好几米深的红沙，河水都可以直接喝，河里的鱼特别干净。别的地方的泥鳅是黑的，梅赫川的泥鳅是棕褐色的，没有土腥味，一个字：鲜。

"白玉"，就是豆腐。

一年到头，梅赫川最寻常也是最知根知底的食材，那就算豆腐了。老莫头做的豆腐，是梅赫川唯一可以每天挨家门口吆喝的，他是唯一常年流动商贩，受欢迎程度就有这么高！

其实，如果天天能买别的好吃的也行啊，主要我买不起。我每次"买豆腐"都是听到叫卖声，然后跑回家先拿个盆，再跑进仓房戳一瓢黄豆，用黄豆换豆腐。多数人都是用黄豆换豆腐，只有少数人是拿钱买，也只舍得买一块豆腐，舍不得可劲造。

老莫头用小推车推两盘豆腐，挨家门口吆喝，往往一天下来，两盘豆腐"卖"光了，他再驮着两袋子黄豆回家。黄豆当天晚上再用来磨豆腐,他这个生意有意思,天天花本钱,天天回本。一年到头就折腾黄豆和豆腐。等家里黄豆攒多了,他再拉到镇上粮库卖了。

老莫头做的豆腐,是卤水点的豆腐,不用下水焯,没有豆腥味,烧炖炒炸都行,它是豆腐,也是梅赫川人共同的味蕾记忆。外地人吃起来都会惊叹:黄豆这东西怎么会这么神奇?原来这才是传说中的豆腐哇!

青龙穿白玉,做法不复杂,但是冬天能吃到确实稀罕。首先,要用半拃长的姜丝爆锅,豆腐下锅煎到微微金黄,添一瓢泉眼冒出来的古井水,添豆瓣酱、酱油、花椒粉,大火烧。趁着汤汁热度还没上来,这时候要将泥鳅下锅。要注意了,是洗干净的活泥鳅。这时候泥鳅遇到水会有一些热,但是锅里还不够烫,它们天性喜欢钻,在梅赫川的大梅河里的时候,它们喜欢钻沙子,在梅赫川的大柴锅里的时候,它们喜欢钻豆腐。汤汁一收,泥鳅刚刚焖熟了,泥鳅的肉是一层层白嫩的蒜瓣肉,豆腐焦黄泛着白里子,综合了豆瓣酱和姜丝的醇香。这时候再手撕一根发芽葱扔锅里,经典的青龙穿白玉就可以出锅了。

用梅赫川的说法,好吃不过青龙穿白玉,吃完姥姥家姓什么你都不记得了!

我姥姥家姓啥,我一直记得,你姥姥姓什么我可不记得。所以,他说的应该是——好吃不过青龙穿白玉,吃完你姥姥家姓什么我都不记得了!

我感觉这道菜的形式很重要,主要就是活泥鳅下锅,看起来既残忍又刺激,还让人流口水。看惯了杀猪杀牛的人们,喜欢看这种带劲儿的。其实怎么做,临吃到嘴边的时候,都是死泥鳅,可那个活蹦乱跳的劲儿在脑海里,一个劲儿往白嫩的豆腐里钻。我感觉豆腐其实和脑瓜浆子很像,那条泥鳅在豆腐里钻来钻去的时候,肯定也在人们的脑瓜浆里面钻来钻去,要不人们怎么会喜好这口呢?我就说嘛,这就是梅赫川人的口味,一种又可爱又恶心的感觉吧。

但是,我觉得,还是有什么非常重要的被忽视了。青龙穿白玉的形式感太强烈了,画面感太夺人了,人们一定会漏掉原本应该抓住的。

对,是姜。我感觉,这道菜的灵魂是姜,豆腐遇到姜,对味儿。大伙会留意泥鳅,会关注豆腐,甚至会介意豆瓣酱的多少、发芽葱的鲜嫩,往往会忽略姜。活泥鳅怎么也会有一些土腥味,就算很小很小。真正去味儿的是姜。它是这道菜最不易察觉的灵魂。在此,我郑重提醒大伙,生活中要留意不易察觉的灵魂,天天在你眼皮底下你却总看不到它。

我感觉在说自己——天天在梅赫川跑来跑去,却总被忽视的小洋猪,正是小洋猪本猪在此啦,哈哈哈哈。

不管多好吃,也不管多残忍,咱们在谈论可爱和恶心的时候,更在乎自己吃没吃到,是吧?

我没吃到,差评。

忽然想到,梅赫川人不吃整粒的花椒,只吃磨成粉末的花椒粉,不知道原因。撒花椒粉,这么吃,感觉不够野呢。

加菜一共六个,大伙只关注加菜。其他的都是大路边的货色,寻常的菜。再加上王老三穷得铃儿响叮当,肯定再减配一番,淀粉冒充肉肠、干果替代里脊,这套路大伙都懂的。

第六个菜是什么,成了压轴的悬念。连村长都说,最近上火胃口不好,尝尝加菜就行了,别的菜我吃不吃都行的。

我其实最近胃口一直很好,我想都尝尝呢!我不怕上火!

第六个菜上席的时候,所有人都以为搞错了。怎么会?怎么可能?这就是第六个加菜?这个和之前的差别有点儿大呢——第六个加菜居然是尖椒干豆腐!

只有我舅姥爷再次端着酒杯,颤颤巍巍地说,我在北省那么多年,家乡让我留个念性的,也就是这口。说着就冲着那盘子菜举起了酒杯,又一饮而尽啊。

大伙都没有伸筷子,只有八十年代青年代表小果义夹了一口尝尝,然后又夹了一口,不停点头!

婚礼上,小果义对瓶干了一瓶啤酒之后,脸一直红扑扑的。其实整个流水席上,崔美丽和王老三也就只准备了四瓶啤酒,被他提前干掉了一瓶,两桌大席上只好一桌摆了两瓶啤酒,一桌只上了一瓶,好在每桌还有两瓶白酒"梅河大高粱"撑着场面。年轻人认啤酒,上岁数的人们还是喜欢喝白的,有劲儿。

上席之前,王国权拉着小果义的袖子,友好而亲切地叮咛嘱咐:哥啊,啤酒就这么多哈,你可悠着点儿整!要是不解渴,你就整白的吧哈。还有,哥啊,你牙真的没事吧?

小果义不光牙没事,味蕾捕捉食材气味的功能还是异常敏锐。大伙在婚礼上注意到这个年轻人，虽然老周大夫扶眼镜、老杨太太撇嘴，对年轻人这一套不稀罕，但是现场引起了很大的轰动，大伙觉得他唱得比死人的家里雇来的吹打乐队有意思多了。

梅赫川有人家里死人的时候，有钱人家喜欢雇吹吹打打的锣鼓唢呐乐队，加上哭腔的干号，烘托气氛，简称"雇吹儿"。

两相对比，大伙对小果义是高看一眼的。特别是崔美丽，她真心觉得气氛很好，也打心眼里感谢小果义的友情出演，特别请他上了娘家戚的大席。可是，上了大席的人，要么能扯淡逗大家笑，要么能喝酒带着大伙往大了喝往高了灌。喝酒，小果义好像就一瓶啤酒的量，唠嗑也和大伙不在一个音频轨道上，稍微有一些空虚寂寞冷。

小果义说尖椒干豆腐好吃，没有引起大伙共鸣。我想，就算他说香辣手撕兔好吃，也不会有共鸣的，如果我在场，一定也会表示疑问：真的好吃？我不信，我尝尝，嗯，好像有那么点儿意思，嗯，我再品品，嗯，确实呢，你说的有道理，但是还有一些别的味道，我再来一口，确认一下。

如果时间允许，我可以确认一下午，两只兔子都给我慢慢确认也行，我说了，兔子那么可爱！

这才是真的共鸣！

桌上识文断字的人不多，李魁星老师看小果义文绉绉的，不免心生悲戚，伸筷子尝了一口尖椒干豆腐，算是同情弱势群体了。也算是唢呐对吉他的阶级同情，相当于金角大王的紫金红葫芦对银角大王的羊脂玉净瓶的惺惺相惜吧。

要怎么说，心怀慈悲的人，那都会好人有好报呢。李魁星老师一念之间的善举，成就了他一生中吃过的最好吃的尖椒干豆腐。

李老师忽然鼻子一酸，感觉有热热的液体在眼中逛荡，他知道刚才鼓喇叭的时候，鼻子辛苦了，那这一口美味就是最好的补偿了！

在吃这件事情上，梅赫川人显得异常大气有格局，连知识分子的意见都会被采纳。大伙听李老师夸赞这道不起眼的菜，都纷纷好奇，尝一口尖椒干豆腐也不会怎么样嘛。除了村长说怕上火没有吃，大伙都吃了，而且还没等村长反应过味儿来，已经光盘了。

娘家戚大席上，第一个光盘子的加菜，居然是尖椒干豆腐！会流芳千古吧！

太不可思议了。所有人后知后觉，纷纷向小果义投来赞许的目光——失敬失敬啊，年轻人。只有村长很困惑，一个尖椒干豆腐而已，大伙这么没见过世面吗？

梅赫川的干豆腐原本很出名，大伙也知道，但是毕竟是家常菜。怎么算也够不上大席上的加菜。可是，大厨师端破碗盛稀粥，实在凑不上这个菜了，就在平常中下功夫了。

梅赫川的干豆腐，是全世界最薄的干豆腐。这东西也是很神奇的食材呢，关里也有叫豆皮或者千张的，各地叫法不同。唯独梅赫川的干豆腐，可以给这东西正名了。又薄又有韧性，就像窗户纸。平时大家用它卷个大葱，蘸酱就吃。好吃归好吃，太常见也就上不了大席了。

可这第六道加菜,可真是让人叫好呢!干豆腐也是寻常的干豆腐,尖椒也是寻常的尖椒,但是味道特别棒的奥秘,还在于勾芡的汤汁。大厨师巫殿礼用炖野兔子的高汤勾芡,光这个汤汁就熬制了一个半小时。看不到肉,却充盈着满满的肉汤滋味,再加上从来没有人这么做过这道菜,自然也没有人吃过这道菜,蝎子拉屎——毒(独)一粪(份)啊!

尖椒干豆腐还是不错的,可以吃,蝎子拉屎不能吃,这个我知道的!

村长永远也不会知道,因为怕上火,他错过了什么。

话说回来,没有这道菜行不行呢?加菜就加五个不行吗?

梅赫川有句老话:一个菜招待鳖,两个菜招待戚。说的是招待客人的菜一定要是双数,单数就是骂人,而且骂的内容和暗示性很强的动物有关系,这可是极大的侮辱,埋汰人都埋汰到家了。

当然也有特殊情况,就是办丧事,东家就只准备单数的菜肴上席,暗示悲伤到了极点。所以,加菜如果凑不够六个,也得双数。四这个数字不吉利,八这个数吉利,但是六个菜都凑不上,就别够着八啦!大厨师巫殿礼可真了不起,值得全村的人给他点两个赞、六个赞以及八个赞!

当然,这幕后还有一位无名英雄啊,那就是我文芹妈妈,她可是负责"砍菜"的。我想,她肯定起了很大作用,但是没听她提到过。

这场婚礼，真是热热闹闹，除了加菜，还应该有不少有意思的事儿和人，但是我都没记住，还是好吃的更容易加深记忆。

我还记住了八十年代的新青年，他喜欢吃尖椒干豆腐。

流水席，真是全世界最热闹最开心的事情啊。我特别盼着有人家结婚娶媳妇，虽然这种事很少。那死人也行啊，死人也要办流水席的，只是少了一个菜，一个两个的，我不介意的，有流水席的日子，那都是好日子。

屋里席上吆五喝六喝着酒，外面也很热闹呢。我要给没见过世面的大伙，隆重介绍一下梅赫川独特的聚众饮食娱乐项目——"吃糊"！

如果真的有《流水席经济学》这本书，那也会有一两章专门写这个项目吧。

我那天参与了吃糊，确切说是遇到了吃糊，撸到了一个糖葫芦，战果显赫！

首先，我要做一个名词解释，这种《现代汉语词典》里面都没有的时髦词儿，让一个六岁半的小洋猪来解释，稍微有点儿难度。

但我是谁啊？我是六岁半就看明白世界的小洋猪，我已经不是五岁半、四岁半那时候的我啦！

听过田连元讲过的评书《瓦岗寨》吧，"风紧，扯糊"这个词儿，大家都懂吧。这个"扯糊"的糊，和"吃糊"的糊是一个意思。说"上"的时候，哥几个一哄而上啊，说"扯糊"的时候，看风头不对那就撒丫子跑路啊！

但凡有红白喜事，都会有一些卖零食的走街小贩儿。棉花糖、冻秋梨、冻柿子、糖葫芦、油炸糕、冰棍、雪糕……（不行了，流口水了。）这些东西都能遇到，而且孩子们多，有长辈买一个，就会有一群孩子围过来，这些孩子都是八竿子能打到或者打不到的亲戚，叫叔叔，叫大爷，叫舅舅，叫姑父，反正呢，时有时无若即若离的血缘关系，在这时候都会突然迸发出来。如果遇到亲戚少的成年人给一个孩子买东西，也不用愁，孩子管他叫什么，其他孩子也凑过来叫什么。有一次，有人一下子遇到七个女儿和十二个儿子——组团型亲友会，就是因为他儿子说了句"爹，糖葫芦好吃，买"，场院里的孩子们都围过来叫爹。

这个"爹"如果不给其他孩子买，也不要紧哪，完全正常嘛，又没滴血认亲。可是，只要那个亲生的走上前去，从卖糖葫芦的车架子上拔下一串糖葫芦，好戏那就开场了呢！

所有孩子都会围上去，主动去撸一串糖葫芦。这可是狼多肉少啊，下手晚了可能啥都撸不到，得手就跑啊！

所谓吃糊，抢而速散，是也！

结果不难猜吧，那位当爹的埋单。糖葫芦是白吃的，爹不是白叫的。

类似这种情况，算文明的吃糊了，咱们简称"文吃"吧，我遇到的恰好不是这种，我遇到了"武吃"，哈哈哈哈。

大人们看到场院里有孩子聚集，再加上有小贩儿在吆喝，都会有所防范，具体防范方法是——绕着走！特别是一眼看去，人群中还有自己的晚辈，那都会掂量一下自己兜里还有多少钱。屋里席上热闹地喝酒，外面的孩子们还没赶上开席，实在闲得无聊。

我其实不会觉得无聊，我自己会跟自己玩儿的，只有他们才会无聊。多数情况下，他们也咂摸不到无聊是个什么状态和滋味，顶多憋出一句"没意思"。

大家都没意思。赶上小果义演唱会的余温，淘小子们就想创造点儿意思，恰好卖糖葫芦的把自行车推进了场院。他是个外村的小贩，听说哪儿有红白喜事，赶个场子多卖几支。他肯定不知道，梅赫川是穷得连家雀儿都绕着飞的地方吧。

高粱秆褪去了叶子，捆一小捆，中间裹一根刺槐木杆，扎成近一米高三拃粗的桩子，固定在自行车的车把前，这就是糖葫芦墩子。要是你还没整明白，我可以说的再形象一些——评书《瓦岗寨》听过吧，里面有个宇文成都，有可能喜欢吃糖葫芦，因为他手持凤翅镏金镋。宇文成都手里拎的这件兵器，形状比较接近糖葫芦墩子。你要是没听过评书，我还可以换一种描述——糖葫芦墩子的形状很像瓦岗寨的"寨"字掀掉头上的大檐帽。

糖葫芦都用竹扦或者细的荆条穿好，亮堂堂扎在墩子上，像个大将军，神气十足。小贩儿推着自行车，红亮亮的糖葫芦一晃一晃地挡在他的身前，老远你就能看到一墩子糖葫芦向你走来，这几十个上百个糖葫芦啊，向你走来，谁不心动啊！

我其实见识过做冰糖葫芦的。梅赫川也有野生的山楂，秋冬季文芹也给我和我哥做过，她太忙了，也只做过一两次。首先把山楂洗净，去核。我怀疑买来的糖葫芦都不洗山楂的，不过我不介意，吃完我再喝点水，逛荡逛荡肚子，就当给它洗干净了。

去核是一件好玩儿的活，我喜欢干。横着切进去三分之一，用小刀在山楂肚子上划一圈，上下一拧，上面的一瓣就下来了，下面的一瓣山楂还托着核，直接把核儿抠出来，然后上下两瓣山楂再重新合体，穿进竹扦，凑够八个山楂就可以穿成一串。精明的小贩会把小个头的山楂穿在底下，大个头在上面，这样看起来壮观，拿起来颤巍巍的，挑逗你的口水。

也有坏人，不去核不洗山楂就硬穿成串的，哪儿都有坏人。没洗的脏兮兮的山楂，在融化的冰糖糖浆上滚一下，糖汁沁到山楂里，看起来也是红亮亮的，就像坏人也常常人模狗样的。

我喜欢去核，喜欢一拧的那个瞬间，感觉特别开心，像是把格格巫的脑袋拧下来。

那天是二月二，那个可怜的小贩，肯定也想把这些淘气包的脑袋拧下来吧。我想他会铭记这个特别的"龙抬头"。哈哈哈哈。

他把自行车往场院里一戳，支上车梯看热闹。嘴里有一搭没一搭吆喝一句"糖葫芦"，仿佛在提醒孩子们：趁着喜庆的日子，要把过年的压岁钱花一下嘛。

梅赫川孩子的世界，他不会懂，谁见过压岁钱？梅赫川孩子的世界，他还不懂，俺们从小就如狼似虎。

红亮亮的糖葫芦一进场，孩子们早就瞄到了。瞄了半天也没见到慈祥善良温柔贤淑笑容可掬的三叔二大爷走过来啊，那感觉就像何塞·没盖儿[①]连续三集都没有见到卞卡，真叫人抓心

[①] 此处作者想说的人物正式名字叫何塞·米盖尔，墨西哥110集电视连续剧《卞卡》的男主角。卞卡和莫妮卡分别是两位女主角的名字。

挠肝啊。

也不知是谁——已经不想等待卞卡了吧,直接来个莫妮卡也行啊!——低声嘟囔了一句:"要不咱们吃糊吧!"

我,小洋猪,六岁半就明白一个道理:重要的事情根本不用大声嚷嚷。

场院里所有的孩子,一下子就感觉是获得了某种暗号,只在电光火石间交换了一下眼神,呼啦啦就都围了上来,伸手就去薅糖葫芦啊,迅猛的势头,就像鸡群里撒了一把米,留给观众的只有骚动异常的鸡屁股。这些屁股中,也有我那耸呀耸的圆圆屁股呢。

我采用的是游击战术:不恋战,更不贪心,得手就蹽。

卖糖葫芦的小贩已经傻了,大白天的被一群孩子打劫了。家雀儿绕梅赫川飞就对了,这地方雁过拔毛啊!而且还拔得像葛优的头发,没几根了呢!一眨眼,糖葫芦架子就拔得差不多了,剩下的糖葫芦也都是插在墩子下面个头小的了!

小贩忽然明白过来,绝望地喊道:你们是土匪吗?

你看他这话说得,多幼稚,难道我们是正规军不成?

我现在特能体会,那些去乌龙山剿灭土匪的英雄们,太不容易了,土匪啊,太野蛮了!糖葫芦啊,太甜了。"吃糊"糊来的糖葫芦啊,太不容易了,太甜了!哈哈哈哈。

郝来宝算是这拨孩子里稍微大一些的,人一多他也胆子肥了,第一支,得手!薅完一支糖葫芦感觉还可以扩大战果嘛,第二支,得手。欧耶!

然后他又嘚嘚瑟瑟迁回来，薅第三支——

卖糖葫芦的小贩今儿个也是开了眼，奇耻大辱哇！在郝来宝第三支糖葫芦得手的刹那，他也逮住了郝来宝的脖颈子——你个小兔崽子！

小贩总算逮到一个稍微大点的孩子。给钱！

"吃糊嘛，动手不是爷们儿，快放手，人家一会儿还要坐席呢！"郝来宝狡辩。

小贩不依不饶，孩子又没钱，糖葫芦也不是郝来宝一个人抢的，要么就还给你糖葫芦，两支半——郝来宝已经撸进嘴里半支了，吐不出来啦！

小贩拉扯着郝来宝的工夫，葛优剩下的几根头发也被薅光了。

小贩急了。自行车倒了也不去扶了，反正墩子上一个糖葫芦都没有了，连个山楂渣渣都没给剩！悍匪呀！绺子！一群嘎嘎新的小绺子！

郝来宝耍赖皮，小贩就薅着他脖领子在场院里打磨磨，一圈圈就像老驴拉磨——反正你不给钱想白吃，就得像驴一样转圈，累死你！

郝来宝毕竟没有成年，撑不住了就干号，一滴眼泪没有，嘴里含着糖葫芦，嗷嗷叫唤。

梅赫川的老爷们儿都是又穷又精的人，贼着呢！看这架势，一下子都忙了起来，好像都没空顾得上这边的冲突呢！忙工们更是加快了脚步上菜、撤桌，手脚比平时还麻利了不少。

郝金生在场院里盛饭，听得出自己家的孩子在干号，饭勺子往铁皮桶一扔，"咚"，暴脾气就上来了。王国权上前说了句，哥，人家的喜事，咱可不能干仗哈！郝金生眉毛一横、袖子一挽：别的屯子来的人，油梭子发白——欠炼啊！

梅赫川人管打架叫干仗或者打仗，光凭字面的火药味儿，你就可以掂量一下参战双方下手的分寸了。

王国权瞄了一眼场院里，随时准备拉架收拾局面。

小贩已经彻底没有招儿了，这么耗下去不光驴累，磨也累啊。郝来宝干号了半天，终于见到亲爹来了，一激动真的哇地哭出来了，鼻涕一把泪一把，擤人家小贩一胳膊袖子大鼻涕。他张口就要喊爹，郝金生声若洪钟地大吼：小兔崽子，给我憋着，敢吭哧个动静我拍死你！

小贩看到有大人来圆场，心里松了一口气。听他叫郝来宝小兔崽子，心中还纳闷，我刚才骂他小兔崽子，怎么这个家长也叫他小兔崽子呢？难道，这孩子真叫这个名字？

管他呢，有大人就好，也好讲道理，也终于可以有人埋单了。

吃糊嘛，就是这样，特别是不文明的吃糊——武吃。文明的吃糊，由谁买单很明显，抓个冤大头。不文明的吃糊，那很可能动武，出来圆场的往往那就得花点儿钱了。

小贩上去就把郝金生脖领子薅住了——这下不能再跑了，逮着一个大个儿的，这个可不是生瓜蛋子。郝金生一瞪眼，小贩又觉得在人家的地盘，动武可能要吃亏，赶忙拉着郝金生的袖子。

小贩吧啦吧啦吧啦，把自己遭遇的打劫行为描述了一番。还没有说完，郝金生已经豹子眼瞪圆如铜铃，大喝一声：小兔崽子！上去就踹郝来宝一脚。

这一脚不是很重，但是郝来宝刚刚老驴拉磨转晕了，一脚就把他踢坐地上了！

小贩吓一跳，原以为这个家长会和自己掰扯，没想到上来就动手打人，而且是打孩子。还没有搞清楚俩人啥关系。不知道是劝架还是如何是好呢！

郝来宝嘴里的糖葫芦渣渣已经咽下去了，但是感觉咽不下这口气啊，正等着他爹来给自己出头出气呢，没想到他爹上来就是一脚，太突然了。

他刚想向他爹撒娇，郝金生那纯爷们儿的暴脾气就上来了——小兔崽子，你敢吭一声，我踹死你，你还坐地上了你！啊？！你，你，好啊，你，还要跑，我跟你没完！

郝金生接着又一脚踹过去，这难道就是失传多年的"无敌鸳鸯脚"吗？这一脚力量看起来特别大，排山倒海倒江倒河倒小水沟的力量，统统用上了呢！

只是角度有一些偏，没踹着，而且不是狙击手打靶打成了六环那种偏差，简直就是脱靶啊！郝金生气急败坏啊，小兔崽子，你还想跑？！你还想跑？！你跑不出这个院子，看我不打死你！

郝来宝终于醒悟，得跑啊！院子！亲爹都说了三遍了！

郝来宝就地十八滚啊，连泥带土就往外蹽啊！

旁观者都觉得，郝金生是气炸肺子了，追的时候都是横着跑的，身体里的怒气已经失控横着蹿了。如果谁在他身后，想跟着追出去都没法跑他前头去。

郝来宝夹带着一溜烟儿跑出场院，跑过梅赫川的土街，跑得杳无踪迹。郝金生跟着也还是一溜粗烟儿追出去，由于他体内怒气横蹿，此烟略粗。

小贩再次蒙圈了！他看着远处两溜烟儿，再看看倒在地上的自行车——墩子上空空的，糖葫芦都没有了，连个棍儿都没剩下。

他再看看场院里的忙工们——大伙好像谁都没有看到这里发生的一切，感觉刚刚还有人在围着看热闹，难道是眼花了？

小贩晃了晃脑袋，眨巴眨巴眼睛，再看——忙工们异常忙碌，没有一个人偷懒，没有人唠嗑、抽烟、嗑瓜子。流水席紧张有序地开展着，待戚的在里屋吆喝一声，场院里的忙工头随即答应着，他们工作配合得太有默契了。孩子们有的在跳皮筋、有的在玩嘎啦哈，没有哪个孩子在吃糖葫芦，看不到糖葫芦的竹扦棍儿，甚至也没有孩子在吃零食。但是，他们的脸上洋溢着童年的天真、烂漫和淳朴，这是一张张欢快的脸，对生活充满热爱和希望的脸啊！没有人看到他的存在，连角落里的一条晒太阳的大黄狗都挪了挪身子，躺得离他又远了两米。

这时候，一溜烟划过，郝金生又跑了回来了，这溜烟明显比出去的时候细了。但是，郝金生余怒未消，眼睛还是瞪得像铜铃，只是眼神中多了一丝自信、一丝骄傲和一丝成熟男人特有的慷慨大气。

小兔崽子,跑没影了。等下次逮着他,我不一脚踹死他我都不姓王!郝金生气呼呼地说。

小贩打圆场说,小孩子嘛,收拾一下就行了,也不用下狠手,也没多少钱!

郝金生一脸不高兴:没多少钱?你说得轻巧,俺们赚钱容易吗?俺一个油炸糕才挣二分钱!二分钱哪!

他狠呆呆比量一个"二"的手势摆在小贩面前。

小贩又蒙圈了,不是糖葫芦吗,怎么又扯到油炸糕上了!

郝金生把"二"的手势继续狠呆呆摆在小贩面前,动情地说:就是这个小兔崽子,我今天才算认清他,上次就是他,带头把我的油炸糕"吃糊"了。我一直没整明白没对上号,今儿好,又来吃糊糖葫芦,赶巧大兄弟你在啊,我才有机会认清他。也不知道是谁家的,这种事情找大人也没用,就往死里削!二分钱哪,大兄弟,我一个油炸糕才挣二分钱!你说我能手软吗?见一次削一次!

小贩听得张大了嘴巴、瞪大了眼睛,他的眼睛现在也像铜铃一样大,只是他的眼神里充满了困惑、不舍、不自信、不骄傲和不成熟男人的不慷慨!

最后,小贩痴痴地望着郝金生狠呆呆比画的"二"手势,轻轻地吐纳着呼吸,一个新学来的字眼,如同游丝一般从他嘴角滑过:吃——糊。

郝金生说得没错,他确实不姓王,他们全家都不姓王。

吃糊最大的魅力是没有预谋,都是突发的,刺激不刺激?它完全就是带有突发色彩的、结果不可预料的、碰瓷型美食打劫行为。寻常美食，经过梅赫川劳动人民的二次创造，被赋予了一层新的文化内涵。吃糊撸来的糖葫芦和花钱买来的糖葫芦，它的味道能一样吗？

我感觉这是一种古老的非物质文化遗产，超级过瘾，应该发扬光大，要光很大很大那种发扬。乌龙山的弟兄们，啊不，梅赫川的孩子们，加油吧！

梅赫川的人们喜欢大：新出生的小男孩，那得叫大胖小子；脸蛋胖乎，那得叫大脸盘子；办流水席，叫办大席；上菜，菜码子要大，上不了大菜码子那至少盘子也得大；喝酒喝多了，不叫喝高了，叫喝大了；娶媳妇，要娶大屁股的。不过，能娶到媳妇已经不错了，祖坟冒青烟了，屁股小一些也凑合了，大伙也就不那么攀比大小了，只攀比有没有。

二月二这天，梅赫川人用"大"造句的话，那基本是这样说的：瘦得像丧门棍的王老三，娶了个大脸盘子的媳妇。邪门儿了，大席上十二个菜外加六个加菜，嘿，菜码子够大啊！他媳妇崔美丽大屁股啊，啊呀，看来能生个大胖小子，嘻嘻，酒席上老王头（小洋猪之舅姥爷是也）都喝大了，热闹整大了！

舅姥爷喝大了，这话让我一咂摸，感觉好像喝酒后，舅姥爷就变大了，我想不出变大的舅姥爷会是啥样？会变成提着马提灯到处送财神的财神爷爷吗？还是舅姥爷变成了大舅姥爷？

舅姥爷真是高兴啊，喝大了也高兴。他看看天，好天，嘻嘻嘻，好天哪，快两个月没下雪没下雨，干得冒烟的好天；他看看地，好地哇，嘻嘻嘻，"春分地皮干"，这才惊蛰前后，地皮干得像他奶奶的胸了，好地啊；他看看人，好人哪，都是一水的狼哇哇流着口水等着坐席的人们，嘻嘻嘻，好人哪。

他看什么都开心，都让他咧嘴笑，看什么都心潮荡漾。越开心越咧嘴，越咧嘴越荡漾，开心得天地都随着他旋转啊，他是坐上了旋转木马了吧！

他感觉嘴角已经合不上了呀，肚里的食物和心潮一块儿荡漾啊。他还是忍着，旋转木马呀，慢点儿呗，这么多好吃的东西呀，可不能吐，好容易吃到嘴的呢。他忍不住嘟囔：在北省那么多年，家乡让我留个念想的，也就是这口、这口，还有这口、这口，以及这口和这口，一口都不能落下，一口都不能少吃了！它们是只有假娘家戚才能吃到的呢——带着筋头巴脑的香辣手撕兔啊，浓汁的红烧草根鱼啊，柴火灶烤的野鸡啊大野鸡，脑瓜仁里面钻来钻去的青龙穿白玉哟，艮揪揪脆生生的沙斑鸡烧咸黄瓜呀，高汤吊卤子的尖椒干豆腐哟……

他想起这些印刻在脑海里的美味，不禁又流了口水，好想再整一杯酒呢！今儿菜多硬啊，他用力咽了一口涎水。可是，他乐得嘴合不上啊，涎水咽下去，排山倒海的浪潮就往上涌啊，就像三伏天涨水，平漕了的大梅河，拢不住闸门的！

舅姥爷笑嘻嘻地捂着嘴，眼里攥出了泪花，几步蹿出王老三家的场院，对着大野地就哇哇哇哇地吐。一边吐，他还一边哭，心疼啊；一边哭还一边笑，笑得已经忍不住收不回下巴了。

在梅赫川喝大了，也还是爷们儿，比不会喝酒的人爷们儿，比藏着掖着少喝的人爷们儿。大伙见惯了喝大了，只要不是躺在那里动不了，没人会去招呼他，爷们儿自有爷们儿的尊严。

舅姥爷一个人吐累了，撄了一把粘在嘴角和胡子上的残羹，下意识去怀里摸一把，马蹄表呢？哦，还在，他长出了一口气，放心了。他又伸手进内怀口袋，那一沓票子呢？哦，还在，踏实了。

他坐在了野地路边上，隔着路望着王老三家场院。距离是一个神奇的好东西呢，你在当场就看不清想不开放不下，等你跑过场院拉开距离再看，就会大有不同呢。舅姥爷隔着梅赫川的土路和场院，望着房子里和场院里热闹的老爷们儿老娘儿们，吃糊完欢腾的孩子们，袅袅的炊烟升上了天空，早春的小风把天空刮得瓦蓝瓦蓝的，空旷得连一只家雀儿都没有。这炊烟携着人们的快活升腾起来，慢慢消散在天际，与整个梅赫川融为一体，好像要向天地和老祖宗捎个信儿。这还是自己生活过的那个梅赫川，过去三十年五十年就是这样的，它一直这样的，它没有变啊，它可千万别变啊，它可得祖祖辈辈都这个模样。

舅姥爷看着眼前的一切，不觉痴了，心里忽然纳闷起来，不觉嘟囔着：这、这、这，谁和谁结婚来着？

高二家的猪哼哧哼哧跑过来，它今天抬头看了半天的云，一朵都没有，有一些失落和迷茫，可又一下子喜从天降，有人吐了一野地，这真是天降美食啊。猪一定困惑，今儿啥日子啊，谁和谁结婚来着？

高二家的猪一顿搜罗，把草叶上的污秽都舔得干干净净，比脸还干净。它吃得太美了，六个加菜，十二个正菜，带着胃酸的初步融合与搅拌，经过食管的润滑，伴随着早春的土腥味和枯草的自然气息，这可能是它一辈子都没享用过的美食吧。

它如果也像舅姥爷一样，去过北省这样的大地方，经历过猪世的繁华和沧桑之后，也一定会对这一顿念念不忘吧。我相信，经过这一顿，它已经不再是平常的梅赫川土猪了，也不再是望天看云的苏格拉底哲学猪了，应该属于猪八戒西天取经后，亮瞎众猪的双眼、获得净坛使者荣誉勋章的那种猪了，我给它取个简称：扒瞎那种猪！

话说扒瞎那种猪，成了崔美丽婚礼当天第二个醉倒的爷们儿。

舅姥爷喝了太多的梅河大高粱，这种酒是纯高粱酿造，在酒坊要九蒸九焙，就像猪八戒经历的九九八十一难，这一顿折腾下来才酿造出来的好酒呢！

梅赫川的人都是爷们儿，爷们儿种出来的高粱都豪横，高粱酿出来的酒都霸气，不光人喝大了能醉倒，猪拱了人吐的东西也能醉倒！醉倒归醉倒，但是不头疼，醒酒了还跟啥事儿没有一样，脑袋瓜子一点儿都不疼，猪的脑袋瓜子也不疼。

但是，后来也有人不是这么说的呢。比如老杨太太，她就说：可不敢乱说，你们哪要看日子，二月二，这可是龙抬头的日子，吃猪头肉，以猪代替龙，是猪的大日子，它怎么会醉呢？凡事啊，还是要翻翻阳黄历，你换个日子喂猪、喝大高粱看看？肯定不行的！俺都说多少遍了，梅赫川的大梅河那就是小龙，明年生的孩子那也是最近一千年最后一个龙年的命，要信命，你要不信命，二月二就别吃猪头肉。

大伙一致感觉老杨太太说得对，没有人给猪买过梅河大高粱喝，手里的日历牌都攥得死死的。从此以后，二月二，成了梅赫川人举办结婚喜事首选的日子，顺便吃一下猪头肉。如果没有谁家娶媳妇，大伙也乐颠颠地啃猪头肉，不光信命，也信老杨太太的话，一边啃还会一边说，喝一个大高粱吧，今天喝大了也不怕。当然，大伙也会不自觉地想起崔美丽的婚礼，想着整点儿新花样，别总是老一套。

大伙并不知道，这个把风俗都搬了家变了脸的婚礼流程，多数还是崔美丽和她的小哥们儿大伙一起鼓捣的。她也特别想办一个风风光光的传统婚礼，可没钱啊！王国权、小果义、小洪伟等年轻人也干了不少事。

当然，还有文芹妈妈。她除了帮忙砍菜，还帮崔美丽赶制了一双新鞋。

崔美丽定了大日子，就到处搬救兵。那天傍晚，她到我家，请文芹妈妈帮忙砍菜。崔美丽才到梅赫川没多久，之前都没说过话的两个人，一见面却拉着手唠家常。文芹妈妈打量了一下崔美丽的身材，主要是大脚板啦。文芹妈妈就说，妹子啊，算来这日子挺紧，我试试帮你纳一双新鞋吧，但愿时间还能赶得上。

崔美丽难为情：姐啊，人家的脚丫子太大了，哈哈哈，四十码的，恐怕要费工费料呢。

她咧嘴一笑，露出黄黄的大板牙，笑声震得感觉屋顶上的瓦都打战呢。

文芹妈妈笑着说：不打紧，鞋帮子太小纳鞋底才费劲儿呢，过日子脚大才能走得稳。

文芹妈妈做的手工千层底鞋，那可是梅赫川的门面。谁家大姑娘出门子、小媳妇过年回娘家，能穿上一双文芹妈妈做的手工鞋，遇到人嘴里都啧啧称奇，都觉得特别有面子呢，穿上新鞋的人，连走路都想高抬腿呢。

这个季节里，家家都还比较闲，只是文芹妈妈要准备小瓦厂春节开工，她算是梅赫川少有的忙人了。为了瓦厂开工，晚上她搓草绳子，刚做好的瓦要上垛，草绳子捆瓦垛，用处大着呢，要提前预备好。她白天要准备买水泥，检查和维修一下瓦厂的工具，还要和工人们商量今年的工价。就是干这些活儿的间隙，她抽空给崔美丽做鞋子。

第二天，文芹妈妈就打糨糊，剪布料，糊袼褙。一张袼褙，需要铺五层棉布。文芹妈妈在梨木炕桌上摊开了棉布，铺一层棉布刷一层糨糊，棉布粘着糨糊，在桌面上压得板板正正的。第五层其实是半张棉布，整个袼褙就中间稍微厚一点点，四周薄一丢丢。棉布也是啥色都有，赶到手边有啥边角料就用啥，等到四层半的棉布都糊好了，她就提着大梨木炕桌，闯到窗根底下晒太阳。赶巧是正月末的天气，风吹得不算硬，在太阳地儿晒一天袼褙也就成了，揭下来溜光直挺的一大张，文芹妈妈揭着袼褙笑着和我说，小洋猪，你看，一张大煎饼哟。

连续四天,文芹妈妈都在晒袼褙。等第五天头里了,文芹妈妈捋着手上晒好的"大煎饼",鞋底部分的材料就算准备齐整了。

接着,她把四张袼褙按照四十码鞋底的尺寸剪出来,剪成八张细长的五颜六色的"小煎饼"。其实她剪刀下手要比鞋样瘦一小圈,具体瘦多少呢?也就一韭菜叶那么薄吧。文芹妈妈之前糊了四层半的"大煎饼",中间会比四周厚一点点,具体厚多少呢?就一个韭菜叶那么厚吧。

剪下来的"小煎饼"四周不光薄了一点点,还都是飞边的,不整齐。文芹妈妈又扯了一块白布,给这八张小煎饼镶了一圈白边儿,这会儿"小煎饼"的边儿看起来又齐整又干净了。这层白边正好摊平了之前"小煎饼"外面一圈的薄边,整个"小煎饼"这样就彻底平整了。

怎么样,文芹妈妈"摊煎饼"这活儿挺复杂吧。

文芹妈妈右手抄起一只梨木的拨拉锤(啊呀,就是纺锤啦),左手捻着一卷散枲麻的一头儿,嘟嘟嘟嘟一转悠,就打好了十米的细细的麻线。用大马蹄针穿上细细的麻线,下几道花针,穿成了两沓"小煎饼串",算是临时固定了鞋底子了。

一般人的鞋底都是五层袼褙,文芹觉得崔美丽站起来比王老三高半头,鞋底再厚就更扎眼了,走路也晃晃悠悠了,于是就悄悄减去了一层袼褙。

文芹妈妈再用大马蹄针纳鞋底儿:把四层袼褙一针压一茬密实缝好。针眼要密实,鞋底才结实牢靠,可针眼一密实就特别吃劲儿,还要借助小钳子,纳一双鞋底儿折两根针,都是常有的事儿。这样密实纳好的鞋底儿,一层层都是白净的鞋边,外面数一下,四层,里面看不到喔,里面要有二十层棉布,不得不说是很多层,"千层底"就是这么来的。文芹妈妈缝了一下午大马蹄针,二十张薄煎饼,变成了硬挺结实的鞋底子了。

纳好了千层底,文芹妈妈再把之前下的花针拆了,就像盖好的房子拆去了脚手架。千层底的关键就两个字:密实。

文芹妈妈有个做手工活儿的百宝箱,她从里面拣出鞋样子来。比照着鞋样子剪裁了鞋帮的衬布,拉出来都拔丝的新棉花,薄薄絮上一层——过了正月天气就暖和了,再加上崔美丽脚大,文芹妈妈尽可能把鞋做得贴脚、秀气。

她剪一块新烫绒的黑布铺在棉花上——鞋底可以用旧布料,帮面必须用新的,才算是正儿八经的新鞋子呢!然后还是下花针、"搭脚手架",固定好鞋帮,再缝好鞋面。

剩下的要说简单也不复杂,只是手工要细致。缝好鞋面,基本上一双鞋就算完成了。可文芹妈妈想到崔美丽是要做新娘子的人,还是给她加了一些小心思。

文芹妈妈又找来一块旧军大衣的麻绒毛领,剪下来一条麻绒,镶在了鞋口上,寻常的二棉鞋一下子俏皮秀气了不老少。然后又找来巴掌大的一小块红呢布,剪了两小朵红梅花,用最细的红线缝在了鞋帮的外侧。天哪,一下子就喜庆了!

做完了这些,文芹妈妈把整双鞋摆弄在跟前,里里外外端详了一顿饭的工夫,没有发现哪儿不舒心的,才松了口气。

新鞋做好了,临到要送出去,她又感觉差点儿什么呢?

她又找来苞米叶。剥去外面捎色的，光要中间大叶又白净的，叠起来两个韭菜叶厚、铺展平整了，下几针花针，裹上一层新的小碎花布，只在底面留个心儿不裹布料，用来透气，推上缝纫机"哗哗哗哗哗"蹬了两圈。没花多大工夫，文芹妈妈就密密实实扎好了一双薄鞋垫儿。

把新做的苞米叶鞋垫儿塞进新鞋，她才心满意足地笑笑：嗯，这回才差不多，像那么点儿意思嘛！

苞米叶鞋垫儿其实是文芹妈妈的独家发明，穿起来既舒服暖和又好换洗，做起来还省布料，虽然仅仅是一副鞋垫儿，收到的人自会感受到她满当当的诚意。

她就是这样的人，送人的东西一定要比留给自己的还要好。

二月二这场婚礼，还有很多热闹的事情，我只稍微给大伙介绍一下。更多的细节，可能大伙喝完酒就忘了，也可能说个笑话转身就散了，还可能下了流水席一抹嘴巴头拍拍屁股就再见了……我不知道梅赫川人们的心里头能存得住啥，留得下啥。

可这场婚礼，它既是梅赫川人一贯的婚礼操办的形式，又和以往婚礼、流水席有许多不同的新花样。总之，人们习惯了这样的日子，但是，对新的花样有一些奇怪的感觉：期待、害怕、喜欢、害羞、好奇、怀疑……就像一个青春期的姑娘，等待一个帅小伙子——希望你来，又希望你别乱来。

新婚之夜，沉浸在满满的幸福喜悦中的王老三，搂着自己已经搂了一个多月的新媳妇，从头发丝到脚指甲浑身上下一百零八万个毛孔都爬满了得意,美!他一双细眉左右上下前后挤咕来挤咕去,心里这个美啊,这个宝贝媳妇,真是个活宝贝啊,简直就是个"活棒槌"啊!她不是穆桂英下凡那也是人参精转世啊!

王老三坚持认定崔美丽是穆桂英"下凡",不是转世。在他看来,穆桂英应该算天上的神仙级别,特别是认识了崔美丽之后,他更加坚信这一点。吕小子说穆桂英不会下凡,不能听吕小子的,他啥都不知道!他就是二百五,欠削。

王老三慨叹道:"哎呀我说媳妇儿呀,亲媳妇儿,你说你咋就这么厉害呢,能文能武的,这把你能的!我吧,一直有一个疑问,今晚上一定要跟你问清楚整明白了!"

崔美丽也很开心,没想到二十天之前一冲动,临时定的事儿,居然真的就亮亮堂堂办成了。除了心里甜丝丝的美,她还有一些疲倦。这段时间真是拼了老命在折腾了,这会儿已经累了,上眼皮和下眼皮开始打架了。她强撑着睡意充满柔情地说,老三哪,我人都嫁给了你,你心里还有啥不踏实的,那你就问吧。

王老三在被窝里轱蛹了一下,试着挺了挺腰杆,清了清嗓子——

崔美丽打断他即将到来的发言,缓缓说:反正呢,你该知道的我都会和你说,你不该知道的别瞎问哪,问出事儿了你自己能兜得住吗?

王老三急忙怯生生地捂住自己的脸,防着突如其来的大耳刮子啊!

啥都没等来,崔美丽深情地注视着他说,你都是要当爹的人了，人家都怀上你的种了，人家可不能随便打你的，男人最好面儿了，不能折了你的面子！

王老三再次鼓起勇气，那，那我可要问了？

崔美丽说，你还磨叽啥？还有啥废话赶快说啊，老娘累了，没有屁别硌喽嗓子啊！

王老三说，媳妇啊，就是你那次和计生办的那些人说的朝鲜话，那是什么意思？禽堪煤锢露吼堪煤锢露什么帕、什么潮姨玛骚思密达，还有嫩景抹油蛤耳鬃楞什么搭嘎，那些话都是什么意思？是好话还是坏话？你也教教我朝鲜话怎么说呗？

崔美丽哈哈哈哈哈哈哈差点儿笑岔气了，笑声还是声振屋瓦的豪迈力道。王老三小鸟依人般瑟瑟发抖，没想到请教语言培训知识能带来这么大的气流冲撞效果。

崔美丽笑精神了，向王老三解答说：老三啊，你其实贼聪明，只是这句话整得太他妈长了，记不住是正常的。我帮你拆解开，你先慢慢地说，然后说溜道了的时候，你要加上我的那个语调，那时候你就可以用麻利的语速说了。你看哈，禽堪煤锢露吼堪煤锢露苑莱是帕哩！这句话拆开了，慢慢说，就是——前看没轱辘后看没轱辘原来是爬犁。爬犁，你肯定是知道，对吧，爬犁前后都没有轱辘，有轱辘那是大牛车。

王老三惊呆了。好像发现了一个就潜伏在自己身边的惊天秘密！自己连忙试了试——前前前、前看、没轱辘、后看、没轱辘、原来、是、爬犁……

他不敢相信，这门充满辣白菜风味的语言居然这么奇妙。开头他还有一些结巴,很快就说溜道了,再加一点点崔美丽拿捏出的那种泡菜腔调,就好像炒白菜片里头淋了几滴醋,这火候,简直了。春宵一刻值千金啊,王老三把时间攥得紧紧的,很快这句字正腔圆的"朝鲜话"完全在掌握之中了啊!

好奇心一起来,那就像咬了一口甜秆所激发的味蕾贪欲,收都收不住。他央求崔美丽,讲解一下另外两句朝鲜话怎么说。

崔美丽说,森晋达拉嚼潮姨玛骚思密达!拆开说就是——三斤、大辣椒、炒一马勺、思密达!

嫩景抹油蛤耳鬃楞,姨岛嫩景酒搭嘎!拆开说就是——南极没有哈尔滨冷,一到南极都打尕儿!

梅赫川管冰上抽陀螺的游戏叫打尕儿。南极冰天雪地,想来打尕儿一定挺好玩儿,放爬犁估计也会超级过瘾,炒大辣椒估计不行,整不着柴火灶吧!

王老三一下子解锁了新技能,开心得忘乎所以,也忘记了因为,眉毛也飞起来了,贱兮兮的整张脸都好像要跳霹雳舞。咚嚓嚓咚个嚓嚓!他觍着清瘦的洼沟脸忍不住接着问:那这些话都是啥意思啊?

崔美丽一个大耳刮子就扇了过去,王老三急忙捂住自己清瘦的洼沟脸!

崔美丽的手停在了半空中——说了不打脸,说了就得做到!

崔美丽真是吐吐沫是钉儿的人!真的没打脸,从那之后都没打过王老三的脸。

崔美丽打了个哈欠,笑着说:老三啊,不是和你说了吗,不该问的别问!问出事儿咋整?睡觉吧。说完没多大一会儿,她就打起了呼噜。

王老三仿佛打开了一扇透亮的窗户,窗外是一片从来没见识过的天高地阔。他呀,根本舍不得睡觉,心里一直在默默练习"轱辘""爬犁""哈尔滨""大辣椒""马勺"……"轱辘""爬犁""哈尔滨""大辣椒""马勺"……

快天亮的时候,王老三迷迷糊糊做了一个梦。梦中他驾驶着马拉爬犁,胳膊肘拐着崔美丽,崔美丽胳膊肘拐着个大马勺,两个人奔驰在辽阔的梅赫川冰原上。他用大辣椒蘸着冰糖给崔美丽穿了一串糖葫芦,这糖葫芦太好吃了,酸酸甜甜,还带着泡菜的一丝丝辣味,太带劲儿了!崔美丽一边吃一边笑嘻嘻看着王老三,王老三也是一边淌着哈喇子一边嘻嘻笑着崔美丽。

崔美丽就说,你个生瓜蛋子二百五,傻笑啥啊?

王老三说,你看哪,嘚喽糖葫芦那个女的,是我媳妇,她其实是穆桂英啊,我媳妇是穆桂英啊,你可不知道哦!原来穆桂英也和平常的人一样:她也放屁,哈哈哈,她也头发上生虱子,嘻嘻嘻,她也裤裆里长毛毛,嘿嘿嘿,她也嘚喽糖葫芦吧嗒嘴,咯咯咯,她也——

他还没"也"完,崔美丽脸色一变,一个大耳刮子就扇了过去。

王老三吓得一哆嗦,醒了。他摸了一把清瘦的洼沟脸,一点儿都不疼。身边的崔美丽还在酣睡打呼噜,听起来像煮大楂子粥快潽锅的声音——动静不太大,火候刚刚好。窗外已经蒙蒙亮

159

了，晨风吹着玻璃上的喜字，嗤啦啦地响——贴喜字的时候糨糊用少了。王老三感觉枕巾湿了，想来是自己淌的哈喇子，或者是他梦中流下了幸福的眼泪？他抹了一把，冰凉。

06

崔美丽和王老三并不知道,在他们甜蜜的新婚之夜,另一场狂欢也在同时上演。

流水席散场,王国权带领忙工们清场子。办喜事调派了很多桌椅板凳锅碗瓢盆,其实都是借的,从村民大伙家里借的。也是考验忙工的记性,谁从王二姑家借的凳子,是啥颜色的、几只,谁和谁又从刘大姨家借的二斗碗,啥花纹、有没有给人家磕坏了,那都不能差了毫厘,要可丁可卯地还回去,有一些小破损要给人家赔个不是,大的损失东家要赔钱的。

郝金生念央说,都累了一天了,明天上午还回去不行吗?姜云昌还找人家打麻将呢!

也有人找借口,想拖到明天。

王国权心里明镜儿似的,大伙就是想拖到明天,再混东家一顿饭嘛。可崔美丽两口子瘦驴拉硬屎,今儿这顿饭也是拼了老命硬撑着的，支棱不起明天那顿流水席的尾巴了。

王国权有他的办法，吆喝小果义，说给大伙办一场篝火演唱会。王国权说，咱们哥儿几个今儿个把活儿干利索了，心里踏实，啥时候干完了，咱们这趟忙就算彻底收尾了。帮东家扫干净场院，拆了柴火灶，还了借来的家伙什儿，咱的篝火演唱会就开起来。谁要是累了，先点一根金葫芦，抽完烟接着干。

年轻人们立马响应啊，都觉得跟着王国权干，值了。有人带头，郝金生几个老油条也只好随大流儿了，再说了，啥是"勾火"演唱会？怎么勾搭？他们也挺好奇的呢！

所以，原本需要拉拉扯扯三天出头的流水席，被王国权把尾巴砍了，给崔美丽省了心也省了钱了。小果义也觉得今天唱得还挺受欢迎，年轻人们都感受到了小高潮，只是还不够过瘾，自己还有几首保留曲目没亮出来，那可是代表作啊！何止"勾火"，简直就是"熊熊火光照亮了我"啊。

天还没擦黑，十几个半大小子就已经手痒痒了，他们扯来几捆苞米秆，堆在了梅赫川最重要的集会场所：村长家院头的崴子路口。一些大姑娘小媳妇也躁动起来，吃完晚饭也顾不上收拾桌子洗碗，找个借口就跑出来了。

我也想去呢。可是我太小了，天一黑不敢自己出去，出去了也不敢自己回来。但是我看到我哥要往外蹽，就扯着他衣袖子：带上我嘛，我还有两个电光排炮小鞭，给你了！

我哥摇头。谁稀罕你给的上供！你个小豆包子，老实在家待着吧。

那好吧。我悄声说，你不带我，我就向爸妈举报你，你根本不是去姥姥家看电视连续剧《万水千山总是情》，你是去看篝火晚会！

文芹妈妈从来不会打骂我俩的，我爸是君子动手不动口的，能直接打从来不骂人的，能用荆条抽不会用笤帚疙瘩打的。像撒谎出去疯这种犯错量刑，应该属于上荆条或者皮带的级别，不会低于对着灶坑罚跪的。

我哥瞪着我，目光中充满了怨念，就像一休哥被二师兄举报的时候那副表情。但是，一休哥毕竟害怕长胡子老师父惩罚他擦地板挑水啊。这时候，我的眼睛总是睁开得大大的，脖颈子带着脑瓜壳子左右摆啊摆，很懵懂，很天真，很无辜，也很爱莫能助啊！

我哥看了一眼大座钟，快六点半了，耗不起啊！他终于扛不住我的威胁，好吧，跟住我了，嗯，那俩小鞭不能省，还是要上供一下！还有，下次不要扯我袖子了，人家过年的新衣服呢！

小果义的演唱会，就像盛夏里的露天电影，好像没有人说啥时候在哪里呢，但是年轻人们又都默认了时间和地点。

人们越聚越多，在村长家院头的崴子形路口乌泱乌泱的。或许也没有多少人，梅赫川的年轻人也不多，但是黑夜却给了我这样的错觉，很神秘很刺激的错觉。这次，我没有爬上大榆树翻上村长家房盖。晚上不爬树夜里不上房，我是有原则的，主要是黑灯瞎火看不清啊！我和我哥站在人群中，和大伙一起等待八十年代的青年——小果义出场。

小果义还没有等来，却等来了一瓢凉水。

年轻人的聚集，引起了村长的警觉，他隔着大门瞄了两次。接着，村长媳妇拎着个烧火棍，拧搭拧搭走了出来。

哎呀，你们干吗？要点了俺家房子吗？这大风天的，可不敢在这儿拢火！我看谁敢，谁拢火我就一棍子抡过去。

年轻人轰的一笑，她那个走路的小脚，连只鸡都追不上。要不是拄着烧火棍，走快了都能倒。谁怕她呀！

村长儿媳妇也在人群中，见到婆婆出来喊话，连忙往人群中退缩了两步。大伙一笑场，她也捂着嘴跟着咯咯咯笑。

村长媳妇眼见没吓唬住，接着叫嚷：谁敢拢火，就扣谁家的工分！

这招儿好像有一些效果，出来闹的都是家里的年轻人，没怎么出过义务工，工分怎么算也闹不明白。可是，扣工分，可能附赠抽荆条、罚跪，这个还是让人忌惮的。

这时候，小果义也赶到了。他其实是从省城刚回来不久，村长媳妇都不认识他，都不知道他是谁家的人，也不知道这场聚会是因他而起呢。但是，场面还是僵持了，如何是好呢？

人群中有人嚷嚷：耗子腰疼——多大个肾（事儿）啊！这里不让拢火，咱们去小学操场上去，那儿宽绰，管得了尿道也管不到操场上去！

天快大黑了，又是躲在人群中，看不清说话的是谁，可通过嗓门，我还是能听得出来，是吕小子。

村长叫官德宽，吕小子说管得宽的时候，把宽字说得挺用劲儿，大伙也都听得出来话里有话。

村长媳妇把烧火棍往地上一蹾，然后再次往里蹾了一下：哼，都滚犊子，我看谁敢拢火！

梅赫川的老娘儿们说话才叫埋汰，更不能和她们吵架，啥难听的都敢和你说出来，才不管跟前有没有老人孩子。

王国权站出来说，这是小事儿，好办。咱们换个地方，要是把全村都炕着火了，就麻烦了，咱们大家都踢蹬了。去小学操场也不行，那周边柴火垛也挺多，我说咱们多走两步，上河沿上，或者就去河上，现在还冰封着呢，没开化，也安全。

真是好主意呢。我捯两口气就能跑到大梅河的河沿上，一点儿都不远。

大伙都觉得好。王国权看着眼前几捆柴火又说，咱们顺手的，就带两捆苞米秆或者苞米骨子吧。

于是，一群人，架着小果义，拖着苞米秆乐颠颠冲向梅赫川的河沿上。吕小子最后跑来的，拎了一土篮子苞米骨子。

土篮子就是大筐，用梅赫川的荆条编的，特别结实好用，有时也用来担土。两大筐土也得精壮大劳力才挑得动，扁担都能压得一颤一颤的，土篮子啥事儿没有呢。

玉米脱粒后的玉米芯儿最禁火烧，梅赫川人叫苞米骨子。平时舍不得用，都是逢年过节或者三九天天气太冷，才用来烧炕。灶坑里烧两把苞米秆，再填进去一土篮子苞米骨子，能撑起来一宿的热炕头的。这东西既耐火候又干净，烟灰少。过了春节，好多人家都弹尽粮绝，苞米骨子都烧没了。吕小子淘腾到了苞米骨子,大伙都觉得这事儿越来越像了。王国权也夸他:行啊,吕小子,还真有两下子呢。

吕小子嘿嘿笑着,搽了一把鼻涕说,我从我三姑家偷的,土篮子也是她家的。一会儿苞米骨子不够用,就把土篮子烧了就行了。

人群中有个姑娘爹毛了:吕小子!我给你告诉我大舅!让他扒了你的皮!

说话的是吕小子他表姐,正是他三姑家的闺女哟,撞枪口上了!

吕小子啥都好,就是不禁夸,一夸就裂开了。

吕小子胳膊肘不知道往哪儿拐,人一多又蹬鼻子上脸,嚷嚷说:姐啊,你昨晚儿跟谁出去了?黑灯瞎火的啊!你大舅要扒皮,先扒你的,再扒那小子的,然后才是我呢。

他们说啥呢,我怎么听不懂呢,嘿嘿嘿。

大伙乐开了花,一边支棱柴火,一边还要帮忙劝架——苞米骨子偷摸烧了就烧了,土篮子得给人家送回去。

初二还是月黑头,早早一弯新月就挂在了西天,时钟走月亮也走,天一大黑就看不到月亮了。蓝幽幽的夜空,能看到数不清的星星,好像离人们特别近,哈出一口气来,好像都能够到星星。

河沿堤坝是个大斜坡,大伙索性都下到了河面上。我忽然发现,这是整个梅赫川看得最远的地方,沿着河道望出去,能看到上游最远最远处的西山。好像西山后面还透着微微的白光,那是太阳落下去留下的余光,或者那边还有个更加亮堂堂的世界,到了晚上也是亮堂堂的。往东看去,顺着弯曲的河道,还真是大蛇蜿蜒的形态呢,河水就这么淌啊淌,是不是流到了天边了?人们从来没认真琢磨过,河水最后都流淌到哪里呢?人们不在乎它淌到哪里,一眼望不到的地方,都和我们无关!

但是,我喜欢凝望这一眼望不到的地方,不管是站在村长家房盖上,还是结冰的大梅河上,我感觉啊,不管是崔美丽,还是小果义,还是小洪伟,他们都不是梅赫川的人呢,他们都来自那个一眼都望不到边的地方呢。

蓝瓦瓦的冰面到了晚上,散发着瑰丽的光泽,大梅河看起来就更阔绰敞亮也更神秘吸引人了。人们不去管它的敞亮和神秘,也丝毫不觉得冷,心里暖烘烘的。

刺啦一声,有人划着火点燃了一根火柴,马上就有人擎着苞米秆用身子围拢过来挡着风口。点柴火要从下面点,柴火要擎起来,就算不怎么干农活的小学生,也都懂得这样的生活经验,苞米秆腰间就是苞米裤,引火的时候用手撕开,更容易着火。

成捆的苞米秆打开捆腰子,从四面八方直起拢火的架子,王国权把引着火的苞米叶子塞进架子底下,轰的一声,这把火就拢起来了。火苗子贪婪地吞噬苞米秆,借着风势呼呼上蹿,就像黑咕隆咚的屋子里有人拉了一下白炽灯的开关,伴随着大伙的一声惊呼,敞亮亮的河面上一下子被火光映得通亮。

这下才看清楚,原以为的乌泱乌泱的人,大小都算上,拢共也就二十几个。

火光映照着每一张微笑的脸颊、每一双渴望的眼睛，大伙静默了几秒钟，有人率先打破了寂静——咱们来干啥来着！

众人嘿嘿嘿笑着，都把目光投向了小果义。

篝火会让世界变小。

我感觉上午小果义喝酒的时候，他站在凳子上好高，离我们好远。凑在篝火前的小果义，离我们好近好近，每个人都好近好近，看得见呼出来的白色哈气，看得清小伙子脸上的眉毛，看得见大姑娘忽闪忽闪的睫毛。

就是看不见小洋猪。哼！我哥怕人多踩到我，让我跟在他身后，我扯着他的衣服，他像个老母鸭子带领一只肥胖的小鸡崽子，还不忘记提醒我轻点用劲儿，新衣服！

小果义还是穿了那件西服，领口敞着，夜里的风呼呼地往胸坎灌，还是那条裤裆鼓鼓囊囊的牛仔裤，蹬了一双"礼拜鞋"。这样穿会很冷吧？

"二八月，乱穿衣。"说的是农历的二月八月，是一年里温差最大的，白天还日头洋洋暖烘烘，老天爷要春天来了大开化的架势，夜里就又回到冬天了。在梅赫川，解冻才没么爽快呢。可小果义傻小子睡凉炕——全凭火力壮！

镇子大集上卖的旅游鞋，中看不中用，穿上一个礼拜就帮破底儿掉，人们把这种鞋戏称为"礼拜鞋"。但是礼拜鞋洋气，太时髦了，年轻人稀罕，他们已经不再满足于手工纳的千层底了！

虽然天冷，可小果义整个人精神头好着呢，眼睛瞪得贼亮，冷不丁一照面，像极了《上海滩》里面的丁力剪掉了小胡子。

我哥却说他不像丁力，说他更像《万水千山总是情》里面的庄天涯留起了中分长发。为此我们还争执不下，我撺掇我哥一起偷偷问了王国权，到底像谁？

还是王国权见多识广，也知道怎么摆平基层观众的矛盾，他说：像，确实像。

到底像谁啊？我俩眼巴巴等他公正裁决。

像丁力，也像庄天涯，因为呀，扮演丁力那个演员叫吕良伟，扮演庄天涯的那个演员他也叫吕良伟啊！如有雷同，纯属巧合啊！王国权解释说。

梅赫川吕良伟今儿要开演唱会啦！鼓捣篝火那种演唱会。

可他今晚没有挎上他的"冲锋枪"，是不是少了点儿家伙啊？正在大伙纳闷的时候，小果义从身后拖出来一个方盒子，映着火光，有个靓丽的声音一嗓子喊出来——录音机！

天哪，他提了一台录音机！拢火的人们一下子被戳到了兴奋点！我哥说录音机得插一根电线的呀，没电怎么放出动静啊？

高二的闺女高小满得意地说："看看，这是什么宝贝？"

呀，是四节嘎嘎新的一号大电池。真是解渴了。

"俺们下午去代销点买的，果义哥拿的钱。"她一边往录音机后屁股里塞电池，一边给大家解说。

小果义说："我先给大家放一首流行歌曲，暖暖场子。后面我再给大家唱，唱实况转播的。到时候，大家可以和我一起唱。"

他太帅了，说啥都对，说啥大家都点头说好。

我有一些纳闷,实况转播不是蹲在电视机跟前看吗?不过,这些也不重要了,我也挺喜欢他说话的,他从来不说"俺",不说"咱",不说"大伙",他说"我""大家"。他叫每个人的名字的时候,都叫大家正式的大名,只是叫我名字的时候有一些卡壳,用食指敲了一下太阳穴,还是叫了我小洋猪。那很好啊,全梅赫川都叫我小洋猪,也算我的大名了,我这个大名,那也是大伙叫顺口了鼎鼎的好,我就是大名鼎鼎的小洋猪啦。虽然还有一个人不这么称呼我,老杨太太嘛,她每次还是喜欢叫我"文芹家老二",好吧,我不喜欢被叫老二,但是喜欢拉上文芹。

大伙都叫他小果义!文芹妈妈有两次帮我纠正,你这孩子呀,你得叫人家果义舅舅!

小果义——舅舅?这个称呼太长了吧,四个字以上的不是坏蛋就是笨蛋啊——皇甫一骠、横路敬二、足利义满将军、圣婴大王红孩儿……我还是叫简称吧,尊敬的小果义舅舅,简称还是小果义。

只有王国权偶尔叫他一声哥,还有就是高小满叫他果义哥。其余的全世界的人类,都叫他小果义。

小果义伸出食指,录音机一排六个按键,他用指肚从左到右依次捋了一遍,又回到第四个按键,先是比画了一下,暗示大家他要按下去了哈。然后,又抬头环视了一圈在场的所有人,用手指压在下嘴唇,做了一个"别出声"的动作。

全场鸟悄儿的,只有呼呼的风声吹着噼噼啪啪的篝火燃烧的声音，就像电视在搜到台之前的时候，"雪花点"的伴奏声。

大伙屏住呼吸大气儿不敢出，我自己也憋住了肚子里的一个屁，没敢释放。大伙安静了，他这才摁下播放键。咔嗒！

全场继续鸟悄儿的，呼呼的风声继续吹着噼噼啪啪的篝火。好像电视台还没搜来，"雪花点"还在考验大伙的耐心，总之没动静就是没动静。

小果义把一个管声音的旋钮调到了最大，隔着透明塑料门儿，看了一下磁带。磁带根本都没转动啊。

"可能是电池出了问题，大家别着急。"说着，小果义又去拆卸录音机的后屁帘子。我趁着他拆录音机后屁股的工夫，偷偷放了一个屁，嗯，真舒服。

吕小子叫唤说："高小满啊，你从哪儿整的电池嘛，行不行啊？"

高小满一脸委屈："人家放俺们爹的炕头，热乎了一下午呢！"

吕小子学着小满的口音说："恁们爹，炕头肯定不热。恁老娘到处传瞎话，把炕头的热乎气都呼哒凉了，把电量传跑了吧！"

小满的耳根子到脖子都羞红了，她爹成天喝酒打老婆，她妈妈怕挨打没事就往外跑，往外跑就喜欢扯一些东家长西家短的鸡毛蒜皮的事儿。她原本就为这样的父母感到羞耻，又在大伙面前被吕小子一顿编排，恨不得找个冰窟窿钻进去！

她又羞又恼，手指头绕着围巾的一角，缠啊缠的，越缠越使劲儿，眼睛里噙着泪水，委屈得眼瞅着就要哭出来了。

她悄悄瞄了一眼小果义，恰好小果义刚刚把电池换了个儿，扣上了屁帘,正抬头看向自己。映着火光,小果义的眼神中充满了关切和柔情,他习惯性甩了一下头发,笑着说:"没事儿,电池安反了,现在好了。"

他笑起来的时候,牙齿白白净净的。梅赫川的吕良伟,会甩头发,会在恰当的时机微笑,还牙白。

小满也和大伙松了一口气,笑了出来,偷摸转身抹了一把不争气的眼泪。她之前太激动了,第一回合把电池给装反了。

播放键是第四个键,我记住了。

不要问我从哪里来

我的故乡在远方

为什么流浪

流浪远方～流浪

为了天空飞翔的小鸟

为了山间轻流的小溪

为了宽阔的草原

流浪远方～流浪

还有还有～为了梦中的橄榄树

这首歌唱得很慢,一个字一个词儿都整得明明白白,听得清清楚楚,就是不知道要说啥呢?一个清丽的女孩子唱的,声音还行吧,反正不是邓丽君,唱歌的女人中,我其实只知道邓丽君这个名字。梅赫川也有人的名字叫丽君,不会唱歌,白瞎这名字了。

在场的所有人,都没见过橄榄树,那是什么样子的树啊?橄榄树,那得多了不起,它能进入梦里,外面的树就是了不起。我在梅赫川生活了六年半,见到过的树也没数了,爬过的树也没数了——山上河边路旁的大榆树、大柳树、柞树、刺槐、落叶松、黑松、白杨、白桦树,我都爬上去过,瞭望梅赫川,侦查人们都在干什么;别人家的梨树、李子树、山樱桃树、山杏子树、刺玫果树、山里红树,我也无数次爬上去偷着摘果子。树,就这两个用途啊。可是,从来没有哪棵树单独进入过我的梦乡,就算梦到了,也是爬树看人们在做什么,爬树偷果子,树是用来爬的,我从没有想过,树还可以是用来做梦的,是和小鸟、小溪、草原一起用来陪伴流浪的!

做梦也和流浪扯到一起?我做梦只能和尿炕扯到一起!

啥是流浪?

我感觉这首歌听不懂,不是我想要的那种味道,有一些软绵绵的——以为自己吃了一块棉花糖,一嘣喽,没味儿,原来是块棉花。

可是,在场的大姑娘小媳妇女孩子们,却听得如痴如醉。

原来女人也会醉,在梅赫川从来没见过哪个女人喝醉了。今晚,她们还没喝酒,就有一些醉的意思了。

我心里默默为她们祈祷:醉归醉,千万不要吐啊,不要像我舅姥爷那样子,一醉就吐,一吐就吐一大片。

一首歌唱完,磁带里有一丝丝"雪花点"的伴奏声。在下一首开始之前,小果义摁了第二个按键,咔嗒,录音机立刻不转转了,停了下来。

我记住了,第二个键是停止键。

我脑海里浮现出村长衣服上的六个扣子,从上到下一共六个。下次他说话的时候,我要在心里默默摁一下他的第二个扣子——咔嗒!

我喜欢咔嗒这个声音,你想让谁说话就摁第四个扣子按键,想让谁闭嘴就按第二个,它代表着统治世界的权力。我已经掌握了这个秘密!我已经开始一个一个数着在场所有人的衣服扣子了。

呜呜呜呜呜,我遇到了麻烦,小果义的西服只有两个扣子,他只有"停止键"没有"播放键"啊,人家还想让他一直播放呢!呜呜呜呜呜。

还有,我看不到我哥的新衣服的扣子,看不到几个也看不到在哪儿,我一直扯着他的后衣角,跟着他屁股后跑啊,所以看不到哇!人家有时候真心想按一下我哥的"停止键"呢,讨厌,呜呜呜呜。

一碗蒸鸡蛋酱,需要和我哥两个人分;他穿过的新衣服,两年之后我才能捡起来穿;据说,他马上要有一辆新自行车了,我连跨裆骑车还不会!呜呜呜呜,"停止键",多么重要哇!

小果义按下停止键,就问大家听懂了这首歌曲了吗?

大伙可不好意思说不懂呢,可究竟懂什么又说不出来!

吕小子说,哎呀,你就别问了,你就开唱吧,就整那个扯着嗓子干号那个"噢噢~~噢噢噢,你这就跟我走",俺们就稀罕那个!

小果义微笑着说,你说那首叫《一无所有》,我等一下会唱。我要先给大家说说这首《橄榄树》啊。这是一首诗,然后才是一首歌,一首歌颂远方和流浪的诗,以后哇,我也要去流浪。

他说话的时候,眼神里充满了笃定和自信,笑得也特别轻微、舒服。

我忽然发现,他和梅赫川的人最大的不同是笑,他也笑,但是从来都不是咧开嘴笑,不是搂不住嚼子的放肆大笑。还有就是,他已经混得这么好了,怎么还要流浪,流浪是不是得提一个要饭的破碗挨家要吃的啊?

大姑娘小媳妇们听着小果义的解说,脸上有一丝八十年代的迷茫,半大小子们傻笑着,等着他"噢噢~~噢噢噢"。

接下来,小果义说先唱一首别的歌曲,他把录音机的第三个按键按了下去,哗啦哗啦哗啦磁带倒了好多圈,他才按了播放键。

整个歌曲也是慢悠悠的,是个男的唱的,不过这次歌词中没有流浪、要饭啥的。大意说的好像是老早老早的时候,有一条河的故事。说的好像又不是梅赫川的大梅河,主要是歌词中的人我感觉比梅赫川的人好。可能是他之前流浪过的地方吧。

这首只唱了一小段,小果义又按了停止键。我寻思这录音机还挺禁折腾。

他要带大家一起唱,大伙都说不会呀,要不你先唱吧,你先唱一百遍，我们听听就听会了。

他又轻轻一笑。也不争辩，就给大家唱了起来。

这个歌还挺好听，他就是清唱，也没带"冲锋枪"吉他伴奏，甚至没有伴奏比录音机里带伴奏的还好听。可能这就是"实况转播"的效果吧。

小满扯着小果义的袖子，果义哥，再唱一遍哈，人家乐意听这首。

我心说，你可别碰到他西服的第二颗纽扣啊，那可是停止键！

吕小子说，小果义，你麻利整个带高潮的，一会儿火都烧塌架了！

苞米秆不禁烧，一边拢火，底下的冰也在融化，把下面的火炭都熄灭了。全靠带来的一筐苞米骨子在支应着，估计也耗不了多久。

王国权带俩人三步两跳，就上了河堤，河堤旁边就是一排排护坡的大杨树。一转眼工夫，三个人就捞回来一堆杨树树枝。经过一秋冬的风吹日晒，树枝子已经哇哇干了。往火堆一搭，火苗子蹿得老高，这玩意儿可比苞米骨子带劲儿。

火势一蹿，大伙的情绪就起来了。我隐约又听见海浪拍打沙滩的声音了，有一些耳熟，好像今天上午就听过。

有人对村长儿媳妇开玩笑说，你要的高潮，又要来了哈！

小果义只要不喝酒，还是有一些安静和腼腆的。他又唱了几首歌曲，都是那种慢悠悠的，虽然也挺好听，但是一点儿都不闹,梅赫川的人喜欢闹,不闹不热闹,如果不会闹,会喝酒也行啊!

今晚没有酒。小果义唱了七首歌了,大伙也挺稀罕,可就是感觉不刺激、不解渴呢!

后来录音机的声音已经被盖过去了,被人们跑调儿的歌唱声裹挟着,有时候是小果义在唱,有时候不知道是谁在唱。

小满提议说,果义哥,要不,你还是把围巾系到脑瓜门子上吧!

有人吼道,我给你整出点儿动静来吧,要不憋不出高潮哇!说话的是没有教会我写名字的大表哥。

说话这会儿,大表哥凑到篝火前,那个棍子就往火堆里捅,捅完就把棍子往天上举起来,棍子刺溜刺溜冒着黑烟。妈呀,他点燃了一个闪光雷!

闪光雷是最刺激的烟花了,会拉线儿、炸花、看景、听响,都齐了。梅赫川人过年才舍得买几只的,这时候正月十五都过了,家家应该没有存货了呀。大表哥真有两下子,从哪儿整出来个闪光雷呢?

二表哥悄悄跟我哥说,家里清明上坟准备的鞭炮,给大哥偷出来了,可千万别告诉你大舅哇!

哈哈哈哈,被我听到了,下次打劫大表哥的糖葫芦,有了重要砝码了呢!啊哈哈啊哈哈啊哈哈!

闪光雷腾的一声蹿出去,黝黑的夜空中啪的一声炸开了花,冰面上的人们也都炸开了花,妈呀,又过年啦!村长儿媳妇惊叫说。

夜空闪亮的瞬间,我隐约看到,在高处的更高处,还是瓦蓝瓦蓝的天,和我白天爬上大榆树的时候看到的一样。在天空中还有几片云彩,夜里看到的云神秘瑰丽,一闪之间,好像有一张狰狞的面孔,要从那云朵后面蹿出来,抓住我们呢!接着又是黑乎乎的,啥都看不见了,怪吓人的。也不知道那怪物会不会趁着黑暗又抓过来,我赶忙拉紧我哥的衣服后角。

他可能心里又在嘀咕:新衣服啊,过年的新衣服!

哼,有啥了不起的,再新,过两年还不是得给我。我心里说。

紧接着,腾腾腾,已经有几个烟花在空中炸开了。这一明一暗的光影变换之中,我紧紧拉着我哥的衣服,我还看到小满紧紧拉着小果义的袖子,在喧嚣的惊呼声中,吕小子吼出了一个响彻夜空的词——

尿性!

人们好像憋屈了老多年了,就像小果义唱的"古老的东方有一条河"那么古老。特别期待一个撒野的机会,但是,他们驾驭词汇有障碍,连教别人写名字都吃力。特别需要一系列解渴的话儿贴近自己的心窝窝,没有那么多话有一句也行,没有一句完整的话,一个词儿也行。

这个词,就像一个人,十八九岁就开始找对象,找啊找,找啊找,等到三十好几了还在找,就像王老三吧。有一天,有个对象,突然就送上门了,你说怎么这么巧,一看就是她啦。这么多年的苦闷和委屈,就像一块大冰坨子掉进了大柴火锅,瞬间就融化了,哧溜哧溜冒着白烟儿融化了。

渴望撒野的人们,一下子就抓到了这个词语,就像他王老三今晚抓到了崔美丽,真解渴啊!

人们静默了两秒钟,然后立刻欢呼起来。

小果义扯开膀子,用力一扽,西服的两个扣子立马绷飞了。

天哪,停止键啊,可别卡壳了!

小果义把红色的围巾一绕,就缠绕到了脑瓜门子,感觉一口气能灌下去一瓶啤酒的小果义又杀回来了。一首《一无所有》像脱缰的野马、开闸的大坝,咆哮着吼了出来。

　　我曾经问个不休
　　你何时跟我走
　　可你却总是笑我
　　一无所有

哎呀,就是这个调门儿啊,对路了。

当他唱到"噢噢~~噢噢噢,你何时跟我走"的时候,大伙不自觉牵起了手,都跟着噢噢~~噢噢噢。

在梅赫川,我从来没看过年轻人们公开手拉着手。这么多人一起手拉着手,太有意思了,可比看那些老爷们儿喝酒好玩儿多了。

小果义一边吼着歌,一边跳着,大伙也跟着跳着。然后,他又带着大伙转圈跳，围着篝火转啊转，转啊转，太好玩儿了。我就拎着我哥的衣服后襟跑，他们转里圈，我跑外圈。我就是一个冰上滴溜溜转的汆儿，又肥又圆跑起来哼哧哼哧的汆儿。

当他唱到"这时你的手在颤抖"，我感觉这个大圈圈都在颤抖，人们的手一定又热又潮吧。可我要跟不上了，他们转得太快了，不能再噢噢～～噢噢噢了，我要呕呕了！

他最后吼："莫非你是在告诉我，你爱我一无所有！噢噢～～噢噢噢，你这就跟我走，噢噢～～噢噢噢你这就跟我走！"

他嗓子已经吼破音了，人们像巫殿礼请来了大神，黄皮子大仙附体，已经疯癫了。这种感觉特别爷们儿，太他妈爷们儿了！

我从来没有听到过，有人用这么大声音吼"你爱我"这几个字，我想在场的其他人也没听到过吧，我们都是在电视机上看到外国人才这么说话——卞卡带着八十年代青年的迷茫眼神，注视着何塞·没盖儿，深情地说：你真的爱我吗？你爱的是我，还是莫妮卡？

就说嘛，白天婚礼上嗑啤酒瓶盖不算高潮。我猜人们才不是想听"一无所有"，一无所有不就是啥都没有吗，连个糖葫芦都买不起？那有啥意思！人们想听的是有人吼出来"你爱我"，这才是最有杀伤力的三个字啊！这三个字蹦出来，就能让人"来神儿"！连黄皮子大仙儿都不用请了。

我已经跟不上转圈了，摔了好几个屁蹲了，冰面上又硬又滑，好在我屁股肉够多够圆，自带安全着陆缓冲垫。

人们反复伴唱着"你爱我一无所有,你这就跟我走,你爱我一无所有,你这就跟我走!噢噢~~噢噢噢"。

这时候,一个脆亮的嗓音叫了一句——小果乂,尿性!

根据"鸡你撕世界纪录",这是梅赫川历史上第一次有年轻女子喊出这么大声音的一句夸奖人的粗话。就好像热油锅里掉进去几滴水珠子,全场再次炸开了!

我大表哥也跟着重复喊了一句:小果乂,尿性!

大热油锅里又洒进去好几滴水珠子!

吕小子也跟着喊了一句:小果乂,尿性!

滚烫的大热油锅里又洒进去好几滴水珠子!

我二表哥也接力吼了一句:小果乂,尿性!

吕小子越战越勇:小果乂,尿性!小果乂,尿性!小果乂,尿性!

大伙笑翻了,大姑娘小媳妇也没羞没臊地放肆大笑,她们从来没有这样开心过。大梅河啊,真是神奇。在田间地头、在厨房、在祭祖的坟地、在热乎的炕头,统统不如在梅赫川的大梅河冰面上带劲儿,统统不如。

人们心中滚烫的大热油锅,直接掀翻了。那几滴水珠子来得太毛毛雨了,要更撒欢地快活啊,要更大的看得见摸得着的快活啊!

人们一遍又一遍,再次、还要、不停、一直,好像可以永远不停歇一般,喊着那个词。一个词而已,咋就让大伙这么疯狂呢?

181

篝火借着夜风呼啦啦放肆地升腾，青烟掩映着撒野的人们的欢笑，蓝瓦瓦的冰面像被蹂躏过的丝绸被褥，狼藉地铺盖在蜿蜒的河床上，一张张青春的面孔簇拥着贪婪的火舌——快活的年轻人才是今晚梅赫川的主人。

我跑啊跑跑啊跑，跟着我哥的屁股后面跑，他一直催我快点儿快点儿。在大梅河玩儿得有一些晚，我们看完"实况转播"的演唱会急忙往家蹽。等快跑到家门口，我哥忽然停了下来，薅住我衣领子，瞪着眼睛，板着脸问我——

以后还想这样出来玩儿不？

嗯嗯！我不停点头。

回家不能瞎说，知道不？

嗯嗯！我不停点头。

他迟疑一下，才又确认问：有个词儿，不能在家里提，知道不？

嗯嗯！我不停点头。

绝对不敢在家提！哪个词儿，知道不？

嗯嗯！我不停点头。

嗯？知道？我哥瞪着眼睛看着我。

啊不，不知道什么词儿。

我哥松了口气。

我怯生生说：嗯，那啥，可以松手了吧，你把我衣服弄坏了，人家也是过年的衣服呢！

回到家里,文芹妈妈问为啥这么晚,我哥说《万水千山总是情》今晚加播了一集。文芹妈妈说以后早点儿回来吧,看个电视还搅和大舅舅家睡觉。

我暗自庆幸,幸好我爸不在家,他去张铁匠家修理做瓦的瓦杠还没回来,我俩逃过一劫。

07

第二天是新的一天。昨天发生的一切,那都要翻篇儿了,梅赫川还是原来的梅赫川。上学的不管有多不舍寒假,终于迎来了开学这一天。要种地的人家,也要准备往大地里送粪,再弄个大缸培育苞米种子了。文芹妈妈一直在准备小瓦厂的开工,家里还要同步种地,她一个人干几个人的活儿,每年春天也是特别忙。

只有我小洋猪,是逍遥悠闲的。不用上学,也不用种地,每天就是玩儿。可是新年真的不禁混,才刚放完鞭炮,就出了二月二了,新年就真的算过去了。最最最最重要的是,好吃的真的就吃完了。

昨晚跑累了,我起得挺晚,主要是我尿炕了,不知道怎么向全家人交代:褥子上"画"的大大的地图,轮廓清晰,就是不知道究竟是哪个国家的地图。

文芹妈妈看我憋红了脸,摸了一把我的脑瓜门子:哎呀,小洋猪,你咋又高烧了呢?

好吧,地图的事儿估计不重要了。现在"白雪球"又要来捣乱了。隔一段时间,文芹妈妈就会带我去找白大褂,检查白血球的含量,我已经有两个多月接近正常了,这一烧起来,估计"白雪球"又要融化了。呜呜呜呜。

文芹妈妈认为,我的高烧和晚上出去乱跑有关系,暂停了我和我哥晚上去大舅家看电视的课余娱乐生活。

可是,对于我哥来说,这是课余娱乐,对于我来说,这可是专业课啊!好不公平,呜呜呜呜。

我一上午都噘着嘴,直到文芹妈妈给开了一个山楂罐头。好吧,我也是通情达理见好就收的人嘛。

文芹妈妈真是好,我要是噘嘴,她总会想办法投喂一下我。如果是我爸,会投喂我个大耳刮子吧——噘个屁嘴,再噘一个?要噘就给我噘三天!别放下!

他们两口子都是事业型人才:文芹妈妈的事业,都是靠双手干出来的;我爸的事业,都是靠拳头打出来的。

但是,村里也有不少不务正业的二流子,他们暂时并不急着干活,当然,也不上学,其中有一些人昨晚也在现场呢。所以,就有一些人拉着小果义念央,让他再给大伙开演唱会。

我就待在家里吃罐头,没有去看,听我大表哥说了一些传闻。

据说,小果义又连续开了两场演唱会,地点是村长家院头,梅赫川重要的交通要道,时间都是下午。观众有各路二流子,还有不上学的半大小子，家里没活儿的大姑娘小媳妇，还有好奇心很强的郝金生、高二媳妇等重要乡贤。

连开两天演唱会之后，据说，他们要组织一个游行。

啥是游行？我哥放学跟我说，收音机听到过，现在国外流行游行，咱们的大学生也流行游行，具体怎么游，他也说不清楚。

小洪伟撇着嘴说，乌合之众，我师父一发功，他们都得胡噜倒！

据小洪伟说，他师父现在功力已经达到第九成了，丹田气已经拱到脑瓜门子了，干架主要用气，都已经不用刀攮人了。要干倒谁吐口气就行，省事儿。海灯法师大家知道吧，就是范无病，会二指禅用两根手指头戳地上倒立那个人，他都害怕小洪伟的师父。因为小洪伟的师父会一指禅，海灯法师手指头指着地，人家小洪伟的师父还敢指着天呢！天哪，一个天上一个地下，这差老鼻子了！

小洪伟的师父平时隐居在美国"落山鸡"附近的一个海岛，那个海岛叫胡噜倒，也有人翻译叫葫芦岛！反正师父一胡噜，坏人都得干倒。小洪伟介绍说。

大伙对小洪伟又是敬仰又是害怕。也让我很惆怅：吃喝嫖赌抽，坑蒙拐骗偷，梅赫川的十八般武艺我还啥都没学会啊！我感觉，等我长大了，也只能吃梅赫川这碗饭了，就只能靠喝酒行走江湖，我住在梅赫川，也叫没喝穿，怎么喝都不解渴那种。

游行计划还在比量阶段，就引起了村长的高度警惕。他每天都隔着门缝，警觉地巡查小果义他们，他们在村长家院头的一举一动,都没有逃过村长的法眼。

游行计划了三天,终于还是没有办成,原因有好几个呢。

原因之一是录音机干没电了,这几天的演唱会消耗很大,吕小子和我大表哥跑了好几趟代销点,把能买的一号电池都买来了。平时代销点的存货,主要供应大伙用手电筒,但是手电筒的用处确实不多,大伙也不舍得用。现在代销点的电池处于断货状态,代销点头头老徐支棱这个网点很多年了,也是被打个措手不及,经验在八十年代青年的需求面前,简直一文不值啊。

原因之二是小果义病了。估摸着是这几天温差大,他穿得太少了,西服的扣子一直没找回来,敞着怀儿他也成天灌风啊,飕飕的风。

我心里默默祈祷,希望他快一些好起来。可怜的小果义,你的白雪球可别融化了呀,你又没有山楂罐头吃。

我观察,大伙都挺惦念小果义的,崔美丽还给他送了烀地瓜,据说吃了也没见好。小满给送来了杏子干,据说小果义都没见小满。只有两个人不在乎小果义的病情,一个是村长,另一个是小洪伟。

村长用烟袋锅使劲敲着他家大门的板皮子说,怎么样,嘚瑟掉裤子了吧。当当当,敲掉了不老少烟灰和烟袋油子。

小洪伟竖起两根手指头,撇着嘴:这才装了两天大尾巴狼呀,才两天,就破功了?

吕小子说,小洪伟还是同情小果义的,他撇嘴,那也不是嫌弃小果义,是有一次练功走火入魔了,嘴撇出去就撇不回来了。

作为经常尿炕、有经验的过来人,我觉得小果义生病只是就坡下驴的小借口,是他逃避"尿炕"的计策。因为,确实有另一个原因让他头疼的呢。

现在要说说小果义和高小满两个人之间的少儿不宜话题,我先把耳朵捂上,现在小洋猪听不见这件事儿了哈,听不见,听不见,就是听不见。

就在小果义挎着"冲锋枪",杵在村长家院头,唱完第一场演唱会的黄昏,早春的气息,夹带着微微的小风,一股纯真的情愫在整个梅赫川萌动。

他收到了一封情书。整个书信行文不长,但是情深意切,简单概括一下就是——哥,俺要跟你去流浪,你要抓住我的双手,我这就跟你走,噢噢噢噢噢。

落款是高小满。信纸的背面还写了两行话——

花自飘零水自流,艾拉五肉!

这个消息,真是粪坑里扔进了手榴弹啊,场面和味道……你自己品吧,我不说了,我要捂上鼻子、嘴巴和眼睛,就说少儿不宜嘛。全梅赫川第一次——一条劲爆新闻不是从高二媳妇高小满她妈妈的嘴里迅速扩散开的。"鸡你撕世界纪录"再次被刷新。

高二以前是喝酒之后打媳妇,这次不同了,酒还没有喝就直接开打了,锹把都拍折了呀。

人们纷纷感叹:没想到啊,高二不喝酒也这么能打!

高二打媳妇，高小满就蹲在跟前哭。高二打累了，再接着打女儿，高二打高小满，她媳妇接着蹲在跟前哭。他们家的规矩是挨打的时候不准哭。

高二一边打一边骂！最后质问小满，你还倒贴给人家五花肉？

家里都没有肉，你又从哪儿倒腾的五花肉？说！

梅赫川人管肉叫"右"。小满如果当时写成了"艾拉五右"，还能少受一些皮肉之苦吧。

小满真可怜。

高二打累了，就坐在炕沿上喘着粗气开骂。高二媳妇哭，小满也跟着哭。大伙就围在村队部的大榆树底下，等着队部开会。可今天队部根本没有会要开呀，只是队部的对面就是高二家，看热闹的人不怕烂子大。之前很多人都觉得高二媳妇传过多少人家的坏消息，这次终于补偿回来了。

没有人同情小满，只有人在盘算着高二媳妇亏欠大伙的账。

最后，高二骂不出花样来了，就指着小满说，你个搞破鞋的！

高二媳妇崩溃了：你咋能这么说自己孩子呢，老娘和你拼了！

高二媳妇出手了，高二的脸被抓得像胡萝卜丝一样，一道一道的，红澄澄的，又整齐又鲜亮。

围观的人们不禁感慨：真拉碴！

女人下手狠辣，美其名曰拉碴！男人下手狠辣，只能叫跋扈！俺们这旮沓，对于男女的区分还是很清楚的。

但是，我发现一个秘密，一家人不管多厉害，都不会出现女的很拉磕、男的很跋扈的情况。不知道什么原因呢，是因为这样的一对儿整不到一块儿去？还是说，拉磕或跋扈，多数只能向枕边人下手？

高小满不拉磕，小果义也不跋扈，他俩，嗯，用老杨太太的话说：没有那个夫妻相啊！

梅赫川的人喜欢将动词简单化处理，基本上"弄""干""整"，就可以包办一切了。小孩子会了这三个动词，基本上就会描述所有动作了。

但是，也有禁区。比如"搞"这个词，在梅赫川只有一种用法：搞破鞋！而且，破鞋的处理方式也只搭配一个动词，就是"搞"。一旦破鞋出现了，没法缝缝补补，只能搞。大伙一年到头没个新衣服，但是鞋子都收拾得立立整整的，不能被人家说鞋子有问题，鞋子可以真有问题，只能在鞋箅里，不能露在外面被人说。你可以干见不得人的事儿，但是不能被人说，就是这个道理吧。

高二经常喝酒，高二媳妇也经常挨打，突破高二媳妇最后底线的，竟然是"搞破鞋"这个词儿。

高二也是第一次被挠，四十多岁人生的新体验，嘎嘎新的体验。他突然老泪纵横哭着说，你让我怎么见人哪！

没有人知道，他说的话，是在乎他自己的脸，还是他的面子。

小满其实想过，情书写出去可能有几种结果。可她没想到，小果义会把这封信公开，他怎么能这样呢？这让她对整个八十年代的青年异常失望。紧接着是恨！

但是，想到那天夜里，小果义的眼神，他火光前的脸庞，他举手投足甩头发的样子，她又喜欢得往心里钻。想着自己挨打挨骂，想着自己花了那么多心思写的情书，忍不住就是哭，哭累了，就把自己关在家里。

过了两天，她才走出家门。不过，她没有再去找小果义，而是在村里走了一圈又一圈，让大家知道，她啥事儿都没有。

小果义拒绝了高小满，但是他并没有出卖高小满，那封情书他藏在炕席底下，稳稳当当呢，怎么就会全村都知道了呢？他也搞不清呢。

小果义没想过要伤害谁，他也没机会向小满解释了，他是真的病了。

他原本就不是梅赫川的人，是王国权家的远亲，之前在大城市里，不知道具体混什么。这段时间来梅赫川王国权家串门，这一病就病在了王国权家。

王国权给请来了王连朋大夫，王大夫说重感冒啊，得打针。

打针打了三天，没见起色呢。高烧烧起来，小果义的脸都是紫色的，整个人蔫儿了，头发都甩不起来了呢。

哎，小果义真可怜，该不会和我一样，"白雪球"要融化了吧？其实我好想和他说，白雪球化了就化了呗，也没啥，顶多耽搁去上学，反正你也不用上学。

吕小子说该不会中邪了？要不找老杨太太掐算掐算？

王国权啐他一口，别瞎说了。

吕小子又出主意，要不找老周大夫看看？小果义压根儿不信中医，小果义快烧迷糊了，王国权觉得姑且试试吧。

中医老周大夫觑着油乎乎的脸，切着脉象说风寒啊，二月春风似剪刀啊，你这是被二月春风伤了五脏六腑啊，再加上你身上原来就有一把火，需要喝七七四十九天的汤药。

王国权给小果义抓了三天的汤药。也没见效果。

吕小子突然说，听说小洪伟会气功，他师父一下子能胡噜倒几十号人。他功力比他师父稍微差一点点，但是听他自己说，他已经百毒不侵了，是病都绕着他走。

有他说的这么邪乎？王国权纳闷，也想不出别的办法，有一些犹豫。

吕小子看着躺在炕上的小果义，想着前几天还活蹦乱跳的大小伙子，这一病整个人就要踢蹬了，不禁簌簌流泪。

吕小子抹了一把眼泪说，我去求求小洪伟，请他给发发功？咱们现在只能死马权当活马医了呀？

躺在炕上高烧的小果义迷迷糊糊听见他俩说话，翻了个身就问：啥？你说我是什么马？

吕小子一着急抽了自己一个嘴巴子，知道嘴误，忙补救说，你不是马，不是，是骡子啊。姓爹不同姓，姓妈不同行，你最有个性了！

骡子也是骂人的话，它名字既不像它爸爸马先生，行为也不像它妈妈驴女士，说它有个性也勉强。

半大小子之间骂架也是一种活分，骂人的话也不算啥，这个节骨眼儿几个人也就不掰扯这些了。

只是人家小洪伟是谁啊，他一提小果义，嘴巴都撇到南天门了，然后又从南天门撇到西天门，接着是北天门、东天门，再撇回南天门。就是这样的人，先不论他会不会治病，他愿意多看小果义一眼？

王国权给准备了两盒槽子糕，正月里串门就兴这个，两盒子糕点能转个二十多家又转回来。想想小洪伟东南西北撇一圈的嘴巴，还挺适合二十多家转一圈的槽子糕的。就它了！说着就打算提着槽子糕去请气功大师小洪伟大师出马。

吕小子拦住了王国权：哥，你这个不行！

咋了？王国权忽然对吕小子刮目相看了呢，有啥不妥的吗？

吕小子说，那两盒槽子糕，外壳看起来花花绿绿的贼好看，打开没准儿都长毛了，小洪伟没准儿隔着包装皮都能看到里面长的毛有几拃长！

王国权犹豫了一下，想想还是稳妥起见吧，就把两盒槽子糕的包装打开了。其实就是纸捻子捆的十字扣，打开再系上纸捻子，根本看不出来的。

果然，有几块已经长毛了，焦黄的点心长了一撮白毛。也怪现在天气转暖和了，东西搁不住了。

行啊，吕小子，有一套啊！幸亏你提醒了一句，要不这事儿整不好就干砸锅了呢！可以，行！王国权竖起大拇指夸着吕小子。

吕小子难得扬眉吐气一次，学着小果义，甩了一下头发——只是他头发太短，没有支棱起那个飘逸的劲头来。

吕小子红着脸说，哥呀，我都认识你多少年了？咱哥们儿处了这么久了都，今儿，啊！我要翻翻阳黄历，今儿是啥日子？今儿哥你表扬了我，头一回啊，我也是没白和你相处一场啊。

他说得情深意切呢。王国权也在反省，平时好像真的就没正儿八经夸奖过这小子，净损他了。

吕小子激动地说，哥啊，实话跟你说了吧，我昨儿个下午饿了，偷摸打开了那个槽子糕，看到里面有长毛的了，我拣没长毛的偷吃了两块，又重新摆了一下，不仔细看，看不出来的。

王国权听得又气又想笑，一脚踹过去，被吕小子灵活地闪躲过去了。

吕小子一边躲一边说，哥，哥哥哥哥，哎，哥哥哥哥！

王国权说，你咯咯咯咯，要下蛋吗？你能下两个鸡蛋也行，拿着去求小洪伟。

吕小子也是仗义的人呢，大声说，哥，我这就去搬小洪伟，他不来，我就是抬，高低也给他抬来，两块槽子糕咱不能白吃。

说完，撒腿就跑了出去。

王国权还想说，你是不是拿点儿什么东西再去求人啊。只看到吕小子脚打后脑勺，背影一晃，就不见了。

我跑啊跑，跑啊跑，跑过巫殿礼家房院头。巫殿礼媳妇老巫太太脸色难看得像个丧门神,正在发愁。见我跑过,立马喊住我——小洋猪哇,俺们这里有个狗崽子,你要不要?

那敢情好啦,你舍得给吗?我还有一些不相信。

老巫太太说,俺们家万元户昨天刚生了一窝,七个。从昨晚儿到今儿个,一直在掐架啊,你赶快抱走吧。

他们家养了一只母狗,名字取得挺赫亮,叫万元户。

我跟着老巫太太凑乎到她家狗窝前。我的姥姥哟,一窝狗崽子拱在万元户肚皮下喝奶,娘胎里带的大鼻涕状的黏液刚干,一水儿黑亮的毛皮还打绺呢,毛茸茸的脑袋毛茸茸的耳朵,毛茸茸的睫毛,看得真招人稀罕呢!

万元户一边喂奶,一边帮狗崽子们舔干净身上的"大鼻涕",它舔过的地方,都是油亮油亮的——这窝狗崽子太水灵了!怪不得它这么得意。

这一窝宝贝儿,我挑哪个呢?我心中默默数着"点红点,红点绿,青草发芽驴放屁",等到哪个轮到了"屁",就先淘汰哪个,我要数六轮,"屁"掉六只,等最后剩下的,就是我的啦!哈哈哈哈。

要怎么说老巫太太善解人意呢,她一下子看出来我的心意,爽快地说:小洋猪哇,你不用费劲儿挑了,俺们都替你挑好啦,旁边那只才是你的。

我顺着她的手指头看去,我的姥姥哟,我的亲姥姥哦!

只见一只黑白花狗崽子,趴在离大狗一绺远的地方,它离大伙太远了一些吧,再加上几乎迷彩的皮毛,我之前根本没看到。

人家兄弟六个都跟着老娘在吃大餐,它自己个儿在一旁望房檐儿吊馅儿饼呢!

老巫太太说,这只,才是给你的!从昨儿个开始,它就一直被万元户掐,耳朵都被咬出血了。另外六只也不待见它,它一过去就被拱槽拱出来,吃不上奶。

天哪,想我人见人爱的小洋猪居然要领养这么一只不招狗待见的丑八怪,我以后在梅赫川还怎么见人哪!

要不怎么说老巫太太通情达理呢,她又一下子看出来我的心意——她可真有两下子啊。老巫太太说,你不要也没事儿,俺们就把它扔壕沟里得了,反正它吃不上奶也得饿死,俺们总不能看着它饿死吧,怪可怜的!

我感觉这只"驴放屁"花狗崽子不适合我,它应该有更好的归宿,不管是饿死在狗窝旁还是饿死在壕沟里,毕竟也是有选择的。但凡有选择,就不算太差的命运吧。

我觑着鼓鼓囊囊的大圆脸盘子,就想对老巫太太说声谢谢。我没能化解她丧门神一般的忧愁,但是她毕竟曾经给了我一次被施舍的机会呢。

这时候,咔咔咔的声音在我脚下响起,一个小爪子在轻轻挠着我的薄棉鞋。天呢,文芹妈妈给我做的千层底啊,被"驴放屁"抓出了两道檩子。它还一脸可怜兮兮地看着我,"嗷嗷"叫了两声。那眼睛水汪汪的,像我弹玻璃球用的"亮炮子",虽然没有"花心"玻璃球好看,但是也够大够圆,水头足。

我一定是脑袋被门框挤了,居然临时冲动决定收养它。我把它抱了起来，它身上的"大鼻涕"蹭了我一袖子。老巫太太终于松了一口气，露出了慈祥的笑容，还友情提示我，俺这个狗崽子两天没吃没喝了。

你这个狗崽子，太埋汰了！我抱回去得给它洗洗。我看着它一身的"大鼻涕"对老巫太太说。

我都想好了，下次爬树，刮坏了衣服蹭破了鞋，我就说是这只"驴放屁"抓的，哈哈哈哈，文芹妈妈要责怪就责怪它吧。

想想"驴放屁"这个名字有一些不上档次，它妈的名字可是"万元户"啊！叫驴放屁不行，叫点红点？红点绿？青草发芽？都不行！还是围绕着驴放屁嘛。我忽然想起葫芦娃的七弟来，也是不招人待见的，但是老七最厉害了！

那就叫老七，将来它要把它的六个哥哥都掀翻。

嘿嘿，叮叮咚咚葫芦娃，一根藤上七朵花，叮叮咚咚本领大。

我虽然是六岁半就看懂这个世界的小洋猪，可是今天这个场子，我确实看不懂了。一口气生了七个狗崽子，有六只黑缎子一样水灵灵的，偏偏有一只黑白花巴丑巴丑的，怎么会这样呢？难怪只有这一只不招待见，大伙都和它掐架，同样是一家狗，差别这么大呢！单不楞这样的一只，奇怪了。

但是，话又要说回来，它万元户也是一只花狗啊！黑白花的，和我这只"驴放屁"肤色一样的呢！

这件事儿吧，我搞不懂的主要是——万元户是怎么做到的呢？

不管大伙信的是老杨太太的掐算，还是高二媳妇的说法，反正都心知肚明，都想看看开春谁家的媳妇肚子争气先怀上。甚至听说吕小子和郝金生为此尬赌，猜到谁家抢先生孩子就算赌赢了。吕小子猜的是崔美丽最先生孩子，因为她刚结婚，而且结得很着急，婚礼上村长说是先上车后买票；郝金生说是村长儿媳妇先生孩子，因为他们家两年前就领到了准生证，政府都批准你生了，这都第三年了，就算是哪吒也该生出来了。

他们尬赌，那赌的可是千年一遇的大富大贵的命啊！

看来，老七这只狗崽子也是千年一遇的狗命啊，竟然抢在人们头前了。猫三狗四，人算不如天算哪。怎么就没人赌狗崽子先出生呢？

我抱着刚刚领养的老七，从狗窝走过巫殿礼家房檐下。我看到屋里很多人，在围着小洪伟。哎呀，又有什么热闹看哪，来，老七，跟我去看看！我扒着窗台，怀里还抱着老七，踮着脚向屋里张望。

小洪伟盘腿坐在炕头，屋里的人全都站在地当间，没人坐着。他们脸上都很严肃，不是那种喝酒或者唱二人转的气氛呢！

大伙虽然都认识小洪伟，但他却不算是梅赫川的人。我也说不清他是哪儿的人，这个问题得问他妈，他妈嫁到哪儿去了，他就应该是哪儿的人。但是，他姥姥家在梅赫川，提起他姥姥是谁我说了你也不认识，领你去还远，毕竟不是啥有头有脸有屁股的人，但是他姥爷大伙不陌生，那就是大萨满兼大厨师巫殿礼啦。

小果义今年读高三，都说他是县城重点高中的尖子。我观察过几次，他脑袋瓜子看不出啥特别，看不出头上有个尖儿！

梅赫川到目前为止，也只出过一个大学生，小洪伟如果考上大学，那就算又出了半个大学生，毕竟他姥姥家是梅赫川的。可就是这半个名额，现在看起来也挺悬的了。

据说他班主任的原话是，小洪伟是中国人民大学的苗子。

我知道苗子是啥意思，清明前后文芹妈妈就会隰稻苗子。先要弄一口大缸，用好多天的时间泡稻种子。菜园子里腾出一长溜地来，翻好土育上肥润上水打成畦子，撒上泡好的稻种，用粗荆条或者细刺槐在畦子上支上拱形的架子，然后在架子上面再扣上一层大塑料膜。在畦子四周掩上土，压实大塑料膜，隰稻苗子的大棚算是扣好了。

这还没完，之后的时间里还要伺候它，晴热的天气要在晌午给大棚通风，白天大棚里面太热了，苗子一旦钻出来，那就要天天浇水。

还得过个一个多月的五月中，稻苗才算长好，才能成片地戗出来，一根苗一根苗地栽进稻地里去。

想到隰稻苗子这么折腾，我就想，小洪伟这个苗子也得是别人出了很多力、他自己也使劲长啊长，才折腾出来的吧。

但是，这个苗子没有栽进"稻地"，这会儿栽进了梅赫川。为什么这样子呢？

我说不明白，还是让小洪伟自己说吧——

小洪伟盘腿坐在巫殿礼家炕头，炕头是他姥爷专属的位子，他姥爷在家，别人不可以坐炕头。巫殿礼如果看到小洪伟坐在炕头，就会一把给他薅一边去：你个外姓人，别以为自己是我们家猿猴，想坐我们家炕头。

他一说外姓人，我就会听成外星人。在巫殿礼眼里，小洪伟虽然是外孙子，但是不姓巫，只要不姓巫，谁都不好使！

趁着巫殿礼不在家，小洪伟盘腿坐在炕头，掰着手指头给村里的年轻人和还没上学的孩子们，以及到了上学年龄也还没上学的小洋猪本人，讲他小洪伟的宏伟计划：

你们看哈，读完中、国、人、民、大、学需要多久？那得四年时间啊。你想想看，四年，一届奥运会都举办完了，太长了。可是，我坐在这里，把中、国、人、民、大、学读完需要多久？

中、国、人、民、大、学，他每说一个字，就伸出一个手指头，说完比画个"六"的手势。

读完这中、国、人、民、大、学，那才四秒钟啊，慢的话六秒，够了。我读完了。我才不去浪费那些时间呢！这四年，我能修炼多少功力啊？

我师父修炼到第九成，才需要五年的时间，但是我天资聪颖，骨骼清奇，娘胎里带着修炼功力的造化啊！我姥爷为什么是大萨满，他就是有个神圣的使命，要通过他把修炼的造化传给我妈，再传给我啊。但是，我姥爷和我妈都不知道，我妈毫无保留都传给我了，我姥爷还有私心，自己身上还留了一手，可没留明白，留明白他就是大师级别的功力了。他进入旁门左道了，弄个大萨满，算了，他就那点儿福报和造化了。

我这福报是我师父五世之前就酝酿好了的，就要传给我。我的天分在，我师父都知道，我迟早会超过他，我后天修炼的速度太快了，那都是几何倍速的增加。特别最近一年，我不能荒废了，是我登峰造极的节骨眼，我哪能把时间用在高考上？哪能再花四年青春去读中、国、人、民、大、学？

大伙瞪大了眼睛，不敢出大气，都跟着点头。这是一个马上就登峰造极要成仙的大师，比小果义厉害一万倍，速度快一万几何倍！怪不得敢坐在巫殿礼的炕头，厉害厉害啊！

我大表哥就问，那小、小、小洪伟……大、大师，你登峰造极的时候，从哪儿往天上蹿啊？是平地呢，还是登上柴火垛、鸡架啥的借个力，是不是比闪光雷蹿得还高？带响不？啪，啪一下炸开那种。

小洪伟一撇嘴，嘴巴撇到了南天门，接着皱眉摇头说，你们是肉眼凡胎，说的是啥话？

说着他用手指头冲着我大表哥胡噜一下——哎呀，不好，我给整忘记了，我这还带着功力呢，不能指唤你，这一指就消解了你三成的功力了。我下次可得注意了。

大伙就纳闷，我大表哥也带着功力？

小洪伟解释说，每个人的肉身其实都带着三成的功力，只是肉眼凡胎看不穿识不破。为什么说人人都可以修炼？就因为他原本就带着三成功力。

我大表哥快哭出来了，大师啊，我这三成功力被你这一胡噜给指唤没了，虽然你也是不小心吧，可我以后可咋办啊？我这还年纪轻轻的，可惜了，以后的日子还咋过啊？

旁观的人也心生悲悯，跟着慨叹：是啊，太年轻了，可惜了了啊！

人们说"可惜了"会说可惜了（liǎo）了（le），把"可惜"的余韵拉得长出来一截，哀婉劲儿余音绕梁啊！

小洪伟说，不要紧，我三日之内会发功给你补回来的。但是你现在的资质还很浅，我一发功你会受不住这样的大补，搞不好会鼻口蹿血，我会慢慢发，让你慢慢收，你这几天不要上蹿下跳，特别不要上高处，切记切记！

大表哥深吸了一口大鼻涕，学着电视上霍元甲的造型，有模有样地一抱拳，多谢师父！

小洪伟又一撇嘴，嘴巴又撇到了西天门，皱眉说，别喊师父，我还没有答应收你做徒弟呢！

有人就问，大师啊，你那么能，俺们以后有个小病小灾就不去找王连朋了，也不去找老周大夫了啊，你就给俺们治病吧，你看行不？

大师还没回答，姜云昌马上打断——大师，那要看大病！小病小灾，可不敢麻烦大师！大师啊，你看，我这打麻将一输钱，心里就慌，最近越输越多，越多心里就越慌，我也找王连朋看过了，也找老周大夫切脉了，连老杨太太都帮我掐算了，就是不见好啊！大师，你给看看，怎么扎鼓扎鼓啊？

小洪伟大师先就帮大家现场厘清了一下，什么是小病小灾什么是大病大难。

胳膊腿干骨折了，玻璃盖卡秃噜皮了，头疼脑热，胸闷气短，小孩儿尿炕……这些平常大夫能治的生老病死，都算小病小灾。开天眼提不上一口气，走火入魔了，功力达到第八成死活升不到第九成了，欺师灭祖修炼方法跑偏了破功了……这些才叫大病大灾。

姜云昌一听，我这算啥病？好像对不上号啊！

小洪伟把嘴巴撇到了北天门，眯着眼睛，眼睛里冒着杀气，轻轻吐出一个锋芒毕露的字儿：穷！

小洪伟举起一根手指头，就要往姜云昌身上比画，姜云昌吓得扭头就跑。看到我大表哥的鲜活案例，他还想保留三分功力啊。

小洪伟望着姜云昌的背影，叹气说，哎，穷，是有道理的，我想点化一下他，他儿孙满堂，原本可以走个五年的狗屎运。他现在还要穷七八年，整不好还要背井离乡，这可由不得我了，都是他自找的。

我大表哥说，大师啊，你这说的可能就不对了，他姜云昌结婚好几年都没孩子，他没儿没女，他老婆都找老周大夫扎鼓几年了，也没见动静，两口子估摸就这么着了。

小洪伟摇头：肉眼凡胎！我能看到他下半辈子的。

大伙纷纷抱拳作揖，有人还不住鞠躬，有的上过几天学的还给小洪伟打了一个立正，都要请小洪伟点化一下，也申请个三五年的发财运气。

小洪伟挥着手说，机缘不对，我要修炼了，你们都散了吧。

他一挥手，大伙又是一激灵，生怕他一不小心手指头指唤到谁，消了三成的功力。于是，小洪伟就像赶苍蝇一样，挥一挥手，大伙嗡嗡嗡地跑开了。

只有一个人没有跑，吕小子。小洪伟都没注意到吕小子是啥时候来的。

小洪伟刚一撇嘴，想问问你这小子是啥意思啊，吕小子也不等小洪伟说话，跪地上咚咚咚就是三个响头，磕得脑瓜门子都青了。

吕小子爬起来就是一个霍元甲要和独臂老人过招的架势，一抱拳，只是没有向炕头上的对手发招，而是喊了一声：师父！

小洪伟撇了一半的嘴，又从南天门转了半圈转悠回来，正了正下巴，这才咧开嘴大笑。哈哈哈哈，你怎么叫我师父？我还没答应收你做徒弟呢！

吕小子非常坚定地说：你是我的师父，这事儿没跑儿了。当初菩提老祖收孙悟空做徒弟，真正开始教他本事的时候，那都是半夜里，其他人都不在场的时候，我现在的情况和孙悟空是一样的。

小洪伟淡然一笑，菩提老祖嘛，他法力还行吧，我也算给他三分薄面。看在菩提老祖的面子上，你这个徒弟我就收了。我在三山五岳也收了几百号徒弟了，你也算我在梅赫川收的第一个徒弟，将来惹了祸，可不要和别人说我是你师父，平时也不要在后半夜来找我学功，后半夜我一般假装在炕梢睡觉，实际上在修炼，我姥爷睡这个炕头。

吕小子说，师父，我现在秘密拜你为师，还是应该鸟悄儿的，在别人面前，我还是叫你大师，梅赫川鱼龙混杂，我还是在暗中保护你为好。

没想到你寻思事儿还挺周到，不愧是我在梅赫川的开山大弟子。小洪伟说。

吕小子面带八十年代青年的忧愁，和小洪伟说：师父哇，我寻思眼前还有一件大事，需要你亲自站出来，给武林同道做个表率。

小洪伟眼睛一亮，你小子想得多，说说看，是啥事儿。

吕小子凑上前，压低声音说，师父哇，你看哈，这梅赫川的人吃啥啥不剩，干啥啥不行，却又都是撅腚不服的主儿。最近，有几个人特别招风，你得削削他。

小洪伟眯着眼睛，在下巴子上抹了一把——没有胡子，纯属干抹。然后从容地说，我知道你说的是谁。是小果义吧，我不稀得收拾他，他屁肥肉上拴俩家雀，才得瑟两天，就破功了。他是有一点儿功力，可只有三点五成功力，比普通人多半成，所以才能弹吉他唱摇滚，他这样子的，考中国人民大学都不行的，我削他算是长辈欺负晚辈了。

吕小子又分析说，师父你一指唤，他就废了。可是别人不知道师父的法力，以为师父的法力就那么点儿，无外乎想废了谁就废了谁，和苏联的核导弹差不多。可师父是大师啊，不是捣蛋啊，和谁都不捣蛋啊。师父一指唤，他就废了，再一指唤，他就好了呢。我感觉啊，师父你一指唤他好了，那个功力更大，更能够服众。只要能服众，村长都不好使！只要能把废了的人指唤好，王连朋和老周大夫两个加一起都不好使！现在，小果义就是这些大姑娘小媳妇半大小子年轻人心目中的偶像。他们心目中的偶像是师父你才对嘛。但是，师父你胸怀四海还有什么三山五岳七十二洞府，你把他指唤好了，大伙就知道您的法力了，就知道谁才是真的偶像，谁能给大伙带来真的高潮了！

小洪伟把盘的腿打开，晃了晃脚背，坐时间长坐麻筋了。然后缓缓说：这事儿我之前想过，没想到你想的和为师一样。

吕小子趁热打铁，师父哇，为徒帮你去打探一下，看看安排一个场子，你给小果义发功治疗一下，也让不长眼的人开开眼界。

小洪伟摇头。你都是我门下徒弟了，说话这么不专业呢？发功，只能是对自己个儿，发发发，那只能是留给自己的，给别人治病，那是把病毒化解掉，得使用化功大法。

对对对，化功大法治疗，给他化疗一下。吕小子附和着师父的话，他一点就通，知错就改。

我趴在窗台有一些累下巴，怀里的狗崽子一直轱蛹，算了，他俩说得太专业了，人家听不懂。我还是回家喂狗崽子吧，老七两天米粒没下过肚了。

我跑啊跑啊跑，跑回了家。我发现抱着老七也能跑呢，它如果一直不长大该有多好。这让我想起了自己：梅赫川的人都巴望着我别长大，哼，我才不是狗崽子，我明明是小洋猪，是也是猪羔子。哎,好像也没好哪儿去呢?我吃的不愁,老七吃不上,这是我比它优越的地方,已经优越很多了呢。不去和它计较了,先得给它整点儿吃的才好,吃什么呢?

看它这个外貌,长得像个大熊猫,黑白花,应该给它弄竹叶子吃。天哪,梅赫川可没有这么金贵的食材,我经常见到的和竹子相关的东西就是竹扫帚了,可竹扫帚也只有刚刚买回来的时候带几个干巴叶子呢。光听说竹叶子泡水管尿炕,没听说怎么吃啊?有些人家孩子尿炕,找老周大夫开偏方——不用花钱那种,老周大夫就指点大伙去薅竹叶子泡水。大伙再去代销点找老徐,说小话儿——让咱们薅一些你卖的大竹扫帚上的叶子吧,我少薅一些就行,我不买。

我看看可怜巴巴的老七,感觉它嘴还张不大,眼睛还没完全睁开,估摸啃不了竹叶子——主要我和老徐不熟,他都没捏过我的腮帮子。

所以,老七长得不可以像熊猫,熊猫的饭太难伺候了。我决定,老七长得像个奶牛。奶牛也是黑白花,奶牛吃草,小奶牛吃小草。得给老七安排一顿小草吃,刚冒出地皮鲜绿鲜绿那种,至少也得是婆婆丁①那一类。可是,现在才过惊蛰,白天日头洋洋才化冰,晚上还冷着呢,小草都猫起来了,呜呜呜呜,上哪儿给老七找草啊?

想想它六个哥哥在万元户温暖的肚皮底下,小嘴巴巴地喝

---

① 蒲公英叶的一种俗称。

奶，它自己孤零零的，好可怜哪。不行，我一定要给它弄口吃的，实在不行就把我的糖葫芦爆米花杏子干都分给它。

我试了杏子干，它看都不看一眼。糟了，它是不是瞎了？呜呜呜呜，老七，你可不要瞎，你要是瞎了，人家该说你看这只狗崽子，真是瞎了眼睛，跟着小洋猪混！

你是小洋猪养的狗崽子，你必须像小洋猪一样人见人爱花见花开，必须啊，阿弥陀佛。

阿弥陀佛，我忽然大彻大悟——长得像又不是。我长得像小洋猪，我又不真的是猪。老七长得像熊猫、奶牛，也不是真的小熊小猫小牛犊子。它是我养的狗崽子，名字都是我取的，我可没随便给别人取过名字呢，你看村长儿子的名字是我取的吗？老巫太太家里生了七个狗崽子，另外六个我给取名字了吗？

我决定了，老七吃什么暂时随我吧。我进厨房翻腾一通碗架，找了点我早晨剩的苞米粥，兑了两口热水，用羹匙搅和搅和。要不要给它整个咸黄瓜呢？要不要再弄个贴饼子？最后再来点儿小咸鱼、发芽葱、豆瓣酱、白菜心……

我把苞米粥给了老七，它挪蹭过来，啪叽啪叽舔着吃了！看它吃得还挺欢，我都流口水了，不行，不能忍，我也找了半个贴饼子，撸了根葱，蘸着豆瓣酱，看着它吃我也跟着吃，嗯，好吃！

哎，不管怎么老七能吃上了，暂时饿不死。就是浑身"大鼻涕"要干了，太埋汰了，不像我的风格。我可是爱干净的，有大鼻涕人家从来不咽肚子里，都是搋袖子上的呢。

井里的蛤蟆酱缸里的蛆,饭里的沙子老规矩——算不了一回事儿!井水照喝不误,大酱照吃不误,饭量来了米饭还得添一碗,管它沙子不沙子,能吃饱才是硬道理,吃不饱就是软道理、没道理,是不是啊,老七。

老七忙,没空理我,啪叽啪叽吃得不抬头。啪叽啪叽,啪叽啪叽,才好听呢!

老七吃饭,我就去小瓦厂提来一桶水。瓦厂还没开工,大水缸里的水工人暂时不用。我要给它洗洗,作为我小洋猪养的狗崽子,这么脏,出去丢的可不光是它的狗脸。水有一些凉,我就给它抹拭一下"大鼻涕"得了,一边抹拭我还一边教训它:要不是我,你现在就躺在壕沟里了,你要知道孝顺我,等我老了,你得给我养老送终。

它轻声嗷嗷叫着。我心里算计着,说有这样一道算术题:我太爷爷活了九十岁,我怎么也得活一百二十岁吧,我今年已经六岁半了,老七昨天出生的,问:等我老了要给我养老送终的话,老七得活到多少岁?

这个问题问得好,我打算回头考考大表哥二表哥。

大表哥肯定会回答是一百二十七岁。我就会大声告诉他,大错特错。

二表哥呢,比大表哥聪明了一个韭菜叶那么厚,或许会回答是一百一十三岁。

我就知道有一些人耍小聪明,和我二表哥一样,对这样的人我就会大声说,你呀,和我二表哥差不多!特错大错!

怎么人活一年狗活七岁的道理都不懂呢？就像西游记里面说的，天上一天地上一年，懂不？！

我如果活到一百二十岁，那老七就得活到七个一百一十三岁那么大岁数，那就是真的老七啦！哈哈哈哈，我太会取名字了，早早就预见了我要活一百二十岁了，有狗崽子作证，真是有远见的小洋猪，六岁半就有远见的小洋猪。

具体七个一百一十三是多少，我暂时要保密，天机不可泄露。

我跑啊跑，跑啊跑，跑到王国权家院头。怀里抱着老七，可真是暖和啊，它不光是个狗崽子，分明还是一个不用灌热水的热水袋啊。

吕小子正在和王国权争执——

王国权说，我不能平白无故欠人家人情，小洪伟要帮忙看病，那咱们也得表示表示。

吕小子说，哥啊，咱们现在着急的事就是把这头"骡子"的病治好，我都说了，两个槽子糕不白吃，现在小洪伟也搬动了，猫有猫道狗有狗道，你就甭管我走的什么道道了！

王国权还是有一些犹豫，只是看着小果义的情况不见好转，只能所有办法都试试了。

吕小子上前扶起小果义，小果义强打着精神，倚靠在炕梢的柜子旁，脸上煞白，发紫的嘴唇颤抖了半天，一句话都没嘟囔出来。

吕小子伸出一根手指头,在小果义鼻子下面比量着。

王国权上去一把把吕小子扯开——你干啥呢?

吕小子说,我看看还有没有气儿。

王国权又气又想笑,有没有气看不出来吗?你是缺心眼还是瞎?还是又缺又瞎?

吕小子神秘兮兮地说,哥,你不懂,咱们都是肉眼凡胎啊,没有开天眼,好多东西看不到的。

王国权没空和他掰扯,就想快点儿给小果义看病,估摸着小果义这样子,搀扶着走路都困难,是不是要把他背到巫殿礼家,让小洪伟给治病啊?

吕小子说,小果义啊,哥啊,这会儿你要是没病,就别装了,人家高小满都满大街踅哒呢,人家都没事儿一样,不就一封情书吗,你俩这点儿破事儿都是老黄历——翻篇了。

小果义一脸蒙圈,眼神里充满了八十年代的迷茫,嘴里嘟囔着:小满?满大街?

小果义忽然像是想起了什么,触电一样,翻身就要起来,一个趔趄又栽到了炕梢。

吕小子和王国权就过去搀扶。小果义爬起来,就去掀炕席。一封情书还躺在炕席底下,压得皱巴巴的。

你看过这封信?小果义红着眼睛,瞪着吕小子。

吕小子往后退了半步,脑袋瓜子晃得像拨浪鼓似的。

王国权也摇头,什么东西?没看过。

小果义问,没看过?那怎么知道高小满给我写信?

吕小子咧着嘴说，狗肚子里装不了二两香油！就这点儿破事儿，全梅赫川都知道啊。不是你和大伙说的吗？

王国权瞪了吕小子一眼。

小果义强打精神说：这是一个八十年代女青年的情感隐私，我怎么会到处说呢？这还是人家的尊严，我怎么能践踏呢？

那就怪了，全梅赫川都知道，连高小满都说是你到处嚷嚷的，恨透你了吧，挨了一顿打，锹把儿都拍折了。高二也没落到好，脸都挠成土豆丝了。说到这里，吕小子还是忍不住笑，但是看着小果义的眼神又觉得不对，忍着。

还是王国权脑瓜子转得快——果义，你是什么时候接到高小满送来的信的？

小果义又是一脸迷茫，八十年代青年特有的迷茫，说：现在是什么时候？现在是哪天了？

吕小子说，幸好你没问现在是哪一年？这里是什么星球？

小果义说，我接到信就病倒了，当时看完信就塞进炕席底下了，这会儿这封信好端端的还在这里，不会有别人看到的啊！

那高小满是怎么把信送到你手上的呢？王国权问。

小果义说，没有啊，高小满没有给我送信，她是托村长儿媳妇捎来的信。

王国权和吕小子当即伸手击掌，噢耶，破案了。

根据蛛丝马迹和当事人的口供，整个事件传播链条是——

高小满给小果义写了一封热情洋溢情深意切的情书，高小满委托自己最好的朋友村长儿媳妇帮忙送信。村长儿媳妇好奇心起，偷偷看了这封信。但是村长儿媳妇毕竟是口风严实的人，送完信，也只是把信的内容和自己最好的闺蜜庆珍说了。庆珍也是口风很严实的人哪，谁都没告诉，只是和自己最好的朋友丫蛋说了。丫蛋没有最好的朋友，但是丫蛋在处对象，她就和自己对象说了。（书中暗表，丫蛋，就是篝火晚会上吕小子三姑的女儿啦。）丫蛋对象在和村里的年轻人打扑克的时候说秃噜嘴了，他以为大伙都知道呢，确实，他说完大伙就都知道了。

丫蛋没想到啊："我只告诉了他，却成了众人皆知的秘密。"

只有当事人小果义不知道大伙都知道，还一直躺在炕梢压着炕席守着这个秘密。只有当事人高小满不知道，她一直由爱生恨的小果义，从来没有出卖她。不过，这些都不重要了。

吕小子说，小果义啊，你现在可以挪挪窝了，就拣这一个地方躺着该把炕压塌了。人家小洪伟说了，午时三刻他就来发功给你治病。你要做的准备是喝两碗水，在场院里走三圈，先接收一下信号。

事已至此，远远超出小果义的预料，他也再顾不上高小满的感受，只能先顾自己的病了。但是躺的时间太久，身体很虚，腿上都轻飘飘的，头却很重，像个不倒翁倒过来放，站不住哇。

王国权和吕小子先扶着小果义下地，走了两步。王国权端来一碗清水，让小果义喝了。吕小子又去水缸舀了一碗——大师说了，要喝两碗。他还从厨房顺手抄来一只铝盆，扣到小果义头上。

王国权看迷糊了，你小子拿俺们家饭盆干啥？

吕小子解释说，小洪伟大师说，需要头上扣个金属接收信号，铝盆比铁盆轻一些，就它吧。还有，一会儿小洪伟过来，得叫人家大师，记住了哈。

他也不管小果义同意不，就让小果义顶个盆，由两个人扶着在场院慢慢转了三圈。王国权将信将疑啊，但是事情都到这份上了，就按照吕小子折腾的办法干吧。

小果义走动几步之后，再加上吹着新鲜空气，精神头好多了，勉强能自己挪两步，然后靠着墙坐在房檐下。只几天的时间，生龙活虎开演唱会的自己，怎么就病成这德行了呢？那个大伙扯着脖子喊着尿性的年轻人，哪儿去了呢？

小果义又深吸了一口气，感觉自己身上少了一点儿什么呢？忽然想起来，我吉他呢？王国权啊，我吉他呢？

王国权笑嘻嘻地说，隔壁张婶家来借炕桌，要糊袼褙纳鞋底，我看你那玩意儿有一面溜平，就借她了。她说明儿就还回来的，你放心吧哈，放心吧。

一缕早春的清风吹过，拂动了一下小果义的衣角，他感觉这身西服和村里人格格不入，主要是太薄了，冷啊。他扬起手，对着空气做了个弹吉他的姿势，他手指头在空气中拨搂两下，轻轻念叨着：

为什么流浪，流浪，远方！

他痴痴地看着远方，好像那里有答案。吕小子和王国权也跟着看，啥都没有哇！

不远的远方，小洪伟走了过来。

看似寻常的一个年轻人啊，真是看不出有功力在身，真是真人不可以貌相呢！

王国权上前打招呼，洪、洪、洪大师好，多谢你出手相救！说着，他也学着吕小子之前模仿霍元甲造型的样子抱拳，只是他抱拳的样子没有霍元甲那么从容自信，和陈真差不多，也还凑合。

小洪伟把手插兜里，撇着嘴淡然一笑。

自从他把我大表哥的功力消了三成，梅赫川的人都躲着他的手指头，小洪伟也慈悲为怀，念及苍生，尽可能把手插兜里。

吕小子问小洪伟，大师哇，用不用原地转两圈？

小洪伟没听懂他的话，也没好意思说没听懂，只是皱着眉头撇着嘴。

吕小子说，我们已经喝了两碗凉水了，也在场院里转了三圈了，我看有电视的人家，电视收不到信号，就把电线杆原地转两圈。我寻思着原理差不多，如果信号不好，是不是原地转两圈能好一些？

小洪伟微微摇头，据说他现在不轻易说话，怕嘴里漏出的功力伤害无辜，劲儿太大了。

吕小子又说，大师哇，我特别找了个铝盆，我看电视杆儿上面接收信号的"翅膀"，都是铝的，信号好。

小洪伟微微点头，对这个懂事儿的新徒弟深表认同。他瞄了一眼小果义，冲小果义冷笑一下。

小果义微笑着冲面前这个比自己还小的年轻人打招呼，他脸色煞白,笑得虽然不冷,也没啥温度。

吕小子上前说,大师啊,现在就请你发功吧。

小洪伟皱着眉头,撇嘴说:是化,不是发,提醒你多少次了!发,那是留给我自己的。

吕小子笑嘻嘻地做了一个扇自己嘴巴子的动作,补充说,是,是化疗,请大师开始化疗吧。

小洪伟绕着小果义走了三圈,皱着眉头说,你这病太重了,要化疗三个疗程才能去根儿。好在遇到了我,一次半就能给你去根儿!

吕小子小声嘀咕,向小果义解说:听懂没,一次半,就能把你根儿除去了。

说完,他还做了一个斩草除根的手势,小果义一激灵,下意识抹了一把自己的裤裆——还在。他有一些怀疑,还有一些担心,用八十年代迷茫眼神掺杂着恐惧看着吕小子,又看看王国权,他希望王国权能给他个定心丸儿!

王国权做了一展眉毛的表情:咱们试试吧。

吕小子嘀咕说,多大个事儿啊,别怕,整吧!

怕,已经来不及了。

洪大师走出去三十多步远,站到了场院围墙根儿,连续做了三次深呼吸,比比画画就要发功了。啊,不,要化疗了。

洪大师双掌在空中一拖,口中大喝一声:站起来。

那边小果义听到命令,徐徐站了起来。

这时候,王国权家的院墙头像爬上了爬山虎,爬满了人,大

217

伙眼瞅着已经病得不行的小果义，被洪大师空手托掌给托站了起来。天哪，天哪，天哪。

洪大师完全沉浸在自己的化功大法中，不去理会身后人群的惊叹。或者按他自己的说法，他行功时，肉身是跳出三界外不在五行中的。肉体凡胎说的话，怎么可能入他耳朵呢。

洪大师又缓缓放下手掌，同时大喝一声：坐下。

那边三十米外的小果义抖着腿身子正虚，听到让他坐下，紧随着洪大师手掌的节奏慢慢坐下，他不敢坐快了，怕屁股找不准凳子。

剩下的动作有一些像《再向虎山行》里面的招式，只是看不出是姜铁山的以枪化拳，还是容沧海的用掌化气，反正化疗嘛，总得化点啥。毕竟独门秘籍，只有洪大师自己知道。

洪大师就在空气中抓啊抓，推啊推，大伙大气儿不敢出，我也是憋着一个屁不敢放。连狗崽子老七也都乖乖的，和我一块儿鸟悄儿看热闹。

这时候，洪大师好像在积蓄各种功力，揉啊揉、搓啊搓，把空气往小果义那边推，他越推越快，大伙一边看着他推空气，一边留意着对面的小果义。小果义背后就是王国权家的房子，也是前两年新盖的好好的房子，这么推功，能不能把房子掀翻啊！这要掀翻还得重盖，重盖还要摆流水席。想到这里，我好想他把房子推翻啊，推吧推吧流水席不是罪，没有加菜的流水席，我也可以接受的。

对了，以后搂席，一定要给老七琢磨点儿干果肉肠啥的，我可不要折箩。就这么定了。流水席来吧，我都准备好了，就差洪大师把房子推翻了。

没等来房子坍塌呜呜呜，没等来流水席呜呜呜，只等来一阵旋风，裹挟着泥沙。大伙都眯起了眼睛，风一停洪大师恰好收掌，再次把手插进裤兜。

房子没倒，小果义的西服衣角被大风吹了起来。

大伙还愣着，吕小子已经带头鼓掌了。

大伙也跟着莫名其妙鼓掌。梅赫川就这点好，只要有人带头干，大伙就会跟着干，心齐着呢。

呜呜呜，老七，别伤心，房子没倒，我已经尽力了。下次别人家盖房子，还是会有流水席的。

我大表哥猫腰蹲在墙头，嘟囔了一句：尿性啊！怎么这次没有人喊尿性了啊？

再接下来的两天里，梅赫川就像一个大铁锅烧开了水，再次沸腾了。

高二闺女高小满跟谁搞破鞋，根本不重要了；小果义的病情好没好，也不重要了。最重要的是，能不能排上队拜师，洪大师法力无边啊。

除了吃喝嫖赌抽，梅赫川的人们也有一些高品质的爱好呢，比如近来对学气功很痴迷。学气功在梅赫川人当中的风靡，可以紧随"吃喝嫖赌抽"之后，俨然有抗衡"坑蒙拐骗偷"的架势。群众基础是几部武打片电视剧的影响，有一首流行童谣，是这样说的——

　　1987年，我学会了迷踪拳，先打死了霍元甲，后气死了赵倩男；陈真来报仇，我一脚踢下楼；踢下楼、汲香油；汲香油、汲啊汲啊汲香油，挤出屄屄蘸糖球……

　　后面说的就太埋汰了，不说了，你要实在还想听，也不必不懂就问，求人不如求己，你就挤吧，挤出屄屄蘸糖球，看看场面嘛。

　　但是光有群众基础还不够，主要是洪大师的横空出世，学气功成了当下最时髦的事儿。宁舍三顿饭，不舍铝盆转。据说，顶着铝盆转圈，信号接收的效果最好，其次是铁盆，目前还没有人尝试过金盆、银盆和铜盆。

　　转过头来第二天，王国权把小果义的吉他取回来了，张婶说糊袼褙还是炕桌好用哦。

　　小果义自打从炕梢爬起来，经过洪大师的一番推功化疗，身体精神头好多了，也能吃一些米粥了，煞白的脸上也多了一些红润。

　　小果义挎上了吉他，手指头一比画，啵楞楞，动静有一些沉闷，声音不对。他说要重新调一下琴弦。梅赫川的年轻人也说他的吉他声音不对，没有以前那么动听抓人了，人家忽然就不稀罕听这个动静了呢。他也不去理会这些了，没有观众也无所谓，他就坐在王国权家门口自己弹自己唱。还是那几首要流浪啊，要拉着你的手啊，要让世界充满爱啊。

但是，没人再给他写信了，连拉手的也没有了。那些成天戳在村长家院头传瞎话的老娘儿们老爷们儿，正忙着准备在地里播种育种，那些婚礼上听他演唱并且喝彩的人，忙着抓紧时间在自己家炕头播种育人准备生孩子，那些在篝火晚会喊着尿性的人，正忙着拜洪大师练气功呢，都是忙正事儿的人。

吕小子立下了大功。但是，他没再向洪大师提起让小果义拜他为师。因为已经有数不过来的人，每天围着洪大师屁股转，要拜师学艺。经过小果义化疗一战，洪大师一战封神，正式进阶梅赫川有头有脸有屁股的人啦，在我心目中的排名仅次于小洋猪。洪大师一天只挂出来一个名额，还需要面试，比以前凭红卡片买细粮还紧俏。

小果义失去了听众，却也收获了吕小子和王国权的友谊。他打算把录音机借给王国权和吕小子，但是不借磁带。王国权说要忙着隰稻苗子，吕小子说这是友谊的见证，他十分珍惜，想多借几天，要把友谊揣怀里焐热乎了，并且为了加深友谊，他提出最好小果义能提供电池。

小果义在王国权家门口弹吉他的时候，吕小子就猫在家里鼓捣录音机，确切地说是有录音机功能没有磁带的收音机。他还像以前那样傻笑，嘿嘿，真是个宝贝呀，里面啥都有，嘿嘿，啥都有。

每当收不到信号的时候，他就啪啪啪拍一下录音机后屁股，小果义真是头骡子，鼓捣的东西都这么拧巴！

以前吕小子干啥之前喜欢嘿嘿笑一下，现在只喜欢听收音机，喜欢啪啪拍两下。喜欢嘿嘿也好，喜欢啪啪也罢，在大伙看来都是同一个人，傻呵呵的吕小子。可是，自打喜欢上听收音机，吕小子就变成了另一个人。

人们没有注意到，一个取代高二媳妇的新的新闻播报中心，正在崛起。而且，他播报的新闻那都是天大的事儿——

你造吗？咱们中国人在南极修建了一个长城，其实是接待外星人的车站，接到外星人就立马送到梅赫川，因为梅赫川的气候最适合外星人居住啦。这个车站连着长城，所以叫长城站！

你造吗？苏联，就是有"核捣蛋"那个苏联，新选举了村书记，叫袼褙乔夫。袼褙乔夫掌控着"核捣蛋"的按钮，他一按，全世界的人都窜出来捣蛋，主要去美国捣蛋，到时候我也去！

你造吗？那个黄蓉，其实她最近死了，在香港死的，她的真名叫翁美玲，你在电视上看到的，是她用的假名字，假名就叫黄蓉，用假名和郭靖处对象。不过啊黄蓉也挺好看的，她要没死，和我处对象我也爱！

吕小子从收音机听说的新闻，也有一些不靠谱的鸡零狗碎的——

你造吗？台湾哪，生孩子生不出来，他们计划生育比梅赫川还操蛋，他们用一个玻璃管生孩。最近这个技术已经研制成功了，以后他们的人都是在玻璃管中长大的。以后娶媳妇，遇到皮肤光滑又是台湾的，就要注意了，嗯，要注意了，最好先摸一把她胳膊，看看是不是像玻璃管一样滑溜。

你造吗？下象棋最厉害的不是咱们梅赫川的楚汉举，是一个叫聂卫平的人，他能把象棋下成圆圈。把对方的棋子全都围起来，不透气，憋死你。他刚刚和日本人整了好几天，只有他一个人喘着气出来的，其他人都围在里面，憋死了。

你造吗？有个叫"一拉克"的国家，他们国家没有二，只有一。念书的孩子麻烦了，要读两个一年级，就像小洋猪的大表哥的读法儿，这其实不行啊，这条路在梅赫川走过，行不通啊。但是，他们没有二年级，读完两个一年级就要读三年级。美国人看不下去了，要打他们——小样儿，你服不服？服的话，就跟我一起数三个数，不服就削你！于是美国人就开始数，一拉克的人害怕啊，也就跟着数数。美国人说，一！一拉克的人也跟着说，一！美国人数，二！一拉克人还数，一！美国人说，你大爷的，你是找削啊。美国人连"三"也懒得数了，直接就削一拉克人了！一拉克人还是爱好和平的，于是，前段时间，他们的村长萨达姆站出来了，说，别打了别打了，咱们要"和平解决两一问题"。

吕小子说得有鼻子有眼的，年轻人听惯了高二媳妇扯的家长里短，对吕小子播报的国际风云产生了浓厚兴趣，吕小子自己也更加孜孜学习，收听整理这些新闻，改编后向大家播报。

我也很忙，每天抱着狗崽子老七，在梅赫川瞎转悠。糖葫芦已经过季了，只能看看哪儿又跑来个人崩爆米花。在所有的零食当中，爆米花是梅赫川人们的最爱。为什么呢？除了"铁单四"苞米又实成又甜，我分析原因很简单，梅赫川人最聪明，会算账——

崩爆米花不用花钱，拿大茶缸舀两茶缸苞米粒再加十个苞米骨子，一茶缸苞米粒上供给小贩作为手续费，十个苞米骨子用来生火，另一茶缸才是你的。小贩一般都是黝黑的脸，坐着办公——一只手添柴火，一只手摇着火苗上架着的闷罐子，身后是个大大的塑料袋子，袋子上面有时候写着尿素，有时候写着二胺。袋子里面就是他赚来的苞米粒。

小贩把苞米粒倒进他的锅炉里，黑乎乎的闷罐子，下面烧着苞米骨子。他就转悠那个闷罐子，他转得逍遥自在，别人看得垂涎三尺、四尺、五尺。我感觉他这活儿好，我将来如果不能卖糖葫芦的话，崩爆米花也不错。

小贩转动那个闷罐子，是为了让它受热均匀，苞米粒在闷罐子里噼噼啪啪地响着，贼热闹。什么时候火候好了呢？就是小贩觉得火候好了，那就好了。别人着急等待的时候，不管怎么磨叽"差不多了吧""好了吧？""这一锅儿怎么这么慢"，你怎么催他都没有用的，只有他觉得好了才是真的好了。反正，每次都得听他的，火候刚刚好。

这是六岁半的小洋猪就知道的一个道理：崩爆米花，谁说了算，听谁的，其他人爱咋哔哔咋哔哔，反正也没用的！

他把闷罐子一停，站起来大喝一声，呦嘿！就好像坐在马上的张飞上了长坂坡，要大喝一声。你别说，看脸色儿和坐姿还真可能是同行。

他吆喝那一嗓子，是提醒大伙注意啦，这儿有个"雷管"要炸了！但是，围观的人都会向后退几步，捂住耳朵，紧紧闭着眼睛的同时，还要眯一条小缝隙，看看它到底是怎么炸开的。

小贩吆喝完，一只脚踩着闷罐子的阀门，把闷罐子的开口对着一个大网兜子，使出吃奶的劲儿，叫一声"开"！

"砰"——一股白烟儿，蹿进网兜子。热乎乎烫嘴唇，嚼起来咯吱咯吱芬芳四溢的新崩的爆米花，这一锅儿就算出炉了。

崩爆米花整个过程比"吃糊"文明很多，而且还能听个响儿。小贩把爆米花崩出来那砰的一声，是免费赠送的。我就喜欢那个响儿，比二踢脚动静还大，是不是免费的倒无所谓，反正也不用我花钱。说到会算账，我给你嘿嘿算一下哈——

你只需要出两茶缸苞米粒，小贩呢留下一茶缸，用另一茶缸帮你崩爆米花，一茶缸苞米粒子能崩出来四茶缸爆米花，四茶缸啊！你没有看错！你用两茶缸换回来四茶缸，这个买卖划算吧，要不怎么说梅赫川都是人精呢！

你可能会说，那你还出苞米骨子了呢？哎，你怎么这么天真！你怎么还这么天真，这都二十世纪八十年代了啊！还记得篝火晚会火上的苞米骨子吗，上谁家不能捞点儿苞米骨子啊，为啥偏要扯自己家的柴火嘛!

但是,就算这两茶缸苞米粒我也不出,请叫我一毛不拔铁洋猪!

我主要是围观,看热闹,喜欢听砰的那一声响儿!

我才不自己拿着苞米粒去崩爆米花呢,我就守在炉子边,谁家崩好都会送给我一把的,我一伸手,他们就特别自觉上供给我。有一次,崩爆米花的小贩偷偷地问我,小洋猪,你是村长的儿子吗?我非常自信地回答,不是!

主要是我压根儿没瞧上村长儿媳妇。

也有一些大人跟我半开玩笑说:小洋猪,你手上的爆米花好吃吗?给我点儿呗。

这时候,我就会大大方方地说:好吃着呢,洗脚水、烀地瓜,被窝放屁崩爆米花,好吃着呢,不信你尝尝?

大人们马上都会婉拒我的慷慨相赠。他们就是这么善变,我都习以为常了。

好消息都要等,都要等啊等,慢慢磨蹭才能来,比如谁家死人了,要办个流水席,再比如偷吃甜秆、下河摸鱼,都需要等,等的是时机。有的一年死几个人说不准,节令在那儿,想快也快不起来,日子就这么磨人。

但是,坏消息总会突然造访,打人们一个措手不及,你不等它,它自己也会找上门。

开始的时候,只是死了几只鸡,大伙也并没在意。吃鸡肉就是拉脖子、烧水,脱毛,剁了、炖了,开造,简单。病死的,就象征性拉脖子,多烧开水,脱毛、剁了、多炖会儿,开造,也简单。

后来,死的鸡已经太多了,大伙吃不过来。尽可能拣鸡腿吃,不好的肉给邻居,邻居家也死了一窝,正想给你端一碗炖好的,咋办?

算了,倒壕沟里。

梅赫川人倒壕沟,等于这事儿就办结了。可瘟疫才刚刚开始。

王连朋郑重警告大伙,这是瘟疫,大大的瘟疫啊!不能大意!

又是大疫,又不让大意,你说这大夫当的,啥话都是他说的。老百姓不听,要听也得听老杨太太怎么说,或者小洪伟洪大师怎么说吧!

为什么不问问老周大夫呢?因为,最开始死的都是公鸡,没母鸡啥事儿,母鸡照常下鸡蛋。大伙一想,这已经超出妇科研究范畴了,不能打扰老周大夫,他还忙着给各位小媳妇切脉呢!那才是大事儿,千年一遇的大事,死几只鸡算个屁,屁大个事儿。

然后是大鹅、鸭子……壕沟里快填满了,人们才感觉不对劲儿。

春天来的时候,会有积雪融化,带着冰碴子的春水,从壕沟淌过,一直淌进梅赫川的大梅河。把一切昨天的前天的过去的垃圾、痕迹和美好一起冲走。可是整个冬天的后半程就没下雪啊,哪儿来的春水啊,壕沟满了,臭气冲鼻子,人们尽可能把死掉的家禽扔得离自己家远一些。但是,往往离自己家远就意味着离别人家近，最后的结果还是一样的，家家门口的壕沟塞满了死掉的家禽。

以前，杀大鹅，人们还会摘掉绒毛絮成座垫儿或者鹅毛褥子，现在鹅毛太多了，直接扔掉。

我跑啊跑，跑啊跑，跑过村长家院头，壕沟里都是死鸡。我跑啊跑，跑啊跑，跑过郝金生家院头，壕沟里也都是死鸡。我跑啊跑，跑啊跑，跑过王老三崔美丽家院头，跑过王国权家院头，跑过姜云昌家院头，壕沟里都是死鸡、死鸡和死鸡。

我跑啊跑，跑啊跑，跑过老周大夫家院头，壕沟里没有死鸡。只有死鸭子和死的大鹅。跑步带起了一溜串的泥烟儿，呛得我打了一个喷嚏，激灵起七八根鹅毛！

白毛浮绿水啊，现在壕沟都满了，白毛都准备好了，就等绿水来了。

我跑啊跑，跑啊跑，跑过巫殿礼家院头，壕沟里都没有死鸡，没有死鸭，没有死大鹅，只有一只长得像奶牛一般的哺乳期的死狗，和六只死掉的狗崽子，黑缎子一般油亮油亮的狗崽子。

我非常遗憾地通知老七：你妈，还有你六个哥哥，瘪咕了！

我心中有一些伤感，不纯粹是八十年代年轻人脸上的迷茫型伤感，这样的伤感会伴随我很久，九十年代也会伴随我，一百年代也会，一百一十年代还会伴随我。老七还感受不到这份亲人离去的伤悲，我要替它背负下来，我决定了，有朝一日一定要帮助老七，找到它爸爸啊。它爸爸不是一个好爸爸，是个不负责的坏爸爸，但它是老七在这个世界上唯一的亲人（亲狗？）啦！

根据老七和它妈的体貌特征,并不能推算出它爸的样貌来,甚至会让人家认错爹的!滴血认亲这一招,操作起来太难了。洒狗血的事儿,我小洋猪做不出来!幸好,我见过它六个哥哥,我忽然觉得它六个哥哥的存在也是有意义的!它们存在过,并且在我的眼前展示过它们的毛皮,黑缎子一般油亮油亮的毛皮,好的,我记下了。

黑白花的狗崽子老七,它爸只能是黑缎子一般油亮油亮的一条大黑狗。这是老七最大的秘密,我要替它保密。我想起了小果义那句话,套用一下造句的话,是这样子的——这是一只八十年代小狗崽子的情感隐私,我怎么会到处说呢?这还是人家老七的尊严,我怎么能践踏呢?

噩耗传来,人们心神不宁,不管是不是年轻人,都学会了小果义风格的八十年代的忧愁——接下来会怎么样?

吃过鸡肉鸭肉鹅肉的人开始呕吐,拉肚子,高烧。人们吐出来的东西,被狗吃了,狗也病死了一大批。

接着是猪。现在不用等胡老四出手了,也不用等年底了,瘟疫出手,梅赫川的猪几乎死绝了。唯一还喘气的一头坚强的瘦猪,居然是高二家散养的那头喜欢看云彩的猪。不过它好像也中招了。每天上午,高二媳妇出门踹它一脚,它都一个趔趄,蹿不出去了。一天天就喝点儿水,窝在大门口哼哼,瘦得一层皮包着骨头架子。所有人都知道,它挺不过去了。

高二媳妇找王连朋大夫看看开个药,大夫说俺们不是兽医啊……

高二媳妇找老周大夫看看开个药，老周大夫觍着油乎乎的脸说来，伸出手腕我给你切脉。高二媳妇说人家是让你救救那头猪！

老周大夫说，你看全村的猪有救过来的吗？要我说啊，你现在把它杀了，还不算死猪。就算卖不几个钱，一家人解解馋也行，要是觉得猪头肉油腻可以给我。

高二媳妇来了倔劲了，我偏要救这头猪！

她去找老杨太太。老杨太太也没掐算，也没问生辰八字，反问了一句，你信得着我吗？

高二媳妇用力点头：这么多年了，你说啥俺们都信的。

老杨太太在自己柜子里掏啊掏，最后在她装老衣服①底下找出来一个纸包，从纸包里拈出来一个浅粉色的药粒。老杨太太操起一把剪刀，撇着小脚，拧搭拧搭就来到高二家门前。高二媳妇也没看懂，也不说话，跟在老杨太太身后，任由她处置了。

老杨太太薅起一只猪耳朵，剪刀上去就一戳，给猪耳朵挑起来一层皮。那猪只比死猪多一口气，疼归疼，哼叫的声音都不大。老杨太太把那粒浅粉色药粒塞进猪耳朵二层皮里面。她干完这些，把剪刀往裤腰一别，拍拍手，看都不看高二媳妇一眼，又撇着小脚拧搭拧搭回家了。

说来神奇，自打老杨太太给塞了一粒药，那猪一天天的居然

---

① 寿衣。

精神头好多了。等到第五天,已经可以正常去大野地拱吃的了。有一天,梅赫川的人们看到高二家的这头猪,居然非常惊讶地大叫:猪!快看啊,居然是猪,活的!

那猪就像什么都没发生过,和以前一样,瘟疫都没把它弄死。只是耳朵塞药的地方结了痂,最后结的痂掉了,耳朵出现了鸡蛋那么大的一个洞洞。捡回来一条命,多个洞洞不算啥,很多人耳朵上也打洞呢。

高二媳妇守口如瓶,这一次口风紧紧的。一天傍晚,她又悄悄端着一碗烀地瓜给老杨太太送去。顺便问问那是什么灵丹妙药,能不能给自己两粒。

老杨太太说:你信我,我当时就给你家猪治了。你当时都没问,现在还问干啥?

高二媳妇说:人家不是想嘛,这药这么厉害,自己也弄点儿准备着防个万一吗?

老杨太太说:实话说了吧,你当时问了,可能都不敢让我用药的。这个是红矾。你还是别碰了。

高二媳妇说:红矾?记住了。以后去医院的时候,找药方买点儿。

老杨太太说:你不光不能买,还得嘴上把门,别瞎哔哔呢。红矾是它的外号,它的大名其实你也听过,叫砒霜。

高二媳妇惊呆了,瞪大了眼睛,张大了嘴。想到老杨太太提醒她要嘴上把门,她赶忙用手托了一把下巴子,把嘴合严实了。

这轮瘟疫当中，梅赫川的畜生死得太多了，接下来是不是要瘟人啊？人们心里纳闷。

排队找洪大师拜师的人，都在问：大师，你啥时候出手啊，接下来是不是要瘟人呐！

洪大师淡定地说，都在我的意料之中，这都是小病小灾，我只治疗大病大灾。

他说到做到，除了小果义，他再没有帮助人治病。但是，他的法力，大伙是看在眼里的，一摆手，我大表哥就消去了三成功力，补了好几天才补回来。连村干部姜云昌都吓跑了，还有人说当天晚上姜云昌就尿炕了，这后劲儿得多大？最真真确确的是很多人都看到了，在王国权家场院里，注意啊，是孩子头王国权场院，那可不是普通场院，不是王老三家也不是郝金生家。在那里，大伙亲眼看到，洪大师发功，离得大老远就把小果义托举站起来了，小果义之前那可是趴在炕梢比死人多口气儿的呀！连王连朋、老周大夫都扎鼓不好的重症患者呢！

有个洪大师的徒弟出来纠正，当时洪大师离小果义不是三十米远，是三百米，三百米远的时候洪大师就化功大法行功了。注意，是行功，不是发功。小果义顶着铝盆接收信号，那是梅赫川信号最好的一只铝盆，王国权可以作证：他们家现在盛饭的时候，用饭勺子磕到铝盆盆边，还能听到这个盆有回音，那不是普通的声音，那是洪大师开过光的盆，在回应洪大师前儿晚上行功呢！

人们也都见证了，洪大师行功的时候，驭风而行，隔空给小果义化疗,那要是搁在别人手上,也得三五十次才能化疗成功的,洪大师说一个半疗程,那真是吐吐沫是钉儿,果然一次半就胡噜倒啊,一次是当众给小果义行功,另半次是后半夜里,在巫殿礼家炕梢悄悄行功,给小果义化疗。在场院里这次化疗,大伙也都亲眼所见,有一阵风被洪大师推向小果义,小果义的衣角都飞起挺老高,就连九指神丐洪七公使出降龙十八掌的时候,也只是勉强隔空掀起欧阳锋的衣角啊,再说了,洪七公离欧阳锋多近啊,电视上看得真真的。

另一个洪大师的徒弟站出来纠正:为什么要在王国权家门口治疗?你们想过没?洪大师那早就安排好的了,王国权家房子新盖没几年,这要是在王老三家门前,在郝金生家门前,那后果不堪设想!洪大师手上的分寸,拿捏得那叫炉火纯青!还有啊,以后别瞎哔哔,洪七公是洪大师的家里人,以后也要称呼洪七公大师。

人们这么说,让我好难过!呜呜呜,为什么?为什么不去郝金生家门前行功,把他家房子推了吧,我十分需要一次流水席解解馋,我已经吃腻了死鸡肉啦!

洪大师的地位像蹿天猴,噌一下都要上天了!

瘟疫还在蔓延,新生的婴儿还没有见到动静,人们已经开始担心会不会死人!瘟完畜生就轮到人了吧。

他们既然盼着生,为啥不盼着死呢?一生一死,都是一顿流水席的事儿,我觉得区别不大,只不过红事儿的菜是双数,白事儿的是单数,我单双不惧啊!来吧!

流言蜚语是带着小纸条的信鸽,恐惧是屁股冒烟儿的导弹,一个比一个蹿得快!以往梅赫川的天空是瓦蓝瓦蓝的,透亮透亮的,家雀儿都绕着飞。现在不一样了,现在是灰蒙蒙夹杂着飘浮的鹅毛,"信鸽"和"导弹"嗖嗖嗖,到处飞。

在一个春日的黄昏,人们没有翻阳黄历,也不记得那天是清明后几天,还是谷雨前多久,小果义悄悄离开了梅赫川。他拒绝了王国权的送行,只留下几句话:他来过这里,他要去流浪,每一个生命都是为尊严而活着!

小果义离开了,蔫不登就离开了。他说的三句废话没人听得懂,也没人在乎听不听得懂。

高小满偷偷哭了一场——你最终还是不乐意带人家走哇!

吕小子紧紧提着收音机说,就这么挠杠①了?这个东西给我了吗?你倒是给个准话儿再走啊!

虽然唱着"你这就跟我走",但是小果义一个人都没带走,一个人走了。什么也都没有带走。

那他留下来什么了吗?

留给梅赫川人们的是什么呢?

是几首流行歌曲,人们怎么唱都不厌倦,而且习惯了找新的流行歌曲来哼哼,扭两下子,再甩一下头发。没准儿心里还会狠狠说句尿性,或者悄悄说一下那个涉及母牛器官的字眼儿!

我想母牛没有隐私,大伙把它的躯体赤条条示众。但是,现

---

① 相当于跑路的意思,有逃跑的戏谑意味。——小洋猪注

在只是八十年代，等到了九十年代、一百年代、一百一十年代，母牛就会有尊严了吧。连老七都有，只是老七活得足够长，它要活到七个一百一十三岁那么长！

我想在未来，人们会学会尊重母牛的隐私，不再把它的器官挂在嘴边，也不再单纯用它来吹！至于用来做什么，或者是煎还是炒，我现在还不知道，只要我们活得像狗崽子老七一样久，就一定会等到那天的！

除了几首流行歌曲，小果义还给梅赫川的人们留下些什么呢？还有一台没有磁带的收录音机，它成了吕小子广播站的重要战略物资，而且一直用，一直有新消息，太好了！吕小子赚了，我虽然没有赚到，但是还挺替吕小子开心的呢，他也和我一样，喜欢往袖子上擤大鼻涕，我们都是从来不把大鼻涕咽肚子里去的干净人儿！

就这么多了吧，大伙想不到小果义还给大伙留下了什么。我看着大伙冥思苦想的老脸，忽然就想到了，但是我和谁都不说，这些也许是人家小果义的隐私呢！

小果义留给梅赫川最大的东西，是八十年代的忧愁，人们学会了，扔不掉了，真真地写在脸上了呢。

隐私是啥玩意儿呢？我觉得，我单双不惧，红白喜事通杀，喜欢流水席，就是隐私。吕小子其实知道崔美丽怀孕了，还跟郝金生尬赌，就是他的隐私。

隐私这东西还特别有意思：谁都有，你有你的，我有我的，

235

谁也抢不去，别人的一抢到手，它就没了。

我，六岁半就看清这个世界的小洋猪，刚刚懂得了隐私。

吕小子和郝金生尬赌虽然都没有赢，但是人们还是期待着有新生婴儿的消息，就算是谁家怀孕的准信儿，那都是天大的好消息。在梅赫川1987年的春天，人们太期盼好消息啦。

按照王老三后来的说法，其实崔美丽早就怀上了，他播撒的种子，心里有数呢。但是，一直守着口风，是因为崔美丽感觉刚结婚就放这个消息出去，有一些影响不好。还有一种考虑就是，梅赫川的人都怕保不住胎，都是怀孕三四个月才公开的。好事慎一下，不会错的。小洋猪那句话怎么说的来着：好消息都要等，都要等啊等。

巫殿礼家大狗已经瘪咕了，梅赫川生不出狗崽子了。新生命的到来，这回应该轮到人类了吧！

梅赫川人过节只记得日子，不记得什么节日——

正月十五，五月节，八月节……过了年，上半年最大的节日就是五月节。造句一般是这样造的：五月节前三十多天，梅赫川的人一下子都知道了——崔美丽怀孕了。

但是，人们不会说：清明节第二天，梅赫川的人一下子都知道了——崔美丽怀孕了。

时间这玩意儿邪门了，有时候舍近求远，却又感觉名正言顺呢。

胡老五的案子是腊月里的事情了，紧接着就是过年，春节是一年中最热闹的节骨眼，只是这些热闹搅动着整个梅赫川，却有一个人内心一直冷如灰烬，他就是胡老四。

胡老四成天都不着家，从年前到二月二，他都没有咂摸出过年的滋味。他到处找人挪钱，拉饥荒，捞人。他希望他弟能挨过这个春节，现在挨过了；他希望他弟过年能吃上饺子，他给派出所的人点上了一根金葫芦香烟，人家告诉他三十晚上有饺子，初一早上也有。他再问，别的时候呢，吃啥？饺子是什么馅儿的？人家看看手上要抽完的金葫芦，没理他。

金葫芦最早七分钱一包，现在都涨到两毛了。"金葫芦不倒，一天两铆（毛）。"抽旱烟的村长经常讽刺抽洋烟的小青年，费钱。梅赫川穷，大伙管两毛钱叫"两铆钱"，就好像这一丁点钱都要抡起锤子，在铆钉上拼命敲打才能敲出来一样，而且敲打一下还不行，要敲打两个回合。

梅赫川没有人会想到，胡老五杀人案会成为一个分水岭。

08

  我像一棵大野地里的树，野蛮疯长着。我的枝枝叶叶伸展到梅赫川的各个角落。我每天跑啊跑，跑啊跑。跑过村长家院头，村长媳妇还是隔着门缝注视着路口的动静；跑过老杨太太家的小草房，春风一吹忽悠悠的小房子，像个轻飘飘的瓢碴子；跑过卖豆腐的个体户老莫头推的小推车，一个轱辘也一直推得稳稳的；跑过崩爆米花的小贩，他大喝一声，"砰"，干出来一股白烟儿；跑过队部门口的大榆树，瞅了一眼冒出"毛毛狗儿"绿芽儿的树梢又看了看怀里抱着的老七，没有爬上去；跑过高二家院头，看到高二媳妇踹了一脚她家的猪，嗷的一声，猪又蹿了出去，瘟疫都没把它怎么样，也是神奇了；跑过巫殿礼家门口的壕沟，乱糟糟的垃圾已经把死去的畜生埋了一大半；跑过崔美丽家门前，结婚时的大红灯笼已经褪成了粉色，破破烂烂的。

  文芹妈妈想拾掇一下我这棵小树，不能这么荒下去了。虽然离秋季开学还有整整一学期，还是想提前给我送进小学。

明明已经晚上学了半年，现在又要提前入学，到底是晚了还是提前了呢？我就弄不明白了。我才不想上学，可文芹妈妈长得好看，说啥都应该是对的。

其实学校离我家特别近，梅赫川就有一所"耕小"。头些年人多，耕小最多时有四个年级，五六个班，四个老师呢。现在孩子少了，就只剩一个老师两个班级了，一年级和二年级的孩子一起上课。同一间教室，十多个孩子，一年级上课的时候二年级自习，二年级上课的时候一年级自习，轮流。

什么是耕小呢？它其实就是一个教学点，还算不上正规的学校呢。校有田地，以耕养读，就是耕小。耕小在村子的一角，划出来几亩地，种苞米和黄豆，不用交责任田农业税。到了春天种地的季节，老师就带孩子们种地。耕小自己不养牛，也没有水田，仅有的耕地都是短垄旱地，没有耕牛犁地。老师先拎着镐头备垄，再刨埯，第一个学生扌着一个小桶用手撒化肥，化肥一般是二胺，烧手。化肥撒多了烧种子，少了借不上劲儿。第二个学生负责踩埯，就是用脚尖戳点儿土，薄薄盖上化肥，踩一脚。我就帮文芹妈妈干过这个，灰大，但是算种地最轻松的环节了。第三个学生在后面撒种子，一埯有时撒两三粒苞米种子，有时四五个。撒多少主要看年头好不好，也看耕地是沟膛子、岗梁子还是大平地。最后，老师再从头"培垄"。也就是用脚横着扫一下，把种子埋好土，在埋种子的上方轻轻踩一脚。培垄后的庄稼地，顺着垄台一眼望过去，都是一个个横着的浅浅的脚印，看起来特别踏实。这就算一整套种苞米流程了。像不像一个师父带着三个徒弟,去西天拜佛路上,一步一个脚印,勤勤恳恳地……种苞米?

到了秋收开镰的季节,老师再带着孩子们收粮食,一起掰苞米,老师用连枷打豆荚,学生用小木棍跟着敲打豆荚。打出来的粮食,就是一年全部的收成。苞米秸秆、苞米骨子、豆荚,都可以给教室烧炉子,三九天给耕小的老师烧炕。冬天的时候,老师课间给学生批改作业,学生们去隔壁给老师烧炕,其乐融融。

耕地旁边平整出一小块操场,还有一个破篮球架子。两间教室已经有一间空了,空教室临时当仓房用,堆着春天要播种的种子。教室的隔壁是吕先生的房子,他是唯一的老师。

耕小的房子有一点特别,和全村所有的房子都不同。用石头和水泥砌成的墙,感觉要结实很多,墙也厚不老少。就是窗户的玻璃不怎么齐整,用了好多塑料布。

要是到了夏天的晚上,这里就成了星空影院,才是最好玩儿的地方。在周末的晚上,这里经常放露天电影,还有卖冰棍和香瓜的小贩。有时候小贩也是熟人,王国权、吕小子都卖过冰棍和香瓜。冰棍需要用泡沫箱子保温,箱子外面再罩一层小棉被。我一般都是电影快散场的时候,催我哥帮我买冰棍,那时候的冰棍快化了,便宜呢。但是看电影的场子,从来没发生过"吃糊",大伙有这个默契和共识:吃糊是只可以在红白喜事的时候帮助主人增添乐趣才干的事。俺们梅赫川的人就是这么实在,就算打劫也是为了给别人增添乐趣,才不是为了自己吃那一口东西呢，才不是!

放电影的时候，机器就架在教室里面，教室的门敞开着，有一束光打出来，一直打到操场边上那老远。有多远呢？小操场，小，也就洪大师给小果义行功那么远吧。操场边支起来两个大松木电线杆子，中间扯一块大白布，电影就在白布上演。武打片在白布上演，恐怖片战争片喜剧片也在白布上演。有时候，白布上面演爱情片，下面也演爱情片；白布上面演武打片，白布下面也演武打片。看电影的时候，打架也是经常发生的，活学活用。

这里我也偶尔来玩儿，村里的孩子多数聚集在这儿。我是个玩耍个体户，喜欢单干，不爱和他们一起玩儿的。这些人当中的小头头就是我二表哥，他现在还在读二年级，第二个二年级，之前他还读了三个一年级，梅赫川耕小资深小学生。

文芹妈妈太忙了，和吕先生打了个招呼，让我向吕先生鞠躬，就把我塞给了她侄子我二表哥。二表哥眼珠子滴溜溜转，笑嘻嘻看着我，不知道在打什么鬼主意。

吕先生说，我现在的身份还不是正式的小学生，只能算旁听，临时把我编进了一年级，但是挨着二年级的二表哥坐着。我心里稍微松了一口气：不是正式的，太好了，我得想办法转不了正。我这不算正式上学，我喜欢到处逛游，就叫它游学吧。

文芹妈妈临时找了我哥的一个旧田字格本，半截铅笔，这就是小洋猪同学临时游学的全部家当。田字格再大一些就好了，可以用来"下五道"。铅笔我还不会用，不知道按照筷子的拿捏手法行不。我还缺一支"筷子"凑上一双，还缺八凉八热十六个菜！

我太不喜欢上学了,双手要背到身后去,只能看着前面的老师。我一会儿想看看后面的女同学,一会儿还想看看窗口的家雀儿。可只要我稍微有点儿动作,就感觉吕先生已经恶狠狠地看着我的犯罪行动了。我心里还在惦念着老七,它还没有超过半天和我不在一块儿的经历,会不会有分离焦虑。我出门的时候把它寄放在厨房的柴火堆了,文芹妈妈还纳闷,家里啥时候多出来个小狗啊?嘿嘿,文芹妈妈,请叫它老七。

一上午的课,就好像鸭子听雷。"雷"也是闷雷,不响,"鸭子"都快睡着了。游学可太没意思了,我实在想不通,大表哥当初为什么在这里恋战?明明有了前车之鉴,二表哥为什么也在这里恋战?

想来还是我亲哥聪明,他在这里实现了"飞跃"。一年级只读了一学期就升到二年级,二年级只读了三天,就跳级到了镇上的三年级。

听我二表哥讲,我哥一年级时和吕先生吵架,说吕先生讲得太简单,吕先生就把他升学到了二年级。升到了二年级发现老师还是吕先生,就不吵架了,课堂上直接动手了。吕先生拿粉笔头打他,他就抓一把石子打老师。后来我哥就转学了,到快活镇上学,去了给老师背了一首《琵琶行》,老师直接给他升三年级了。

我哥真棒,打老师像打怪兽一样,一边打一边升级。

看来我哥是二表哥的榜样,他说起我哥的时候,眼睛贼亮,满满的敬意。可吕先生讲课的时候,他却是眯缝着眼睛,梦游一般。

游学游学，就是像做梦一样上学吧。

中午可算挨到了，我早就饿了，跑回家吃了午饭就睡着了。睡了一半就被我二表哥找上门了——我姑说了，让我盯着小洋猪上学，走。

我不要上学啊，不要，我跑到柴火堆抱起了老七，我要和老七在一起。

二表哥不管那些，连我带着老七，一起拖到了耕小。

二表哥把我拖到篮球架子下面就戳住了。他告诉我，下午要坐到他上午的座位上去。

你呢？我问。

啊呀，我很忙的，下午要去挖蛤蟆，铁锹已经准备好了，戳在篮球架子边上。

你……这算……逃学？我试着找到合适的词儿，应该是叫逃学吧。没想到，游学第一天，我就学到了这么专业的词语。

你不懂，"老驴"讲的我都听过一年了，我属于不用听课的好学生。二表哥向我解释。

我也想做好学生，我也是好学生！带我一起吧，我不要背着手上课，我给你扛锹，给你拎蛤蟆，给你打下手！

二表哥摇头，我答应我姑了，要盯着你上学！小洋猪要是敢逃学，我就告诉姑姑收拾你！

我心说，你会告诉你姑，我就不会告诉我舅吗？算了，我初来乍到，还没探明白水深水浅，不知道逃学的后果，我还真的不敢。我现在才真的钦佩我哥，敢和吕先生对着干，他的底气是什

244

么，晚上我要请教一下。

二表哥向我交代，"老驴"中午要闷一顿小酒的，你没看他上午那蔫巴样儿吗？不喝酒他没精神的，一喝酒他虽然精神了，但是舌头打卷儿，也记不住谁来谁没来的。狗崽子别带进教室哈，放在柴火垛就行。上学的名堂，你啊，慢慢就知道了。他拍拍我的肩膀说。

然后，他把书包塞给了我说，记着放学帮他背回去。然后转着贼溜溜的眼睛，向我吐了个舌头，挖蛤蟆去了。

有一些学生背地里管吕先生叫老吕，二表哥则叫老驴。感觉这样的称呼不好，因为吕小子管小果义叫骡子，骡子它妈才是驴，吕先生可不是小果义他妈，二表哥啊二表哥，你整差辈儿了，连公母都整岔劈了。

春天里的梅赫川，河沿儿上婆婆丁刚刚拱出来绿芽儿的时候，冬眠的青蛙就睡醒了。它们也都往外面拱，只是这时候刚睡醒，腿脚还不那么灵活，抓起来太容易了，一抓一个准儿。看河沿上哪儿有洞洞，那就是有青蛙刚刚钻出来，里面还会有后续大部队。一铁锹挖下去，把土往地上一甩，有时候啥都没有，有的时候就会有一只胖乎乎的青蛙，还有的时候会有半只血肉模糊的青蛙。

人们挖完青蛙，还会把抠出来的土填回去，因为那是大梅河的河堤坝，人们把大梅河叫母亲河，母亲，就是妈妈的意思。二表哥找妈妈弄几只蛤蟆，算不算逃学？我感觉这可能也是一种个人隐私，有争议。

我对吃青蛙一点儿兴趣没有，吃起来有一股土腥味儿。但是挖青蛙还是挺热闹的，主要是有惊喜或者惊吓，够刺激。如果让我在挖青蛙和上学两个里面选择，那当然还是挖青蛙了。上学没有惊喜，也不刺激。

二表哥逃学去挖青蛙，我自己去上学，我有一些失落。这件事儿我也很快释怀了，我的失落完全是自找的，二表哥不逃学，我也得上学嘛，我失落就是因为人家逃学去挖蛤蟆，我没有去成，这是嫉妒。这样不好，我下次跟着我哥去捞鱼的时候，也不叫上二表哥就行了嘛，做人嘛，还是要看得长远一些，我可是要活一百二十岁的人呢，二表哥能活多久？蛤蟆能活多久？

我抱着老七，背着二表哥的大书包，来到了吕先生家的柴火垛。老七，你下午就在这儿自己玩吧，我宣布你是自由的！不用把手背身后，有家雀儿就去抓吧，谁说的话你听不懂都不用搭理他，也不用拿着铅笔写听写！

我把它安顿在柴火垛。它很乖，冲着我可怜巴巴地轻轻嗷嗷两声，还不住用爪子抓我的鞋面。这让我想起刚刚从巫殿礼家抱回来那会儿了，那时候它就剩一口气了，好可怜。

可现在它也好可怜呢！连个兄弟姐妹都没有了，连妈都没有了。疑似还有个爹，也不知道在哪里和它后妈鬼混呢。我又想，这一下午它窝在柴火垛，来个家雀儿，它就去追，它第一次来这儿玩儿，跑丢了可怎么办？遇到拍花的，拍一下脑袋瓜子就把它拍走了，可怎么办？就算没有遇到拍花的，来个人把它抱走可怎么办？抱走、剥了皮、架柴火上烤、抹上油和豆瓣酱，蹿着香味儿吱吱响那种烤！我咽了一口口水——哼，不行！不能让人把老七烤了！它还要活到七个一百一十三岁呢！

我做了一个决定。

我试着把老七塞进二表哥的书包，书包虽然足够大，可是里面的杂货太多了——除了卷得像卷心菜一样皱巴巴的课本，嘎嘎新的《新华字典》，还有小刀、橡皮、木格尺，还有弹着玩儿的玻璃球溜溜。书包一逛荡哗哗响，光弹弓子就有一大一小两副。还有杏子干、爆米花，还有黄蓉和郭靖的贴纸卡、扑克牌以及一些我叫不出名字或者叫得出名字但《新华字典》里面没有的好玩儿的，甚至还有女同学的头绳！

行啊，二表哥啊，你这是来上学的吗？你这上学的名堂还挺多呢！

对不住哈，亲爱的二表哥。这些东西很多都不适合带进课堂的，我暂时把它们寄存在柴火垛哈。对于我的决定，我想你今天下午挖到的蛤蟆，一定也不会有意见的吧，如果有意见请它们主动来找我谈谈吧。

安顿好二表哥书包里的杂货铺，我把老七塞进了书包——乖哦，老七，我带你去上课去，你要好好学习天天向上。你要做一个懂文化有知识的好狗狗，不要像二表哥一样逃学挖蛤蟆，那样的话等你长大了只能被烤着吃了，不会有什么出息的呀！还有啊，教室里有个炉子，炉盖子和炉筒子都烧得特别红，碰一下就烤熟了，我不想你长大后被烤着吃，也不想今儿下午就被烤着吃了，请你自重呀！

老七有一点点紧张，在书包里轱蛹，我就把书包盖子露出来一点儿缝隙，这样好了，透透气。

走，老七，咱们游学去喽！

上课并没有铃声，只是到点儿了，吕先生敲一下黑板，说"上课"。大伙起立，敬礼。

下午的课是语文，比上午的数学稍微容易听懂一点点。但是语文老师吕先生的发音明显没有数学老师吕先生那么清晰，看来中午是真的喝大了。他端着一个茶壶放在讲桌上，讲一会儿就要给自己倒上一碗茶，一碗茶分三口喝完，每次喝的时候他都要在茶碗上吹一口，把茶叶末末吹开。讲桌上一层雪白的粉笔灰，他一吹粉笔灰，"噗"的一股白烟簌簌落下。他喝茶的声音太大了，吱吱的，喝完还叹口气。我要是这么喝汤，文芹妈妈就会皱着眉毛瞪我一眼，我马上就会自觉鸟悄儿喝的。

吕先生又端起碗，吹口气，吱吱吱，叹口气。我试着皱着眉毛瞪了一眼他，这招儿无效，他太不自觉了。

吕先生讲着不知道几年级的哪本语文，我也没闹明白是一年级还是二年级在上课，反正所有人都竖起耳朵看着他。上午的数学老师吕先生板着脸，大伙也都板着脸，下午的语文老师吕先生满脸笑嘻嘻，大伙也都笑嘻嘻，气氛一下子就扯开了。我想把手伸到前面去，背着手好累哟，我偷偷瞄了一眼周围的同学，大伙脸上都笑嘻嘻，但还是习惯性背着手。一个花衣服的女同学也正在瞄着我，天哪，她长得怪好看的呢！

我没敢有小动作，只是把背着的手换了姿势，改成了右手握着左手。在我心里,我已经把手拿到前面一百次了,哼,谁也别想管着我,我赢了。

脚底下的书包稳稳的,看来老七还很乖。虽然教室里还生着炉子,终究还是比家里冷。我坐了一会儿,感觉大鼻涕要"过河"了,我就想用手搂一把到袖子上。我瞄了一眼吕先生,他又要端起茶碗,没注意到我呢。我正想见机行事啊,突然瞥见那个花衣服的小女同学在瞄着我,脸上还笑嘻嘻的。

天哪,我该怎么办啊?大鼻涕,属于我的个人隐私吧,不能让这么好看的女同学看到,看到就麻烦了,万一她特别喜欢我搂鼻涕的手势,那可咋整?

我轻轻地、偷偷地、不紧不慢地吸了回去。我太机智了,及时保护了我的个人隐私,假装没看到那个女同学的眼神,因为小洋猪正在认真听讲嘛。

自打胡老四开始做小买卖,梅赫川的人就多了好多新衣服,也包括孩子们。他把自行车改成了"倒骑驴",成天没事就骑着倒骑驴推销新玩意。以前,孩子们过年才有新衣服穿,现在就算不过年也可以买新衣服。不用等妈妈找裁缝量身找布料求人缝制了,买现成的新衣服真好啊,特别是穿在小女孩身上的新的花衣服,可真好看哪。

我还是继续捡我哥穿旧穿小的衣服穿,我特别盼着我们家成为万元户,成为万元户我们也会有电视,文芹妈妈也会给我买新衣服吧?我不要花的。

上课想想这些,时间能过得稍微快一点儿,上课太熬人了。

吕先生讲累了,就在黑板上写了五个字的板书,他先在黑板上用虚线打好田字格,大大的田字格。哎哟,这个格子大小正好,适合玩儿"五道"。

吕先生写的字横平竖直,一笔一画还能整出来粗细,也不知道这劲儿是咋使出来的,怪好看的呢。其中有一个"米"字,他还分解成六笔,把半成品到成品的过程都写出来了,好让大家知道笔顺,告诉大家要八面出锋。这块儿我居然听明白了,记住了,这个字算是我正儿八经学会写的第一个字了。我宣布,我也算是会写字的人了,而且上来就学了一个六笔的字,厉害吧。而且这个字,你看哈,虽然是六笔,却伸展向着四面八方,"米"的中间那个密密麻麻人来人往比赶集还忙的十字路口,可比村长家院头还热闹还重要。这么紧要的字儿,就算老杨太太或者小洪伟看到了,也都会说"好兆头好兆头"的。

如果放学了文芹妈妈要问,小洋猪啊,你今儿在学校学到了什么啊?我就说,我学会了很多字呢,就随便举一个例子吧:"米"这个字,是由六笔组成的,虽然只有六笔却能够"八面出风"啊,它的笔顺是这样这样这样的,由于时间关系,其他几个字我就不解说了呀。

我把台词儿都想好了,今天的任务提前完成了,咿呀咿呀哟!上学的名堂呀,二表哥不教我自个儿也能悟出来。

我还在琢磨,这田字格上面怎么下"五道",吕先生就哐哐哐敲了黑板,落了一层粉笔灰——又一溜白烟落下来。

每个字写二十遍!

就看到一多半的同学笑嘻嘻地低头，摆出写字的架势，也不知道是不是真的在写。另一部分同学写得就五花八门了——

有的人凝神细看，把铅笔举得像"闪光雷"①，照着黑板上的字，在空中一招一式地试着比画，像是研究武功招数。吕先生微微点头，以示嘉许。

还有的人在临阵磨枪，用小刀在削铅笔，这铅笔也是奇怪了，怎么削都不满意，不是炸铅了就是不够精细。吕先生微微皱眉，也不去干扰他的忙碌，只是端起茶碗吱吱吱喝茶。

一抹春日午后的阳光，洒进教室的一角，炉子里烧着孩子们从自己家里带来的苞米骨子和松树塔②，噼噼啪啪轻轻响着，屋子里暖烘烘的。当然，也有从别人家带来的苞米骨子，烧起来的效果是一样一样的，都是呼呼地烧，暖和。隔一段时间，就会有个小男同学，提一根炉钩子，把火红的炉盖子钩到一边，戳一锹苞米骨子，或者直接用手，往炉子里添柴，填好再盖上，他再坐回去继续上课。大伙管他叫炉长，是当官的，级别比村长低一点点。他是除了老师以外，唯一可以在课堂上走动的人。我初步判断，他完全有时间搂一把大鼻涕嘛，让我好生羡慕呢，简直就是嫉妒，那个花衣服女同学也偷偷看过他！

同学们低着头写字，二十遍，一边写一边数着。叉着腰的吕先生像个将军，在俯视着自己指挥的千军万马。耳边传来沙沙的

---

① 细杆烟花的一种，燃放效果参见前文篝火演唱会段落。——小洋猪注
② 黑松的松果，学校做煤炭的替代品烧炉子使用，比苞米骨子更易燃。——小洋猪注

铅笔摩擦田字格本的声音，细微的声响就像隔壁有只耗子在啃一只破纸壳箱子，还偶尔夹杂着吕先生吱吱吱的喝茶声、叹息声，小学生们哧溜大鼻涕的声音，一派春日里的和谐安宁，以及穷嗖嗖的田园书院气息。这一切都是那么美好，印刻在了我的小脑袋瓜子里。

吕先生手里拿着一把戒尺，那也是他的教鞭，着急的时候也当炉钩子用过，前头有一些熏黑了。他背着手在教室里走一圈，戒尺就在他身后别着，像是一个武林高手藏着一件暗器。每个人都在吭哧吭哧赶进度，二十遍哪，写不完会不会挨一下暗器？

写完的学生就背过去手，腰板儿挺得溜直，吕先生经过身边时还要把胸脯再努劲儿挺一挺。哼，有啥了不起！我光顾着瞄别人了，写得很慢，人家也是第一次当小学生嘛。水稗草长得快，最后还不是喂牛！

等绝大多数学生都写完了，我才开始抓瞎了！脸也憋得通红。吕先生踱步到我跟前，我都没敢抬头，但是感觉汗水涔涔从后脖颈冒，教室里一下子怎么像隔稻苗的大棚，热得我喘不上气来。

吕老师钳着三根手指头，咚咚咚，轻轻在我的桌子上敲了三下。

天哪，我该怎么办？我还没写完！我不敢抬头！这上学的名堂我可不知道！

那个小花衣服女同学拢着手掌，压低声音说，站起来，回答老师。

她是压低声音了,但是教室太小了,所有人都听见了,吕老师也听见了吧。我站了起来,还是不敢看吕先生。我感觉后背已经开始冒热气了,像武侠片中疗伤的那种热气,你们看过武侠片吧?真的看过吗?真的看过就好了,身上冒热气疗伤那个人,往往都是好人呀,我小洋猪是好人呀!

好人坏人已经不重要,我现在已经做好了迎接"暗器"的准备。平时在家里,我爸一个嘴巴子扇过来,我都是就势趴下,再就地滚两下。这样文芹妈妈就会及时处理案发现场的。毕竟咱身子圆滚,有优势。我已经开始瞄准场地了,只要不往炉子那边滚,我还是有一些把握的,这个场子勉强施展得开。

我这时候的状况,大概是湿漉漉的发梢,热气腾腾憋得通红的大圆脸盘子,后背冒着热气,像个加粗两号的擀面杖杵在吕先生面前。吕先生微微清了一下嗓子,俯身轻轻对我说:你是想尿尿吗?憋不住就去吧,不能尿裤兜子里。

我带着八十年代特有的迷茫眼神,怀着无限感激,对吕先生说,不是。

吕先生微微吐了口气,脸上轻松了许多。看来他和我说话也还有一些紧张呢。他又问,叫啥名?

小洋猪。我脱口而出,心想,这么赫亮的名字你还用问吗?梅赫川还有人不认识我吗?

叫大名。吕先生纠正说。

"大名。"我连脑子都没过,嘴里就秃噜出这两个字儿。

全班笑炸了，准确地说是梅赫川的两个班级笑炸了。没想到一年级二年级的同学这么不矜持。

其实，说完我就知道后悔了，可是出来得匆忙啊，没带后悔药哇。上一个问题的时候，我就应该说要去尿尿，顺便就从尿道跑回家多好。我当时太紧张了，他让叫大名，人家就叫了"大名"，看，这孩子多乖啊！好学生啊，第一天上学的，嘎嘎新的好学生。

吕先生憋着不笑，转过身背对着大家偷着乐。然后才假模假样地说了句，坐下吧。

这课堂气氛哪，一下子老活跃了！连炉子烧火的声音，都像是一个在处对象的小伙子正得意地吹口哨。

有啥好得意的，早晚儿还不得黄！啊，不，有啥好笑的，大名鼎鼎的小洋猪，简称大名，咋了？

吕先生又叫了一个叫刘树刚的同学，这次吕先生学聪明了，找个他知道名字的人，直接叫名字。这小子跟我一样，人家都写完了腰板儿背得溜直，他还在吭哧瘪肚地抓瞎，我就看不惯这样干活慢的人呢！

吕先生问，刘树刚，你写了多少了？

这小子一紧张就结巴，老老老老师——

叫先生！吕先生纠正他，要称呼我先生！

刘树刚憋红脸说，先生，太太——

什么太太？这里没有太太！我还没老婆呢！吕先生怒了！他一辈子都没娶到媳妇，最恨别人在他面前提老婆、太太、媳妇了!

同学们已经笑得直跺脚了。但是脸上还要憋着,不敢笑。教室里跺起了一阵黄烟儿!

这教室是泥土地,一跺脚就冒烟儿。也该扫扫了,再洒点水,不成样子,唉!

吕先生把他后背的暗器拿到了面前。同学们都大气不敢出,心中都在想着,这是要打啊,要打可慢一点打,打快了俺们数不过来啊,打几下子啊。

刘树刚快哭出来了,扬起脖子,做出了任人宰割的样子。他终究还是个爷们儿,我这时候对他还有一点点同情和钦佩——武打片中拿脖子面对暗器的人,往往不是傻瓜就是好人中的傻瓜呢。他看着吕先生,梗着脖子,非常倔强地继续说——

"太太,太多了,没,没写完呢。"

老婆多了不行,太太多了也不行,太太太多了,恐怕也不行。

吕先生余怒未消,这时候正是杀一只小笨鸡给一帮猴崽子看的时候啊。但是,他毕竟是读书人,还是保持着几分克制,问道:那究竟写了多少了?

刘树刚杵在那里,像个瘦款擀面杖,抓起课桌上的田字格看了一眼,又看了看吕先生。他嘴角微微抽动了一下,没有说出话来,然后又努力使劲抽动了一下,脑瓜门子都是汗哪,也没说出来写多少!他为什么不学学小洋猪呢?小洋猪就会先说:"写了多少了呢?"

你要知道,老师说了算,他说啥你也跟着说啥嘛。他让你叫大名你就叫大名,问你写了多少,你就先问写了多少了呢?

刘树刚不是随机应变人见人爱的小洋猪,我也不是可以肆意逃学的二表哥,现实就是这么残酷。

写了多少了?吕先生质问刘树刚。

刘树刚如果现在能流血,肯定不会选择流泪的。他这种面对一个事物,不知道该用什么样的话表达出来的语言痛苦,我其实也有过。我刚出生的时候就有过,作为过来人,我其实理解他。

你是八棒子打不出一个屁吗?写了多少了?吕先生再次用一个比喻句质问刘树刚。

"五,五垄!"刘树刚回答。

之前教室里炸响的都是土地雷,这次是核导弹。同学们已经不跺脚了,简直都笑喷了。确实不能憋着了,笑吧,亲爱的同学们,别憋出病来了,我批准你们笑了。

有两个胆子大的,叫唤着"刘五垄、刘五垄、刘五垄",大伙也跟着叫"刘五垄、刘五垄、刘五垄……"。

如果不看刘五垄的脸,见到这个场景的人们,可能会认为这是一个欢迎凯旋大将军"刘武龙"的仪式,接下来大伙就要把他抛起来,高呼万岁了。

耕小就是晴耕雨读啊,学生们也是小小的农民呢,写五行说成写五垄,这是多么淳朴的原生态语言,你们笑什么呢?有什么好笑的呢?我都笑岔气儿了!都怪你们呀!

突然,那个小花衣服的女同学以震碎玻璃的分贝刺耳尖叫道——

"啊——老师，小洋猪的书包——会动！"

"老师"这个词儿，在这里是敏感词，她怎么可以这么随便用呢。应该叫先生啊，吕先生！只是这时候，大伙已经不计较这些了，他们的眼神就像雪亮的刀子，齐刷刷向我递了过来！

我的心啊，咯噔一下！怎么把老七忘了呢！

二表哥的书包已经蚰蜒到邻桌的脚底下了，女同学们都惊叫着，站到了凳子上。可是啊，大伙坐的凳子都是长条凳，一把凳子两个人坐，一个人跳起来凳子就撅了！接着教室里响起啪啪啪哎哟喂啊啊啊哐当哐当扑通哎哟妈呀一连串声音。

这个世界乱了，彻底乱了。

我吱溜——从桌子底下急忙钻过去，把书包紧紧抱在怀里。心想，谁要是敢动老七一根汗毛，我就和他拼了！老七是个孤儿，谁也不能伤害它。我马上意识到，不用吕先生出手，就这帮孩子，我谁都打不过呀。我看了一眼门口，离我还有好几绺远，想挠杠，根本没把握啊。

老七已经撑不住了，用嘴巴头掀开了书包盖子。哇——

刘五垄刚才扔了一枚核导弹，老七这次扔出来一百个核导弹！几个淘气的男同学已经受不了这个刺激了，看女同学站到了桌子上，也站了上去。女同学是惊吓，男同学是开心，太刺激了，他们一边喊着一边跳着。他们用手指着老七，笑着叫着：小洋猪、小洋猪、小洋猪！

声音已经远远盖过了"刘五垄"。

今天，我成了梅赫川名字叫得最响亮的人。

文芹妈妈会不会耳朵热呢?她儿子名字被叫得这么欢快响亮!

吕先生也是有着丰富的乡村代课经验的,虽然一辈子都是民办教师,毕竟是见过大风大浪的。他瞪着大眼睛,呆呆地看着我和我抱着的黑白花的狗崽子老七,像一个不胖不瘦的擀面杖杵在那里。

他的惊呆,我可以理解。毕竟黑白花的狗崽子并不常见。而且将来它还要活到七个一百一十三岁,这么高寿的黑白花的狗崽子,更少见了,值得多惊呆一会儿。

场面已经失控了,吕先生的教鞭都掉地上了,他自己都没发现。他手上少了一门暗器,我就多了一线逃跑机会啊!

吕先生大吼一声,安静!辱没斯文!

前半句大伙听懂了,都鸟悄儿不说话了,后半句大伙听不懂,什么是"肉末笋"?

所有人都静止了。站在桌子上的孩子,也都一动不敢动啦。

虽然老七看起来很可爱,虽然小洋猪大名鼎鼎人缘很好,大脸盘子圆圆的,任谁都想捏一把,虽然我还是旁听生,但是,这些都不重要了!今天我闯的大祸已经足够大了,梅赫川人喜欢大,但是我给整得太大了,连"刘五垄"都只能算毛毛雨。

狗崽子进课堂,这也就好比大姑娘上花轿——头一遭啊。再说了,大姑娘哪有老七花哨啊!这可不是打手板罚站这种级别的惩戒了,估计会关监狱吧。

我本来憋着一个屁,这会儿我的屁都吓凉了!

吕先生用颤抖的手指着我,一秒钟,两秒钟,愣是没有声音。就好像电视信号不好,只能看到节目中的人在动,看不到声音,好在面前的吕先生没有"雪花点"。

哎,这台电视要是能关了就好了。我本人这会儿对这个节目一点儿兴趣都没有了,关了吧,按钮往里面一撑就关了。

可惜,电视信号又他母亲的来了!

吕先生厉声吼道,小洋猪!

哦,我知道为啥没有信号了,他忘了我的鼎鼎大名,最后只想起来了我的外号——同样大名鼎鼎的小洋猪。

然后,他又继续颤抖着手,重新吼了一遍,"小洋猪"!

"小洋猪!你书包里是什么东西?这是课堂,你把老师当成是什么了?"吕先生发怒质问我。

"狗、狗崽子——是老师啊!"我一定是吓坏了,两个问题同时回答了。

我原本应该先重复吕先生的问题,然后再一个一个回答的,我应该这样讲——

我书包里是什么东西呢?是狗崽子,大名叫老七。这是课堂啊,我还以为真的是课堂呢,我把老师当成是什么了?当成是老师了啊,没有当成狗崽子。

可惜啊可惜,来不及了,我不小心铸成大错啊!可惜啊可惜,来不及了,吕先生已经是狗崽子了。事已至此,都是我的错啊!这是我长这么大,所有捅娄子事件中最不像话的!嗯,是目前为止最不像话的,人哪,不能把话说绝了。

童言无忌,对不起啊,吕先生。

老七像是受到了一点点惊吓,它哪里见过这场面啊。它使劲儿往外拱啊拱,我抱住它的脖子,它就一脚把书包蹬到了地上,一个像是穿着花裙子的黑白花的嘎嘎新的狗崽子,终于毫无保留地在全班面前亮相了。我搂着它的前腿,它就尴尬地赤条条地把小鸡鸡露了出来啦,哧——杆儿黄尿就滋向了吕先生!

老七,哎,老七,节目演砸了。你本来是幕后的,怎么就上了前台了啊。可是,我不能怪你,你是一条好狗狗、乖狗狗,你已经憋了很久了吧,上课确实很熬人的,也熬狗。可就是这么熬,老七也没有把尿撒在书包里,老七,你真棒哦!

我不知道核导弹和原子弹,哪一个爆炸的时候更轰动,反正哪个更厉害就相当于哪个在教室里炸开锅了。

后来,刘五垄成了我的好朋友。他还经常问候老七,因为老七,他才没有挨打,他觉得老七是他的恩人、恩狗。感谢狗,还是要看主人的。这个道理,我小洋猪六岁半的时候就知道了。

从此,梅赫川的孩子当中,也流传起一个新的童谣,这首童谣朗朗上口、清新脱俗,将我的初次游学的战绩做了挂一漏万的概括——

  吕先生,会教书,
  教了个学生小洋猪。
  小洋猪,爱学习,
  老师提问他跑题

跑到南，跑到北

大名鼎鼎拍大腿

跑到东，跑到西，

跑步追上战斗机

战斗机，有轮子

吕先生是个狗崽子

战斗机，没轮子

狗崽子穿上花裙子

一年级小豆包，没有凳子高

凳子一翻个儿，砸死好几个

哎哟妈呀不好了，不好了

小洋猪，会写字

十六遍，十七遍，

十八十九，二十遍。

吕先生，提问题

你们这帮崽子，写字谁积极？

谁积极？就说谁积极？

五个大字拢一垄

四个五垄二十遍

张五垄，王五垄，

李五垄，赵五垄

二十遍也赶不上刘五垄

261

四个五垄才二十遍,

刘五垄自己就干没电

吕先生，找老婆

大鼻涕，要过河

有太太，没老婆

太太太多没老婆？

你说这是为什么？

为什么？

女孩子都是一边跳皮筋一边唱着这个童谣，唱到"大鼻涕，要过河，有太太，没老婆"的时候，皮筋要举到鼻子以上的高度，难度系数那你就想吧，老难了。

男孩子也传唱这个童谣，怎么传唱我也记不住了，有女孩子传唱已经足够了。是吧。

话说回来，一个字写二十遍，往往都很好笑。四个一垄的格式，不信你试试。

哈哈哈哈，哈哈哈哈，哈哈哈哈，哈哈哈哈，哈哈哈哈。

09

北省,是一个禁忌词儿。它的神秘之处在于,大人们在提到这个地方的时候,脸上会带着一丝忧愁、一丝暧昧,甚至还有一丝嫉妒,还会不自觉地瞟一眼,看看周围有没有未成年人。

什么是未成年人呢?大伙儿并没有这个概念,更犯不上拿岁数来界定。懂"跑了",就是大人了,还没懂"跑了"是什么意思,那就还是个小孩儿嘛,是未成年人。就像他们说,这个孩子懂事儿了,那可能有两层含义。

我其实怀疑,大人担忧的并不是孩子懂了不该懂的事,而是那个孩子是不是自己家的。

大人们管私奔叫"跑了"。

"大凤子和铁柱跑了,北省。""刚子爹和春平妈跑了,嘿嘿,北——省哟……"一般他们会这样讲话。语言简短,像缩水的袜子;隐含的神秘情节不言而喻,像缩水袜子穿在鞋子里那部分——有几个洞洞自己知道,别人只能靠猜。

其实,孩子们都知道"跑了"是什么意思,我们在说这个词儿的时候,都是咧嘴笑着说的,就好像"跑了"是含在嘴里的那块糖。

孩子和大人有一种认知默契,你看,梅赫川的小学生其实都知道"跑了"是怎么回事,但是,在课堂上造句的时候,从来没有哪个学生把它造在句子里。

我们明明知道嘛,但是不能在大人面前捅破。看,你们是不是低估了我们?

那时候,我不懂他们说的"跑了"是什么意思,不光是我年龄未达标,而是我觉得"跑了",那得是胆儿肥的人才敢干的大事,我和其他孩子理解的不一样,掰扯到最后,还不如直接承认我不懂。我不懂,也就意味着大人可以放肆地在我面前说。

我发现,跑了,应该是很丢人的事儿吧,但是在梅赫川,这不算事。地方不大,大家不是近亲戚就是能扯上的远亲戚。如果你家没有哪个远亲把人拐跑了,那就一定有哪个近亲被人拐跑了,每个人都有类似的丢人的亲戚,大伙就不觉得尴尬和耻辱了呢。如果两种情况都不是,那也别着急,哪天会有跑了的两个人,帮助我们成为新的亲戚关系的,就这样微妙且持续循环着。

"跑了"像嗑瓜子唠嗑时候的谈资,价值和瓜子差不多。你嗑我家的瓜子,我唠唠你家跑了的亲戚,咱们的家常情感其乐融融。

高小满跑了。

这是个让人震惊、意外的消息，虽然不是经过她妈妈高二媳妇的口传出去的，速度照样噌噌快。事情的真相也闹不清了，只能王八排队——捋个大盖（概）其。

先是吃饭的时候，小满吐了。

高二媳妇想，这是没吃明白？又想到两个月前她挨打，这孩子怪可怜的呢。她爹成天喝酒，也从来不管小满。可高二媳妇毕竟是过来人，看着小满羞得涨红的脸，不能不起疑心。

趁着高二不在的空当，一番审问，小满还是招供了：有了。

高二媳妇一下子感觉像被雷劈了一般，从头发梢到脚指甲都过了一遍电。"是谁的种？是不是小果义？"她一定要整个明明白白，如果是小果义就麻烦了，他早就挠杠了啊！

不是的，不是的。我已经冤枉过一次人家了，不能再伤天害理。小满哭着说。

那是谁的种？你给我说啊？高二媳妇逼问。

小满也是来了倔强劲儿，心一横——你打死我吧。

高二媳妇举起的手愣是停在了空中，小满还是个二十岁的孩子，也不能全怪小满，自己这个当妈妈的也没做到哇。

啪——高二媳妇狠狠抽了自己一个嘴巴子。

可不能让你爹知道！他会真的下死手的，他下手那就是两条命啊！高二媳妇哭着说。

但是，高二媳妇也没了主意，小满死活就是不说，到底是谁的孩子，这事儿迟早要兜不住啊。她只好天天看着小满，寸步也不离开小满。就连每天上午到门口去踹家里的猪那一脚,也顾不上了。她不露面,村子里一下少了很多小道消息。

说来蹊跷。有一天日头洋洋的,干农活的人们已经脱了秋衣秋裤了,太阳晒在身上怪痒痒的。午饭后,高二媳妇心血来潮要去采柳蒿,就把小满也带上了。娘俩手牵着手,愉快地在河堤上采柳蒿。

采柳蒿的工具是剪刀或者小铁锹,用不上深挖,不费劲儿。采柳蒿是所有采野菜中最轻松的,还能看看敞亮的大梅河,舒坦。柳蒿只是蒿子的一种,才不是柳树家亲戚,外地人叫蒌蒿,只有梅赫川叫柳蒿。它拱出地面一拃高的时候,如果赶上一场雨,那就最鲜嫩了。今年雨水少得出奇,还好河边土肥,新出来的柳蒿还是紫色的茎芽儿,也算水灵着呢。等它由紫色变成绿色,就不中吃了,那就老了,只剩下蒿子味儿,只能喂牛了。

柳蒿的吃法就两种,可以焯水之后蘸酱,也可以炒。梅赫川人为了省炒菜的油水,往往是蘸酱吃,咱这旮旯豆瓣酱好,酱可以蘸一切。实在没的蘸酱吃,二拇手指头蘸酱也能嘟喽一顿饭的。

柳蒿拱出地面的时候,婆婆丁都开花不好吃了,毛骨朵花也支棱出草棵了,蛤蟆都呱呱叫了,也就意味着春天彻底来了。春天夏天秋天也都挺短,只有冬天最长,一年当中有半年时间是冬天。春天苦短,不禁过。

再过十天半月就要插秧种水田了,一年中最忙的时节就来了。高二媳妇在河堤上一边挖着柳蒿,一边感慨。

高二媳妇说，咱这梅赫川的女人哪，和梅赫川的天气一样，春夏秋都很短，只有冬天长，太长了。你才刚刚开春，就要不小心直接立秋了。以后的日子还长着，要是能改变这天就好了。她说完深情地看着还梳着两根小辫子的小满，轻轻叹口气。

小满有很大的愧疚。但是，今天的妈妈实在是温柔，一直面带微笑，宽容得好像能容得下这一槽子的大梅河河水。

早春都是大风刮来的，大太阳烘出来的那才是正儿八经的春天。梅赫川这会儿就是暖洋洋的五月天，河水早就彻底解冻，连鱼儿都活跃起来了。

娘俩剪一会儿柳蒿，就坐在河坝上晒太阳，唠嗑。

大梅河弯弯曲曲流过梅赫川，各种野草野菜，从河堤上的护坡石的缝隙拱了出来。岸上是两行护河树，一行是大柳树，另一行是白杨。十几天前，柳树芽儿已经吐出了"毛毛狗"，这会儿已经是厚厚的一抹新绿，正是拧"叫叫"的时候。拣一段没有枝丫没有叶芽儿的细细的明条，轻轻拧两圈，就能把树皮拧离骨儿，从粗的一头慢慢把枝条骨儿抽出来，咔咔两剪子上去，就把空空的树皮筒子两头剪整齐了。这个节骨眼儿有个细活儿，要把剪好的树皮筒子找一头薄薄的削去一层韭菜叶那么宽的外皮，还得留下里面那层内皮。把削好的这一头含在嘴里，这么一吹啊，小动静可清脆响亮了。孩子们吹起来叫个不停，就都叫它"叫叫"。要说大名，它应该叫柳笛。

小满听着妈妈说话，手上拧了一个"叫叫"。塞进嘴里，鼓着腮帮子吹，没吹响。

高二媳妇接过"叫叫"一看,嘻,傻孩子,抽骨的时候"豁鼻子"了!你呀,得找个平溜的明条,中间有一点点发芽的都能豁鼻子。说完咧着大嘴咯咯笑着。

来,看我给你拧一个。

高二媳妇剪下来一根柳条,拧好了,用牙齿叼着明条的大头,薅着明条的小头外皮,一晃脖子,就把枝条骨儿抽了出来,手法可真是麻利。咔咔咔,三剪子下去,剪好了两段"叫叫"。她用拇指和食指拈着"叫叫",把吹口削好,递给小满一个,自己也塞嘴里一个。

两个"叫叫"在河堤上响起,攀比着谁更响亮,一高一低。有时候还交织在一起,脆生生的小动静,一直能飘到河对岸。高二媳妇开心得像个孩子,小满也好像回到了自己小时候,一个"叫叫"就能高兴好一阵子。

再过几天就是小满了,就是夏天了呢。小满也是小满的生日,过了生日小满就二十岁了,就是真的大人了。可她忽然觉得,还是孩子的时候好呢!小时候真傻,拼命想着快一些长大。一不小心就长大了,一不小心自己就要有孩子了,想着想着,一边吹"叫叫"的开心笑脸上,滚落下两行热泪来。

高二媳妇还是一脸的微笑,温柔地捧起小满的脸颊:好孩子,以后就看你自己的了!

高二媳妇深吸一口气,喃喃低语:作为亲妈,我希望你幸福。作为一个女人,我要告诉你,幸福不幸福不是你说了算的,看你摊上啥样的男人。你要快乐,快乐一天就赚了一天,快乐一年就赚了一年！不用管我和你爹，我发送①他，我摊上他这样的也没招儿，但是不能拖累你。

小满扑在妈妈怀里，哭花了脸。

就什么话都不说，和妈妈在这儿坐一下午，在妈妈怀里哭一下午，小满就知足了。

脚底下，大梅河的河水哗哗地淌着，蜿蜒的走势冲刷出一个个河中的沙滩。今天还是河道，明儿就可能淤成了浅滩。今年雨水少，大片赤褐色的浅滩裸露着，细细的沙滩上面还有刚刚淤积的碧绿浮萍。不远处的浅滩上，一只大个头白眉野鸭子正在用爪子掀起浮萍，看看里面有没有淤上滩的小泥鳅或者水虿。它的身后尾随着一长串小鸭子，走起路来拧搭拧搭的，排成一串，怪好看的。一只鸭妈妈带着一长串鸭宝宝，也不知道它们的爸爸哪儿去了。

这天晚饭的饭桌上，高二媳妇准备了焯水的柳蒿，还有土豆蒸豆瓣酱。高二脸上的伤疤好了，已经忘了疼了。两口子乐颠颠地开饭，高二馋这口鲜，闷了二两散白酒，心里一个字，美！他根本都没有留意，小满不在。一个被自己骂过搞破鞋的女儿，他懒得问。

第二天小满也没出现过，第三天，第四天，也没见到小满。

有一天高二忽然问他媳妇，小满呢？

---

① 有养老送终的意思，也有送葬或者同归于尽的意思。——译者小洋猪注

高二媳妇也一脸迷茫,是啊,感觉这几天没看到呢?

高二火了,反了!两天不大打,上房揭瓦啊!打不到小满,我还找不到小满她妈吗?说着就要抽皮带,打他媳妇。

他媳妇也不躲,只是笑盈盈地看着他。高二有一些发毛,摸了摸自己脑瓜门子:没事儿啊,也不高烧哇,今儿怎么不对劲儿呢?

高二媳妇说,哎,你脸上的伤疤,不疼了吗?

高二摸了一把自己满是皱纹的老脸,好像没啥感觉了。看看自己媳妇诡异的眼神,自己心里不踏实,又摸了一把,好像感觉又有那么点儿隐隐作疼呢?

这皮带解还是不解呢?

小满哪儿去了?高二吼道!他一要打媳妇就先吼,他一吼,窗外隔着一条道的队部门口就会聚集一些闲人,打算虚拟开会,主要是看热闹。

该不会是……跑了?高二媳妇自言自语。

高二把皮带折成双捆,用力一抻,啪的一声响,听得人心惊肉跳的。

高二媳妇都见惯这阵仗了,也挨过太多的打了,眼皮子眨都没眨一下。她深吸一口气,皱着眉,眯着眼睛,困惑地欺身上前,迎着脸向着皮带,问道:哎,你说吧,你这晚饭里整点儿敌敌畏、砒霜、毒鼠强啥的,能不能吃出来?敌敌畏稍微有点儿甜味,砒霜啥味儿都吃不出来的。嘿嘿嘿。

高二感觉像被雷劈了一般,眼睛瞪得大大的,下意识摸着自己的肚子。

你、你、你……他指着自己的媳妇，忽然觉得和自己生活了二十多年的媳妇，一下子变得好陌生，好可怕。

老娘要睡觉了哈！明儿，咱们还吃柳蒿吧。高二媳妇咯咯笑着，冲高二努嘴。

高二一宿都没敢睡，光听着自己的媳妇打呼噜了。

第二天一早，他就爬起来，冲出家门——他要去找小满。他也没冲出去太远，也就走到队部门口，他就迷茫了。他压根儿都不知道该去哪儿找小满，只看到了自己家的猪在门口路边晃悠。他学着自己的媳妇平时的样子，上去吭的一脚，踹在后鞧上，后鞧太光滑了，他劲儿整大了，把自己踹沟里了。那猪受到了惊吓，感觉力道、角度都和平日不同，终究还是嗷嗷地蹿了出去，一溜烟儿往大野地跑去。

接着一整天，高二见到人都问：看到小满了吗？

人们都先是一脸的惊诧反问：啊？小满，没在啊？不是说她跑了吗？

高二瞪大眼睛，薅着人家衣服领子就问：跑了？谁说她跑了？

人家都怯生生地说：啊，不是你刚说她不见了，跑了吗？

高二迷迷瞪瞪地接着问：我说的？她跟谁跑了？

人家又怯生生说：不是说和姜云昌跑了吗？

高二蒙了，接着自言自语一般问：小满跟姜云昌跑了？

人家怯生生说：啊，原来是跟姜云昌跑了啊，你不说我还不知道。

梅赫川就是这么神奇,你永远搞不清最开始是谁说的,但是,说多了就是事实了。事实是——

小满和村干部姜云昌跑了,怀了姜云昌的孩子。

有些人替姜云昌惋惜:洪大师说了,他姜云昌儿孙满堂的,洪大师真厉害,连小满怀了个男孩都看出来了!就是姜云昌这小子福薄,没听完洪大师点化,最后背井离乡的命,也是被洪大师提前算到了。

也有人说,高二媳妇惨了,以后挨打,连个拉架的都没有。

还有人说,如果小果义当初没有病倒,会是什么样子的局面呢,会不会没有姜云昌啥事呢?或者他俩干一架,谁赢了小满归谁?

还有人说,他俩是看对眼了,一个觉得谁能带她离开梅赫川就跟谁,另一个就是想生儿子,谁给他生儿子就娶谁。

大家说什么的都有,但是没有一个人为小满觉得可惜。毕竟,离开梅赫川,离开那样的家,也还不错嘛。

关于小满和姜云昌的消息,每一条都是人们推测的,每一句都像刀子,划在高二的脸上,不光疼还觉得丢脸。他摸了一把自己的老脸,还好好的,但是心中却觉得它已经像是胡萝卜丝一样血丝糊拉的了。

可是,人们每一句都是贴合情理的,完全讲得通的——小满不见了,姜云昌也一起不见了,小满怀孕了。答案已经明镜儿一样的了。

高二不折腾了,彻底消停了。回到家一声不吭。他再也没有打过媳妇，媳妇做什么他就吃什么，也不担心里面会不会下了敌敌畏，大口大口地吃。

从那以后，队部门口的虚拟会议少了很多。

没事儿的时候，高二经常蹲在大梅河河沿上发呆。他顶着个破草帽，无聊地拿着个杨树枝，在河边草窠里拨弄水稗草、毛骨朵花。树上的乌鸦看到他，都赶忙蹬一脚树枝，飞得远远的。

高二不去理会人们的闲言碎语，也不去理会乌鸦，嘴里自顾自嘟囔着。他已经活得彻底超然了，他现在活得简直就像一首诗。

具体来说，这首诗是这样背诵的——

　　毛骨朵花，吹喇叭，吹到梅赫川老高家，老高家，蒸包子，蒸了一锅兔羔子……

那些年，离开梅赫川的人，多数没有南下，没有进关里，而是去了北省。在所有梅赫川人的眼里，北省是个遥远、魔幻、禁忌同时又具有磁铁一般吸引力的神秘地方。据说北省的土豆都有足球那么大个头。跑到北省，是不是顿顿有大米饭吃了呀？我摸着自己软塌塌的小肚皮，一边苦苦思索，一边咕咚咽了口口水。

如果跑去北省的人换个方向南下，命运很可能会完全不同吧。看，你们大人多没有方向感。也有特例，很遗憾，这种特例不是上关里，而是从北省跑回来的。

小宝一家是从北省回来的。我就好奇了：既然北省那么好，大伙儿都往北省跑,为什么要回到梅赫川?

"好不容易上了北省,又折腾下梅赫川。"大伙儿都在背后这么说小宝一家。

人们说"上"一个地方的时候,那一定是个大地方,好地方。上四平、上关里、上北省。我大爷是上过四平的人,这让他自带光环,当地人对他高看一眼。他只要开口说"我上四平那会儿……",大家伙儿都会马上闭嘴支棱起耳朵乖乖听着的,不管是生产队队部里多少人在开会,还是酒桌上多么嘈杂。梅赫川人嘴里的大地方,就只有四平、北省和关里了,全世界最大的地方就这三处了,世界是由四平、北省、关里、梅赫川,以及水和空气组成的,结构就是这么样的结构,不那么复杂。

好像这三个大地方都很远,都很繁华,不是寻常的梅赫川人说去就能随便去的。据说北省最远,要坐三天三夜的火车,而且火车很长,车头开到天亮的时候,车尾巴还在黑咕隆咚的夜里。我长大后才知道,关里是山海关以南的广袤的大半个中国,北省这个词知道的人就很少了,它是以前一部分吉林人、辽宁人口语中的黑龙江省;四平就是四平。这三个地理名词,是怎么被放到一个台面上的呢,不得不服梅赫川人的想象力。

我第一次见到小宝的时候,是他们一家刚回来那会儿。好像是说他们家早年就是梅赫川的人,去了北省,去的时候是舅姥爷带着三个儿子。好多年过去了,回来的只有舅姥爷和大舅,还有小宝这么个孩子。

大舅看不出年龄,枣一般的红脸,稀不棱登的头发。他站在院子头和文芹妈妈打个招呼，只是自顾自地把要说的话都倒出来，全不理睬文芹请他到家里坐坐。小宝特别害羞，跟在大舅舅身后，一只手狠命扯着大舅舅的裤子。大舅舅一把推出去，他瘦小的身影晃了一个大趔趄，又急忙抓住大舅舅的裤腿子。大舅不得不一边说话一边提着裤子，还要一边推搡小宝。

大舅舅的裤腰带就只是一根布条子，我特别担心被小宝扯下来。

小宝比我小一岁，看起来比我可要小很多呢。身材干瘪，面孔有一些抽巴，像越冬后没来得及吃的苹果，五官以鼻子为中心揪揪地生长。大眼睛却亮堂堂的，逛荡来逛荡去的，仿佛身体所有的水分都供给了眼睛。最吸引我的是他戴的军绿色帽子，那是一顶军官的大檐帽吧，感觉像是成年人戴的。帽子太大了，而他的头太小了，为了防止帽子掉落，用一些旧报纸编折了帽托垫在里面。那个帽徽才是明晃晃的金招牌，小宝脑袋一晃，帽徽也跟着一晃一晃地招摇，时刻证明这是一顶将军的帽子，货真价实。

一个快风干的苹果，果实蒂把儿却顶着一个鲜亮的大绿叶子——这就是小宝的样子。

"这不回来了吗，我就跟你说一下，就不去大哥大姐家了，他们也能知道。"大舅舅和文芹说完，提着裤子，拖着小宝转身走了。

他说的大哥大姐，是文芹的大哥哥大姐姐，我的亲舅舅亲大姨。

小宝家临时住在后沟最里头的旧土房子里。梅赫川总有一些旧房子，家里人走光了或者老人死没了后，临时投靠来的村民就可以住一下。他家离我们家还挺近，只是要绕个大弯儿，从邻居老袁太太家院子外面拐过去，再经过一个井台，再走个一两百米的土坡就是啦。

但是也有机灵的捷径，从我家后窗翻出去，穿过小树林，就是小宝家山墙了。

和小宝一起回来的，除了大舅，还有舅姥爷。小宝的爸爸是我文芹妈妈的表哥，我自然叫大舅舅，小宝的爷爷我就叫舅姥爷。梅赫川的人称呼人只叫哥，不叫"堂哥"，不叫"表哥"，少了一个字，近乎了一些。但是如果你称呼一个人哥，他到底是表哥、堂哥还是邻居呢？以我在梅赫川六年多的生活经验判断：同一个姓的就是堂哥；常去你家借个锄头还个簸箕顺便刺探一下你家晚饭吃啥的，那个是邻居；不是一个姓借东西不还的就是表哥了。

这个表舅，应该是挺远的亲戚，捡起个二尺六寸的竹竿子，八竿子打不到的那种。因为，我就没有看到过我的亲舅舅、姨妈们和他说过话，难道是他借人东西没有归还？

舅姥爷有一些特别呢，他是我这一生见过的第一个有时间意识的人。主要是因为他有一个马蹄表。这是我见到的新玩意儿，灰绿色的小东西，两个圆球球的耳朵，我向来对滚圆的东西感到亲乎，人家叫我"小洋猪"也不白叫啊。舅姥爷如果在家，马蹄表就放在餐桌上，紧挨着他的酒瓶子；如果去老乡家串门，他进了门就先把马蹄表放人家柜盖子上。一般人家都会有两个大木柜子，里面放着棉衣棉被，棉衣的口袋里或者棉被的被套里还可能会有一个金戒指、存折、相册、国库券，也有人棉被中间藏着舍不得吃的玲珑果、南国梨、槽子糕等稀罕东西。总之呢，大柜子应该是家里的重要家具，所以大柜子柜盖上陈列的，往往是一家人最需要显摆的物件：盖着一个毛巾的收音机、放在茶盘里过年才用一次的假花花瓶、喝得只剩十分之一的带商标的白酒，等等吧。逢年过节，大柜子盖子上面，一般供着老祖宗。冬天还会供着财神。"老祖宗"长啥样子好多人没见过，我可是六岁就常见到的，和你们讲讲，具体来说就是：三个小酒盅，里面装上小米，插上香，每个酒盅里面插三支香哦，不多不少。没了，就这些，我文芹妈妈说它就是老祖宗，要我负责把烧了的香续上新的。文芹为啥不指使我哥去上香呢？我想过，没问。我有个小秘密，哈哈哈，我经常偷一些香，放鞭炮的时候，点引子，哧哧哧的时候就要扭头跑啊。确实很好用哇。

舅姥爷把马蹄表往人家柜盖上一戳，马蹄表的耳朵一支棱起来，翠绿的表盘可鲜亮了，嗒嗒嗒的秒表一跑，那叫一个威风凛凛呢！威风到人家老祖宗跟前了！主人家也不好说啥，虽然旁边可能正供奉着老祖宗。毕竟大伙儿也都没有马蹄表这种稀罕物件，北省回来的，果然不同啊。

我稀罕马蹄表那个绿色，梅赫川已进入秋冬季，少见绿色的，一年有半年多不怎么能看到绿色的东西呢。那两个滚圆的耳朵也好玩儿，总之，舅姥爷的马蹄表太好看了。所以，在我心目中，舅姥爷是梅赫川顶受欢迎的人物。

舅姥爷出门走两步，那是大事儿。或者说是他一天中的重要事务。他出门可以不带小宝，但是不会不带上马蹄表，那是他身份地位的象征。但是他的出门，也就是在梅赫川走走，从北往南，由东向西，全村子捋一遍也就百十来户人家，两三千米的地界，我提一口气能跑个来回的距离。

走到哪里马蹄表都提在手里，他是一个随时可以知道时间的人。上午十点半，他会看一下马蹄表，嗯，该往家晃悠了。如果一路上谁和他搭讪，他可能就和人家唠嗑，顺便去人家吃一顿饭，没有遇到合适的人，也没关系，他慢慢挪回家。

我曾经在井台附近见过他，他刚喝完酒，一个人坐在那里，眼波一漾一漾的似笑非笑，像个老神仙。要知道，农村的人，没有闲着发呆的，他是唯一一个，他能闲得住，好了不起。坐了一会儿，他看看马蹄表，望了一眼通往井台的这条小路喃喃道：嗯，是时候哩，该到挑水的时间了，还等啥呢？他自言自语，那语气像极了一位先知对未来五百年世界的预言。

舅姥爷马蹄表的节奏，大伙儿毕竟还没跟上，挑水的路空荡荡的。其实是因为农忙，村民们只有晚饭后或者早晨天蒙蒙亮时，才能抽空挑水。

舅姥爷沉得住气，摊开手掌冲我招招手：来来来，小洋猪，我给你讲哈,这马蹄表是可以定闹铃的。于是,在这个祖祖辈辈吃水的古井旁,他给我演示了马蹄表的机关——嘎嗒、嘎嗒,上弦,定时,往那儿一戳。剩下的就是等待了,等闹铃响起。

"如果到点儿了它还不响,可能是卡簧了,你这样,对,晃晃,它就响了。记住了吗?"舅姥爷以丰富的经验向我解说。

见我盯着他看,舅姥爷得意地伸手入怀,掏啊掏,半天拢出来一沓花花绿绿的票子。他把皱巴巴的票子摩挲平了,笑嘻嘻地说,看到没,1984年的全国粮票。这可不是省里的,是全国的,到了北省都能用的!看到这个大票没,这个是"满洲国"那时候的钱,老值钱了!

他攥着票子在我眼前一晃,就赶忙塞回他的内怀口袋里,嘟噜着嘴巴和我说:可不能和别人说哈,俺们这几张票子攒得不容易。

我郑重点头。我有一些紧张,文芹平时不准我上井台的。我坐在井台边,生怕他或者我自己栽进井里。人家才不稀罕你的全国粮票呢,文芹管我饭的。他摆弄了一番马蹄表,我却压根儿没记住他怎么弄的机关。只留意到他浑身熏人的酒气,还有他粗癞癞的手。

我那天发现,一个人,如果不干农活,又有一双粗癞癞的手,那他其实就是神仙。

他又说:我像你小洋猪这么大的时候啊,大伙就在这个井挑水,那时候还是"满洲国"呢,时间过得咋就这么快呢?说完就又看看马蹄表,好像马蹄表能回答他的疑问一样。

别误会舅姥爷,我知道,大人们经常犯的错误就是误会。舅姥爷也是有事可忙的人,在他自己看来,他可不是家里白吃饭的闲人。他是手艺人。搁现在时髦的话说,那得叫匠人。是劳动成果近乎艺术创作的那伙人呢。

具体来说,舅姥爷的艺术创作就是编筐。

我不愿意去舅姥爷家,我感觉所有的亲戚都不大和他们家人说话。仅有的几次去舅姥爷家,还是因为文芹。文芹太忙太累了,她在后山收完小豆,天已经擦黑儿,她还割了两捆柴火回来。用她自己的话说,叫不耽误两趟工。她总是做一件农活儿的时候,悄悄顺带做完了另外两三件事情。

顺带,是她的秘密武器。她顺带干的活儿,比别人正儿八经干的还要多。

"去,给小宝送两个烀地瓜。我扛荆条回来,看你大舅家烟囱还没冒烟儿。"文芹把二斗碗递给我,里面是晚饭时做的地瓜。

我早就吃饱了,哏儿嘎打嗝儿呢。人家文芹妈妈还没吃晚饭,饿得前胸贴后背那种,她还要挑十担水浇完瓦,才会上饭桌。她如果开始吃晚饭了,那就意味着今天她的活儿全都干完了,包括顺带干的活儿。可是,她顺带的事情太多了,我一般没怎么看到过她吃晚饭就睡着了。

你知道,面对一个勤劳的妈妈这样的工作安排,我是没法拒绝的。毕竟,我也是"懂事"的孩子。我抄起来二斗碗就翻出了后窗，狂奔向小树林，耳边隐约听到文芹在唠叨："你这孩子，有窗户不走门……"

当我翻过后窗，奔向小树林子，晚霞映衬着树梢。耳畔好像响起西院邻居李魁星吹起的唢呐声，东院老袁太太用手杖磕着石板地咚咚响，巫殿礼家的厨房传出当当当的响声，那是他用炒勺敲着锅沿儿，老狠头闷哼一声，使劲用鞭子抽打着大骡子……这些人们的嘈杂声一下子就划过去，和我毫无关系了。我长啸一声，打了个哨子，轰的一声，一群麻雀从紫蓼丛蹿起，它们吃了一半的晚餐被我搅黄了。鸟群荡起的声浪，一漾一漾的，好像都要荡漾到大梅河的河沿上去，几个起落间，我早已钻进暮色的帘子里去了。

小宝家三口都是男人，没有女人，这是我第一次见到他们家人就发现的。从来也没人公开谈论过他妈妈，他就像孙悟空，是从石头缝儿中蹦出来的。

他妈妈呢？大伙儿很默契不提这茬儿。

有一天小宝跟人打架了！

小宝鼻青脸肿的，原来是跟二强子打架了。二强子抢了他的帽子，还把帽徽薅了下来，扔了。小宝打不过，就认怂。二强子还说小宝没有妈。这下子小宝急眼了，就和二强子拼了。二强子的耳朵被小宝咬出血了，小宝自己也被二强子削得脸肿得老高，鼻子也出血了。

小宝回家瞒不住，就和大舅舅实话说了。他已经准备好了再挨一次打。

奇怪的是，这次大舅舅没有打小宝，却狠狠地抽自己嘴巴子。大舅舅啊，你也是的，打自己也不分开打，光打右半边脸，弄得右脸肿得像发面的馒头一样。

后来大舅舅把酒戒了，隔三岔五还会挑上舅姥爷编的筐，扛到集市上卖，贴补家用，换点儿大米。日子总算能熬得住，但是他们家是后来户，地少。日子总是过得青黄不接的。只有舅姥爷还是那么没有忧愁，每天提着马蹄表在村里转悠。路过古井的井台，如果遇到我，还会笑眯眯地说：我像你小洋猪这么大的时候啊，大伙就在这个井挑水，那时候还是"满洲国"呢，时间过得咋就这么快呢？说完就又看看马蹄表，好像多问几次，马蹄表就能回答他的疑问一样。

10

　　我磨着文芹妈妈带我去赶集,她被我的"闹心""没意思"这些寂寞难耐的词语磨烦了,终于答应带我去大集上逛一下。

　　梅赫川所在的快活镇,有着周边县乡镇最热闹的大集,特别是这儿的牲口市场,最厉害最出名。第一次来快活镇赶集的人,都会大吃一惊:"这儿的牲口可真多!"接着会捂着鼻子,连牛粪都多得要让人喘不上气来——空气太肥沃了!是的,说是牲口市场,最主要的还是黄牛,一多半是耕地的大黄牛。还有一部分是菜牛,牛贩子买回去专门宰了卖肉的。

　　阳历逢五逢十的日子,就是大伙约定的赶集的日子。整个集市呈"工"字形,上面那一横的一多半是牲口市场,中间那一竖都是卖衣服的,我其实挺眼馋这一片儿的。但是再稀罕,文芹妈妈也不会给我买的。如果遇到便宜又好看的男孩子的衣服,那也是给我哥买,虽然我哥穿过的最后还是我的,我还是希望文芹妈妈也别逛这里了——我愿意和我哥同甘共苦啊,要没新衣服咱都没有吧。我有时候甚至会想,我如果是个小女孩,那是不是就不用捡我哥的衣服穿了?听吕小子说泰国有一种技术,可以让男人变成女人呢,我有一些心动呢!不过,听说他们技术还不成熟,只能变一次,变不回来,没有后悔药!哎,你们泰国啊,不熟你就别端上来啊!想想,我还是踏实做个男孩子吧,毕竟,整个梅赫川都没有比我更帅的小男孩了,我要是成了女孩子,那麻烦了,以后我上哪儿找像我这么帅的男孩做对象啊!我不能难为自己。

大集上,下面那一横主要就是农贸市场。卖菜卖肉卖豆腐的,还有一些农民把自己家的鸡蛋拎来蹲地上摆摊卖的,春天里也有扎一筐毛鸡蛋来卖的,卖毛鸡蛋的基本都是老太太。我一直闹不明白为什么,难道鸡蛋没有孵出来鸡崽子,这个责任主要算老太太头上?毛鸡蛋要扔灶坑里烤着吃,味道还行。饿了我也能一口气造①三个。

也有把自己编的筐、扫帚、盖帘拿出来卖的。如果是夏秋季,还有卖樱桃、梨子、铃铛果、杏儿的,都是农民自己家栽种的,吃不了拿来卖。这种基本都不带着秤,弄一个小茶缸,一毛钱一茶缸,缸口抹平那种,也有处事敞亮的小贩给你带点尖尖,让你花钱的时候,额外再开心一下。发现没,开心这部分是不要钱的。

---

① 狼吞虎咽的意思。

各位叔叔阿姨大爷大妈舅舅姈妈,咱们好好唠唠,我可不可以只单纯开心一下?光给我尖尖上不要钱那一撮儿就行了。看看你们有多敞亮!

十月底上冻之后还有冻秋梨、冻柿子,冬季也有爆米花、糖葫芦。

总之,我最喜欢农贸市场这一片儿啦。

可这个季节属于青黄不接,没啥好吃的、好玩儿的。那我也来赶集,毕竟,凑热闹是一种高层次的精神追求。文芹妈妈只是表面上好说话,要不是小瓦厂要开业,她需要采办一些工具,才没工夫带我赶集呢。

我跟她逛了大半个上午,她买了十张筛水泥的钢丝细网,五盒缠伤口的医用胶布,修理做瓦机器的小钢锯、钢锉,三十副工人戴的白色线手套,五个备用的白炽灯灯泡,一套接电线的电插排,万一工人受伤备用的云南白药,一块磨刀石。

我仔细看了一下,都嚼不动,没有我能吃下肚子的。文芹妈妈哟,你倒是说说啊,我跟你出来一趟图什么啊?难道就是图你长得好看,我心甘情愿帮你拎包吗?

小瓦厂里要天天和水泥打交道,水泥烧手,有时候她的手都能烧出口子,她就剪下来一块胶布简单缠上,接着干活。别人家只在秋天收割的时候用镰刀,俺们家春夏秋季都用镰刀,每天都要裁纸,用镰刀裁开做瓦用的黄草纸,要裁开多少呢?我也不知道,反正每年光磨刀石就要用掉两块,你算算吧。

最后,文芹妈妈又买了一瓶荆花蜂蜜,还特意和我强调,这是给奶奶的,不适合小孩子吃。我就纳闷了,这个世界上,真的有只适合大人吃不适合小孩子吃的东西吗?如果有,我觉得是吃亏。别的没了。哼!哼哼!

文芹妈妈要下集了,我还啥都没落着呢。

文芹妈妈嘻嘻笑着说,小洋猪啊,咱们原本就说好了,就出来逛一下嘛……

说了吗?我怎么不记得了呀!我想耍赖皮,可是眼瞅着也没啥机会了。

这时候,我忽然眼前一亮,一个半大小子在不远处人群中蹅哒蹅哒瞎窜。那不是二表哥吗!我高兴地扯着脖子喊着二表哥的名字,他也很开心,这么赫亮的大名被当众叫出来,而且是被六岁半的孩子叫出来,可见他的知名度有多么高。

文芹妈妈问二表哥,今天不用上学?

啊,那啥,耕小放了春耕假。二表哥敷衍地说。

耕小一年中除了寒假和暑假,还要放春耕假和秋收假。春秋这两个假期主要是吕先生带着孩子们把门口的地种了收了,放多久没准儿,主要看播种和收获进度。如果赶上下雨天中途还要上课。晴耕雨读,靠天吃饭。

我磨着文芹妈妈,要跟二表哥去玩儿,晚一会儿再下集回家。文芹妈妈犹豫了一下,看着我憋屈的表情,勉强点头答应了。然后还塞给二表哥一张"放羊人"纸币:回去晚的话,你俩买点儿糖火烧。

我看着粉红的"放羊人"进了二表哥兜里,文芹妈妈呀,这可是羊入虎口啊!

一张"放羊人"就是一块钱,我知道,这一块钱既是文芹妈妈给她侄子的,也是文芹妈妈给我二表哥的,反正没我啥事。很多事儿,看到开头我就知道结局了,不需要中间那一百多集的电视连续剧来讲故事。呜呜呜呜。

不得不说,二表哥是个人才,是个伟大的发明家。他折叠的飞机都和别人的不一样,在机翼和飞机头做了改良,据说只有用《新华字典》的纸折出来的飞机,滑翔的阻力最小。

这次赶集,他要买的东西还挺多,主要是为了他的各种游戏装备服务。他先买了一种弹性特别好的皮筋,他要把荆条劈个十字花,插进去一根针,然后在接近开口环切一个"拉拉壳",再用皮筋缠好拉拉壳。另一头再劈一个十字花,夹上纸叠好的倒三角的"机翼",他叫它"标枪式巡航导弹"。十米开外,"弹"无虚发,每一个飞镖都能正中靶心。这样的飞镖,他一口气要做二十个。我在想,拥有这样的"标枪式巡航导弹",是不是就没人敢惹了?

他又买了一包火柴。我纳闷,火柴谁家里没有啊?

二表哥不屑地撇嘴,人比人得死,货比货得扔。别人的火柴头那是啥东西,那点儿火药,劲儿不够哇!我要的长头大个儿火柴,一支火柴顶三支。他正在研发一种超级火药枪,别人都是六组车链条做枪膛,他是十组链条做枪膛。

嘿嘿嘿,这可不是多了四组链条这么简单,别人用的都是自行车链条，那个孔细。我鼓捣的这个是摩托车链条，普通的枪栓用八号线铁丝，我这个要用更粗的六号线，哼哼，别人做的是火枪，我这个是小钢炮。二表哥对这个技术改造细节很满意。

因为枪栓和枪膛升级了，他要淘腾更具有威力的火柴头和动力皮筋。你看，看起来这只是一包火柴，其实它是威力加强版的火药。

当然呢，见到我之前这些他都买齐了。他现在要买一种拉力增强很多很多的胶皮管儿，这东西原本是做什么的我不知道，但是二表哥要用它来升级自己的弹弓子。按照他的说法，升级完的弹弓子，不光能打家雀儿，还能打喜鹊打乌鸦打水鸭子打蛤蟆。用弹弓打蛤蟆，确实出乎我的意料，行啊，二表哥，你真能耐！

但是，他现在没钱了。

"小洋猪，你帮我一下，怎么样？"他非常直白地向我求助。

我抬头看看天上的云，又扭头看看地上的二表哥，看云的时候我觉得它特别像我想吃的糖葫芦爆米花糖火烧大麻花棉花糖和油炸糕，看二表哥的时候，我觉得我有一些眼花，他像极了一个放羊人，这会儿要把我的小肥羊都赶走。

我憋屈地看着他，不说话。我早就料到了的事情，为什么还让我觉得憋屈呢？不就是一张"放羊人"吗？原本它并不属于我的呀，我为啥要为原本并不属于我的东西难过呢？它从来也都不属于我，只是从文芹妈妈的兜里进了二表哥的兜里，接下来就从二表哥的兜里进了小贩子的兜里而已嘛，我啥都没有失去，只有大人才会为了这种事情难过。

我一使劲儿，把自己的憋屈都憋了回去，假装不在乎地说：二表哥，咱们江湖义气啊，你的事儿就是我的事儿嘛，你说嘛，不要客气，路见不平拔刀相助！

二表哥滴溜溜转着贼亮的眼睛，笑嘻嘻看着我。

还没等他开口，我又补充说，我一会儿还想吃糖葫芦爆米花糖火烧大麻花棉花糖和油炸糕，二表哥，你也帮我一下，怎么样？

我也非常直白地向他求助。

二表哥嘿嘿一笑，那也不难，小菜一碟嘛。他给我讲了接下来的行动计划。

天哪，我太幼稚了，低估了二表哥。

道高一尺，魔高好几尺。二表哥压根儿没打算花文芹妈妈那一张"放羊人"，按照他的行动方案，别说一张"放羊人"，就算一张"大团结"[1]也不够哇。他的办法就像他鼓捣的枪支弹药，说来很有技术含量，概括说来就是——偷。

为了偷得更稳妥更安全，更有技术含量，他需要我配合他、掩护他。

我看过枪战片，负责掩护的人，往往是配角，先被干死。我有一些犹豫，倒不是怕死，主要是当配角，我实在有一些不甘心。

我堂堂小洋猪，六岁半就看透这个世界了，我能去当配角吗？

---

[1] 十块钱面值的纸币，发行于上世纪六十年代，八十年代末还在使用。——小洋猪注

二表哥见我一边犹豫，一边瞄着天上的白云，就说，等胶皮管儿得手了，咱俩就去下手——糖葫芦爆米花糖火烧大麻花棉花糖和油炸糕！你看行吧，到时候还是你负责掩护，我亲自干。说完，他撸起了袖子。

原来，后面所有的好吃的，也要靠偷哇！原来，接下来的戏份，我还是继续做配角啊！我内心对这样的安排深表不满。导演啊，啊不，二表哥啊，你就不考虑亲自当配角吗？

我还是鼓起勇气，和二表哥说出来我的真实想法——

其实吧，用弹弓打的蛤蟆不好吃，脑花都敲出来了，烤起来容易糊。你还是用蛤蟆扦子攮，那种挑破肚皮血丝糊拉的蛤蟆，烤起来筋道，脑花也水嫩。所以说，你弄个升级版的弹弓子，恐怕用不上，打到了蛤蟆也不好吃。

我其实吧，没吃过烤蛤蟆这种又可爱又恶心的食物。但是，在吃的这事儿上，我好像有一些发言权，接近于主角那种。于是，二表哥对我说的话很重视。

他瞪着贼亮的大眼睛看着我，捏着我肥嘟嘟的大圆脸盘子，笑嘻嘻地说，你说得对。

然后，他又跟我说，小洋猪啊，我去取个配件儿，马上回，你等我一下下哈。话音儿还在耳边，他已经一溜烟钻进身后的人群了。

我好害怕，到处都是人群，人群和人群一模一样，我不知道害怕什么，我好像不怕人，难道是害怕一模一样？我不敢走，感觉想喊出来又使不上劲儿，想哭又放不开，就算撒泼打滚也不知道撒泼给谁看，没有观众，好迷茫！就算主角又能怎样？

我脸上一定是带着八十年代青年特有的迷茫，在人群中和所有人一起寻找，人家都在寻找生活的意义和廉价的柴米油盐，只有我在寻找不能当柴烧不能当米蒸不能用油炸不能拿盐腌上的二表哥。

二表哥，你去哪里了？去流浪去了吗？为什么流浪？你的故乡在梅赫川啊，你可别跑远了，给我整丢了，我可还没吃到糖葫芦爆米花糖火烧大麻花棉花糖和油炸糕呢！

其实时间啊，很短，二表哥就回来了，额头冒着虚汗，手里攥着胶皮管儿！

他拉着我就跑，一边跑一边笑嘻嘻地说，你说得对，弹弓打的蛤蟆不好吃，但是打鸟儿只能用弹弓，还是需要一把厉害的弹弓的。

二表哥啊，原来你出去"流浪"，还是为了"天空飞翔的小鸟"啊。

二表哥得手了，可还是看得出有一些慌乱的。具体表现在，他说后面的行动计划取消了，小洋猪，你也不用掩护我了！

我的心哪，拔凉拔凉的，当不当主角也没那么重要，主要是那些好吃的，我今天不吃到嘴儿，它们得多难受！就没人好好考虑一下食物的感受吗？

二表哥郑重地警告我：不能和别人说！包括我二姑和你大舅。

我说，你二姑和我大舅，那是兄妹俩，咱俩是哥俩，还是咱俩近嘛，这个谁远谁近，我还是会测量的。

二表哥满意地点点头，又说了一遍：不能和别人说！包括你哥。

这个难住我了，哥俩和哥俩，谁近谁远？我回家会不会和我哥说呢？如果回答"我哥就是你"，太没意思了，假惺惺，就像我为了赚那口好吃的已经有奶就是娘了。哼，小洋猪，有志气。

我说，嗯，说什么？我不记得你赶集做过什么了，光记得你给我买了糖葫芦！

二表哥嘻嘻一笑，抈着新得手的胶皮管儿，嗯，弹力够大！他夸耀道。

他带着我穿过小百货区，我之前都不知道哦，原来在那一横的后半截，是各种没法归类的日用小百货区。各种奇怪的好玩儿的。二表哥向我介绍，这些东西哦，你看着它是个不起眼的，哈哈哈，到我手里一改造，就是另一个好东西了——枪支弹药军火库的新配件！

然后，他悄悄给我讲他都得手过什么。

我学到了，但凡丑事儿，大人们都喜欢找个好听的词儿，你把偷说成"得手"，就特有成就感、获得感和满足感。

下次我看到我哥在小瓦厂干活偷懒，我就说：恭喜你，得手懒了！

在我面前，二表哥算大人吧。

我说，二表哥，厉害。你那么厉害，确实不应该上学，上学太耽搁你事儿了。

二表哥拍着我肩膀说：小鬼儿，你开始研究逃学的名堂了呀！上学确实很耽搁事儿，你大舅一直以为我学习不好，同意我蹲级①。如果我现在读了六年级，那就麻烦了，哪有时间打家雀儿啊！我跟你实话说了吧，时间这东西最公平，你把时间花在哪儿，哪儿才是你的。

嗯嗯。二表哥说得对，我记住了。我下次盯着好吃的的时候，不能再分心看小女孩了。

二表哥挺高兴，我就等着他一高兴好带我吃好吃的呢！

果然，他说，走，我带你去好玩儿的地方！

哪儿啊，哪儿啊？二表哥！我已经迫不及待了，我等了太久太久了，六岁半的心都要苍老了！

"牛市！"二表哥坚定地说。

天哪，去吃牛粪吗？那里应该管够儿吧！我心里骂道。

二表哥看我一脸不乐意，解释说，牛市才是整个大集最好玩儿的地方呢！听我的，你就来吧！好戏才刚刚开始！

真的吗？什么好戏，人家也想去看看呢！只是，我可不想当配角。

牛市一丁点儿都不好玩儿。没有牛肉吃，光是牛屎的臭味。这会儿是大集的尾巴，有经验的牛贩子选择这时候成交，能杀下来价格。看人家讨价还价，也没啥意思，商量好价钱再点钱成交，更没意思，钱又不给我。

---

① 留级。

我看到的第一个熟人居然是胡老四。自从他放下屠刀立地成了小贩，我还是第一次这么近看到他。他把那两锋尖尖的胡子刮了，杀气腾腾的劲儿一下子没了，那个威风凛凛的胡老四也回不来了呢。

他满脸堆笑，在和买牛的农民讲价，感觉他现在说起话来特别快，还带着手势和表情。听二表哥说，他现在是梅赫川最厉害的牛贩子了。他买进再卖出，一顿折腾，就赚钱了。一头牛要卖个七八百块，有的超级厉害的大母牛能卖一千多块钱，倒腾一头牛能赚一两百的时候也有呢！现在马上进入农耕，胡老四一个集上要卖出去四五头牛。他从去年年底就干这个，那时候正是要过年，懒人过年不喂牛，胡老四就下到村屯子里买牛，放家里养个一个多月就开始出来卖了。冬季的牛便宜，黄牛光吃草不干农活，老百姓光搭钱进去。等熬到了开春，又都急着用牛犁田，耕牛就能卖上价格。

据说，胡老四有个本事，看一眼就知道这个牛"齐口"没有，那个牛带崽子了没有。牛一旦"齐口"，就干不动活了，岁数大不招待见。买个母牛，回家发现它已经有了，那真是花一份钱买两个牛呢。"齐口"这事儿，也可以扒开牛的嘴巴看看，但是也有老掉牙的嘛，看不准。胡老四的眼力就是牙科医生兼接生婆，看一眼就像扫描过一样，神了。

听说，胡老四最厉害的是能看出"肉缝儿"。看一下，就能知道一头牛能出多少肉！这个本事比秤还厉害，秤也只能称出个连骨头带肉算上身上的牛血和胃里的草料、肠子里的牛粪，没法整明白有多少肉啊!

但是,胡老四一般不看"肉缝儿"。他不做杀猪的行当,也不做杀牛的行当,但凡动刀子出血的他都不搭咕,他只贩卖耕地的牛。那些倒腾菜牛的"老客"都替他惋惜:这样的人才,五百年才出一个,可惜了了。

听起来确实是人才啊。五百年才出一个,那一千年能出三个了,两千年能出四个。人才都是这样,如果开始努劲,后面还会缩回去的。

我忽然想起,胡老四除了倒腾牛还卖衣服。过年的时候,他贩了一批小孩子的衣服挨家挨户推销,别人卖衣服都在集上摆摊,他不等大集,得空就到村屯子里吆喝。耕小那个小女孩的花衣服,肯定就是他卖的,我都见过他推销那些花衣服。呜呜呜,那个女同学还挺好看,我都不知道她叫啥名字,该怎么问问二表哥呢?

胡老四还卖菜籽,卖白面,卖搓衣板,什么都卖,什么赚钱就卖什么,流行什么就卖什么。崔美丽结婚当天,小果义那身绿西服够惹眼,没过多久他就从外地批发过来一批西服卖,主打小果义同款。他卖的衣服容易掉扣子,比"礼拜鞋"的质量好不到哪儿去,好在家家也有针线,没人和他计较。

他做得最多的还是倒腾牛,真的挣钱啊。

这个活儿好,干一把就能买整个一墩子的糖葫芦!胡老四现在一定特别有钱吧。我跟二表哥说。

二表哥哼了一声说，还是穷得叮当响。他只要挣到钱就去抽他弟，无底洞。

无底洞，这个我知道。唐僧被妖精抓进了无底洞，孙猴子去救了四次，最后还是哪吒帮忙才救了出来。这一集让我明白两个道理，一是抓唐僧的是一个妖精而不是妖怪，好看的才可以叫妖精，丑的都叫妖怪。二是无底洞确实是很深，要救人那得去上面找人帮忙。

我感觉抽胡老五出来要麻烦，因为梅赫川的哪吒还没出生，村长儿媳妇的计划生育准生证都领了快三年了，还不见生孩子呢。

"抽"这个字让我害怕，总能想到一个白大褂用一根电线杆子粗的针管，扎进胳膊哦，往外抽血，哎呀呀，想想都疼。

人一旦出了事儿，进了"号子"里，家里人只会想着花钱，抽人。点的炮儿不硬气，一时半会儿抽不出来的，就像大针管子一直不停下来！

听说每次卖了牛，下了集，他都不直接回家，而是先去派出所看看所长李斧头，递上一包金葫芦香烟，打听一下他弟的案子，还有没有缓儿。李斧头帮他传递胡老五在里面的情况，只能捎话不能写信。然后，胡老四临走还不忘笑着塞个红包给李斧头。

所以，胡老四抽人的节奏也是逢五逢十，集上挣点儿钱都花在李斧头身上了。

除了抽人，梅赫川还有一种抽，叫抽地。一个人"跑了"，或者死了，村里就会把他的责任田和口粮田抽走，重新分给新生孩子的人家，或者分给新落户的人家。当然，这么多年新落户的太少了，想要更多的地，就只能娶媳妇生孩子，但是媳妇只能娶一个，多生孩子确实是个多拿地的招儿。话又说回来，现在计划生育呢，想生也得有准生证。

抽人和抽地，都好倒霉啊！大针管子！胡老四好可怜，他就看"肉缝儿"又能怎么样啊？多赚钱多吃糖葫芦呢，真是傻，傻帽儿。

看这些老客杀价，看胡老四卖牛，都没啥意思。我正闹心呢，二表哥捅鼓我，让我跟上瞧热闹去。啥啥啥？我跟着他屁股跑过去。

有人摆了个棋局，咱们这儿懂行的叫它残局。就是一盘象棋下了一大半，双方已经杀得难解难分丢盔弃甲人仰马翻，白刀子进红刀子出，人脑袋打成了狗脑袋，乌龟不认识王八蛋了，总之就是马上就知道谁赢谁输了。这时候，咔！来个暂停！

一个人把这个棋局摆出来，向观众发起挑战：来来来，随便选一方，红棋子先走，把这盘棋下完，看看谁能赢！这就是残局。

要说象棋，我还知道那么一点点，我认识所有棋子的名字，还有我知道马走日、象走田，小卒子一去不归还。下棋就是保护帅。光帅还不行，还得有车，车能干好多事儿。还有就是"士"倒过来就是"干"，这一点经常下象棋的人都不一定知道呢。

残局，很刺激，可最吸引人的地方是什么呢？这么多人围着这盘棋，"吃"来"吃"去的，又不能啃两口，又不能真的下肚，大人啊，真是会糊弄自己。

二表哥瘾头很大，我也跟着钻进很多很多条腿中间，眼巴巴看着一张纸上摆着十几个木头棋子。摆残局的人倒是梅赫川的熟人，楚汉举。

别看楚汉举平时蔫蔫儿的，老实巴交不怎么吭声，今天还挺活泛。他脸上笑嘻嘻的，扣了个前进帽，穿着一个刮出了洞的破夹克，一双黑皮鞋倒是擦得铮亮。他手里拿了两张"大团结"，地上棋子底下还压了一张，一共三十块钱啊。"大团结"蓝瓦瓦的，钱的颜色可真好看哪！

我和二表哥对看了一眼，他一脸过来人的得意，我才明白这个热闹啊，为什么这么热又这么闹啦！"大团结"，画面上就是一群人聚拢在一起，怎么看都是热闹啊，我就说嘛，有"大团结"的地方，就有热闹看。

楚汉举蹲下身，举起红棋子试着走了一步，你看哈，这个炮沉底，两个响，一头抽车，一头将军。

他说着又把棋子收了回去。人群中就有人嘟囔，还真是啊。也有人说，哪有那么简单，这钱这么好挣吗？

这时候一个年轻人吸了一口鼻涕，叫板说，俺们没有三十块钱，十块钱干一盘行不？

我一瞄，这不是吕小子吗？

楚汉举先是一撇嘴，然后笑嘻嘻地说，你说你这位年轻人，俺这师父传了这么多年，就传下来这一盘棋，这可不光是一张票两张票的事儿，你一下场，大伙都学去了这盘棋。一张大团结太少了。三张，找个中间人，押这里，我陪你走两步。

吕小子犯难了：我确实看出来门道了呢！你刚才把炮沉底，看着是一步占便宜的好棋，可那个大车，要是吃了可就胀肚子了。要是我，我用红棋先跳马"挂角"，看着还没将军，嘿嘿，咱有后手呢！

众人听他一说，好像更有道理，这局面为之一变哪。有人嚷嚷，年轻人脑瓜子活，没准儿就把他老师父的残局给破了。看热闹的不怕烂子大，就有人怂恿吕小子下场子走两步，挑战这盘残局。吕小子可也是蹬鼻子上脸的主儿，大伙这么一拱，他就人来疯儿。

吕小子吆喝说，谁帮我再出二十块钱，我赢了咱们按本钱分，给你二十块，我自己只收十块钱。

大伙都乐颠颠仰着脖子，跟着叫好，就是没人出钱。

我忽然想起崔美丽的婚礼，小果义吆喝谁愿意出一块钱买了那个啤酒瓶子，他就摔了它听响儿，让大伙乐一乐。

吕小子看没人出份子钱，嘴里啧啧地深表惋惜。现场的捞钱的机会啊，可惜了了。

我看看二表哥：二表哥，你那不还有一块钱吗？把"放羊人"放上去！

二表哥使劲儿瞪了我一眼，不知道别瞎嘞嘞，憋着！

我感觉好委屈，二十块钱扔进去就能再回来二十，一块钱扔进去不就还能捞回来一块钱吗？再说了，那钱也是文芹妈妈给我俩买零嘴的，我也有支配权！

吕小子没有齐到钱，就蹲在楚汉举对面，拿着棋子在棋盘上比画着，一步步盘算着。

楚汉举笑嘻嘻说，你这个小兄弟啊，你自己脑瓜机灵也没用，你还是靠边站啊，观棋不语真君子，你要下两步就押上钱，你要是不下，可别乱说话。

在梅赫川，要论辈分的话，吕小子得管楚汉举叫三叔呢，这会儿楚汉举一定是饿昏了头，整差辈儿了！

我肚子也跟着咕咕响。心说，二表哥，你把那张一块钱扔进去，再齐几个人凑一锅，就让吕小子把楚汉举干翻嘛，咱俩拿着两块钱去吃好吃的去，多好！

我看了一眼二表哥，他注意力都在地上蹲着的几个人身上。二表哥不看我，也不说话，用一只拳头翘着大拇哥，顶着下巴，两只亮炮子一样的大眼睛贼溜溜乱转，不知道在合计什么鬼主意。

什么东西一带彩，就特别抓人。这时候，围观的人已经很多了，有几个人看起来好像明白这盘棋的门道，但也只是凑热闹，没有下场子。牛市真的都是有钱人，特别是有一部分牛贩子刚刚下集，兜里正攥着大把的票子。一个人是不是有钱人，看他走路的姿态都能看出来。相信我，我虽然看不出"肉缝儿"来，但是看谁有钱还是没钱，那也是一看一个准儿的。就说我吧，我吃饱了走路的时候，就像有钱人，饿肚子咕咕叫的时候，就是现在穷嗖嗖的样子。我长大了要做个牛贩子，糖葫芦必须管够吃！等我有钱了,大伙不用吃糊,一人一墩子糖葫芦,蹲王国权家场院里,排好队一起吃。

好吧,这会儿没有糖葫芦,还是继续看热闹吧。

我往外看了一眼,胡老四远远地还在卖最后一头牛,看样子已经谈拢价钱了,两个人在点钱。买家点好钱,他又点了一遍才揣兜里。他只往这边瞄了一眼,手里拎着空空的缰绳,扭头就走了,头都没有回。

有一些大人吧,就是不爱凑热闹。我就纳闷了:那他们小时候怎么过来的,小时候不凑热闹和谁一起玩儿?还有,胡老四也太小气了,牛都卖了,还赚人家一个缰绳。

这边,一个穿着风衣的年轻人要下场比量了。他个头不高,衣服可真长啊,这衣服看着档次就挺高,头发像小果义那种中间分开的。真的有派头啊。他一看就是有钱人,他就算挎个吉他也是有钱人的样子呢。特别是风衣上那两排扣子,让我想起高二家那头猪肚皮底下的哑哑,也是整齐的两排呢。如今全梅赫川的猪都瘟死了,只剩高二家一头猪了啊。他这两排扣子,可真算金贵。

风衣哥问能不能先"演习"一把。

楚汉举说,这位先生,一看你就是明白人,有档次的人。可咱们这个残局啊,一旦下起来,落棋无悔,你要是有诚意,就押三十块,我陪陪你,要红要绿,你自己选棋子。

吕小子擤了一把鼻涕,凑上前说:大哥,咱俩插伙,我出十块你出二十,我来走棋子,我都整明白儿的了,你就放心吧。

还没等他说完，风衣哥就往旁边退，很怕他的大鼻涕蹭自己身上。

吕小子诚意十足，把皱巴巴的十块钱擎在半空中，风衣哥人家根本不接。吕小子也不客气，一哈腰就把钱塞在楚汉举对面的老将棋子底下了。

大伙一看，这事儿要成啊，气氛一下子又热了好几度。

我感觉，整个气氛类似小果义要带给大家高潮的那种了，就差村长儿媳妇清亮亮喊一嗓子了！二表哥脸上浮现出一抹神秘的表情，眯着眼睛，好像弹弓子已经撑开了，正在瞄准一只沙斑鸡！

沙斑鸡比家雀儿大不少，还没有人用弹弓子打到沙斑鸡呢，百步穿杨的二表哥，祝你好运，打着了给我扯个腿就行啊！

风衣哥摆摆手，做了个"起开"的动作。吕小子一脸的下不来台啊，憋红着脸，把皱巴巴的十块钱又抽了回来。

风衣哥伸手进衣服的内兜里，用两根手指头夹出来三张大团结，嘎嘎新的票子呢！就这么轻描淡写地夹在两根手指头缝儿里。

哎，这有钱人就是把钱看得太重，这么轻飘飘地夹着，我放个响屁都能把它崩飞了啊。

还是我把钱看得太轻了？

风衣哥选了红棋，楚汉举和他交换了场地。楚汉举大声说，咱们今儿算公平比赛，大伙都给做个见证，落棋无悔，也请大伙观棋不语。为了公平起见，我这三张票子交给一个中间人大哥保管一下。

说着,他拉着人群中一位大哥,当众把钱放在他手上。

我一看,他还真会找人,找的是朱万山,全梅赫川最奘的一位,去村长家猪圈抓猪的时候他是领头儿的。要是谁敢反悔,肯定都打不过朱万山,他拍一巴掌下去,都能把我呼成馅饼。

风衣哥傲着呢,也把三十块嘎嘎新的票子交到朱万山手上。

开始几步棋,俩人好像都早在心里谋划好多遍了,走得都挺快。等五六步之后,风衣哥就卡壳了。第七步他死马权当活马医,硬着头皮走了一步,可惜这步棋还是"马别腿",犯规,不得不重新走。重走也是就差一步死棋,心里也是明镜儿一般的。

楚汉举一脸欣赏和真诚地说,我看你也是一个爽快的爷们儿,今天和你交个朋友。

那步一招致人死地的棋楚汉举没有走,而是微笑地看着风衣,旁观者中有人如梦初醒一般长叹一声:哦,原来这么回事儿,高,实在是高,这棋下得,厉害了。

风衣叹了口气,认输了。也才撸个糖葫芦都不到那么大一会儿的工夫,风衣哥这三十块钱就输了。楚汉举麻利地从朱万山手里接过来六十块钱,妥妥揣腰包里了。

天哪,这钱挣得快,比卖牛过瘾。我决定了,长大不倒腾牛了,我要学下棋摆残局!我要先整一个楚汉举那样的前进帽戴戴。

这个热闹看得有意思,我催促二表哥,咱们再去看看别的好玩儿的。二表哥给我使了个眼色——别慌,好戏还在后头!

吕小子可真是脸皮厚，他这会儿又站了出来，说要挑战残局。楚汉举说，我这就一把成的玩意，再来一把就没法练了，大伙都看出门道了。

人群中就有人嘀咕，这是趁火打劫。

我感觉他这个词儿用得不对，哪有火啊？明明就是捡便宜嘛！

吕小子说，你这是放赖，耍赖皮，你之前也没说就能摆一盘儿啊。我现在也挑战，你还是个爷们儿的话，不接受的话，就应该把赢的钱吐出来！

看来这摆残局的钱好挣不好花，我现在又开始犹豫了：长大还要不要学下棋摆残局挣钱呢？

在大伙面前，吕小子这是"将"了楚汉举一"军"。

楚汉举说，那好吧，说好，就一把，这次就一把。

吕小子又拿十块钱出来，我就十块钱，你也不用多输钱了，今儿算便宜你这位大哥了。

明明是他要捡便宜，还说便宜人家了，这脸皮厚得，用纳鞋底的小锥子都扎不透。吕小子啊吕小子，以前我光觉得你长得丑了，今天才发现，你不光长得丑，你还脸皮厚啊！

楚汉举一看就十块钱，嘻嘻一笑说，哎呀，咱说好的三十块钱一盘棋，你这家伙没钱就算了，我要收摊了，不陪你练了。说着他就要收拾棋子。

吕小子急了，眼瞅着到嘴的肥肉啊，口水都淌出来了。他站在人群中吆喝，谁跟我插伙出二十块钱，没有二十的出十块也行，出多少钱本儿赢多少钱利。出十块，就得再找个人，出二十就一个名额，捡便宜也限制名额的。

楚汉举说，你这是明目张胆地占我便宜啊。你现在还没插伙找到人，我可等不了你，我家里炉子上还烧了一壶水，我要回家了。

吕小子急了，咽了一口口水。这块肥肉可不能跑了啊。

他焦急地吆喝：过了这个村就没这个店儿了，吃了这个包子就没这个馅儿了啊！

围观的人有眼馋的，有一个老爷们儿，可能是想来买牛，还没买到合适的，兜里正好有钱，就要插伙。

吕小子麻利地交了十块钱，那个老爷们儿交了二十块，放到了朱万山手上。朱万山现在是快活镇牛市临时银行的行长兼保管员，他冲楚汉举招招手，楚汉举叹了口气，拿出来三张旧的"大团结"，不情愿地交给了朱万山，刚刚赢的三张嘎嘎新的票子没拿出来。

楚汉举一脸的不乐意，大伙还跟着起哄：说话得算数啊，再来一盘嘛。

楚汉举狡辩说，其实我师父还教过我另一盘残局，要不咱们换一盘吧？你这都刚刚下过的棋了，你这赢人家钱也太明显欺负人了，赶上明抢了。

吕小子说，不用麻烦了，就还是刚才那盘棋，俺们俩现在挑绿棋，让你先走，算你占了便宜了！

说完，他冲那个插伙的老爷们儿挤咕了一下眼睛，那老爷们儿说，嗯呢，绿棋，绿棋好。

楚汉举皱着眉，在那闷头叹气，第一步棋下不出来。看热闹的都笑嘻嘻地嘟囔着，这次有意思了，怎么吃进去的怎么吐出来，哈哈哈哈。

楚汉举扛不过，最后还是按照刚才风衣的路数，走出来了第一步。大伙都看过一遍了，吕小子就按照楚汉举刚才赢棋的路数下了一步棋，他下之前还跟那老爷们儿确认：大哥，咱们这么走，对吧？

"嗯呢！"那大哥是实在人，没有废话。

楚汉举拖到第四步，眼瞅着就奔着刚才那一盘的局面去了。吕小子每下一步棋都会和那老爷们儿确认一遍，那老爷们儿也都笑呵呵地"嗯呢"。

吕小子听到那老爷们儿的指令，再按照之前楚汉举的路数把棋子走下去，走完还会瞄一眼朱万山手里的票子。他哧溜着大鼻涕，乐得咧开嘴巴。我感觉他稍不留神大鼻涕就会"过河"，直接淌他嘴里，每次都是在"河沿"上的时候，他又及时吸了回去。

我感觉，吕小子特别像武打片中那个一时得逞的坏人，哼，配角！我心里想着。可二表哥却贼溜溜转着眼珠子，笑着看着配角，看着马上要赢钱的配角吕小子。

走到第五步的时候，眼瞅着就要赢了，吕小子对那老爷们儿说，大哥，这插伙太值了。

他大哥还是报以"嗯呢！"。

楚汉举却路数一变，从自己这边棋盘底线上，大老远的地方捞过来一只炮。这个棋子之前一直有，从来没用过呢，谁都没注意，但是谁都不能否认，真真的就有这个棋子的啊。

整个敌我双方的战局为之一变——肥肉在吕小子"河沿"上抖了一下，又夹走了。

吕小子挠着头皮，扭头问：大哥，你看咱们怎么办？最好三步棋之内干死它！

那老爷们儿嗯嗯嗯嗯嗯了半天，也没"呢"出来。他也会一些象棋的，这局面不是三步棋干死对方的事儿，是怎么在三步棋之内不被对方干死！

楚汉举搓着手说，哎呀，这步棋突发奇想啊，之前怎么从来没想到呢？说完还稍微得意地微笑了一下，马上又收起了笑容。

二表哥冲我眨眨眼：刺激吧！

我还没反应过来，怎么了？难道我未来的职业方向又变了？

场内这会儿，吕小子和那老爷们儿的意见发生了冲突。插伙就是这样，就怕想法不一样。楚汉举说，那咱们还下不下这盘棋了？输赢算谁的？

吕小子一咬牙，手指头往"嗯呢大哥"身上一戳：得了！我就认大哥这个人了！他说咋办就咋办吧！输了赢了我都认了。

吕小子又按照嗯呢大哥的想法，接着下了两步，输了。

楚汉举感叹，哎呀，真是侥幸侥幸啊，点儿好！

梅赫川人管运气好叫"点儿好"，管运气不好叫"点儿背"。好像能不能成事儿，全都在点儿好不好，不在别的。据说，点儿背，喝凉水都塞牙。

楚汉举麻利地从朱万山行长兼保管员手上接过六十块钱，妥妥揣好。

他揣钱的姿势和手法太熟练了，和上一盘一模一样。

吕小子和嗯呢大哥输得干瞪眼儿，脸色像霜打的茄子一样。

嗯呢大哥没买到牛，还输了二十块钱。故事这老长，也不知道他回家怎么和媳妇说。

楚汉举这次是真的收拾棋盘了。

我也拉着二表哥的手，哥啊，你听，我这肚子怎么咕咕叫呢？

二表哥没有听，而是拍着我圆滚滚的屁股说：小洋猪，你都胖成这样了，饿一两顿没事儿的。

二表哥啊，你听听啊，我肚子咕咕叫得厉害啊！我央求他。

二表哥说，可能是你肚子里呀，有一只蛤蟆，春天了它冬眠醒了，我有个蛤蟆扦子，回去帮你把它攮出来就好了！

我浑身一激灵，赶忙捂了一下肚子说：二表哥，肚子不叫了，我听错了，听错了。

看热闹的人们正要散去，突然有人站了出来，还是那位风衣哥。

"咱们再来一局。"他摁住了楚汉举收拾棋子的手说。

看热闹的人又都聚拢来，这种情况已经没法再下第三局了呀！不下棋，那就是要打架啊！大伙都想，看打架更热闹啊，只要不喷自己身上血，怎么打都行啊，不管是人仰马翻丢盔弃甲还是可地上轱辘，怎么打大伙都愿意看哪！

楚汉举笑着说，这位兄弟，你棋艺高超，俺今儿也是侥幸赢了你。我这在大伙眼皮底下都下了两盘了，就这几步棋，明眼人都看明白了。我就不丢人现眼了，给我留点儿面子，你看行吗？

起哄的有人说，这谁来下都知道红棋赢啊！这么死乞白赖就没意思了，车马炮都摆不平的事儿，还不如直接动手干一架！

风衣哥说，我还真不是要占你便宜，我就是不服气，这盘棋再来一局，我保准不会输。

说完，他又从风衣内怀拘出来三张票子，这次手上用足了劲头，三张票子也不再轻飘飘了。楚汉举苦笑着僵持在当场。

朱万山念央，俺们可要下集回家吃饭了，谁愿意当保管员谁当吧。

风衣哥也不回头看朱万山，还是摁着楚汉举的棋盘，注视着他说，都是爷们，吐吐沫是钉儿，也不用谁保管。说完把三张票子往棋盘下面一压，票子露出来一角，还是嘎嘎新的。

楚汉举舒了一口气，那好吧。你想怎么下，红棋先走，你挑个颜色吧！

他也压了三张"大团结"在自己这边棋盘底下。

风衣哥一下子豪气上来了，自信地摆手说，我挑就真的欺负人了。我让你挑，你选啥颜色，我都接着。

看热闹的人当中有人多嘴说，那还挑啥，很明显红棋能翻身啊，选红的啊。

楚汉举看着风衣哥，足足有三秒钟。

随即，他再次恢复了之前笑嘻嘻的那张脸。哎呀，我第一盘是用绿棋赢的你，第二盘是用红棋赢的他们俩。红棋绿棋的门道你也看到了，大伙也看到了。大伙都看到红棋有一步妙棋，能翻身。你现在让我挑，这残局毕竟还是我摆的，我先挑不合适，你坚持让我挑，那么着吧，我挑让你先走，我选绿棋。

楚汉举说完，右手摊开，做了个让风衣哥先走一步的手势。

看热闹有人嘀咕，这时候充好汉没用的，能赢才行。

下棋的人，还是第一局下棋的两个人，连红绿双方都没变化。只是这已经是第三局了，这局结束，只要风衣哥输了，那基本是要打架的了，大伙不是等输赢，是等着看他俩动手啊。可是红棋有一步妙着儿，所有人都看到了，这盘弄不好楚汉举要输，吃进去的东西还得吐出来。

红棋的走法和上一盘楚汉举用红棋的时候一样，眼瞅着就奔着楚汉举要输的路数去了。我有一些担心。首先，一会儿打架的时候，我往哪儿躲，这么多人会踩到我，二表哥估计指望不上。还有就是，梅赫川的人，懂一点儿琴棋书画的一共就三个：李魁星老师、吕先生和楚汉举。李老师除了教书还会乐器，吕先生除了教书还擅长一手毛笔字和喝酒，毛笔字还逢春节给大伙写春联，逢红白喜事给东家写礼账。虽然很多人家不认字，过年把"肥猪满圈""金鸡满架"贴在门上的笑话也闹过，但是大伙都认为春联有用，会写春联是个本事。只有楚汉举的象棋没啥用，但又像个正经人玩儿的东西，我还是挺希望他能赢的。他如果再次赢了，那我将来长大了就学下象棋了，这东西来钱快，吃糖葫芦有保障，靠谱啊。

二表哥啥都不担心，一直用拳头拄着下巴，脸上神秘地微笑着。吕小子输了十块钱，但是看起来心挺大，还在眼巴巴看热闹，刚才还是霜打的茄子，这会儿茄子已经拂去表皮上的霜，又缓阳了！

走到第四步的时候，楚汉举忽然变了路数，不再按照之前的走法下棋，他把象飞了出去，红棋原本有很大威胁的炮就架空了，使不上劲儿的炮等于二表哥没有火药的火药枪、没有石头子儿的弹弓了。

风衣哥会心一笑，好像早就料到楚汉举会有这步棋。这一步和下一步对方要走到哪儿，两个人都心知肚明一样。

接着是啪啪啪，棋盘上的棋子陆续被吃掉。棋子就是这样，吃东西要吧唧嘴，文芹妈妈说这样吃东西不礼貌。楚汉举啊，你可要赢啊，我未来的职业就看你今天的表现了哈，吃东西吧唧嘴我就假装没听见啦。

这一盘比之前两盘用的时间都长，围观的人不停叫好！人就是这样，只要你厉害，就会有人给你喝彩，在你还不够厉害的时候，他们就又聋又哑。能治好他们聋哑的唯一办法，就是你变得厉害。

又磨了好几步棋，楚汉举笑着一摊手：和棋！

然后他又麻利地把三张大票收好，动作依旧熟练。

和棋就是平局，你整不死我，我弄不死你，为了不浪费咱俩的青春，咱们和了吧。

所有人都出乎意料的结果,没有输赢,不用打架了。二表哥嘿嘿一笑。看热闹的人,这次真的散了。

我感到纳闷,没有输赢的话,干一架决斗出个输赢不行吗?我感觉风衣哥挺瘦的,楚汉举应该能干过他的。

我眼巴巴地看着二表哥,只说了句二表哥……后面的话没敢说!心里想着蛤蟆扦子啊……攮一下挺疼。

二表哥说,知道了,带你去吃好吃的!

我感觉二表哥太好了,他像一种可爱的动物,在那儿一转悠就啥都知道,具体来说这种动物就是——我肚子里的蛔虫啊。

我们俩跑出空气肥沃的牛市,遇到了卖吃的小摊位。臭豆腐、腐乳、辣白菜、咸黄瓜、糖蒜……这些虽然我也喜欢吃,不能直接吃啊!都算咸菜吧。二表哥,你有点儿诚意行吧。好在咸菜摊儿旁边还有个卖豆腐脑的,就它也行吧。卤子不要钱,实在不行我少来点儿豆腐脑,多来点儿卤子也行啊,上面要多撒一些香菜葱花辣椒油韭菜花酱还有花生碎,越多越好啊。想到这里,我咽了一口口水。

小份儿豆腐脑两毛钱,大份儿的六毛钱。我捂着肚子测算了一下,我现在能造两份大的!二表哥,要不我来一大份儿,你来两小份儿?算便宜你了!咱就一块钱!

二表哥在兜里摸了半天,犹豫着。忽然他眼睛贼溜溜一转,咧开嘴角,对着刚蹽过去的一个背影喊道:吕小子,吕小子,你快过来。

吕小子听到二表哥叫他,又跑回来。

二表哥甜兮兮地说：吕——哥，你今儿发财了哈。

吕小子淡淡一笑说，啥呀，人家还输了十块钱呢！

二表哥笑着说：你牵驴牵得这么好，给你劈一半都不止这个数吧。请我俩吃个豆腐脑吧！

吕小子狠狠瞪了他一眼：别瞎说。

二表哥嬉皮笑脸地小声说，俺们跟谁都没说，替你保密。

吕小子一扭头看到了我，捏着我的肥嘟嘟的大脸盘子，笑嘻嘻说，哎呀，小洋猪，小洋猪！

然后他就爽快地对豆腐脑老板说，来两碗豆腐脑！

二表哥马上补充说，要大份的哟，多放花生碎！

吕小子付了一块二毛钱，二表哥把两大碗豆腐脑都推到我面前，又可怜巴巴地看着吕小子，撇着嘴说，哥，我还饿着肚子呢！

吕小子一愣：人家这不是给你俩买豆腐脑了吗？

二表哥指着我一字一顿地说，小洋猪，自己，就得造两碗！

吕小子气得笑了出来：早知道你要三碗我都不答应你，真是会算计的猴崽子，先要了两碗，还要加一碗。

二表哥说，俺们这些都是小算盘，你那才是大算盘，幕后英雄，你才是今天绝对的主角。

吕小子一高兴，又给二表哥要了一大碗。又给老板付了六毛钱。

我只管吭哧吭哧地低头喝豆腐脑，才不管他们相互吹捧呢！谁出钱都一样是好钱，我吃到了就是好钱，我吃不到就不是好钱。

回来的路上,我说,二表哥你真仗义,带我看热闹,带我吃豆腐脑。吕小子也仗义,不抠门儿,给我们付钱。这次赶集,我就发现一个人抠门儿。

二表哥问,谁呀?你说谁抠门,我倒想问问。

我说胡老四啊。

胡老四?你又没找他蹭好吃的,怎么说他抠门儿呢?二表哥问。

我说,我看到他卖了牛,还管人家要回了缰绳,这种人还不算抠门吗?

二表哥想了一下说:那他是厉害,不是抠门。卖完牛,手里还攥一根缰绳的主儿,都是最厉害的牛贩子。

我就不理解了,多挣了一个缰绳,有啥厉害的,一根绳子三块钱的东西嘛,也没见得就占了便宜啊!五碗豆腐脑而已,多大个便宜?

二表哥说,那些买牛的人,有时候会觉得自己买贵了,反悔。胡老四厉害着呢,他每次都说卖亏了,亏得太多了,管人家要个缰绳,算是少亏一点儿。人家呢,就会觉得赚了啊,这真的是占到便宜了,趁卖家没反悔,赶快蹽啊,一根缰绳算个屁,给他。

二表哥接着说,你看,一根缰绳三块钱,旧的还不值三块钱。但是,就是这一根缰绳就把买家捆死了,他还自以为聪明占了便宜，你说说，胡老四是不是太厉害了？

好吧，二表哥。我现在又犹豫了，如果倒腾牛很厉害，那我长大了是去下棋还是倒腾牛呢？哪一个可以挣到更多的钱吃糖葫芦呢？我就是想想，还不能跟二表哥说，毕竟，我有时候还分不清象棋里的"士"和干架的"干"。

我又问二表哥，为什么你说吕小子是今天的主角啊？主角不应该都是好人吗，不应该最后都是赢家吗？他还输了十块钱呢？

二表哥哈哈哈笑着说，他吕小子的演技都可以去评奥斯卡最佳牵驴奖了。

好吧。关于驴，我知道一些。梅赫川评价人的时候，说人是驴，那是说他倔强，说人是骡子，那是骂人的话，杂种。要说牵驴，那就和牵牛、牵马、牵羊都不一样了，那好像是合伙骗人的意思，让我想起了一个人，他就是因为牵扯进牵驴的骗局，自己不知道情况和人动了刀子，还把人捅死的。怪不得胡老四不看残局的热闹。

赶集很好玩儿。但是，我累了，下午要回家睡一觉。二表哥说他时间紧，下午要赶时间把新的弹弓子做好，明天起早进山打鸟去。二表哥可真是人才啊，对自己也非常苛刻，他这样的人，确实不应该读书，读书太耽搁他时间了。

路上我一直打嗝，两大碗豆腐脑下肚之后，我整个肚子都是圆的，撑得我直打嗝，一打嗝还有香菜味儿呢。二表哥笑着说，怎么样，吃多了是吧？有本事的人，用红棋还是用绿棋都能通吃，没本事的人，吃多了还会吐出来的。

我原本想说——才没多呢,要是有个油炸糕就着豆腐脑吃就好了,人家还没吃饱,豆腐脑都是水儿,两泡尿下去就又该饿了。

可是我吃多了,脑子缺氧吧,说错了,我说——

才没多呢,要是有个油炸糕就着豆腐脑吃就好了,人家还没吃饱,豆腐脑都是水儿,两泡尿下肚就又该饿了。

我俩都笑得肚皮疼。我自己都笑出眼泪了,接着我又打了一个嗝,还是一股香菜味儿。

11

时令已经过了谷雨,梅赫川的天儿还不见正儿八经下一场透透的雨。最早一茬儿开的山樱桃花、杏花已经落了,接茬儿的李子花、梨花开得浓烈,势不可挡。它们傻咧咧支棱着白色大花瓣子,就等一阵大风或者急雨,它们就散落一地了。如果是赶上瞎年头,这时候要是来场雪,那夏天的水果就吃不到了。今年旱得慌,整个春季都没雨雪,我的山樱桃、大李子算是保住了。但是庄稼地要为难了,梅赫川,还是靠天吃饭的命。

这天的傍晚,小风儿吹着花香,像涂了胭脂水粉的大姑娘,闻起来香香的。我坐在家门口,深吸一口气,一边闻着晚风的香气夹杂着农民晚饭烧苞米秆的烟巴味儿,一边吸溜着大鼻涕,悠闲地等着夜晚的到来。晚上我要去大舅舅家看电视,《便衣警察》。上午赶集把我累坏了,我下午闷了一觉,主要是为了防止晚上看电视打瞌睡,次要是为了防止夜里尿炕。我这会儿精神头十足,一口气撸三串糖葫芦那都是小意思。

我抓了两把杏核,三个杏核上面叠一个,摆成了对战的两对"炮楼",炮楼的前后左右也安排了先锋和左右将军,排了兵布了阵就开始厮杀。杀得人仰马翻丢盔弃甲啊,自己玩儿得还挺热闹。我自己和自己战斗也讲究原则,要敌我分明的,具体来说就是哪伙赢了那一伙就是我的。

人家正玩儿得起劲儿,炮楼攻下来个半拉子,忽然一个年轻人扯着公鸭嗓子喊:着火啦,着火啦!他一边跑一边喊,看样子已经跑出去挺远了,脚力却一点儿没有减缓。这不是吕小子吗?哪儿着火了呢?我这攻炮楼也没使用火攻啊?

我吓坏了,先不管攻了一半的炮楼了,扭屁股急忙进了厨房,从柴火堆里把我养的狗崽子老七抱了出来。着火的话,什么都可以舍弃,小人书、爆米花、一分一分攒的零花钱、带花心的玻璃球……我虽然非常非常喜欢它们,但是,它们是没有生命的,只有老七不可以舍弃,我答应过它,它要活到七个一百一十三岁的,它也答应过我,要陪着我活到一百二十岁的。

梅赫川不大,有一个地方着火,那也可能是全村的灭顶之灾呢。等我跑出院头的时候,已经有很多人从家里蹿了出来,大伙都拿着应急家伙:泔水桶、水筲、水舀子……也有人一着急拎了烧火棍出来,还行,比拎一壶豆油出来强一些。

可是谁都没闹清哪儿着火了,都跟着吕小子屁股后跑。于是,吕小子在前,大伙在后,人越跑越多,一条救火的长龙在梅赫川蜿蜒行进,队列中的人们慌慌的,跑起来也是磕磕绊绊跟头把式的。吕小子由北往南,跑过巫殿礼家门口,跑过郝金生家门口,跑过楚汉举家门口,跑过老周大夫家门口,跑过村长家院头路口,接着他拐弯往东扎过去。看样子是前街谁家着火了。不好,我大舅家在前街,我得去看看,别耽搁了晚上看《便衣警察》啊!想到这儿,我也抱着老七一溜烟跑了出去。

等我跑到村长家院头路口的时候,眼瞅着东面一股烟儿蹿着。嗯,很明显不是着火的烟儿,是吕小子带着一大群人跑过来撩起的尘土。郝金生跟在队伍里还敲着锣,那是过年秧歌队的重要乐器,没想到年都过去三个月了又派上用场了!

吕小子还是吼着"着火啦""着火啦",喊破的公鸭嗓子像一个生锈的铁勺子在刮糊巴的锅底,可真叫一个难听哟。他身后是一条奔跑的长龙,杀气腾腾向我冲过来。老七在我怀里嗷的一声叫唤,它一定是在埋怨,不是说好我要保护它的吗?

村长已经出来了,他看了看自己家房盖,没事!于是叉腰,叼着烟袋,沉住气看这条吕小子打头的长龙往这边跑。我就抱着老七,猫在村长身后。我悄悄跟老七说,不用怕,那些人如果跑过来也不刹车,先踩死村长,然后才能踩到咱俩,就凭我这一身滚圆的肥肉,一脚两脚都踩不实成的,没准儿蹬空了还能绊倒几个呢!

我想多了,他们压根儿不敢踩村长。吕小子跑到跟前,村长把烟袋杆子一横,吕小子一个紧急刹车,倒是后面的泔水洒了、水筲翻了、水瓢摔漏了、烧火棍子干两截了,一阵骚乱。

吕小子真行,就这紧急刹车的技术,将来可以做个司机,开个蚂蚱子①应该没问题,还闹啥牵驴啊。我看好他啦!

"谁家的驴打栏②啦?嚷嚷个鸡毛掸子啊!哪儿着火了?"村长指着吕小子喝问。

吕小子向左边转头,看看身后慌慌张张的人们,又向右转头,看看身后跑得呼哧带喘的人们,又眨巴眨巴眼睛看着村长,一脸懵懂无知地重复村长的话:驴?鸡毛——掸子?火了?

问你呢!是你打栏了吗?像老驴叫天似的!问你呢,哪儿着火了!就看你嚷嚷得最欢!村长拿烟袋杆儿指着吕小子又问。

吕小子顿了一下,说:大兴安岭,着火了!大火!

村长说,那赶快去救火啊?还等什么?又不是梅赫川着火,在梅赫川瞎嚷嚷啥?

两句话把吕小子干没电了!

后面的人跟着嚷嚷,大兴安岭在哪儿啊?在快活镇吗?能不能烧到咱们这块儿啊?

郝金生跟在队伍里,算是整明白了,原来是虚惊一场。他咣的一声,使劲儿敲了一下锣,吼了一声"散会"!

第二天的傍晚,村里还真的开了大会。正赶上农忙的时节,累了一天的人们老大不情愿来开会。村长正式宣读了上级的红头文件:大兴安岭着火了。

人们吐着怨气说,这事儿昨天不都知道了吗?敢情昨儿是演

---

① 小四轮手扶拖拉机的通俗叫法,因其外观长得像蚱蜢(蚂蚱子)。
② 牲口发情。

习，今儿才正式着火吗？

不过，自从昨天吕小子风风火火向大伙通报火灾消息，家家都加倍小心，天干物燥，家家的柴火垛连着鸡架，苞米楼子挨着仓房，一把火就能把梅赫川烧塌架了。老百姓一点儿都不傻。

就是老百姓都知道的事儿，村长又强调了一遍，又念了一遍红头文件。村长还说，这以后啊，要管控一些家用的火柴，去代销点买火柴，用多少买多少，买多了放在家里就是定时炸弹，如果发现谁家买多了，那公安局也会来查，看看你是不是有纵火干坏事的打算。

于是人们回家都翻腾了一下，都不约而同地发现，自己家的火柴太少了，不够未来三年使用的呢。大伙都拥向了代销点，代销点招架不住了，直接戳个小黑板在门口——

由于上级快活镇供销社货源紧张，本店暂时没有火柴供应，啥时候到货另行通知，预计到货后每包火柴会涨价一毛钱，请广大顾客周知。

梅赫川代销点
1987年5月

代销点老徐的粉笔字写得哟，像是喝多了的舅姥爷，四仰八叉的。和吕先生的字根本没法比。火柴涨价一毛钱，一毛钱就是小份豆腐脑的一半啊，这个账我会算。

其实村长开这个会，还宣布了重要信息，只是大伙没怎么留意。村长说,大兴安岭的救火任务非常艰巨,要抽调好多人去帮忙。由于咱们梅赫川正忙着种地,他就跟上级单位说了,就不在梅赫川调人手了。人家隔壁乡村都有调过去的,过去救火虽然管吃住,但是不给算工分,再说啥时候能扑灭都说不好,听说要烧个把月呢。

吕小子不知深浅还打断村长的话,说收音机里说,从关里运解放军去灭火了,一火车一火车地运。

村长接过话说,确实有这种说法,但是红头文件属于保密文件,里面没有提这些。最近大伙出门可能买不到火车票,还是踏实在家种地吧。

一提到买不到火车票了,大伙还是挺有意见的。毕竟整个梅赫川的人,有一多半都还没见过火车,像郝金生媳妇、老杨太太她们一些人,这辈子都没走出过梅赫川,连快活镇的大集都没去过。这下敢情好,买不到火车票了,太过分了!大伙对这件事的意见比买不到火柴还大。没有火柴了,随时能找邻居借个火,没有火车票了,找谁借啊?

还是村长主持公道,看到大伙的意见这么强烈,就提出帮助大伙解决难题。谁家需要乘坐火车买火车票的话,可以先提出来,他再和上级单位报告,让上级单位再找他们的上级单位报告,再找县城的火车站想办法。这样大伙才算平息了不满。

有几个意见特别强烈的,听说乘坐火车要去县城,心里就打怵了,听说县城很大,去一次走丢了也挺麻烦。

村长还和大家说,今年春天哇哇旱哪,看样子水田要出事儿，平地的苞米暂时还能保住，山地的苞米黄豆悬了。接下来村里要牵头，跟大伙一起找水，保水田。

大伙把火车票的事儿又扔一边去了，明天一起早，关注点肯定就是找水，今晚的热议话题还是火灾和防火。

自从知道大兴安岭着火的信儿，人们动不动就想吸两口鼻子，每天都能闻到烟熏火燎的味儿。看来，火确实挺大的。没几天也就见怪不怪了，吸惯了这个烟熏火燎的味儿，一天还能省下来几支金葫芦香烟的钱呢！这就是与天地斗其乐无穷的梅赫川乐观主义精神啊。

有一天，不知道是谁，说了一句：这火是不是小果义放的啊，他不是整了个《冬天里的一把火》吗？

人们也开始纳闷，小果义怎么走了？还是跑了？放完火就跑了？

有明白人说，时间对不上号的。他一把火之后就走了，那都一个多月了大兴安岭才着火啊！

那是不是一个多月后他才跑到大兴安岭，点了一把火？

时间对不上号的还有"夏令时"带来的苦恼。吕小子的收音机里说，要在5月4号这一天的凌晨2点钟那个时间，所有人家的时钟要调快一个小时。这个消息稍晚两天，得到了村长的红头文件确认。可惜红头文件晚了两天，人们看电视的节奏完全被打乱了。其中，《便衣警察》《卞卡》和《狮城勇探》，全村的人都错过了一集。《卞卡》也无所谓，少看十集八集也不影响卞卡和何塞·没盖儿处对象，另外两个电视剧不行啊，耽搁了抓人啊,一集多少坏人被抓都没看到啊,损失太大了。

其实吧,我觉得大伙也不用发愁,凌晨2点,全村的人都在睡觉,反正大家的时钟都不准了,肚子饿了吃饭去就行了,不用看时间点儿的。一天差一个小时而已,等二十四天的时候,时间就一样了,也相当于赶上了呢。

我的推算完全正确。果然,该吃饭的时候所有人都肚子饿了,肚子饿了的时候,就也都知道是吃饭的时间点儿了。英明,小洋猪真是英明啊。

关于大兴安岭火灾的猜测和传言,就像一个人腿儿短跑不快,都没有传多久。梅赫川的舆论,现在掌控在吕小子他们这些年轻人手上,高二媳妇那一套传不多远了。人们开始感慨:一代人长大了,另一代人黄土埋半截了,现在大伙都不听高二媳妇瞎咣咣了。

其实人家高二媳妇生活舒坦着呢!

有一天高二寻思过味儿来了,客客气气地拉着媳妇的手说:养儿防老啊,咱俩再合作一次,养个儿子吧。

高二媳妇也客客气气地回答:老娘都四十多了,结扎都好些年了,生二胎这么辛苦的事,就别麻烦自己媳妇了。你要是想生想养,爱找谁找谁吧。

高二在家里闷了三天,再次寻思过味儿来了,又客客气气拉着媳妇的手说:不养儿子了,咱们养猪吧。

高二媳妇一拍大腿:死鬼,认识你这么多年了,你终于唠了一次正经嗑儿啊!

高二媳妇感动得眼泪哗哗地淌。

说干就干。他俩先是把自己家散养的那头土猪圈了起来，去后山上褪下来一批松树枝子，拣整装的锯掉树杈，圈了个像样的猪圈。整不到像样的柞木猪槽子，就去村队部那掏腾了半截废弃的轮胎——看起来还挺像猪槽子。就是猪食料需要造祸粮食，暂时先多采一些灰菜，少兑一些稻糠苞米皮子。梅赫川的野菜多的是，最受猪欢迎的是灰菜。原先那头土猪大难不死，一只耳朵留了个洞洞一样的伤疤，一直在野地里散养。圈养起来没多久，也眼瞅着上膘了，就是偶尔它还是要抬头看看天。高二媳妇看着后鞘圆起来的土猪在抬头看天上的云彩，就笑嘻嘻地和高二说：这猪缺心眼儿，望房檐掉馅饼能等来好吃的吗，你得闷头干才行！

高二真的闷头干了。他上集一口气又买了六头小猪崽子，这次买的是洋猪，洋猪长得快。他和她媳妇全部的希望都寄托在这六头小洋猪身上了，每天早晨起来，高二憋着一泡尿不去撒，都要先去看一眼这六头小猪羔子。

是真的六头水灵灵的小洋猪哦，不是我。

郝金生媳妇提醒高二媳妇，要小心哪，全村的猪都瘟没了！你们家还敢养猪？

高二媳妇笑一笑，没说话，她现在话特别少，有人刚想提个张家长李家短的头儿，她笑一笑扭头就走——俺们要回家喂猪了！

面对村民的善意提醒，高二底气十足：俺们家大猪已经百毒不侵了，不怕。另外，我已经戒酒了，要是有病毒敢靠前，我一棍子给它打回去。

全家人心往一处想,劲儿就会往一处使。高二媳妇一天天往大野地里跑,一土篮子一土篮子往家扢灰菜,兑上豆饼、稻糠,她自己中午不吃饭也把猪食拌好。连大土猪都特别照顾六只小洋猪,小猪吃完了它才吃,也是奇怪了!

高二家算是找到了生活的奔头,他家后门对着的村队部,一些虚拟会议也都越来越少了,最后,这个具有里程碑意义的会址也干脆取消了。我每次跑啊跑跑啊跑,跑过队部门口的时候,还是会抬头望一眼那棵大榆树,看看天上的云,像不像糖葫芦、酸菜馅儿饺子、棉花糖或者加了糖精的爆米花。我也会瞄一眼哼哧哼哧拱食的小猪羔子们,那只大土猪见到有人,就会警觉地抬起头,嗷嗷叫两下,它最近明显胖了,连叫声都有劲儿了呢。

天气一天天转暖了,柳枝的嫩叶都伸展成紫色的小枝条了,已经过了拧叫叫的时候了。家家大棚里鲜绿的稻苗子都蹿了一拃高了,眼瞅着就要栽稻子了。可好多人家稻田里的水还没放足,一眼望去一半是刚润上水的黑色,另一半还是哇哇干的灰色。

老百姓的忧愁是灰色的。

其实梅赫川种水田的历史很短,才十二年,两只手指头掰开数稍微数不过来而已。1975年县里下了决心,好好修一下大梅河。一百零八里的大梅河,恨不得有九百九十九个弯弯,经常就平槽把两岸的庄稼地淹了。也不知动用了多少劳力,用扁担、铁锹、镐头和汗水,人们在两岸修了护坡石,种上了护堤树。修河的管理指挥者,不是什么领导干部,就是当地的年轻老百姓。他们对这条河有感情,知根知底,知道哪里有漩涡子,知道哪里常年冲开豁子,知道哪条支流几月份水流足,还知道哪儿滩浅平时就能蹚过河。

据说,不是所有的河湾取直了就安全,多数的弯弯要利用好,大梅河九百九十九个弯儿是有讲究的,哪些弯弯要取直了,还有哪些弯弯要加固堤防,这些都要听技术指导员的。带领着十二个技术指导员干这个大事的总指导员,是一位二十岁的女青年,她温柔善良美丽聪明勤劳朴素,说啥都对,大伙都佩服她,她就是文芹妈妈。

我常好奇地问文芹妈妈:他们总说,大梅河的水怎么淌,那要听文芹的。是真的吗?

文芹妈妈就笑眯眯地看着我,然后才轻轻说:那都是过去的事儿了,也是小事儿。说完又继续搓草绳子纳鞋底子去了。

大梅河修好了,人们修建了引水的水渠。梅赫川人说不好"渠"这个字的发音,把水渠叫水线,看起来亮晶晶的一条水线从梅赫川一直引到大平地,之前的玉米地就改成了稻田。从那之后梅赫川才栽上了自己的水稻,磨出来自己种的大米。

水好,米才好。大梅河的水源头是山涧的泉水,整个流域都是半山区,没啥工业污染,该有的矿物质都给足了,不该有的坏东西啥都没有。地表水经过日晒和自然沉淀,要比地下水温度高,老百姓种田取水基本不花钱,也就舍得往地里下农家肥。十二年下来,梅赫川大米成了这一带最好的粮食。只要老百姓吃不完的米，很快就会被粮贩子抢购走。梅赫川的米焖好的米饭，还没掀开锅盖就让闻到的人流口水，能不受欢迎吗？

如果没有菜，我拌着豆瓣酱都能造两碗饭的，这里的大米有多好吃，有我小洋猪的滚圆的屁股和肥嘟嘟的大脸盘子为证呢。

可今年看起来麻烦了。大梅河的水看起来也不多，河床上的浅滩多出来很多，水线上的水泵嗡嗡两下就要停工，没有足够深的水可以抽，太浅了一抽水水泵就堵死了。

村长和大伙商量，想出个主意——打几眼井试试。十几个精壮劳力，在稻田里折腾了三四天，换了好几个方位，身上滚得像泥猴子似的，也没打出来水。

村里的老人年龄最大的是我舅姥爷，按照他的说法，老辈儿传下来说，很多年前梅赫川也大旱过，井里的水都快没了，腰上拴上绳子把人放到井底，往地下淘个两米深就有水了。要不咱们用这个办法，把河道往深里挑一下？

这个劳动量可太大了，村长拿不定主意。和几个脑瓜子灵活的村民商量一下，大伙觉得这事儿得做，但是不能瞎干，得用脑子得有方法。

于是，村长分配了任务，家家按照责任田人口的多少，量出来河道的长度，人多就多分一段，人少就少分一段，把淘河道引水线的任务分下去了。

那边田里等着水呢，说干就干，第二天家家就安排老爷们儿下河了。也有人家派家庭妇女的，算不上什么太出力气的活儿。动真章的时候，梅赫川女人都当男人用，男人当牲口用。

从那天起,我印象中的大梅河就变了样子。好端端的河道斜着挑出一条深沟,沙子底下的水和河道里原本的小窄水流都淌进了后挖的水沟,这水沟引到岸边,接着水泵房,水泵突突突地抽着水,这次没有堵灭火儿,大梅河的水又汪汪地沿着水线,进了各家的水田里。

不管怎么样,总算是在五月底之前栽完了稻苗子,大伙心里一块石头落了地。

大梅河的水沟一挖,也就彻底断流了。原本将近百米宽的河道,也只是偶尔有浅滩,水流拐几个弯儿还都好好的。这一下子全都成了沙滩。

刚挖好水沟那几天,可把我乐坏了。临时断流的事儿,天知地知你知我知,全村都知道,可鱼不知道啊。上面刚刚断流,我就专门拣一层湿涝涝的沙滩,寻摸带碧绿水草浮萍的地方找。浮萍已经糊在了沙滩上,掀起浮萍,下面就是活蹦乱跳的泥鳅、小鲫瓜子、穿钉鱼,还有贼笨的老头鱼。手到擒来,这可比在水里抓鱼容易多了。

其实也可以用笊篱直接抠嘛,我偏不,用手抓最过瘾了。第一天我就抓了一水桶鱼,哎哟喂,我可要拎不动了呢。也奇怪了,越是要到家门口越是看到文芹妈妈我就越拎不动。啊妈妈呀,你快来帮忙啊,我可是立了大功的功臣呢!

河鱼炸酱最好吃啦,如果舍得放俩鸡蛋进去更加美味可口,可比"青龙穿白玉"还好吃。我哥不和我抢的话,我自己都能吃一碗酱河鱼,他要和我抢,我自己能吃下一碗半。多数情况下我抢不过他，我俩不抢，文芹妈妈还能吃上两口，我俩一抢，嘿嘿，文芹妈妈就去酱缸里盛一勺生大酱，蘸点柳蒿和婆婆丁了。

我对我哥还是心存敌意的，要不是打不过他，我早就和他翻脸了。

第二天的战果就少了一些，主要是沙滩都干了，那点儿潮乎气儿都没了。我都是翻开浮萍或者岸边的石头，再挠两把沙子，在沙子底下有一口吐沫那么点儿水的地方，还有刚刚钻进来的泥鳅。只有泥鳅会钻沙子和稀泥，其他的鱼就直接渴死了。

第三天几乎没有啥收获。第四天之后我就没再抓鱼，没了。我就乐了两天半。

梅赫川的鱼都在后挑出来的水沟里了。那儿的水深，我可不敢比量。还有就是这是浇灌水田的专门水沟，村长说了，谁都不准到这条水沟抓鱼，把沙子再蹚进水沟，人家白干活了！谁家包的片区也不乐意啊！

梅赫川这么干，上游也这么干，下游也这么干。闹得整个春夏之交，大梅河都断流了。田里缺水，人们就把那条水沟再往深挖一轮，开始是一米，后来是两米、三米。冲刷了上千年的大梅河，赤褐色的沙子最好了，取之不尽用之不竭，这下子也都挖到泥底儿了。

以前我一直以为这条河就是沙子底儿，沙子下面还是沙子，其实在三米多深的沙子下面就是黑土地了。

挖水沟挑水线，大伙一起出力，算是把眼前的水田这道坎儿给扛过去了。可大平地和山地的苞米黄豆高粱可怎么办？

村长又找来同一伙人商量,大伙想不出好招儿来。有人说,挖水沟挑水线的法子其实是和淘井一个老理儿,也不知道以前的人遇到这么大旱,有啥招儿?

大伙又都看着我舅姥爷。我舅姥爷拨搂着他的马蹄表,想啊想。忽然一不小心碰到了闹铃上,马蹄表丁零零一响,我舅姥爷就像一休哥想到了好主意,一拍大腿:咱们求雨啊!

村长说,哎呀,怎么和我想到一块儿去了呢!那具体怎么求呢?

有稍微年轻的人说,听说小洪伟最近动静挺大,收了不少徒弟,年轻人要是不忙着栽稻子处对象,都跟着他屁股后面,叫他洪大师呢!

村长皱着眉毛,敲了烟袋锅说,感觉不像,你们想啊,这求雨是老辈儿人的办法,连咱们都没经历过,他小洪伟是个外乡人,才吃几天咸盐粒,他能懂求雨?

那怎么求?

大伙你看看我,我看看你,都没经历过求雨啊,再看看我舅姥爷的马蹄表,也没个动静啊!村长把梅赫川这些人从里往外又从外往里,掰着手指头数了一遍,最后认定只有老杨太太和老周大夫可能具备这项失传已久的呼风唤雨的神奇法术。

村长一敲烟袋锅:马上叫他们俩来开会!不,请他们俩来开会!

老杨太太就住在村长家隔壁,吆喝一嗓子,她就迈着小脚拧搭拧搭就来了。老周大夫不一样,天一擦黑他小媳妇就把他摁炕头了。郝金生去敲老周大夫家的窗户,说村长有请。老周大夫说太晚了,村长儿媳妇的汤药还有几眼没吃完,不着急抓药。郝金生说不是生孩子的事儿,是有重要的大事儿找你商量呢!

老周大夫很不情愿地边穿衣服边嘟囔:除了生孩子,现在还有啥重要的大事儿?

他小媳妇骂道:你个老东西,早点儿滚回来,回来晚了我可不给你开门。

总算把老周大夫、老杨太太以及我舅姥爷几位请到一起,一横排坐到了村长面前。村长家二百度的灯泡明晃晃的,几个人商量到半夜,终于制定了这件重要大事的实施方案。

老百姓不信,他们几个人的求雨方案就比天气预报厉害?天气预报也没说最近有雨呢!但是,本人,六岁半就看清这个世界的小洋猪,对这件事非常上心。因为,但凡红白喜事都摆流水席的,他村长整个这么大的求雨仪式,不请大伙吃一顿怎么说得过去呢!

果然,据各方小道消息,要杀一头大牲口。说原计划要杀一头猪的,但是,梅赫川的猪都瘟死了,只剩高二家散养的一头大猪,所有人都摇头。那猪瘦成那样了,成年到辈不喂粮食,拿这样的猪求雨,别被雨神放个雷劈了咱们。没有诚意的事儿,咱们梅赫川人不干。

勒死一条狗的方案也很快被否决,梅赫川一条大狗都没有,唯一一条小狗还是小洋猪养的,那狗太小也太丑了,还是黑白花的,像雪花点。用这样的狗求雨,别求来雪花点。莽撞冒失的事儿，咱们梅赫川人不干。

呜呜呜呜，老七啊，你可要慢慢长大，多亏你还是个生瓜蛋子啊，逃过一劫！

老杨太太提出，今年是兔子年，可以用兔子，但是兔子太小，要弄也得弄一百只吧，求个一百天的风调雨顺。

我赞成这个方案，一百只兔子，怎么也能分到我一只兔子腿吧！老杨太太英明，老杨太太万岁！

用兔子的方案也是当时就被否决的，都没能过夜，梅赫川能找出一百个喜欢吃兔子的人，可寻找不出一百只兔子！

喜欢是一件多么容易的事啊，寻找是一件多么困难的事啊。

还是老周大夫发挥了作用，他说《黄帝内经》上说春耕秋收啊，春耕要用耕牛，杀一头牛最有诚意。大伙一听，还是老周大夫厉害，请你来就请对了。他说，我也是着急定下来啊，大半夜的，再定不下来我回不去家门了，活人不能让尿憋死。

可是，这头牛从哪里来？家家都紧着用耕牛呢，杀谁的牛谁乐意？

村长说，大伙出钱，不能白白用人家的牛，咱们得给个公道价钱。看看有没有合适的。

郝金生一拍大腿说，巧了，今儿早晨朱万山家死了个牛犊子！正打算找老莫头借秤呢，说要把牛肉拆开了卖！

原来朱万山家母牛带崽子，又赶上春耕，没照顾好，就早产了。可是，牛犊子要生的时候是大清早，家里人也没在跟前，生了半天脑袋太大，卡着没生出来，给憋死了。

后来，村里的孩子们发明了一种游戏，就是在方格里画个叉叉，在三角块里挖一个洞，这个洞就是"死穴"。四个角一边两个棋子，看看谁最后会掉进那个死穴，孩子们管这个游戏就叫——憋死牛。

话说事有凑巧，朱万山家憋死了个难产的牛犊子。老杨太太神采奕奕地说：坐着生的是娘娘，站着生的是官儿啊！这个牛犊子是站着生的，用它祭祀求雨最合适，这是天意！天意啊！老杨太太是村里的资深稳婆，她说的肯定没错。

牛犊子也没几个钱，大伙很快达成共识。村长也反复说，看来是天意，天意如此，求雨这事看样子能成。

朱万山正愁死牛犊子怎么卖肉呢，还得找个认识秤杆子的人，帮忙看秤。心里还在合计，这一斤肉卖多少钱合适，往谁家踹这个肉能踹出去……村长和他一说，他马上同意：这都是天意了，俺们还有啥好说的，就是给多少钱哪，天意没明示啊！

村里人管大件称重叫泡称，这么大的牛犊子，用老莫头称豆腐的秤可不行。郝金生说，切开了，一条腿一扇排骨慢慢称嘛！朱万山不同意，千斤不下刀。成块的肉一分就掉分量了啊。再说，这是祭祀的牛，怎么下刀那是不是也有说道的啊？

郝金生闭嘴了。

还是村长果断：找胡老四！他的眼睛就是秤。

大伙倒是认，连朱万山都服气——老四说多少就多少吧。

胡老四刚倒腾一批小孩儿女人的花衣服回来，想趁着夏天这个热劲儿，赚一笔。郝金生来找胡老四：村长找你，看肉缝儿！

胡老四犯难：我不整菜牛。

牛都要下锅了，就请你去看一眼。郝金生咽了一口口水说。

胡老四说：做菜，你找巫殿礼呀！

巫殿礼也找了，他先跳一段大神之后牛肉再下锅，你别废话了，快去看一眼吧。

于是，在胡老四精准的眼神测量之下，牛犊子顺利成交。但是胡老四不动刀，自从胡老五出事，开膛破肚的活他已经不干了。四个壮劳力把牛犊子的皮剥了，牛下水掏出来洗干净了，等着祭祀仪式。

村长站在队部门口，在吃大锅饭的年代，这里曾经是生产队的食堂，还留着一口超级大的大铁锅。据说当年这口锅做一顿饭，就能够两百个人吃的。这会儿，这口大锅已经重新架起来了。大锅多年不用，锈迹斑斑，两个老娘儿们倒了两瓢水，象征性地刷了刷锅。几个壮劳力挑着水筲，从井里急匆匆打水，锅太大了，一时半会儿添不够水的。半大小子们戳几筐苞米骨子在下面烧火，积攒下火炭来就填上松木枝子。崔美丽结婚耢忙那一套，好像又回来了呢。

村长特意请吕先生写了一段祭文，每四个字一句，村长磕磕巴巴足足念了一顿饭工夫，吕先生可真能写。念的是啥，大伙也没听懂。等念完了，村长看大家鸭子听雷，压根儿不知道已经念完了，他又使劲儿清了清嗓子：嗯哼，可以鼓掌了。大伙赶忙稀稀拉拉地鼓掌。

之后，大萨满巫殿礼又穿上了他的行头，在牛犊子跟前跳了一段诡异的舞蹈，敲了两下锣。吕小子点燃了一挂鞭炮，噼里啪啦噼里啪啦，我还没听过瘾，就放完了。老杨太太和老周大夫也一起亮相，每人点着一支高香，在牛犊子跟前绕绕花花转一下，把香插到灶台旁边。那牛犊子已经开膛破肚，皮毛剥了精光的，一道白一道红，看起来怪吓人的。我舅姥爷一手提着马蹄表，另一只手拿毛笔，蘸了红红的颜料水，在牛犊子的脑瓜门子上画了一个圈。牛头脸都已经剥下来了，他也找不准自己画的位置到底是不是脑瓜门子。最后，村长一声令下，把牛犊子推进了大锅。

大伙都想着快点儿结束，整个仪式也就草草结束了。算下来，最长的一个流程居然是念祭文，吕先生太能写了，也有人说就念书的人啰唆，耽搁事儿。

除了村长，所有人都在想着同一件事儿——这锅牛肉怎么吃！

我就纳闷，为什么不放调料啊，连点儿酱油都没放！

我感到很失望，非常失望，不仅仅因为连一口牛肉都没吃到，还因为连一口汤都没喝到。根据他们商量好的祭祀方案，牛肉汤被分成了十二水筲，分别倒在了十二个梅赫川重要的责任田的地头。有人说，责任田分的时候也有好坏，这十二个地头，有三个其实是村长家的。我感觉吧，这些人真是没想明白，那不还剩下九个嘛，那九个人家不也分给了村长的小舅子大姨姐和七大姑八大姨家了嘛，雨露均沾。

牛肉原本就是小牛犊子的肉，新鲜着，一点儿不会柴，早早已经熬成了肉糊糊，也象征性地埋到了重要的田间地头。

大伙忙得有一些疲了，也都不记得熬这些牛肉汤是为了什么，可算把牛肉埋了，都急急忙忙回家吃晚饭去了。明天还有干不完的农活等着干呢。

祭祀求雨就这么折腾过去了。过了几天，有人忽然想起来这事儿，就问：欸？欸欸欸？咱们前些时候，折腾半天扯着一个牛犊子推进大锅里，是干啥来着？

啊……扯犊子！恍然大悟的人们纷纷慨叹道。

祭祀求雨当天，牛皮、牛头脸和牛下水被朱万山拿走了。大伙觉得也算公平，天意嘛，根儿还是在人家朱万山这儿。从此以后，朱万山忽然打开了另一扇门，他开始干起来杀牛卖肉的生意，加上他身大力不亏，几个月下来就把杀牛卖肉做得小有规模，甚至还带出来几个徒弟，几个年轻的村民跟着他一起干，也算挣到钱了。

有人背地里指指点点：杀老牛的活儿都干，小心啦，下辈子……

后面的话就听不清了，声音太小，或者信号不好。

村长家每周都能吃上朱万山送来的牛心牛肝牛百叶。我每次跑过朱万山家门口的时候，都闻到一股恶臭的味道。他没有给我家送牛下水，我觉得我有足够的理由厌恶这个味道的。

赚钱致富总是好的，家家都是万元户，天天都吃流水席，我才高兴呢。也有人眼馋朱万山赚钱。郝金生媳妇总抱怨，在村长家院头和一群老娘儿们面前念央：过好日子的人家忙着赚钱，过

337

坏日子的人家忙着生孩子，俺们家倒好，日子过得不好不坏啊！

自从高二媳妇一门心思养活猪，已经没人接郝金生媳妇的话把儿了。郝金生媳妇说完，人们也只是笑笑，她觉得无趣，就扭啊扭往朱万山家走去，嘴里嘟囔着——我去看看老朱家今天杀牛没，给俺们郝来宝要个牛肝尝尝。

无论多忙，无论多累，大伙还是少不了这些家长里短的，它像是无数的毛细血管，看似不起眼，却融汇到梅赫川的筋骨里，它本身就是梅赫川的一部分。

这一年抗旱，所有人都折腾坏了，累惨了。大伙也偶尔抱怨，怨也只是怨大兴安岭，不叫它着火了，俺们不能挨着大旱。但是，也有人不小心占了便宜，比如史老三。

史老三是我们家小瓦厂的雇工之一，他其实是个车老板儿，不是老板是老板儿。主要是赶着大马车给拉沙子。瓦厂每年要用很多很多的沙子，和水泥用。一个很大很大的沙子堆就堆在我家院子里，工人用多少沙子就用筛子筛多少。筛出来没用的沙子漏都是稍微大一些的石子，文芹妈妈就送给村民垫院子，或者谁家盖房子打地基，特别好用，反正谁家要用文芹妈妈都乐呵呵地送给他。

史老三就负责拉沙子，保证这个沙子堆足够大。他也不用天天来送沙子，他农闲得空就套上大马车，拉一天沙子，小瓦厂能够用十天半月。但是拉沙子要下河的，先把马车赶到河岸附近的浅滩，用大板锹从河里捞沙子，沙子里的水自己从车厢控出来，哗哗哗的。他一边装车,水一边从车厢的缝隙流出来。等他装了半车沙子的时候,就得把马车赶上岸了,装满了就拉不动了。可史老三是个狠人,他每次都是装得八分饱,车轮子都陷进沙滩上了,这时候他才往岸上赶马车。他扯着嗓子大吼着,往马背上使劲抽鞭子,啪啪啪地响。每次遇到他抽打辕马,我都心里一揪一揪的,把手糊到脸上,再从手指缝往外看。只有辕马启动了,前面两匹牵引的骡子才能使上劲儿。说是大马车,其实是一匹驾辕的马和两匹牵引的大骡子。三个牲口才能拉得动这一大车的沙子,太沉了。

他一年要用折四根竹鞭杆子,每个月要更换八个鞭鞘子,没有哪个牲口在他手底下能走上三年,用两年就卖掉,身上的伤太多,吃不动硬活了。

史老三年纪并不大,才四十多,就得了一个外号——"老狠头"。但是,我没有听到谁当面这么叫过他,他的鞭子抽得太响了,谁不怕?

河里的水断流了,史老三就趁机多拉沙子。沙子也都半干不湿的了,装车容易了很多,他贪着呢,平时八分饱的车厢,现在就装带尖儿。

他的工钱是包干的,不是按车,供得上瓦厂的生产就行。工人的钱都是年底一次结清的,但是大伙手头紧,文芹妈妈每个月也会给他们预支一部分工钱。史老三从来没领过工钱,每到月底都是他弟弟史老四来领工钱。史老三是单身汉,和他弟弟一家一起生活。他自己手上不碰钱,也不抽烟不喝酒,要换鞭子换牲口再找他弟要钱。

他不大爱笑，只有说到领工钱时总笑呵呵地说，这样挺好，跟着我弟一家，有吃有喝，也不愁，知足。

他累了也会坐在我家窗根底下打盹，眯一觉精神了就去小瓦厂听一会儿广播，再去拉沙子。他一到小瓦厂，如果文芹妈妈在，就会给他端一碗水。

有一次文芹妈妈问，后院子还有稻草，要不要喂一下骡马？他瞪着眼睛严厉地说：人能吃饱就行了，牲口不用多管。

他瞪着眼睛还怪吓人的，让人想起他拿着鞭子抽骡子那会儿。可文芹妈妈还是笑呵呵地对他。

要是来了倔劲儿，他一天拉的沙子要把前院的房子都挡上，沙子堆都堆得老高老高的。大热天日头毒，他不歇着，牲口也别想歇着，他扣上草帽就去拉沙子。文芹妈妈提醒说，等太阳落一落再去嘛，他闷哼一声：老脸一张了，再晒也黑不到哪里去！

他脸是挺黑。只有一次，他卸沙子的时候，文芹妈妈叫住他，递给他一个草帽，他不要，说自己有。文芹妈妈说，先借你戴一下，你头上那顶裂开了，摘下来我给你补一下。我见到他黑黑的脸颊有一丝红润。

史老三就是这么孤僻的家伙，文芹妈妈不让我叫他外号，我尽力不叫，但是我也不知道他的大名叫什么。他比我爸妈年龄大，叫叔叔不合适，叫大爷虽然是正常梅赫川的叫法，却总显得老气，在我看来他还挺年轻，拿鞭子抽牲口的劲儿就不是普通年轻人有的力道。叫他大爷和叫他老头差不多，只是少了一个狠字罢了，和叫外号差不多。每次，我都不称呼他，只是笑着看着他等他开口。

我在河里玩够了玩累了，就跑到史老三跟前，他这人不爱笑，总是抽抽着脸，就好像随时准备拿鞭子要抽牲口那架势。可也有例外，他一看到我就笑嘻嘻地说：小洋猪，上车！

我就从后面蹿上他的大马车。大梅河的沙子特别干净，我就坐在马车的沙子上，从来不垫东西。沙子还潮乎乎的，水滴顺着马车的车厢、车辕子滴滴答答淌一路，画出一条长线。我背对着史老三，在大马车上晃悠，看着路上洒下水滴的虚线，听着簌簌的落水声，大梅河一步、一步，离我越来越远。我有时候会任性地直接卧倒在拉沙子的马车上，躺着看头顶的蓝天白云。这条从家到大梅河的沙土路，沿途栽了白杨树。小风一溜过，树叶子反着阳光，亮闪闪的。碧绿色的树梢映衬着蓝天，它们像翡翠一般镶嵌在一条狭长的蓝丝带两侧，树荫和阳光接替着亲吻我的脸颊，怪痒痒的。一坨一坨的白云，厚厚的，有时候多得就敢情是不要钱一样。像放电影一样，蓝天、绿树、白云、午后的阳光，就这么从我的眼前晃过，无比神奇瑰丽，让我舍不得闭上眼睛又眩晕得不敢使劲好好看看。

在半梦半醒之间，我听见辕马的马蹄拍打着沙土路，咔咔咔的。瞥一眼史老三，他正攥着鞭子也不吭声，像是在回忆一段悠长的往事。

只要我上了车，史老三就异常安静。也不骂牲口了，也不铆足劲儿抡鞭子了，任由马儿悠闲踱步，他也不着急。马掌上都钉了铁马钉，抓地咔咔地响，那节奏像家里老式座钟的钟摆声，又像是躺在摇篮车里吱吱晃啊晃，我乘着马车，如梦如痴，慢悠悠地回家了。

有一次我好奇心起，就问史老三：为啥我一上车，马车就慢了呢？你也不摇鞭子了。是我太沉了吗？

他咧开嘴笑着，闷了半天才说：小洋猪啊，鞭鞘不长眼睛的。

他就是这么话少。但就是一句话不说，我们俩一路晃晃悠悠回家，也都是很开心的呢。

高小满怀孕之后，崔美丽也怀孕了。这个消息大伙都知道，只是崔美丽自己不提。郝金生和吕小子尬赌，算是输给了吕小子了，但是郝金生也没兑现。原因都是一个：崔美丽没有拿到准生证明。虽然她和王老三是新婚头一胎，终究还是没有办下来准生证。

崔美丽和王老三找过几次村长，村长说你俩都没正式扯结婚证。王老三说，俺们可是正式办了婚礼的，也请你去喝过喜酒的。村长眉毛一竖，你得懂法！

崔美丽央求说：干爹，先给俺们批个口粮田和责任田吧，听说姜云昌和高小满的地，都被村里抽回去了。俺们只先要一个人的，老三有口粮田和责任田，你再给俺也匀一个人的，俺们说话算数，两口人的责任田到秋天砸锅卖铁也会给国家交任务，一分钱不能短了。

村长对崔美丽说，你是你们家当家的，你要是这么说，我就答应你。村里能调配的地紧着呢,出去别瞎嚷嚷。

王老三还想掰扯,崔美丽向村长陪个笑脸,拉着王老三就回家。到家后才说,准生证慢慢来。咱们先拿到地,心里踏实,有地就不愁粮食。

崔美丽仗着身材魁梧,怀孕三个月也不当回事,河水还有一些凉的时候,她就下到河边洗衣服。靠着河方便,日常洗洗涮涮老娘儿们都爱跑河边做。要是能拉上一两个伴儿,唠唠家长里短,一下午哈哈一笑就过去了。到河边洗衣服,还是重要的社交呢。

崔美丽是独狼,就自己来河边洗衣服。有人嫌她嗓门太大,唠不到一块儿去,也有人说她手上的家伙抡得太狠了,害怕,不敢凑近唠嗑。

别人洗衣服用手,崔美丽爱用棒槌,带劲儿!

这天赶上洗大件的被子面和大棉袄子,她抹上胰子,棒槌一顿抡,捶打着河边石头,啪啪啪。人们离大老远就知道崔美丽洗衣服啦,能使出这么大劲儿洗衣服的女人,梅赫川没有第二个了。

人们把洗好的衣服、被单就挂在河边树枝丫上,河边小风一溜,干得快,等全都洗好了,树上的也就干了大半了。崔美丽这天棒槌抡了半天,洗好的被单、毛衣干脆铺在护坡石上。护坡石的缝隙里野蛮地长着野草,像是给它们盖上了帐篷。

她正洗衣服,一抬头见到我在抓鱼,就笑着向我挥手:小洋猪,来来来,到妗妈跟前来。

我提着笊篱，蹚着水：妗妈，你这边有鱼吗？

崔美丽也不直接回答我，却摸着自己的大肚子，抿着嘴说：来呀，让我看看你的小鸡鸡！

我吓得扭头就跑，水花都溅到后背上了。

她大嗓门哈哈哈哈地大笑着说：你还是个生瓜蛋子嘛。

连河水都被她的笑声震得泛起了波纹，倒映在河里的身影也一漾一漾的，鱼都被她吓跑了，呜呜呜呜。不带这么玩儿的，我的小鸡鸡要是被你看到了，就再也尿不出尿来了。

春夏之交，庄稼疯长。我成天追着看《珍珠传奇》。你知道吗？这个世界，除了北京、南京和东京，其实还有一个"西京"的！因为，《珍珠传奇》里面唱：望断西——京，留——传——奇！我觉得胡老四应该进一批货，就按照沈珍珠进宫里踢毽子那身进货，肯定比小洋猪游学的时候认识的那个花衣服小女孩的好看。呜呜呜呜，我还没好意思问二表哥，那个小女孩叫啥名字呢！

文芹妈妈为了我和我哥不用天天晚上往外跑，终于买了电视机！十四英寸的，三元牌的，屏幕像我的大脸盘子一样——圆滚滚的。

每天晚上，我都等着看完《新闻联播》，看完《每周一歌》，看完《天气预报》，看完《市场信息》，看完本省的《新闻联播》，看完广告，就可以看《珍珠传奇》啦。

不过，多数情况下，我只能熬到《市场信息》就睡着了。然后，第二天我再低三下四地找我哥，请他讲一遍昨天晚上演到哪儿了。有一天晚上,我终于熬到广告时段了,海鸥手表的广告之后,就是犀牛刀片的广告,我记得滚瓜烂熟,犀牛刀片之后要唱主题曲啦:"天姿蒙珍宠——"

下一句是什么来着,你们知道吧,是不是"我就睡着了!"?

是不是啊!呜呜呜呜。

我喜欢看电视剧,但是我晚上看得最多的是《每周一歌》和《天气预报》,可以认识很多城市地名。刮大风的时候信号不好,我哥就跑外面转电视杆,我在屋里动态观察信号,给他喊"好啦""哎哟,过了,再往回转一点点"。信号最好的时候往往是啥节目都没有,只有一个圆圆的球球在屏幕上,其次是播放广告的时候,再次是《跟我学法语》,正式演电视剧的时候往往都有"雪花点"。有时候我盯着雪花点也能看半天,我想"雪花点"看多了,我身体里的"白雪球"会回来吧,它回来了文芹妈妈就不用替我操心了。

《每周一歌》,周一到周日唱的都是一样的,有时候唱得挺难听,这一周就特别长。周一离周日很远,周日离周一很近,但是周日却和周一唱不一样的歌,离得越近越容易背叛。

其实,我最喜欢的电视节目还是《动物世界》,不是《珍珠传奇》。你看,动物交配季节,它们抢夺配偶时多么直接、高效,用犄角咔咔咔撞几下就分出输赢了。他们几个皇帝天天晚上抢沈珍珠,抢了几十集啊,学学动物不好吗,你们人类。

12

我跑啊跑跑啊跑，跑过村长家院头。村长正在和老杨太太比比画画，村长要盖个新房子，让老杨太太给看看房场的风水。其实就是在他家前面这片苞米地里盖新房子，也没挪出去多远。老杨太太说今年大灾之年，大兴土木怕会有血光之灾，村长顿时老脸一抽抽，像被公驴的生殖器抽打过一样。

老杨太太可真不会唠嗑，你就说得多杀一头猪不就得了，顺便还可以多摆两天流水席。村长已经下定决心了呢，他要给自己的孙子盖个新房子。虽然他儿媳妇一直还没有怀孕的信儿，可凡事不都是提前准备嘛，毕竟准生证都扯了三年了，毕竟今明两年可是千年一遇的好年头。理解，非常理解，如果能多杀一头猪我就更理解了。

在村长家院头的路口，三个年轻人正在告别。

小洪伟要走了，王国权和吕小子对他依依不舍，毕竟洪大师帮助过他俩。小洪伟把背上的书包提了提，他背着一个鼓鼓囊囊的书包，还是一副学生气嘛。他往两个人身后望了一眼，又环视了一下梅赫川：没错，只有两个人来送别，他有一些失望。那些他曾经收过的徒弟呢，他们都哪儿去了？难道没有感应到师父要远行吗，还是家里的铝盆最近信号不好？

看来梅赫川留不住年轻人，小果义走了没多久，你又要走。王国权慨叹。

吕小子补充说：还有小满，她也是年轻人。

王国权白了他一眼，这都哪儿跟哪儿啊？

王国权看着小洪伟年轻稚嫩的脸庞，忽然开心地说：哦，要高考了啊，你这是要回去参加高考吧，中国人民大学！小洪伟那么聪明，一定能考上，准大学生啦！

小洪伟一脸严肃庄重说：中国人民需要读大学，可我早就不需要读了，太浪费我的时间啦。这里不是我弘法的天地，乾坤能大，算蛟龙原非池中物。

王国权和吕小子对视了一眼，都没整明白小洪伟在说什么。小洪伟最近不大说"行功"了，也不再执着于和他姥爷抢炕头了，他提的最多的词儿是"弘法"。

吕小子对小洪伟说：洪大师，俺们——

小洪伟一摆手，示意他不要说下去。"不要叫我洪大师！"

吕小子脸上顿时缓和多了，叫大师确实很生分，笑呵呵地说：小洪伟，俺们——

小洪伟又一摆手，示意他不要说下去。"不要叫我小洪伟！我已经改名字了。"

吕小子拧着眉毛，怯生生地问：那，那叫你啥？你的新名字，叫什么？

小洪伟一扬眉说：山高水长，日后自会知道。等再过十年，我会门徒遍天下，创立一个新的大大的弘法宇宙。也没准儿闯下大祸。不管怎么样，那时候你们就都知道我的名字了。但是，那时候可千万别拿着你是我开山大弟子的名号，到处招摇，让为师知道了，哼哼，照样一口气削了你三成元气！

"啊呀，三成五成的，无所谓了。那啥，嗯……老那谁家小那谁，俺们得谢谢你，不管怎么着，你救了小果义一条命。"说完，吕小子向小洪伟一抱拳，王国权也跟着抱拳致谢。

小洪伟一撇嘴，"老那谁家小那谁"这样的称呼稍微有点儿长啊。他也不说话，扭头就走，他往自己年轻的肩膀上提了提书包，头也不回地走过苞米地，走过稻田，顺着大梅河的流向走出了梅赫川。

从那以后，我再也没有见过小洪伟，也没听过人们谈起他，我甚至都不知道他的大名叫什么，肯定不姓小，我叫小洋猪就不姓小。在我的印象里，他和别的年轻人差不多，就一点和人不一样：他脸上没有迷茫，没有八十年代年轻人特有的那个迷茫劲儿，只有主意很正的自信。

旱田里蹚过了二遍地，稻田里拔了一轮水稗草，疯长的水稻正在扬花期，夏忙的农活间隙，人们正要喘息一口气，村长家却紧锣密鼓开始求工盖房子。农村人盖房子要好几个月，从打地基到砌砖墙，从上木工到粉刷外立面，全都是找村民帮忙。一部分物料需要花钱，多数物料不怎么花钱的。人工也花费很少，都是找村民帮忙，中午管一顿饭的事儿。

蹿出地面一米多高的苞米地，铲了。挖出来一米五深的地基，然后填沙子，放水，再填沙子，再放水。这种打地基的方法叫水焊，通过一层层用水沉淀的办法把地基扎实成了，看着没使多大劲儿，却是最结实的办法。

水的力量最大了。

石头用得不多，村长就安排两个人，天一擦黑，就去大梅河的河堤上挖护坡石。拣大个头的挖，挖两车就够盖房子的暗石和明石[①]了。砍椽子檩子，用梅赫川的落叶松，又直又结实，后山多的是，直接锯倒砍枝丫，两个壮劳力扛一根就扛回来。别人砍树还需要找村里批条子、写请示，村长砍树不用批条子，省事儿了，给国家省了钢笔水和纸了。

只有砖需要花点儿钱买。

沙子用量非常大不花钱，梅赫川多的是。和水泥用河沙，打地基用山沙子。河沙子都不用河里捞，用多少直接派人去文芹妈妈的院子里拉，省事儿。山沙子用量很大，人们用硫黄、硝酸铵自己做土炸药，铁钎子在后山沙坡上打洞。炸出来沙子，去十个

---

① 盖房子地基以上地面以下的石头叫暗石，地面以上窗台以下的石头叫明石。明石上面砌砖。

精壮劳力，装车拉回来就行了。

人们为了省事儿，有时候一个响的炸药可劲儿放，药量是常规的五倍，能轰下半面山来。人们点好炸药捻子就都跑远处猫起来，炸药一响，地也晃山也抖，人们站起来呸呸呸吐着唾沫，笑嘻嘻抖落头发上的沙子。

用炸药炸沙子动静大，可比过年放二踢脚过瘾呢！

有一把药捻子点上了，半天没动静，看样子是哑火了，大伙大眼儿瞪小眼儿。吕小子不知深浅，跑过去要透一透火儿。"轰"的一声响，半面山给轰了下来，吕小子整个人都捂里面去了。

大伙赶紧上前用手挠沙子，不敢上铁锹啊。王国权拼命用手刨沙子，喊着吕小子吕小子！他的手指肚都抠出血了，总算把吕小子抠出来了，可整个人昏迷着呢。

送到医院才知道一条腿炸折了，疼晕过去了。等醒过来，呸——吕小子吐出来一口沙子，第一句话就敲破锣一般大嗓门问：爷们儿够尿性吧，谁敢？就我敢过去！还有哪个犊子敢？

王国权流着泪点头，说不出话来。吕小子那么大嗓门说话，耳朵怕是也坐下病了。他以前公鸭嗓子，以后只能大嗓门了。

村长家房子的工期不能耽搁，也一点儿没耽搁。更多的帮工进场，眼瞅着山墙也砌起来了，泥瓦工在给砖墙勾缝，还向文芹妈妈赊了两千片水泥瓦，用不完包退。木工的电锯每天呜呜地响，松木的檩子椽子刨得溜光光的，就等着上梁这一天了。全村的精壮劳力，都可丁可卯地被村长用上了。

有一天傍晚，我跑过梅赫川的队部。看到史老三正赶着马车回家，迎面遇到了郝金生。郝金生问：老狠啊，干啥去了？

史老三愤愤地说：给小宽子盖棺子。

郝金生吓得一激灵，嘟囔着：你这老狠头，啥都敢说！

小宽子，是上年纪的老人对官德宽村长的称呼。史老三外号叫老狠头，这名字真不是白来的。在梅赫川，没有谁的外号是白来的，我小洋猪的外号也不是白来的，早就准备好坐流水席了，我可以连续吃三悠，谁也别想拦住我。

盖房子要办流水席的，主要是为了收礼金。没有结婚那么复杂隆重的仪式，主要就是一个大木匠，站在房梁上，象征性地抡起锤子钉进去一个钉子，然后撒一些五谷，五谷里面还会掺杂一些水果糖、小馒头，让孩子们哄抢，图个热闹。然后，再放一挂鞭炮，噼里啪啦噼里啪啦一股烟儿散去，就开席。

盖房子的流水席才叫水，没有结婚酒席上娘家戚的加菜。又赶上夏天，菜园子的菜都下来了，不用花上什么油水，好糊弄。

大伙吃完一抹嘴，就去吕先生跟前写礼账交礼金，吃啥也都不记得了。村长家盖房子，大伙都想溜须拍马一下嘛，自然不会随太少的钱。

人类的悲欢并不相通，随多少礼金这些我不关心，我只关心吃什么。这是一个让我极度失望的流水席，我没有吃上三悠流水席，吃一悠就败下阵来。没有一个菜值得我去记忆，这顿饭菜是对梅赫川原生态纯天然食材的极大侮辱。我决定了，等下次村长家死人办丧事的时候，我拒绝出席他们家的流水席。

难得有一次，在吃的面前，我能够如此有骨气。其实，这背后还有一个原因——

村长把大榆树锯倒了,让木工顺便做了五个板凳子。我经常爬上去的大榆树啊,我以后撸不到榆树钱了,我以前还经常借力攀上村长家房盖呢,现在不行了,新房子太高了,附近也没有树,攀不上他家房盖了。以后,我就少了一个重要的巡视梅赫川的阵地。

大榆树其实也不是村长家的,只是长在他家院墙旁。平时,人们就在大榆树下面乘凉的间隙,顺便唠嗑传瞎话。村长不需要有人在他家院头传瞎话,他还得派他媳妇从门缝里盯着,偷听一下有没有人说到他。主要是新房子离大榆树远了,听不到了。人们说三道四究竟行不行呢?村长能听到就行,村长听不到的话,还是不要了吧。

五个凳子,村长一个,村长媳妇一个,村长儿子一个,村长儿媳妇一个,村长未来的孙子一个。这是一道简单的数学题,一巴掌就能数明白的事儿,老百姓都懂。

村长还攥着一个人的责任田,高小满的责任田抽回去,后来分给了崔美丽。姜云昌的责任田抽回去了,一直没分出去,据说是给他自己的孙子留的。以前都是死了人才抽地,现在不等死人也可以抽地了。看来,只要有人离开梅赫川,村里就还是有好处的。

我就纳闷了:小果义和小洪伟都离开了梅赫川,大伙得到什么好处了吗?

13

梅赫川的夏天是最好玩儿的。每到这个时候,我就感觉自己就像水稗草扎进了稻池埂子,使劲儿地疯长。

我已经不再满足于爬上树枝丫瞭望,也不满足于在前街跑过探听村里的未解之谜。我要去稻田埂抓青蛙,下河里捞鱼,躲到山沟沟里偷着烤苞米,翻过篱笆墙偷隔壁老袁太太的晚樱桃。总之,我要上天入地,只要房盖儿还没有被掀翻,我就继续折腾。

文芹妈妈看我每天傻呵呵地玩儿,嘴角虽然笑着,眉头却皱起来。还有两个月我就要上学了,这次不会出现高烧吧,不会白雪球(白血球)又来捣乱吧。她不知道是该让我收一收心思,准备成为一名正式的小学生,还是趁着还没上学再最后尽情玩儿一把。

不要紧,文芹妈妈,你慢慢想,不着急,你再想两个月,总会有答案的。

一入夏天,梅赫川的樱桃就熟了,它是最早的水果,也是我最喜欢吃的水果。我喜欢吃的东西,必须及时地出现在我的面前,它的早是有科学道理的呢。

吃不完的毛樱桃很容易烂掉,人们想出来一个办法:用白酒泡上。其实,白酒泡的樱桃不能吃,吃了会拉稀的,我亲自尝试过的。但是,这个东西却是一个偏方:治疗冻疮。等到了冬天,人们就用泡成粉色的樱桃敷冻疮。

要知道,梅赫川的冬天有近六个月长呢,而且三九天太冷太冷了,想想我都哆嗦。冬天,小孩子难免冻伤了手脚,好好准备一瓶白酒泡樱桃,才像个正经过日子人家的样子嘛。

樱桃虽然也就一季吃个十天半月,但是也有延长这份口福的神秘途径。隔壁老袁太太家有一株白樱桃,成熟得特别晚。她可真是擅长鼓弄这些奇奇怪怪的东西呢,除了种大烟,还种了这棵白樱桃树。

我怀疑老袁太太一整个夏天都不睡午觉,因为她随时都要看守她的樱桃树。她可太小气了,我都是睡足了才去她家偷樱桃的——早晨睡足了。

下午,会有一些没礼貌不懂事的小孩子们,去老袁太太家偷樱桃。他们有时候像"吃糊",有的时候采用声东击西的战术,也有时候使用调虎离山的办法,但是几乎都不能得逞。办法不在多,有用的一个就行。

我是个单干的个体户,才不和他们一起去偷呢。我每次都是蹲在树底下吃,吃完就走,不带在身上。早晨出来偷樱桃,只有一个缺点,露水多,特别是头一天晚上如果下雨,一摘樱桃就又下一层毛毛雨呢。我翻过菜园子边上的荆条障子,猫腰绕过高高的向日葵,高抬脚跨过蓝紫色的马莲花,从湿漉漉的菇秧中间蹚过,坐果的菇秧像一盏盏小灯笼,晃啊晃的。我忽闪着眼睛,枝头的白樱桃红樱桃挂着水珠,就跟宝石打上了灯光似的,也忽闪忽闪的。等我看够了,再下手摘。只要下手就吃个够,不能白白弄湿了衣服。

没办法,做什么都要付出才会有回报的,可没有天上掉馅饼的好事儿!这可是我六岁半就知道的一个大道理。

老袁太太在和我的大道理较劲儿,具体说就是她只看着她的白樱桃不被偷吃,她自己不吃的。她宁可看着它们在树上一粒一粒地烂掉,也不吃的。

其实毛樱桃确实很好看的,红的像红宝石,仔细看还有一点点毛茸茸的绒毛,镶嵌在樱桃树的枝头,一串串的,要压弯了树枝,看分量更像真的红宝石了。白樱桃是少见的品种,熟了的时候一半是米白色,另一半有一抹红,米白色更晶莹剔透,像水头十足的芙蓉石,那一抹红色才是判断它熟透的关键。我更喜欢白樱桃,以我的审美看,白樱桃可要比红樱桃高了两个档次呢,尤其是偷来的白樱桃。

自打樱桃结了果儿,老袁太太就天天下午巡视她的后园子。连她种的大烟开花了,她都不多看一眼,就两眼盯着树上的白樱桃。她拄着一个拐杖,其实她腿脚还挺灵便,拐杖主要是作为武器使用,很像《自古英雄出少年》里面那个姥姥。只是那姥姥拿着龙头拐杖是要带着小朋友们逃跑，老袁太太是为了轰赶偷樱桃的小孩儿。同样是拐杖，拎了拐杖的老太太不一样，效果就是不一样啊。

话说，大烟花真的好漂亮，但是，大烟是毒品，一码归一码。

话说，《自古英雄出少年》打得可真好看，但是，很少重播，看一回少一回。

老袁太太守着樱桃树，一天天看着她的漂亮的白樱桃，一点点地烂在枝头，最后又经过一场风雨，彻底掉地上。然后，她才叹口气说："唉，今年又没吃着樱桃。"

其实她有好几棵樱桃树，别的红樱桃熟了，她还吃不完的，也会摘下来，装在二斗碗里面，拿给邻居。我们家邻居小宝也吃过她的红樱桃。可她从来不给人白樱桃，自己也不吃。然后，自己还抱怨今年又没吃着樱桃。多奇怪的怪人啊。

听文芹妈妈说，老袁太太有个儿子，学习特别好，是全梅赫川走出去的唯一的大学生。我没有见过，一次都没有。以前她儿子读大学的时候，每年暑假都会回来看看她，在梅赫川过暑假。她这个儿子喜欢吃樱桃，但是暑假的时候樱桃就已经过季了。有一年老袁太太发现，那棵白樱桃熟得晚几天，要是压着十天半月的也能撑得住吧。

于是，有这么一年，老袁太太的儿子从大学放暑假回来，居然吃到了樱桃，就是那棵白樱桃树上的樱桃。老袁太太自己虽然没吃到，看着儿子吃上白樱桃了，甭提多高兴了。

她儿子给他讲，外面的樱桃个头更大，更红，没有毛毛，人家那个才是真正的樱桃，咱这个只能算毛樱桃、山樱桃。

老袁太太就好奇问她儿子，那是外面的大樱桃好吃，还是家里的毛樱桃好吃呢？

她儿子回答说，他也好几年没吃到过家里的毛樱桃了，今年居然吃到了白樱桃，啊还是这个白樱桃最好吃。

老袁太太听完，更开心了。于是，她每年一到春天，樱桃刚打骨朵要开花那会儿，就盼着别下雪，别有倒春寒的霜冻。入夏，就盯着这棵白樱桃树，别让家雀儿喜鹊花鼠子叨了，别让胡闹的小孩子偷了她的白樱桃。

其实，她儿子就那一个夏天回来吃到过白樱桃。后来就去美国读硕士去了，再后来，她儿子读了博士，再后来，她儿子读了博士后，再后来，她儿子留在了美国，工作、娶媳妇、生孩子。

据说，美国随便生，没有计划生育，她儿子儿媳妇生了三四个孩子呢。她儿子再也没有回来过，偶尔一年两年会写一封信回来。老袁太太也不认识字，还要去请李老师帮忙读信，读完之后她还觉得没听够，还要再读一遍。

她平时家里一来人，但凡认识个字儿的人，都会被她抓着读信。一来二去，人们也不大愿意去她家了。老袁太太其实年龄不算大，更谈不上多老了，只是头发早就花白了，才被孩子们叫老太太。

我想不通，读大学有什么好，连樱桃都吃不上，这样的大学不读也罢了。

可文芹妈妈却经常吓唬我：要好好读书，将来也要像人家一样读大学！

读大学太可怕了，小洪伟宁可四处流浪去弘法传播气功，也不愿意去考大学。老袁太太的儿子，自从读了大学，连樱桃都吃不上了，还要去美国，美国不光没有樱桃，还没有锅包肉、熘肉段、青龙穿白玉、香辣手撕兔、地三鲜和酸菜炖大鹅。只能啃汉堡包，据说就是大饼子卷生菜，里面的肉也不好吃，连豆瓣酱都没有。呜呜呜呜，我不要读书，我不要去美国。

老袁太太儿子在美国，好可怜。想想啊，那些不懂事儿的孩子，还偷人家樱桃，真是作孽啊。我以后，要天天下午帮助老袁太太像赶苍蝇一样赶走那些偷樱桃的小孩儿。我上午起早偷樱桃的时候，我尽可能少偷一些，给她儿子留几粒。

14

　　文芹妈妈不养牛,小瓦厂的活儿都做不过来,再加上家里还有口粮田、责任田要种。一头牛一夏天要吃很多很多的草的,有一片草原那么多。我其实没见过草原,我要是见过,那它一定像一头牛一夏天吃过的青草那么多,请相信我。

　　为什么老牛要到夏天才特别能吃呢?我感觉我自己一年四季都能吃啊,夏天虽然有李子、杏儿、鲜瓜、苞米,但是春天秋天冬天,也有各自的好吃的,我热爱四季的,它们有足够多的好吃的,值得我爱。那么,老牛呢,它只爱夏天吗?

　　我发现,夏天的老牛没啥活儿可以干的。农活一年就忙两头,春耕秋收忙两季,夏天挺闲的。所以,人们在夏天是不喂老牛粮食的,光吃青草。呜呜呜呜呜,老牛好可怜,夏天只能吃草吃不到米糠的,以后我再也不在夏天吃牛肉了,肯定不好吃。

　　家里没有牛,我却很喜欢放牛。准确地说是喜欢和放牛的年轻人一起出去，偷着烤苞米。水渠水线旁，长得最欢的就是水稗草。标准的放牛方式，就是把老牛拴在背阴的钻天杨大树下，去水线割水稗草来喂牛。牛犊子肚皮上面有个旋涡，等旋涡鼓起来的时候，它就吃得差不多了，牵着它去河边饮水，然后赶牛回家吃晚饭就行了。说来简单，可是那大人拳头一般大小的旋涡，它就一直是个低洼的旋涡，老牛得连续不断吃一个下午才能鼓起来。太神奇了，就好像人类无论怎么吃，肚脐眼儿都填不满一样，你说，肚脐眼儿是不是太大了？其实，老牛光顾着胡乱往嘴里塞，晚上再倒嚼，把胃里的食物倒腾回嘴里，再慢慢咀嚼。哎，它这个反刍的本事可真让我羡慕嫉妒啊。我要是有反刍的本事，那等我上了流水席，哈哈哈——横扫千军、风卷残云、气吞万里，以及其他成语吧。简直要美出大鼻涕泡来，吓啪俩响！

脾气不好的黄牛，都被人们穿了鼻拘儿，就是鼻子上穿了个铁环，它一不老实就被薅着鼻拘儿。想想黄牛真可怜呢，擦鼻涕都不自由，还是我往袖子上擤鼻涕自由自在啊。

大表哥放牛，我就爱跟着凑热闹。他和王国权这些半大小子，都算成年人了，不爱带着小孩子玩儿，只有我是个例外。

每次看到他，我都说，哥，你最帅了，你比小洪伟小果义都帅，你放牛带上我呗。

大表哥就一脸得意地说：他俩也不会放牛啊！

他高兴的时候，会让他家的老牛趴下，然后让我骑上去，他一鞭子抽过去，老牛闷哼一声站起来，就差点儿把我摞地上去。他就哈哈哈哈笑着说，小洋猪，你现在才知道我最帅吧，哈哈哈哈，猪骑上牛了，都来看哈！

大表哥，你是不是虎啊！是可忍，叔（孰）不可忍啊——叔可忍，婶也不可忍啊！我在心里默默画着小圆圈，诅咒大表哥将来娶个丑媳妇！

伪君子报仇，十秒钟不晚。转过头，我就一本不正经地和大表哥说：大表哥啊，其实我是格格巫派来的，我有个魔法，可以让你忘记自己是个傻瓜，你要不要试试？

大表哥好奇地瞪着我：魔法？试试？来呀！我才不会忘记呢！

我拿着一个摘下来的蒲棒，嘴里念叨着"唵嘛呢叭咪吽"，蒲棒在大表哥面前比比画画，画了三圈一坨牛屎的形状。

大表哥得意地拧着脖子，晃着脑瓜壳子：没有忘，没有忘！

好吧，大表哥你真厉害，我认输了，你的记忆力真好，没有忘就好，那我就放心啦。

大表哥突然觉得有啥不对劲儿，看着我嘻嘻地冲着他笑，忽然大喝一声：你小子敢耍我？说，格格巫是谁？是不是你二表哥的同学？

其实我不喜欢大表哥，人家二表哥昧下我一块钱，至少还给我赚两碗豆腐脑回来，可大表哥开起玩笑来真的虎喳喳没大没小的。是的，就是这个词儿：没大没小的！

但是，为什么喜欢跟他放牛呢？因为他懒。别人割水稗草的时候，他在抓蛤蟆，别人用水稗草喂牛的时候，他还在抓蛤蟆。别人放牛喂牛累了，倚在大树底下歇会儿的时候，他也倚在大树底下，点了一堆火，烤蛤蟆吃。

烤蛤蟆一点儿不好吃，一股烟熏火燎土腥味儿。看他烤蛤蟆，我也不吃，我就说：大表哥，我上次和二表哥出去玩儿，他还给我买了豆腐脑了。

大表哥低头啃着烤蛤蟆，白了我一眼。

我见他不搭理我，就接着说：可是，我感觉二表哥没你帅。你要是从村里走过，那些大姑娘小媳妇都笑嘻嘻地瞄着你！

大表哥一下子停住了。扦子上还剩一只蛤蟆腿，也顾不上吃了。眯着眼睛，严肃地看着我，厉声问道：你说什么？给我再说一遍！？

我吓得屁都凉了。怯生生小声嘀咕：你要是从村里走过，那些大姑娘小媳妇都笑嘻嘻地瞄着你！

大表哥一脸不高兴：不是这句话。前一句！

我像只猫低声嘟囔说：我上次和二表哥出去玩儿，他还给我买了豆腐脑了。

大表哥把蛤蟆腿往地上一摔，指着我说：不是这句，中间那句！

我声音已经像蚊子了，说：我感觉二表哥没你帅。

大表哥几乎吼出来：大点儿声，再大点儿声音，我听不见！

人哪，为什么你说他帅，他就耳背呢，就需要大声说好几遍才能听清楚呢？真是奇怪啊，奇怪。大表哥啊，别看你长得丑，一天天想得可真美啊！

大表哥把地上的烤蛤蟆腿又捡了起来，接着嘟喽了两口，才问我：你又想吃烤苞米了是吧？你说吧，咱今天是吃郝金生家的还是楚汉举家的？

我一脸难为情地说，大表哥啊，人家还没吃过村长家的烤苞米呢，你敢不敢下手嘛！

这个时令的苞米刚灌好浆，烤起来最好吃，可人们为了多打二斤粮食，舍不得吃。舍不得不要紧，偷的人舍得就行。

大表哥责任心强，烤蛤蟆吃够了，这才要喂牛。他也不去割水稗草，他弯不下那个腰。割水稗草又累又不出活儿，割一大捆，老牛一会儿就撸嘴里吃了，等把肚子填满了，它才开始倒嚼。猫有猫道，狗有狗道，大表哥有他的道道。

他撸起袖子，钻进了苞米地。咔咔咔一阵冲杀，就好像赵子龙在长坂坡。等他几进几出回来，胸前没有揣着阿斗，腋下却已经夹了一大捆苞米叶子。

村里人管这个叫劈叶子。就是把苞米秆最下面的两片叶子劈下来喂牛。这样做，多多少少也会影响苞米灌浆，影响苞米营养输送的。可总有一些放牛的懒汉子，偷摸劈叶子喂牛。时间久了，劈叶子的人就多了，因为你不劈人家的叶子，人家也会劈你家的叶子。甚至，刚刚劈完一轮叶子的苞米地，再劈一轮，直到苞米棒子往下的叶子都劈干净了。往往是我只劈了一点点叶子而已，可自己家的苞米也都成光杆司令了。

劈叶子算是有一些缺德的行为，偷苞米更缺德了。所以，大表哥一不做二不休，又进去掰两穗苞米，拿来烤。他掰苞米都是挑最大个头的，眼力还不错，要不怎么说我喜欢和他出来放牛呢！

我觉得劈叶子和偷苞米都不是体面的事儿，我吃归吃，从来不自己亲自下手。我只亲自下嘴，毕竟自己能做好的事情，我还是自己做，不麻烦别人。

大表哥把偷来的苞米先扒皮，苞米棒子藏进草棄里，叶子皮麻利地喂牛。这样就算被人遇到了也没留下证据。这时候，我帮他放哨站岗，我的工作岗位也非常重要，咱可不是吃白食的。

有时候，很多半大小子一起放牛，才叫热闹。人一多大表哥就爱逞能，他把蛤蟆卷进苞米叶子里，塞进牛嘴巴里。老牛不知道这是肉馅包子就吃了。大伙就跟着哄笑，傻牛啊傻牛。大表哥就特得意。确实，他比牛精明，他可以得意一下，他再精明一些，就比猪都精明了，加油啊，大表哥，我看好你！

玩归玩闹归闹，人多的时候，大伙还是比较克制的，一般不会偷苞米。因为，保不齐偷了在场谁家的苞米，那多尴尬啊。就算不是在场的，也会是在场某人七大姑八大姨家的。算了，咱们都是自己人，为了不伤及无辜，烤苞米就甭想了。

大伙把牛拴树下面，劈了苞米叶子喂上，就脱了裤子光腚子下河洗澡去，运气好还能摸几条鱼。摸到大个儿头的才带回家吃，小的就直接放回河里了。其实，大伙的正经工作是放牛啊，后来人们就管不正经放牛的人叫摸鱼。

一般造句的话是这样子的：你爹让你好好工作，你却摸鱼，喂不饱牛就等你爹喂你吃鞭子蘸凉水吧！

放牛和摸鱼，也是最重要的信息交流平台，传瞎话还是需要机会和场合的。

大表哥带我放牛玩儿，遇到了放牛的王国权和胡老四，于是，两个爆炸新闻点着了——

先是王国权接到法院通知，说有个家属进去了，最近要判了，家属可以去看看。王国权看到通知上的名字，心里咯噔一下。他骑着自行车，一口气跑了五十多里的路，来到了县城看守所。隔着号子的铁栏杆，看到了霜打茄子一般蔫蔫的小果义。

小果义不是梅赫川的人，在梅赫川，只有王国权家这门远房亲戚。他觉得自己犯的事儿太丢人，不知道该怎么和家人提，就让法院把传票发给了王国权。

"哥，你咋了？我听到信儿跟脚就来了，俺们马上想办法捞你！"王国权攥着铁栏杆说。

小果义摇头，叹气。八十年代的迷茫眼神中，还带着星星泪光。

王国权再三催问：你跟俺们知根知底，你就实话实说，也好想办法捞你。

原来小果义跟人家跳贴面舞，遇到了严打。定的是流氓罪，三年。

小果义说，遇上严打了，没缓儿的。千万别砸钱捞人，整不好捞不到人都掉进来。他特别感谢王国权能来看看他，他就是想找个人说会儿话，自己进号子也冤枉也不冤枉，谁让自己喜欢唱"手里捧着窝窝头"呢，这不就唱着进来了吗！

这件事儿发生之后，王国权一直保守秘密，他觉得梅赫川的年轻人都很喜欢小果义，就让大伙记住那个年轻英俊风度翩翩、带着大伙又唱又跳的小伙子吧。等将来他从号子里出来，他自己愿意回来看看大伙，想怎么跟大伙讲，那到时候再说吧。

可是，王国权偶尔有空会去县里的号子里看看小果义，带一些吃的或者零花钱。可最近一次去探望小果义，听他说了一个意外的消息：他在劳动改造干活的时候，看到了胡老五。

王国权很惊讶：胡老五判刑了？他不是一直在取证吗，没听说判刑了啊？你看准了吗？

小果义说，原本也没见过几次胡老五，再加上俺们俩不在一个劳改小组干活，就是远远看到的，都没打招呼，等最近有机会再确认一下。没想到在这里也能遇到熟人，也不知道是好事还是坏事。

王国权忙着侍弄稻地，赶着蹚二遍地。再次去探视小果义的时候，发现他又瘦了，脸上也有伤。

哥，你咋了？王国权担心问。

小果义一撩头发，额角一块更大的瘀青露了出来。他只轻描淡写地说：流氓罪、强奸罪，在这儿是最吃亏的。

他撩头发的样子，一直很帅。就算没有亲眼看到，还是像在眼前一样真真的。

王国权光顾着问脸上的伤了，等探视时间快结束了，才想起问胡老五的事儿。这次，小果义非常肯定说，就是他没错，还和他说过话，他还纳闷，为什么家里人一直没来看看他。

王国权感觉这事儿胡老四可能一直都不知道呢，就想着得空得和胡老四说一下。

胡老四听到这个消息，半晌没反应过来。等他再次和王国权确认了一遍小果义的话，把手里的水稗草往地上一扔，抄起割草的镰刀就要直接去派出所——他李斧头一直在骗我！骗我的金葫芦、骗我的钱不说，这么干丧良心啊！胡老四眼睛都红了。

王国权拉着他的袖子：哥，你干啥！别冲动，我五哥当时就是一时冲动。你就算去派出所也不能带着镰刀去。

胡老四说，不带着镰刀我应该带什么？我他妈应该带着土炮，把李斧头这个瘪犊子轰了！

王国权给胡老四出主意，先把事儿闹清楚，或者找李斧头套套话，他真的是在当中糊弄人的话，再用合法的办法收拾他。再有就是，李斧头是村长的连襟，这事儿还要保密，但是估计也包不住多久，最好是抓紧时间办。

胡老四说现在就去镇上找李斧头。然后就把自己放的几头牛，临时托付给大表哥和王国权，大表哥这个抱怨哟——你家牛太多了呀。

胡老四为了捞他弟，不到一年的时候，砸锅卖铁折腾钱捞人。自己连杀猪的刀子都不动了，剃了胡子，一天天觍着笑脸去做小买卖，从小孩儿女人的衣服，到日用小百，家里种地还要贩卖牲口，想尽一切办法，为的都是凑钱捞人。可如今才知道，自己的弟弟早就判了，已经进号子里服刑了，虽然不是死刑，看样子是捡回来一条小命，可自己一直蒙在鼓里，他怎么会善罢甘休？

这事儿闹得挺大，李斧头都被撤职了。因为李斧头是村长家亲戚，每次胡老四见到村长都不吱声或者绕着走，他们两家算结仇了。事情的来龙去脉我也没太整明白，毕竟大表哥可不愿意天天放牛，更不愿意替别人放牛，我想胡老五没有判死刑，也还好啦，就算判死刑也不会摆流水席的，况且我感觉他一甩一甩头发的样子，还挺好看的，也只能记住他的头发了。虽然上次看到他还仅仅是大半年前而已，却感觉好久好久都没见到他了呢！他长什么样子来着？他的面孔在我心中越来越模糊。

后来才听说，他的罪名是过失杀人，判了二十年。我一直不知道胡老五大名叫什么。但是，人们都说，这下子胡老四可算熬出头了。

胡老四还在做贩卖牲口的买卖，主要是倒腾牛，他眼睛天生就能看出"肉缝儿"来，确实是干这个的料。但是，他不再卖小孩子女人的衣服了，他觉得一个大老爷们儿成天挨家推销这些东西，实在磨不开面子。

倒腾牲口已经让他生活富足了，他媳妇也不再骂他了，只是一再捅鼓他再盖一所新瓦房。他们家的日子算是雨过天晴了。他精神头好了，人也面色红润，除了见到村长一家，平时见到谁都笑呵呵打招呼。几个和他熟络的梅赫川的年轻人，也跟着他赶趟子①，拜他为师父。胡师父收徒弟有个原则，只准做耕牛买卖，不准弄菜牛。

人们说一个人遭到报应，那是因为上辈子杀了老牛。胡老

---

① 贩卖牲口时为了省钱，将买来的牲口徒步赶回家，远的会有一百多里地的路程。

四可能觉得自己前半生一直杀猪，身上杀气太重，要多做一些善事吧。

我感觉，牛肉猪肉都是肉，有吃的人就有宰的人。胡老四不是坏人，也不是恶人，特别是他剃了胡子之后。

可是，人们还是需要小孩儿的玩具、女人的花衣服，这些小买卖郝金生带着他儿子接棒干了起来。他媳妇还开了一个小卖店，直接叫板村里的代销点。代销点老徐经常在顾客面前臭败人：他家媳妇两只手都拨搂不到十个数，一辈子都没出过梅赫川的人，还能开小卖店？

郝金生媳妇确实不怎么会算账，可她不会算账有时候村民也能占便宜。再有就是，他家卖的东西越来越多，以前胡老四挨家推销的东西，他家就摆在柜盖上，让大伙看着买。你要啥他家若是没有，第二天郝金生就想办法去进货。不像代销点，有没有货取决于镇上供销社能不能供应，催急了老徐还整个小黑板，像是挂出来免战牌。

一来二去，大伙更愿意去郝金生家小卖店买东西，没几个月，代销点就干黄了。梅赫川的人们毕竟还是有情有义的，代销点黄了那几天，成本价甩卖货底子，人们还是带着深情厚谊去抢购的——火柴，二十包；学生的木头尺子，十把；酱油，五大壶；咸盐，一推车……人们大致按照这样的分量往家搬。真便宜啊。看来老徐平时可没少赚大伙的钱，这次大伙终于回本儿了。真解渴啊，真解气啊，真便宜啊！

农闲的时候，胡老四就和王国权搭伴，去号子里看看亲人。有一次，王国权哭着回来，连胡老四也红着眼睛。看样子不是什么开心的事情。

自打高二媳妇退出江湖，梅赫川的消息都是通过年轻人口口相传。吕小子的广播站是一个据点，放牛洗澡摸鱼是一个平台，看电影也是一个重要渠道。

村里的电影院，其实是放电影的院子的简称，还是在耕小的操场上。夏日的傍晚，人们支棱起两个落叶松的木杆子，用缆绳和两拃长的大铁钉子向四个方向牵引好木杆子，一张大白电影幕布就扯好了。放电影的人其实是村里的铁匠张，他就坐在教室里，把教室的窗户打开，"腾"，一杆儿光束就打到了幕布上。蚊子和扑棱蛾子就在那个光束上打圈圈。

铁匠张放电影的机器，有一些像自行车的飞轮，他就慢慢摇着这个轮子，机器响着电影里的说话声，还夹杂着啪嗒啪嗒啪嗒的杂音。其实，在幕布的反面也一样能看电影的。只是整个人的左右反过来而已，再有就是电影的名字是反过来的。不过不要紧，认识字儿的人不多，幕布背面看的是一样的电影，这就是乡村露天电影的优势。

什么《黄河大侠》啊，《鹰爪铁布衫》啊，《无敌鸳鸯腿》啊，《花翎飞盗》啊，《自古英雄出少年》啊，这些武打片比较受欢迎（但是记忆好的人会说有些晚两年才能看到）。有一些都看过好几遍了，演员们一开口，下一句要说什么人们都知道的，可大伙还是愿意看。看得高兴的时候，也会银幕上动手打，幕布底下也动手打,黑灯瞎火,看不准是谁,打个鼻青脸肿也是常有的。

放电影的时候,幕布上全都是蚊子。大伙才不介意呢,家里看电视的话,屏幕上也是蚊子。以前大伙不介意酱缸里的蛆,现在不介意幕布上的蚊子。它飞它的,不耽搁看电影,也不耽搁打架。

放电影一般一晚上放两个片子,好看的武打片在后面,前面放的是处对象的、破案的。银幕上处对象,幕布底下也跟着处对象,这些孩子们也都懂,但是俺们不去捅破,捅破了下次大人该不让出来看电影了。

具体哪天放电影,也没准儿的事。要看铁匠张心情,也看他能不能拿到新的片子。他有空就骑着自行车到镇上看看,有没有档期——好多村子都在轮着借片子。

放电影的时候是少数,多数时候没有电影,只有关于电影的小道消息。村里今晚放不放电影,从来没有正式通知的,也不需要。就会突然有人说一下,今晚放电影。有点脑子的好奇的人们会问信息来源,是不是权威发布——谁说的?

如果回答说,路过铁匠张家,他抡着锤子打铁的时候说的,那就十有八九是真的。

如果回答说,看到村里的耕小操场上刚拉来了电线杆子,那就要再确认是今晚还是明晚,一般不会拖到后天晚上的。

如果回答的人不直接说信息来源,而是说了电影的名字,而且说得有鼻子有眼睛的,那就当笑话听听。一般会说,两个电影,名字分别叫《兔子白跑侦察记》和《站地望蓝天》,发布信息的人还会强调，不信自己去耕小操场看看嘛，肯定能看到电影杆子。

这个时候，脑瓜子进水的人或者脑瓜子被门框夹了的人，就会像兔子一样跑到耕小的操场上，好好侦察一番。侦察不到蛛丝马迹，就会站在操场上，眼望着梅赫川的瓦蓝瓦蓝的天空，然后慨叹：为什么，为什么是我？一个人主演了两部如此重要的电影！

兔子，白跑一趟，没有侦察到放电影的消息，只能站在那儿像个木桩子，望着蓝天。谁是编剧呢，看来这两个电影都只适合上半场演啊，下半场都是武打片。

谣言止于智者，假消息，终究是假的，真正放电影的时候，人们从来没错过的。梅赫川的人，都是猴精猴精的智者。

有这么一天，寻常的夏日傍晚。人们又欢天喜地坐在了耕小的小操场上，铁匠张又用他抡铁锤子的大手，轻轻地摇着电影的放映机器。

我坐在我哥的跟前，嘴里撸着一根冰棍。头上是璀璨的星斗，密密麻麻的，不用数的，数不过来的。镇上的林场到了夏季就做冰棍，白糖冰棍，甜得往心里头钻，吃完都舍不得把包装纸扔了，我都攒了二十多张了。我每次都舍不得咬，都是一点点嘶喽，直到快化没了，再一口吃掉它，然后再摆弄一下那个竹棍儿，确认一下我的战果——果然吃得非常干净，可见是我吃的，没错。

人们一边看着电影，一边唠嗑。有时根据剧情起哄，就好像大伙说什么，电影里的人能听到一样——你说亲一个，她在电影里就亲啦？你说用刀砍，他就能砍出血啦？

大人可真是幼稚。可这些也是看电影的乐趣之一。所以，只要是看电影，就是一个人民群众和银幕的七嘴八舌互动活动，不会有人嫌弃你多嘴的，你不说也会有很多人在说话，更多的解说员在现场解说，他们说什么，和你无关，也和你有关。

我正吃得津津有味，大伙正看得如痴如醉，解说员正说得头头是道。

忽然一个解说员用不大不小的声音说：这要是小果义还活着，大伙看完电影还会看一场演唱会吧。

我多想找个按钮，把那个人的声音关掉，停止键是第二个按钮，我还牢牢记得呢。

他活得像夏天一样浓烈，像大梅河一样奔放，你们知道吗？他活得好好的，为什么说这要是他还活着？小洋猪不要"这要是"，小洋猪也不要"还"！人家统统都不要！人家想骂人！呜呜呜呜呜。

人们脸上带着甜蜜的微笑，看着电影里鲜活热烈的面孔，脑子里却回忆起那个大冷天穿着西服挎着吉他的年轻人。

小果义离开了我们，好像才是昨天的事儿呢，他从来都不是梅赫川的人，可大伙都喜欢他呢！打心眼里喜欢小果义啊！

据说在号子里，劳改犯经常打架。反正坏人和坏人打架嘛，等打累了，好人再出面收拾一下。有一次下手重了一点点，一个流氓犯被干死了，没抢救过来。运气不好，喝凉水还有塞牙的时候呢,那只能怪他自己点儿背了。小果义,点儿背。

过了很久,我才知道:小果义,不姓小,他大名叫王国义。梅赫川人说"国"的发音"果",叫顺嘴了,都叫他小果义,其实应该叫人家小国义,或者称呼大名——王国义。

生命里有一些细节,需要时间筛啊筛,慢慢过滤,最后剩下的,就是属于我们的全部,前面筛出去的,都被我们遗忘了,扔得一干二净了。筛剩下的,有时候只是一张笑脸、一个背影,一件花格子衣服、一条围巾,一个名字或者只是一个外号。能留下来点儿什么,也已经不错了。

15

梅赫川南面是一大片平地，平地又分旱地和水田，有时候平地也专指那片平地里的旱地，旱地种的苞米，水田里栽的水稻。水稻田南面就是横亘的大梅河，它不姓大，就像小洋猪也不姓小，它的大名叫梅赫川，小名才叫大梅河。梅赫川的北面靠着起伏的群山，山峦之间改造成耕地的地方，俺们就叫它后冈，没改造耕地还是林子的地方就叫后山。所以，梅赫川是由后冈、后山、平地、水稻田、大梅河和小洋猪家这几部分组成的，缺一不可。

梅赫川是一片物产富饶的沃土，这里最出名的四大土特产是大米、榛蘑、河鱼和谣言。前三个是给人吃的，最后一个是忽悠人吓唬人的。一年当中要是细心看看黄历牌的话，人们不难发现，有四个天头容易出现谣言，或者说四个季节适宜造谣，它们分别是：春天，夏天，秋天以及冬天。

据说舅舅要给外甥买一瓶桃罐头、一挂鞭炮和一节电池，鞭炮要在吃下罐头的当天晚上放掉，这样才能逃过一劫。谣言大致如此。张婶说是李婶说的，李婶说是老王家二姑说过，老王家二姑说是老赵家二儿媳妇的姑舅二姐的四舅奶奶说的。消息源头不大好确认，大伙获取消息的渠道还不一样，细节还有差别：有说罐头得是黄桃的，也有说白桃的。总之，大伙笑嘻嘻地说不信，然后都一窝蜂地跑到郝金生家的小卖店抢购，害得郝金生一天要跑三趟快活镇进货。

那些没有舅舅的孩子，就哭着喊着找他妈，他妈妈也没办法，总不能去质问他姥姥：为什么不给生个哥哥或弟弟，这样孩子也好有个舅舅啊，你当时没有生明白，这会儿多耽搁事儿啊！

其实呢，这事儿我看得明白，大伙也不用着急。要不了几天，还会有新的小道消息，就会是姑姑给侄儿侄女买罐头、买二踢脚和手电筒。总能轮上咱的。

只要你运气好，亲戚足够多，一年到头能吃上好几回罐头的。反正呢，什么东西积压了，就辛苦舅舅姑姑叔叔婶婶们，帮助俺们孩子逃过一劫吧。

梅赫川对孩子的界定标准是还没上学。我因为生病，耽搁了一年，多吃了不少罐头，要不怎么说上学耽搁事儿呢。

还真有没吃上罐头的，确实有人没啥亲戚，而仅有的亲戚又很抠门，爸妈的暗示明示都没触动舅舅姑姑叔叔婶婶的钱包。但是也没出啥事儿。看，这就是梅赫川土特产谣言的显著特点：没有伤害性，也无毒副作用。

这个土特产就是保质期短。把谣言攻破的往往不是真相，而是另一个谣言。谁动静大，谁有理。这就好像巫殿礼在跳大神，他那边腰鼓一响，隔壁邻居家李老师的唢呐也会吹响。人们犹豫不决：是应该去看跳大神还是围观吹唢呐呢？最后，人们选动静大的那一个！

李老师的《赛马》，吹得那叫一个好呢！只要见到有孩子们围观跳大神，他就吹《赛马》，可卖力吹啦，脖子都跟着一拧一拧地使劲，这哪里是赛马，简直就是赛脖子。

多数谣言都和吃的有关，其中一多半都能在郝金生的小卖店解决，少数你如果解决起来有困难，郝金生也能帮你，只要花钱。开春那会儿瘟死了很多家禽，就有人说，今年不收鸡鸭鹅狗。可人们过年吃惯了小笨鸡炖榛蘑，心里憋不住。等瘟疫过了风头，还是有很多人家自己孵鸡蛋，想着快一点儿饲养几只笨鸡，喂上粮食，还赶得上过年炖着吃。郝金生就说，谁家想吃小笨鸡，可以找他预订，他年根儿给进货。人们心说，不就是赶集去一趟的事儿嘛，没你这小卖店俺们还不打槽子糕啦？

另外一些交卦掐算看风水的话，人们不把它算进谣言，反正你信就信嘛，不信也就不用听。多数情况，大伙都嘴上不信，身体实诚着呢。比如生个千年一遇的龙属相的孩子。只不过，大伙很积极，目前见到成果的也只有高小满和崔美丽，人家高小满还远走高飞了，等于说这个成果不算梅赫川的了。所以啊，崔美丽怀孕这事儿确实让人看着羡慕嫉妒恨。

郝金生家的小卖店生意像坐了火箭，噌噌噌往上蹿，他确实是谣言的最大获益者。就在黄桃白桃又黄又白的桃子罐头畅销的时候，又出现了类似的"逃过一劫"的传说，这次说的是香瓜。

当人们不断拥向小卖店，询问有没有香瓜的时候，郝金生和他媳妇蒙了，反复确认这个传说的版本！等没人在跟前的时候，郝金生就责怪他媳妇：瞎哔哔啥啊，卖罐头挺挣钱的，又起什么幺蛾子？香瓜？俺们上哪儿进货去？

郝金生媳妇委屈地说：我没有啊，我啥前儿说了？

两口子没闹明白这次是谁造的谣。郝金生纳闷：难不成是小兔崽子嘴馋了？他去问郝来宝，郝来宝脑袋瓜子摇得像拨浪鼓——每次吃啥渡劫，那不是黄皮子大仙儿的指示吗？

郝金生呸了一口——别瞎说了，你妈那两下子，还黄皮子大仙儿？给她披个貂皮袄也仙儿不起来啊！

给亲戚买香瓜的最新流行说法，盖过了以往的所有谣言。人们喜欢新的，以及动静大的，确实到了香瓜上市的季节了，闹得动静这么大，这个说法看样子很准啊。

郝金生绕着梅赫川走了一圈，算是闹明白了最新说法怎么来的。

在村长家院头的交通要道，就是原来那棵大榆树的地方，有人戳了一个凳子，凳子上放了一个录音机，那个录音机的喇叭在自己说话。也没见到电线，想是装了电池。录音机的磁带在转呀转的，应该是有人录好了声音，播放出来的。喇叭里说得清清楚楚明明白白：舅舅姑姑叔叔婶婶们都要买香瓜给亲戚，吃了才能逃过一劫，不吃之前逃过的一劫两劫三劫四劫，都会补回来，在劫难逃啊！这可是驴打滚的利滚利啊！

这个太狠了！关键是，小卖店没准备香瓜啊，措手不及啊。郝金生看了一圈，也没见到有人，不知道谁放的这个录音机，看着眼熟，一时想不起来。录音机里的声音听着耳熟，也一时间想不起来。是谁呢？

后冈有一片沟膛子斜坡山地，这种偏脸子土地种不了大庄稼，只能种小豆黄豆。可吕小子不信邪，种了苞米。赶上今年大旱，都芒种了还有不少没冒出头来。吕小子一跺脚，套了犁杖把地毁了，补种上了香瓜。用他自己的话，这就叫死马权当活马医。救不回来一匹马，救回来一头瘸腿骡子也行啊。

眼瞅着香瓜坐纽儿了，吕小子却出事儿了。给村长崩沙子，把腿干骨折了，躺了二十多天。医生要他接着躺着，他躺不住了，人家的香瓜哟，要烂地里头啦！

时间一晃，转眼再敲两下子瓜蛋子，都是闷声闷响了，闻起来瓜蒂把儿也都清香扑鼻了，那就开园吧。梅赫川的土好，加上今年太阳毒，一个个香瓜都包甜。

可是吕小子还挂着拐呢，行动不方便。眼看着村里人天天一罐子一罐子地吃桃罐头，他就纳闷了：我这新鲜的香瓜，嘎嘎甜，卖不过他装进罐头瓶子里泡着糖精水的？

于是，他想到了用谣言反制谣言的办法。别说，他这招好使！人们闻着鲜瓜的味儿，就遛到后冈来了。两片苞米地中间是一片碧绿的瓜地，鲜绿的瓜秧子挂着黄绿花道的香瓜。平时香瓜就躺着晒太阳，晒足了太阳就从瓜屁股散发出诱人的瓜香。熟了的香瓜，用手指头弹脑瓜崩儿，一弹还有轻轻的回音。

　　一天天，吕小子的瓜棚就像办了流水席，可热闹了。吕小子忙着给香瓜弹脑瓜崩儿，就算没熟的瓜，他也假装内行弹完再闻一下，着急了的时候，生瓜蛋子他也扭下来卖的。吕小子真是优秀，不光优秀，而且脸皮还厚，两个优点都占上了。

　　艳丽的紫云英吐露着粉红花骨朵，野蛮地长在碧绿的瓜地周围。苘麻和苍耳已经挂果，淘气的孩子会揪下苘麻果掰着解闷儿，或者把苍耳的刺头儿一样的果子当作暗器，偷偷撇到小姑娘的后衣襟上。在这红绿掩映的山坡间，吕小子搭建了窝棚卖瓜。窝棚前支起来两桌赌局。吕小子给人们提供了小板凳和扑克牌。打牌输了的就买瓜，现场开了大伙吃。舅舅姑姑叔叔婶婶们不给买不要紧，咱们自己赢了钱买嘛，自己能做的事儿，尽可能不麻烦别人。一般开瓜用刀，吕小子多数直接用拳头捶。他把扭下来的黄绿花纹的香瓜蛋子丢进水筲，简单冲洗一下，用指甲划个道道，抡起拳头上去一捶，啪的一声香瓜就开瓢了。吕小子咧开嘴大声吆喝：看，看，咱种的瓜，个保个，全都甜！

　　吕小子一边给人开瓜，一边吹着口哨，眼睛飘啊飘的，瞄着瓜棚旁边打牌的人们。

　　大表哥蹲在打牌的人们身后，看热闹。他这种人叫"扛局屁股"，就是人家的赌局，自己跟在屁股后面，等赢家高兴了，可能会打赏点儿好处，至于赢家不够高兴呢，那就看个热闹。毕竟屁股是人家的，放什么屁也得听人家的。

　　我就坐在大表哥身后，扛大表哥的屁股。

一下午，也没看到赢家有多高兴。赢家啊赢家，你倒是放个屁啊。呜呜呜呜，人家好寂寞好空虚好孤独，没有香瓜吃的日子啊，实在是寂寞难耐啊！

吕小子逗我玩儿说：小洋猪啊，给你整个谜语你猜猜看哈——三横一竖一吱嘎，四个小猪来吃哇，吱嘎吱嘎又来俩。

你们都是小猪，你猜猜，这是什么字？吕小子笑嘻嘻看着我问。

我说：人家叫小洋猪，不是猪啊。再说了，我还没上学呢，不认字啊！

吕小子恍然大悟，啊呀，你还没上学呢啊，那这个字儿确实太难了。

我马上反击：我给你整个谜语，不需要上学认字都能猜的那种，猜不出来你请吃瓜啊！听好了——

说，你二大爷和你三叔为了你媳妇打架了，你帮谁？

吕小子一听就乐了——帮我媳妇啊，我还没有媳妇呢！

我皱着眉头，嘴角却微微上扬说：哦，这样啊，原来你是这么想的呢？那我也就没办法了……

吕小子一看这架势，马上问，别别别啊，别没办法啊。我不帮我媳妇我应该帮谁？

我说：是谁打架啊？

吕小子恍然大悟：哦……是我三叔和我二大爷打起来了啊，我媳妇没事儿对吧，那让他们先打一会儿。

好吧吕小子，你也不问问他们俩为啥动手打架？也不想想他俩可能见面吗？① 看来我出的题目太简单了。看来你还没找到媳妇是有道理的。

等太阳要落山了，吕小子看着我晒了大半天的红扑扑的大圆脸盘子，感觉这个世界总还是要有公平正义的嘛！他需要主持一下正义。他挑了一只烂了一半的香瓜，用刀削去烂的部分，打去了皮儿，甩掉了瓤，像一个见义勇为的侠客一样递给了我——喏，吃吧。

吕小子真是个好人，我再也不在心里嘲笑他一瘸一拐的啦，手里多个拐杖多好，遇见野狗都不用现去找棍子，还可以把它打跑。用了这个打狗棒，不做丐帮的帮主，也可以做个九袋传功长老护法长老吧。

我开心地接过吕小子给的半个香瓜，说了句：谢谢吕长老！

哎呀，烂的瓜都是熟透的才会烂啊，可真甜啊，甜得往心里头直钻啊！

吕小子问：小洋猪，甜吗？

我说：小洋猪不甜，瓜很甜。

吕小子得意地说：我种的瓜，包甜。他一只手叉着腰，一只手扶着拐杖，俯视着他这片瓜地，像一个刚刚打了胜仗的将军，而他的拐杖也正见证了他经历了枪林弹雨，确实是个货真价实的将军。

---

① 梅赫川人管爸爸的兄长叫大爷，一个人有三叔就不会有二大爷，有二大爷就不会有三叔。

粪堆上的黑天天①、坟头上的刺玫果,都甜着呢。吕小子种的瓜甜,不知道靠的是臭乎乎的底肥还是祖坟冒了青气?

总之,我感觉吕小子好了不起呀,他以后应该可以做帮主的,区区一个长老,确实大材小用了呢!吕小子,加油呀,我看好你哟!你可千万别嘚瑟掉裤子哟!

正好是盛夏时节,菜园子里面的蔬菜都下来了,想吃啥就去院子里掳点儿啥,一转头就端上桌子了。晚饭文芹妈妈做的酱茄子,我的最爱啊。酱茄子要放大蒜才够味,大蒜要用菜刀拍碎的,不要切的,豆瓣酱最好带豆子的。不用担心,文芹妈妈知道我的偏好,会可丁可卯地按我的偏好置办好。然后就剩下我自己努力啦,努力多造几碗饭,哈哈哈哈。

我吃完晚饭,还没来得及看《神探亨特》,肚子就疼得厉害。哎哟喂,我这刚刚还哈哈哈哈,这会儿就呜呜呜呜了。

我已经好久没生病了,文芹妈妈最近正欢喜着,这下子可以送我去上学了,秋季开学,崭新的小学生小洋猪就要背着哥哥用过的旧书包,愉快地上学去啦!哥哥啊,你能不能争口气,用一个用过的新书包,再给我。说这些还远着,近着的得先把我的肚子疼治好啦。哎哟喂,疼死我了。

全家人都好好的,只有我一个人肚子疼。汗珠子像黄豆粒子大,噼里啪啦往下掉,肯定不是假的啦,你们不用怀疑了。

我是不是要死了啊?我要是就这么死了,我藏在大座钟上

---

① 龙葵,俗名黑天天、黑星星,球形浆果。果子成熟后紫黑色,味道甘甜。

面的小人书、彩色吐沫贴纸、冰棍纸以及三块六毛四分钱可怎么办？这么一大笔财产啊，会不会便宜我哥啦？我还没同意让他来继承呢！还有，狗崽子老七怎么办？

想到这里我已经急哭了，是急哭的啊，不是疼哭的啊。

文芹妈妈急坏了，一夏天都注意给我吃打虫药的，肚子里应该很干净呢。看我疼的样子，也没法坐在自行车后架上。她推出来瓦厂的两轮小推车，把我安顿在车上，推着我就往王连朋大夫家跑。

人家王连朋大夫正忙着给别的病人看病呢。说是别的病人，也不是啥陌生人，居然是老周大夫。我捂着肚子流着眼泪，居然笑了出来。

老周大夫也需要看病，原来医生也需要看病。六岁半的小洋猪，居然知道这么惊人的大道理。

老周大夫脸色蜡黄，原本油乎乎的脸少了光泽。他没想到，这都晚上了还会有其他患者，而且是疼得扯着嗓子干号的。他站起身说，先给小洋猪看吧，他改天再来，也不着急。

送走了老周大夫，王连朋笑呵呵地问：小洋猪，你怎么了，吃什么了，疼成这样？

我还在想老周大夫，脱口而出：老周大夫怎么了？

王连朋笑着说：这是人家患者的隐私。说你自己吧！

我自己啊，我——我没说出来，一张口就觉得嗓子的闸门守不住了，哇的一声吐在王连朋大夫跟前。

对不起哈，不怪我的，可能是老周大夫的隐私太恶心了吧。

文芹妈妈帮我擦嘴，跟医生解释我病得突然。晚饭好好的，别人都没事儿，就我自己肚子疼。

文芹妈妈说得没错，我看着自己吐出来的东西，原本吃的时候，觉得酱茄子色香味俱全，好吃极了，吐出来咋这么恶心呢？这真的是我小洋猪吐的吗？我对自己很失望，眼泪都在眼眶里转啊转的！我堂堂小洋猪，怎么吐得这么难看，这么恶心啊。王连朋医生家还有两个小女孩的，让她们看到可怎么办啊！

王连朋问，那下午还吃什么了？

文芹妈妈温柔地看着我，等待我的回答。

香瓜！糟了，一定是那半个烂香瓜！吕小子，我现在不看好你了，你这丐帮帮主的头衔我看也要悬了！哎呀妈呀，疼死我啦。我现在要去拉屎去，我不能拉裤兜子里啊，还有两个小女孩看着我呢。

我在王连朋医生家折腾了大半夜，屁股上挨了一针，走路一瘸一拐的，还拿了不少药。他说再厉害就是急性肠炎，就得去大医院住院了，希望吃了药能见效果。

出了他家门，我忽然想起，我这位患者是不是也有隐私的，他会不会和他家两个小姑娘说起我的狼狈样子？呜呜呜呜，吕小子，我现在就免了你的长老一职！

第二天，我还不能见油腥，只能喝米汤，这可把我馋坏了。等到第三天，我还是看到油腥就要吐。虽然不跑肚拉稀了，身体还是虚，走路像踩了棉花，腿发飘。

这场病折腾下来，我不光损失了个人隐私，还瘦了好几斤。

之前圆嘟嘟的大脸盘子也像泄了气的皮球，一耸一耸的圆屁股也塌陷了。我自己感觉主要是脸小了很多，可能这几斤肉都瘦在脸上了吧。这回好啦，大伙见到我，不用想着捏我肥嘟嘟的脸蛋子啦！人见人爱就很好，不必人见人捏啊！

可是，人们再次见到我，还是有一些诧异：小、小洋猪？你是小洋猪？

你看，他们多么没见过世面。在梅赫川，还会有另一个我吗？

文芹妈妈说，你要收一收心了，马上要上学了，别成天跟着这些半大小子出去野，你将来要读大学的，和他们不一样。你的裤子又刮个口子，是不是又爬树去了？

文芹妈妈说得对，文芹妈妈长得好看，说啥都对。就是上大学吧，这事儿我也可以勉强接受，可上大学吃不到樱桃，再一不小心得去美国娶媳妇，我接受不了的。

这一年下来，我也疯够了，玩儿够了，也想去学学看看怎么疯怎么玩儿的，上学也挺好，也许上学还能看到那个穿着花衣服的小女孩，但愿王连朋没有把我的隐私泄露给她。还有就是，开学前能再赶上一拨流水席就好了，村长家办的流水席太水太不入流了。

我好想站在村长家院头大喝一声，你们还有谁想结婚哪，麻利儿抓紧时间办流水席啊，我可要上学了！

没有等来喜事，却等来了丧事。

老周大夫死了。

老周大夫的小媳妇扶着炕沿使劲儿号：你个死鬼，你个老色鬼！说你不行，偏要来横的，给自己配药喝！明明硬不起来，就别逞能，这下好，硬了，彻底硬勾了！

人们管死得透透的叫硬勾了。老周大夫，你放心地走吧。王连朋医生没有说出去你的患者隐私，我可以作证的。

老周大夫也挺可怜，死的时候都没穿上裤子。他开出去很多药方，还没有喝完的大姑娘小媳妇现在非常困惑：到底还要不要继续喝下去？

有人说，别喝了，也不解渴，也没看到哪个媳妇喝了他的药真的怀孕，虽然他那个大药壶确实好用，怎么烧都不漏。

也有人和他的观点差不多，但是理由却不同，他们说，听老周大夫的话，死了穿不上裤子。

老周大夫的死不是一个好消息，包括他死了连个流水席都不办，也不是个好消息。他跟前没啥哥们儿子弟，就一个后娶进家门的小媳妇，没能力给他办后事。他的小媳妇哭哭啼啼地请赵木匠打了个简陋的棺材，几个邻居搭把手，挖个坑埋了。

人们感慨地说：还是得生个儿子啊！老周大夫要是有个儿子，哪能连裤子都穿不上呢？

只有极少数的未成年人感喟：白死了一次，流水席都没吃上。我觉得，小孩子这样想是他们还没长大吧，或者说他们对生命还不够了解。

吃真的那么重要吗？吃了半个烂瓜还要病一场呢！

要吃，尽可能吃好瓜吧。

16

多数情况下,我是个单干的个体户,我不跟着二表哥混,也不跟着大表哥混。我一个人撒欢儿地跑,我跑在后山的松树林子里,跑在水田的稻池埂子上,跑在大梅河的河沿儿旁,跑在春天的风里,跑在夏天的雨里。我跑啊跑跑啊跑,一下子就跑到了八月下旬。

灌浆后的稻穗,一天天眼瞅着逐渐变成金色,耷拉着头,沉甸甸的,实成着呢。

我也耷拉着头,其实我头上有一个紧箍咒,只要文芹妈妈一念叨要开学了,我就头疼。她最近总念叨这个紧箍咒。我得空就往外跑,她看不见我就想不起来这事儿了。我要做个懂事儿孩子,没事不给文芹妈妈添乱,能躲多远就多远,除非吃饭的时间到了。

这天,我又疯跑出来,在后冈掳了两根甜秆啃着。挑甜秆我可厉害了，要找边边角角的地方，还要找刚刚结了苞米穗还没彻底灌浆的苞米秆。苞米秆如果长得挺老高，那就别想了，要么没啥汁水，要么一股化肥的臊气味儿。我怀疑是那种叫尿素的化肥在作祟，你听名字吧，不多解释了，都是明白人儿。

那种翠绿翠绿的苞米秆，中看不中用的。要看苞米秆离地上一拃那么高的地方，还有明黄色光泽，再有一些紫红色就更好了，这种甜秆是极品，沟膛子边边最爱长这种甜秆。凡是可以吃甜秆的苞米，基本结不出什么穗穗的了，老农民看着庄稼不成了，才会感叹：只能吃甜秆了。所以，在梅赫川，你要想吃甜秆，就放心大胆地吃，没人说你祸害庄稼。甜秆就是甜秆，不是粮食，算是被庄稼开除了的宝贝。

撅甜秆根本不用刀的。你要看到谁专门为了撅甜秆带着镰刀，那纯属外行。薅着苞米蓼儿，用力一抡，一个寸劲儿，"啪"，它就齐根儿折了，而且是齐刷刷折下来的，才不会藕断丝连呢。苞米裤以上统统掰掉，那骨节的甜秆光有水儿，没啥味儿。接近根儿那一段最底下一节也不要，化肥的臊气味儿都在那儿了，真正能吃、好吃的甜秆也就四五节苞米秆。再沿着骨节掰折，就像一节节的甘蔗了，甜秆就是梅赫川的甘蔗。

掰骨节用的是寸劲儿，只能多练习，我现在就算现教你二百五十遍，你也学不会，领你去梅赫川还有一些远，没办法啦。掰甜秆就得多练习，熟能生巧嘛，你要是像我一样，掰过的甜秆有一亩三分地那么多，也就出徒了。

甜秆啃不好划舌头，也能划出血的。好在吃的事儿不用怎么教,你如果哪天路过梅赫川,刚好又是处暑节气前后,可以试试掰个甜秆,啃一下。

对了,吸完汁水嚼完的甜秆,是要把渣渣吐掉的,可别怪我没提醒你哈。

我一边啃着甜秆,一边就往后山的松树林子里面钻去。这个季节洋辣子还没出来蜇人,可以撒欢地野。夏天的尾巴秋天的头,天儿晴得像大梅河河水洗过一样,透亮透亮的蓝。树枝丫筛选着阳光,林子里一会儿明媚一会儿幽深,斑驳着,神秘着,一晃是亮堂堂浅绿的马尾松树皮,一晃又是大片大片墨绿的柞树棗子。脚下的落叶松叶子、荆条叶子,混着苔藓皮,滑滑的,踩起来稍微还有一点儿窸窸窣窣的响声。偶尔还有翠鸟、灰喜鹊、画眉鸟的叫声,如果听见笃笃笃敲木头的声音也不用一惊一乍的,那是啄木鸟卡在树干上叨虫子。潮乎乎的地上升腾起苔藓的土腥味,阳光炙烤着松树油子散发着神秘的气息,开第二遍的紫蓼花透着清香,刺玫果刚刚挂红,吐露着野果的芬芳气,我使劲儿吸了一口气,又大口吸了一口,这些味道搅和、混杂、酝酿在一起,闻起来特别熟悉,特别像……我的地盘的味道。哈哈哈哈,对,就是我的地盘的味道。

老七会偷偷在柴火堆撒一泡尿,以宣示那是它的领地。我可不用这么干,万一在林子里撒尿长出狗尿苔可怎么办?呸呸呸,人尿苔,小洋猪尿苔!呸呸呸,长得不认识的蘑菇不要采啊,万一是什么尿滋养出来的呢!

我钻松树林子不是为了宣示地盘,人家是为了采蘑菇。第一批榛蘑、松树伞①都拱出来了，正是采蘑菇的好时候。我采蘑菇不扛筐不拎着篓，采到蘑菇的话，个体户小洋猪自有妙计。

我把最后一骨节甜秆干掉了，拍拍手，撅一根细细的荆条，从大头到小头把叶子和小杈杈褪下去，只留梢头一拃长的叶子，用这根带着"头发"的荆条穿蘑菇最合适啦。一下午，我就能采五六串蘑菇。我只认松树伞和榛蘑，其他的看不上眼儿的。

鲜红的"棺材盖子"是一种毒蘑菇，连虫子都不肯光顾它。"马粪包"是一种捏起来要放一杆黄屁的蘑菇，听名字就知道不能吃。狗尿苔……呸呸呸，不说你也懂了。腊蘑看着水灵，还没下山就会变成很恶心的颜色，也不能采的。青蘑下水就缩得揪揪成一小球了，而且用荆条一穿就碎了，我也不要。还有一种特别常见也特别多的蘑菇叫粘团子②，特别爱生虫子，而且不怎么好吃。我一般不采，除非……除非今天战果太差了，拿它凑个数，哈哈哈哈。

蘑菇有蘑菇的秘密，它们有各自的藏身高招儿。落叶松脚底下，喜欢长一种杂草，看起来像"五号头"的发型，连叶子都和头发很像，一丝丝打绺儿。这种草需要腐烂的松针作为肥料。松树伞就喜欢躲在这种草下面。掀开杂草的头帘，粉红色的松树伞撑着伞盖，菌褶也是一层一层的细密均匀，才叫可心呢。榛蘑爱长在榛树窠子里，其实榛树的叶子也有大的用处，人们在夏天包

---

① 松树伞，大名叫红菇、红血铆钉菇。因其形状像雨伞，又常生在松树下而得名。松树伞味道鲜美，炖鸡肉味道更佳，只有野生的，无法人工栽培。——梅赫川采蘑菇个体户小洋猪注
② 也就是滑子菇啦。——又是梅赫川采蘑菇个体户小洋猪注

的"玻璃叶饼子",用的就是榛树的叶子,算是梅赫川的另一种特产。我不爱吃玻璃叶饼子,主要是不得意叶子的味道,还有它的名字怪怪的,让人生怕吃的是玻璃碴碴,想想都满嘴血丝糊拉的。这时候的好吃的太多了,要我选,我也会选"苏耗子",而不是玻璃叶饼子。苏耗子是用糯米面包上红小豆,红小豆煮得都起沙才包馅儿,外面裹一片紫苏叶子,上蒸屉蒸。苏耗子穿着绿色的外衣,白白净净甜糯弹牙的皮皮,里面是甜兮兮起沙的红豆沙。文芹妈妈做的苏耗子,我就着糖蒜吃,一口气能造一盘子。我虽然不喜欢玻璃叶饼子这个名字,但是榛树丛还是喜欢的,那里面长着榛蘑。榛蘑是全梅赫川最好吃的蘑菇,如果你已经采到榛蘑了,只需要再杀一只鸡就行了,小笨鸡炖榛蘑太好吃了,吃完连姥姥家姓什么都能忘了。美出你大鼻涕泡,呎啪俩响。

"小笨鸡"大伙叫习惯了,大名其实叫青脚麻鸡。它腿短肉实成,羽毛密实,秋冬耐寒。当年的青脚麻鸡肉质最劲道,二年的吃起来就柴了,而且多养一年长不了多少分量还白搭苞米粒,不划算。俺们这儿的规矩是:能今年吃到嘴里的,就不等明年。这也是小鸡炖蘑菇好吃的秘密吧。

我用我的秘密,和蘑菇交换。逮着一个松树伞,我就趴在它跟前,和它说会儿话——松树伞啊松树伞,我今儿个又把裤子刮坏了,上树嘛,总是难免挂彩,你说是吧,你天天不上树,但是天天在树根儿底下转悠,你懂得是吧。什么?你也想上树啊,那好啊,我帮你。

我连根拔地把松树伞薅下来,做了个举高高的姿态——喏,这么高就算上树了,你还小,不能再高了。

然后,我就愉快地把松树伞穿到我的明条上。它已经知道了我的一个秘密了,不能让它再活下去了,灭口!

逮着一个榛蘑,我就摊一下手——不好意思,咱们还是见面了。榛蘑啊榛蘑,跟你说个秘密啊,我其实中午吃饭的时候,偷偷放了个屁。小瓦厂的工人和俺们一个饭桌,他肯定闻到了,他当时在哧溜哧溜喝着土豆豆腐汤,我都看到他一边喝汤一边皱着眉来着。我当时就想提醒他来着:刚才最后一响,北京时间十二点整,这个屁怎么样?虽然动静不大,但是正好十二点啊,整点报时的火候拿捏得准准的。

和榛蘑说完秘密,我又连根拔地薅了下来。它知道的太多了,灭口!

我跟你说吧,其实这个世界上啊,秘密是用来交换秘密的。那句话怎么说来着——我,小洋猪,六岁半的我就知道了这个邪乎的世界。

我把我的秘密都和它们说了,那肯定不白说的,你啥时候见过小洋猪干亏本的买卖了?

松树伞的秘密是喜欢藏在五号头的头帘里。榛蘑的秘密是爱扎堆,一大家子往一块儿拱。但凡你逮到一个榛蘑,别慌,周围还会有一大片。

哎,跟你们说多少次了,别凑热闹别凑热闹。连窝端了吧!

榛蘑还有一个秘密。如果你这次在这里采到了榛蘑,嘘——请保密哦,下次你还能在这里逮着呢。

掌握了它们的秘密，我就是采蘑菇个体户中的专业户啦。离万元户也只差九千九百九十九元而已，近在咫尺。

我为啥稀罕采蘑菇，这下都被大家知道了吧。小心灭口哦！

我在后山里钻来钻去，脖颈子落满了松针，手上多了六串子新鲜的蘑菇。用手提起来，老气派了。我现在是个得胜的将军，心里那个美！而且啊，我的俘虏把这个世界的秘密，全都烂在了肚子里。

忽然，本将军肚子里咕咕叫着。光顾着钻林子采蘑菇了，这都啥时候了？

我抬起头，透过青色的松树枝丫，太阳已经转到山坳后面去了。此刻梅赫川的天空深蓝如海，树梢就像海浪下面的水藻，一阵风儿掠过，松涛浩渺，碧浪滔滔。

等这阵风一住，吹掉的松针才沙沙落下，脚底下窸窸窣窣的。要不了多久，这片落叶下面，还会长松树伞的。一只胖喜鹊嘴里衔着东西，从远处飞过来，蹿进了鸟窝，旋即又钻了出来，站在枝头喳喳喳欢快地叫着，看来刚刚给小崽子逮着虫子了。

是了，我也该回家吃饭了。

我抖落一身松针，裤子上粘了好多老苍子（苍耳），一个个摘下去。黏糊糊的褐色蘑菇黏液沾了我一手，回家要用胰子多洗一会儿了。我提着六大串子蘑菇，撒开腿就往家蹽。

到了院里，我把蘑菇往窗台上一丢，就往屋里蹿，却和文芹妈妈撞个满怀。文芹妈妈是那么温柔，就算我撞到她，我都不会受一丁点伤的。

397

文芹妈妈说，家里来人了，差一个菜，要去园子里看看，再掂掇一个菜。

我指了指窗台——喏，你儿子干的好事。

文芹妈妈一拍手，巧了。

哎，文芹妈妈笑得可真好看。算了，今天的蘑菇上缴了。一般情况下，文芹妈妈要是说"家里来戚了"，那来的是七大姑八大姨这种亲戚，会有好吃的，而且我也可以跟着上桌吃饭的。如果说"家里来人了"，那一般来的可不是亲戚，可能是上门蹭饭的人，这时候也会有好吃的，可是我没机会上桌一起吃饭的，只能人家吃剩下啥咱吃啥了。

来的人浓眉大眼，穿得立立整整，深蓝色制服，大檐帽。而且他的大檐帽可比小宝的气派，再配上这身衣服，像个大官，至少连长以上干部。

文芹妈妈进厨房做菜，我假装帮忙扫地，听着他和我爸唠嗑。

原来来的人是李斧头。这个人我之前听说过，当过派出所所长，后来因为胡老五的事情，他压着法院通知，占了胡老四不少的便宜。后来他被胡老四举报，被撸了。没想到他又当上了新官儿，怪不得看着就稳当气派，像个当官的。

听我爸和他唠嗑，他的新头衔还是所长，税务局沙石管理所的所长。

唉，我爸这人不怎么会唠嗑，就是车轱辘话来回说。他最擅长卖瓦、喝酒和打架，这三种能力由低到高排序。其中打架也包括打人，削我和我哥。让他陪着李斧头所长唠嗑，实在屈才了，论实力，他可以陪着李斧头打架的。

李斧头的大檐帽，镶着金黄的稻穗还是麦穗来着？还有一个嘎嘎亮的帽徽。他不时掸一下裤子上的灰尘，裤线笔直笔直的。

主要是我刚才扫地，掘起来不少灰尘，呵呵。小洋猪假装扫地都能掘起来这么多灰，要是甩开膀子干，李斧头所长啊，你这裤子估计要体蹬[①]了。

李斧头说：你这瓦厂啊，政府非常重视，税务局特意成立了沙石管理所。为了你，专门成立的。你是谁啊？你自己得掂量掂量！我手底下这么多兄弟，容易吗？也要养家糊口的！

我爸说：是是是，兄弟我不容易，养家糊口，混口饭吃，我是谁，我是个小个体户。

文芹妈妈把菜端上了桌子，开了两瓶梅河大高粱。李斧头和我爸说，来来来，别客气，咱们一边吃一边唠，我要掰开了揉碎了给你讲，交税太重要了。

李斧头一说话，我爸就倒酒。他说的话我爸接不住，我爸就说兄弟先干为敬了哈，吱溜就下去一盅白酒。李斧头也不示弱，每一盅酒都不差意思，爽快麻利捅下去，看得出，也是"酒精"考验的好干部。

只是他喝酒有个毛病，要抽烟。我爸打发我去郝金生家买烟，要买带过滤嘴的"大人参"，不能给李所长整不带嘴儿的金

[①] 糟蹋的意思。——梅赫川方言伪专家小洋猪注

葫芦。

我跑啊跑跑啊跑,路过巫殿礼家壕沟,路过村长家院头,路过老杨太太家门口,去郝金生家买烟。老杨太太家门口聚了不少人,院子里还扯了电线,临时支起了二百度的大灯泡子。她家从来没这么亮堂过。我来不及看热闹,买了烟就往家蹽。

李斧头和我爸已经干掉了一瓶大高粱了,现在开始整第二瓶了呢。

我感觉今晚儿他俩至少要醉倒一个。我忽然想起崔美丽婚礼上,喝醉酒的我舅姥爷。我瞄了一眼老七,它这会儿还狗模狗样地老实窝在柴火堆。我心说,老七啊老七,一会儿啊,他们有人要吐了,你可别吃啊,吃完也会醉的,你平时狗模狗样地装得那么乖,今天就装到底吧,可别学什么所长局长那种啊,扣上大檐帽就人模狗样的啦。

李斧头还在讲要交税,我爸一边倒酒一边说:兄弟一个小个体户,虽然沙子水泥都花钱了,可卖不出去几个钱儿,够不上政府的标准哪。

李斧头说:你不是个体户,桌子面上的说法,你这是乡镇企业家,开工厂的。桌子底下的说法,那要在以前,你就是资本家了,你雇用了三个工人呢,要割掉你的尾巴的。

李斧头说完,做了一个果断的切的手势。义正词严、大义凛然、正大光明、当仁不让,以及其他成语吧,就那个意思。

我爸一激灵,连忙下意识摸了摸屁股。屁股好像没少啥,重点是也没多啥。

我爸说：桌子上的，那都是李所长说了算。

李斧头伸出食指，点着我爸说：所以说啊，这税啊，你要认真对待，你要心里有数。别说在梅赫川这小地方，就是在快活镇，也没有我摆不平的事儿。

说完，他还敲了三下桌子。

我还饿着肚子呢，心里老大不乐意，早知道是他这样的人，我捡两块马粪包回来好了。浓眉大眼的，尝尝新鲜的马粪包，一定味道对路。李所长辛苦，管天管地管空气，连河里的沙子都管，马粪包，值得拥有啊。

但是，我有一些不理解，河里的沙子，是俺们花钱雇史老三拉的沙子啊，不是应该找史老三收税吗？还有，沙子也不光是史老三摇着大鞭子拉出河的，还有他的牲口：一匹大辕马，两头骡子啊。

史老三大鞭子厉害，李斧头的斧头不一定能干过他，但是，李斧头可以找骡子收税。

想想骡子也挺可怜的，没法处对象，不能生孩子，连计生办的人都捞不到它的油水，却被李斧头给剃了。呜呜呜呜，李斧头，大梅河里的沙子海了去了，这个税永远收不完，你这个工作好，可以一直干下去，子子孙孙干下去。

我在这边瞎想，他俩已经喝大了。尤其是我爸，舌头都打卷了。

李斧头觍着红扑扑的脸，吐着烟圈，一圈一圈又一圈，像是套圈一样，一个个烟圈向我爸套过去。我爸已经迷迷瞪瞪的了，身子都在晃悠,他一晃,躲过去一个烟圈,又一晃,又错过一个烟圈。

李斧头打了一个嗝儿,跟我爸说:你哈,就听我的,就对了,别的别想,就给我税!

我爸说:行,睡,现在就——睡!

他咣当一声,往身后炕上一躺,睡了。

文芹妈妈赶忙出来圆场子。李斧头看看炕上打呼噜的我爸,只好对文芹妈妈说:我改天还来,你们好好准备一桌——啊不,准备一下,钱,钱哪。我对梅赫川有感情,我连襟不还在你们这儿当个小小地方官嘛,有事那就一句话的事儿,好使!

文芹妈妈说:是是是,官村长也很照顾。

李斧头说:我今儿既然来了,也去我连襟那儿瞅一眼,别让他挑理,弄得像我这个亲戚当个所长,就不爱理人似的。

文芹妈妈说:那也好啊。村长今天稍微忙,早晨的时候,他家邻居老杨太太走了,他是村长,得去站一脚。

李斧头一听,马上说:这样啊,那就改天再去吧,梅赫川咱也常来,像走平地一样。

文芹妈妈说:老杨太太家就在村长家隔壁,你也路过的。她是五保户,也不安排啥流水席和写礼账的。简单发送了。

李斧头说:啊……那我去站一脚。顺便看看我连襟。村里死了老人,我这镇上的干部,应该看一眼的。

文芹妈妈说:径直走过去,官村长家隔壁就是啦。这会儿应该在刨棺材板子,村里劳力少,你是镇里干部,去了也能指挥一下帮上忙。

李斧头一拍脑瓜门子：看我这记性，家里炉子上烧了一壶水呢，我得回去亲自处理一下，新的不锈钢水壶啊，别烧漏了。改天再去帮助我连襟指导工作吧。

说完，他把抽剩下的半包"大人参"往兜里一揣，晃晃荡荡走了。

老杨太太死了？我感到胸口闷闷的，像是堵住了一块马粪包，喘不上气儿来。那个全村唯一叫我"文芹家老二"的人走了，她的话曾经把我和文芹妈妈拴在了一起。以后，还会有人这么叫我吗？

文芹收拾完厨房，挑了五担水，挑水为的是准备明早瓦厂和水泥。干完活儿，她也去了老杨太太家，看看能帮上什么。我心里委屈着呢，电视也没看，哪儿都没去，连晚饭都没吃就睡了。

不知道从什么时候开始，我的心里开始能装事儿了，那些和我无关的人无关的事儿，也会在我小小的心里窝着，我不想倒出来。好吃的，我也会先端量着，再慢慢地吃，要是搁在以前，那都是风卷残云地造啊，现在风停了，云也悠闲从容了呢。

转过头的第二天。晴。大伙搭把手，把老杨太太埋了。吕小子和郝金生等人，讲述了半个秘密，人们也跟着谈论这半个秘密——

说老杨太太感觉自己不好了，就吆喝周围的人。有几个老娘儿们在场，见证了她咽下去最后一口气儿。她临死前，说了一个

403

事儿：那个让她一战封神的算卦的事儿，也就是当初她掐算村长家丢的大公鸡会在两天后自己回来那件事。真相其实不是那么回事，那只鸡真的丢了，第三天有人给村长送了一只大公鸡。是有人给村长送礼啊，溜须拍马！送礼的人不是别人，就是咱们梅赫川的——老那谁家，小那谁。

几个老娘儿们问：究竟是谁啊？

老杨太太说：就是——她一口气儿没喘上来，就咽气儿了。

这半个秘密，引起了人们极大的兴趣。人们把握核心要义，重点关注了那只鸡的命运：它最后怎么着了，是炖了蘑菇还是炒了鸡杂？

梅赫川的鸡已经死绝了，开春的瘟疫把这些家禽收拾得利利索索。现在这会儿想扎个鸡毛毽子都薅不到鸡毛，零星又饲养的小鸡还没长起来，大伙抓住这个秘密唠唠鸡肉的吃法，也是情有可原的。但是，没人去问是谁偷了村长家的公鸡。在人们心目中，不管谁干的这事儿都是个爷们儿，梅赫川不缺爷们儿，不用问，村长家的公鸡，人人得而偷之。

老杨太太离开了，好像什么都没有带走。也没有给大伙留下什么宝贵的东西，她的千年一遇的大秘密，所有人都知道了，很多人家也天天晚上抓紧操练着呢。只是目前除了崔美丽和高小满，其他人家都没信儿。

其实，老杨太太还留下来一间小破草房。大伙也只是稍微留意过而已，很快就忘了。她刚走六天，村长就叫人把她的小草房推平了。村长需要一个更大的猪圈，他家里还没有猪，不过不要紧，提前准备一下嘛，反正年底的时候还是会杀猪的，既然要杀猪，早晚会有猪的。村长就是这样没下雨就准备好雨伞的周到的人啊。就像准生证，三年前他就替他儿媳妇准备好了，至今"哪吒"还没降世。也有热心人，替村长着急，背地里说：扯了准生证也没用，村长爷俩打一口枯井都没打出水来，真是让人操心啊！

人们不会去过问村长家的事情，除了因为他是村长，还因为人哪，其实都知道自己是谁，掂量过自己几斤几两。刮风下雨不知道，自己几斤分量还是知道的——都不容易，养家糊口，混口饭吃，我是谁，我就是个小个体户呗。

我是谁？我是小洋猪，我也是个小小个体户啊。

17

"处暑不出头,割了喂老牛。"梅赫川这句老话,说的是过了处暑,庄稼也就见分晓了。今年上半截大旱,挖水渠挑水线救过来了水田。进入汛季,一场大雨过后,大梅河就平槽了,挖的水渠又都被洪水抹平了,大梅河又变回原来的大梅河,河水汪汪的,有的是。临时的水渠没了,后半程的水田也算有足够的用水保障了。

可山地收成挺差。梅赫川粮食的大头还是苞米,也不能都掰了吃甜秆、割了喂牛,今年是少有的瞎年头。

九月初有个下半年最大的节日,八月节。梅赫川人不去管它什么节日,什么名儿不重要,不去深究,八月节、五月节、十月——……这样的简单叫法背后,是人们对节日意义的淡漠——反正是个节日就要吃嘛!

虽然年头不咋地,文芹妈妈提前十多天就在准备八月节了。

每年八月节,她都要请小瓦厂的工人们好好吃一顿饭的。

这顿饭可丰盛了,比流水席还吸引我。可今年,我心思不在这儿。我想着上学的事情。是的,六岁零九个月的小洋猪,要正式上小学啦。

说了也没人信,其实我很盼着上学。我一点儿都不喜欢上学,特别是经历了游学那件事之后,上学太拘束了。用二表哥的话说:太耽搁事儿了。但是,我还是盼着上学。我觉得文芹妈妈太累了,我不想她因为我的事情操心,我已经快两个星期没有爬树了。天哪,两个星期,我自己都吓了一跳。我也尽可能不抱着埋汰的老七,那样会弄脏我的衣服。

衣服、裤子,要干净,没有刮破,这样文芹妈妈不用天天给我洗衣服、补裤子。只是每天夜里,我还是不能保证不尿炕,总会有突发情况嘛,谁还没有个着凉的特殊情况嘛。

还有,我不能高烧,我不能白血球乱蹿,数据忽高忽低。这些不受我的控制,我说了不算,但是,我心里使劲儿跟我的身体说:你给我老实点儿!惹毛了我削你!

我对自己能不能下狠手呢?我看着自己小小的巴掌,走到了镜子前。要是削自己,打哪儿呢?

我一站到镜子前,吓了一跳!经过那场暴露隐私的跑肚拉稀,我光知道自己瘦了,可没想到居然——瘦成……瘦成这么……正常的样子了。

别了,我的肥嘟嘟的大脸盘子;别了,我的圆滚滚的大屁股。如果现在对一个陌生人说,看到那孩子了吗?他的外号叫小洋猪！人家一定会诧异：为啥叫这样的名字啊？

是了，好像已经有几天没人喊我小洋猪啦！人们不是瞎了，也不是哑了，是面对一个正常的人类幼崽，他们找不到合适的昵称了！

镜子前的我，在使劲儿记忆我现在的长相，也在使劲儿回忆，我自己长啥样来着？一股兴奋、哀愁、怀旧、若有所失且飞来横财的复杂情绪，像涨潮的大梅河河水一样，汹涌着翻滚着，向我袭来。我想不到用什么样子的词来形容我的心情，我只看到镜子中的自己：捎带着八十年代的迷茫，皱着眉，嘴角却微微上扬浅笑着，这样的我也很好，我突然很喜欢这样的自己。我决定了，我不削自己了！

我，六岁零九个月的小洋猪，郑重宣布：我，"胖过"，人生的履历表上，可以多画一个对钩了。

我已经做好了上学的准备了，并且，我内心已经接受了我哥的二手旧书包了。

可文芹妈妈比我想得多很多。她给我准备了新衣服，还有田字格、橡皮。试着新衣服的时候，她还温柔地说，可别再像带着狗崽子老七在吕先生面前那么闯祸了哈，嘿嘿嘿。

我心里一惊。游学那会儿，带着老七在耕小胡闹的事儿，我和二表哥都没说，文芹妈妈居然都知道。呜呜呜，是不是我所有丢人的事儿，她都知道啊！呜呜呜呜，我在大座钟上面藏的零花钱她是不是也知道啊。

她还给我做了一双新板鞋。虽然是手工鞋，比不上"礼拜鞋"好看，但是那一针一线，纳得密实，肯定比礼拜鞋结实啦。

最让我意外的，她还给我准备了一个饭盒。白铝的，配了一个光亮亮的不锈钢勺子。她又用钩针编织了一个网兜，我就可以提着网兜拎饭盒了。可是，耕小很近，为什么要准备饭盒呢？难道是怕我中途饿了，课间十分钟开一顿饭？

事实上是我想偏了。文芹妈妈希望我去上一所建制齐全的小学，而不是耕小。但是，我还不会骑自行车，个头又小，还不能去快活镇小学，对我来说，那里太远了。她想着先让我去逍遥小学。

说到这里，必须给大家科普一下梅赫川的地理和行政了，为什么现在才说呢？因为大伙一直也没问啊？是吧。

快活镇是个非常大的乡镇，有多大呢？我都活了六岁多了，我这辈子都还没走出过快活镇，我最远的地方就是去镇上赶集。快活镇下面有个很大的村子，叫逍遥村。逍遥村可大了，我这辈子到现在啊，也还只去过一半的地方。逍遥村的一个小生产队，因为孤零零，离其他七个生产队有一些远，人们管这个生产队叫梅赫川。经常被叫"村长"的官德宽，其实是这个生产队的小队长。大生产队里面最高干部叫村支书，或者村书记，这里没有村长。逍遥村小学比快活镇小学要近，逍遥村小学后面就是逍遥村中学。看，逍遥村够大吧，不光有耕小，村子里居然还有六年制小学，三年制中学。

文芹妈妈觉得我应该读更好的学校，但是暂时去镇上读书太辛苦，心疼我，所以就想到让我去逍遥村小学读书。

好的，我同意了。八十年代嘎嘎新的小学生，前来报到！

我愉快地背着二手书包，带着文芹妈妈给我准备的一切，就去上学了。

上学啊……可真没意思。我去了两天就够够的了。老师，老磨叨了，一个事儿讲好几遍。小手成天得背身后去。要熬啊熬，熬一上午，有个人拿着锤子，在一块挂在树上的大铁砣子上，当当当当当，锤个五六下，中午才放学。像我这样路远带饭的，铁砣子一响都往伙房跑，在一个大锅里，找自己的饭盒。因为有人帮你在锅里把饭盒热好了。那些第一天上学的孩子，惊叹这个锅太大了。

真是没见过世面，这个锅比梅赫川求雨炖牛那个锅小多了。学校这个锅是孙子，梅赫川那个锅是锅爷爷。

我发现，这儿上课下课，都要听那个敲铁砣子的，他抡着锤子当当当才可以上课，再当当当才可以下课，放学也一样。哎，这活儿挺好，要不是文芹妈妈让我考大学，我将来干这个活儿吧，或者读完大学回来干这个也行，不耽搁吃樱桃、采蘑菇、摸鱼。

我曾经琢磨过，把抡锤子那人的锤子偷走，或者把那个铁砣子偷走。看样子铁砣子挺沉，我不一定搬得动。偷锤子看样子更务实一些。

只要锤子在手，上课的铃声就永远响不起了。这里可不是耕小，不会冒出来个吕先生，说上课就上课的。嗯，是个不错的主意。

但是，为什么我没实施这个计划呢？原因有两个，一个是我想起了文芹妈妈的话，不要像在耕小一样闯祸。另一个原因是，我发现要是上课铃不响的话，那么下课铃也不会响了啊！放学的铃声也不会响起了啊！呜呜呜呜，这事儿不好整啊，不好整！

等上学第三天的时候，我就把上学这事儿整明白了。上学是什么？就是熬日子。

一周要上六天课，只有星期天休息。这是谁想的主意啊？为什么不能一周上一天课，休息六天呢？那六天就是不休息，玩儿也行啊！

还有，我一直闹不明白，老师讲得为什么那么磨叨，翻来覆去地说。就像电视里的绑票案子一样，三十多个孩子，被绑架在教室里，绑票一次要绑四十五分钟，然后才把人质放了。放一次就放十分钟！我实在憋得难受，好想跟老师说：老师，亲爱的老师啊，你就当我是个屁，把我放了吧！

从第三天开始，我上课就瞄着窗外的麻雀了，我数它们有多少根羽毛。这道题比老师的问题有意思多了。

老师的题最没意思的是考试，就是把平时讲的再磨叨一遍。而且，我发现一个秘密，考试就像楚汉举摆的象棋残局，摆棋的人只会赢不会输，就算遇到了高手，那也是打平。出卷子的老师就是楚汉举，他也不见得有多厉害，但是他知道答案，你厉害，也只是 95 分、97 分，总还是输给老师三五分，或者你太厉害了，化身卷土重来的风衣哥，考了 100 分，那你也是和老师打平，没有赢了老师。没有谁能把 100 分的卷子考个 103 分、105 分吧，想赢老师三五分？门儿都没有，想都别想了。

最要命的是，答案都是唯一的，就一个，这是上学最没意思的地方。为啥什么都要有答案，为啥答案只能有一个？为啥5+3就得等于8？它算不出答案不行吗？何必钻牛角尖必须算出来？人家有时候确实一时想不起等于几来着，它等于"让我再想会儿"、等于"让我发会儿呆"不行吗？还有，如果5它不愿意和3相加怎么办？那么死乞白赖相加，会有一个圆满幸福的结局吗？为啥答案不能是很多很多个，这样答哪个都算对啊，老师和学生都和解了嘛！

我早晨如果去得早，会偷着吮吸串红花蜜。它让我体会到，上学除了枯燥，也偶尔有甜的时候嘛，只不过要吃甜头得自己偷偷下手。

上学除了没意思，也有一些有意思的地方，因为学校也是一个小小的社会吧。也会有淘气的人，特意把柴火棍塞进门锁，等傍晚大家都放学了，值日的女同学锁不上门，急得呜呜哭。或者来个"水淹七军"，班级都是泥地，每天扫地有很多土，就让值日生洒水来着，也有淘气的往教室倒五六水筲的水，第二天早晨大伙就在"河"里上课。还有给老师起外号、给女老师粉笔盒里面放一只青蛙的，上课处处有惊喜。

这些案子好破，不听话的学生免不了会挨棍子。

这些有意思的事儿，我都没参与过。也不是我怕挨打，这几棍子和我爸的霹雳弹、耳刮子、无敌旋风腿、荆条蘸凉水比起来，何止小屋（巫）见大屋（巫），简直就是小屋见大楼。

这些捣蛋的事儿，我就是稍微看一下，也就知道什么小伎俩了,不过如此。当然,老师没打过我,也不是因为他们知道我是小洋猪,也不是喜欢捏我的腮帮子掐我的脸蛋子玩儿,他们都不知道我的外号。可能仅仅因为我看起来挺乖,学习也还行。

我的学习才不是给老师学的呢,我才不为了溜须拍马而学习,人家是为了文芹妈妈才学习的。我放学回家,第一件事就是写作业,写不完作业不吃饭的。文芹妈妈也从来不操心我的学习,一般我都是 95 分、97 分,让着老师三五分。

总之,开头我就知道最后的谜底了:我会考上大学的。上学也给我带来一些变化,要说最大的变化,那就是我身上的特异功能在逐渐消失:我之前就站在村长家房盖上或者爬上大榆树看一眼,梅赫川发生了什么、谁说了什么话、想了啥不该想的,我都能知道个大概其。可是,自从上学后,我的小手往后一背,我的唯一答案往试卷上一填,我的特异功能就像一个白糖冰棍下了肚,在我身体里融化了,化成了水儿,最后就不见了,都不知道是不是跟着尿一起尿出去了。我的特异功能没了。那些嘈杂的、邪恶的、暧昧的、野蛮的,那些温柔的、善良的、坦荡的、阳光的,原本藏在一个个破衣喽嗖的农民抄起来的袖口、藏在懵懂无知的八十年代青年的眼神里、藏在迷茫困顿又渴望高潮的大姑娘小媳妇的嬉笑声里、藏在满脸榆树皮皱纹的老人们心坎儿上的秘密,还有舌尖上的说秃噜嘴的实话,以及半真半假的谣言和谶语,都在我的耳边渐行渐远,最后,我就完全听不见了。

我早晨上学的时候,遇见一只画眉鸟,它蹬了一下榆树枝丫,清脆地叫了一声,扑噜噜——飞了。

哦，我没有聋啊。——听着它脆亮的叫声，我心里踏实了。原来梅赫川也有鸟的，很多，我以前没怎么注意到哇。

学校里的事儿，都是小事。这段时间，也有大事发生，就发生在梅赫川。其实，吕小子听着收音机，也天天给大家嚷嚷大事——

什么苏联那个"裕褙乔夫"又发表电视讲话了。嗯，他是个演员吗，为什么总上电视上讲话？我觉得他可以考虑做个演员，演不了别人可以演自己。

什么台湾省戒烟（解严）了。嗯，烟不抽就不抽吧，"金葫芦不倒，一天两毛"。虽然抽烟也只是花小钱，可是攒钱太难了，我藏在大钟上面的钱现在还没攒够十块呢，我争取成为万元户，在我一百岁的时候。到时候我要带着老七，去台湾省看看去，顺便采蘑菇。

什么世界人口现在已经到了五十亿啦！嗯，五十亿？我掰着手指头数了数，一个手指头算五亿的话，正好能数过来了，还行，能数过来。但是，最好别再多了，再多我掰着手指头就数不过来了，而且，世界上也没有那么多责任田口粮田小片荒①给大家分啦！嗯，计划生育，很重要！

什么美国发生了"黑色星期一"。嗯，星期一变成黑天了，是不是也不用上学了？离我的一周上一天学休息六天的计划，又近了一步啊。美国人真可怜，吃不到樱桃，一周还有一天黑灯瞎

---

① 小片荒，就是村民将荒地、山坡杂草地开垦出来的小片农田。——梅赫川进村务农小学生小洋猪注

火的！我决定了，还是不去美国了，就留在梅赫川，"美赫川"不如梅赫川。

什么南朝鲜人喜欢吃明太鱼，于是选举的总统都叫卢太鱼（卢泰愚），不过总比日本好，他们选的首相叫足下登（竹下登），听听这名字，不难猜想，不是鞋垫就是袜子嘛，自带一股肥沃的空气。

什么伦敦地铁发生了火灾啦。嗯，伦敦，嘻嘻，不是厕所轮着蹲。他们也不比美国亮堂到哪里去，火车都在地下开，一样黑灯瞎火，肯定是点蜡引起的火灾，或者《冬天里的一把火》唱得太猛了——熊熊火光，温暖了我！

这些大事，没啥意思，离梅赫川太远了。吕小子报道过的所有大事，只有一个消息，引起了我的注意——

有个叫梵高的人，画了一幅画，画的是向日葵，卖出去了两千二百五十万块钱，还不是人民币，听说是英镑，比人民币还值钱的钱，比"大团结""放羊人"还值钱的那种票子。五十亿我还能掰着手指头数过来，两千二百五十万太多了，我掰着手指头都数不过来呢。应该是很多很多钱吧。这可比胡老四倒腾牛赚钱，比郝金生开小卖店赚钱，比吕小子卖瓜赚钱，比李斧头收沙子石头税钱赚钱，比朱万山杀牛赚钱，比老周大夫卖汤药赚钱，甚至也要比文芹妈妈开小瓦厂赚钱。

我幼小的心灵，播下了向往艺术创作的种子，这枚种子形状像一张美人脸，它还能榨油，炒熟了还能嗑出来唠唠张家长李家短，它生根发芽长啊长，向着光明和太阳，每天扭着脖子都不会得颈椎病。梅赫川家家都种这样的种子，也都不需要种在责任田里，就是菜园子边边粪堆旁。画一个向日葵，就是两千二百五十——万！

我现在感觉，冥冥之中上天都给我安排好了，他吕小子的情报还是有用的，我感觉吕小子只要不扔了打狗的拐杖，可以恢复他丐帮长老的职位的。

我知道了，困惑我这么久的问题，终于有答案了。我决定了，长大后不去逍遥村小学当敲钟的人了，我要成为梵高！我比梵高更懂向日葵，我不光懂自己家的向日葵，全村的向日葵我都摸过底的！等我成名了，人们会忘掉那个肥嘟嘟的小洋猪，会叫我作为艺术家的名字，我都想好了，他叫梵高，我要比他洋气一些，我的新艺名——小洋高！

我在心里默默憧憬自己未来的职业，酝酿着艺术家高端的署名，梅赫川也在悄悄酝酿着大事件！

县里、镇里和村里决定，要给梅赫川通自来水！

人们的第一反应是——造谣。肯定是哪个小卖店的水管子滞销了。咱们成年到辈自己挑水，不用花电字儿，也不费扁担的，要自来水干吗？

村长官德宽说，这儿有红头文件的。还有啊，过两天村书记要来给大伙讲解，大伙一定要注意了，具体注意事项就是——在村书记面前，大伙还是要叫我队长哈，别村长村长的瞎喊的，谁喊出事儿就罚他出义务工！

没过几天，村支书真的来了。还带着几个背着白色塑料桶穿着白大褂的人。白大褂先说话，主要说的就是，县里镇里的科学家从梅赫川的井水里抽了几管子水，回去化验，发现梅赫川的井水缺少维生素 ABCDEFG 等等吧，这种水喝多了，人会缺心眼儿！

穿白大褂的不一定是大夫，也可能是科学家。就像画向日葵的不一定是梵高，也可能是小洋猪或者小洋高。从这个角度寻思，我站在了白大褂科学家和两千二百五十万英镑这一边。

大伙可不干了！你们什么科学家？俺们祖祖辈辈喝这个水，也没见到生出来傻子啊？你说谁傻啊？你们为了卖水管子，也不能说人缺心眼儿啊！

梅赫川的人是有原则与底线的，就是你不能说俺们缺心眼儿。你可以说俺们缺钱，缺媳妇，缺新的大瓦房，缺德，但是不能说俺们缺心眼儿！最好缺德也不要说，俺们有时候也不缺德的！

有人还是动了脑子的，提出不同意见：是不是搞错了。要不你再测测大梅河的河水，俺们用河水种稻子的，稻子打成大米，大米吃了。会不会是大梅河河水缺 ABCDEFG？

白大褂科学家说，大梅河河水也测量了，维生素 ABCDEFG 丰富着呢，特别适合种稻子。但是河水是地表水，不能直接饮用。说完，白大褂科学家拿出来一沓检验报告，上面写了画了，密密麻麻的，像蝌蚪还没成形前母蛤蟆产的子。张铁匠和赵木匠识文断字，吕先生和李老师有文化，楚汉举懂得琴棋书画的四分之一，他们几个人都看了这份报告，都表示：这玩意儿啊——让人整不明白！

其实也不用看，稍微想一想啊也能整明白的，人们不愿意承认自己是傻瓜！

村书记站了出来。他用大伙能听懂的话，跟大伙讲——

科学家们化验的结果是有科学依据的，不会错。但是，不是说喝了这个水人就傻了，水是解渴的，不是药，也不是迷魂汤。但是，咱们这个水，说白了是山泉水，也包括一部分山上淌下来的水，所以，咱们的井都不深，对吧？井水还有点儿甜，对吧？夏天，井里还都有蛤蟆，对吧？

这水也不差，就是少一些该有的好东西，常年喝，会影响生孩子，要么生的孩子少，要么生出来的不够欢实。虽然家家也生娃娃，可咱们梅赫川生的孩子少，就跟临近的几个生产队比照，也少。咱们这儿，到现在也就出了一个大学生。可咱们学校不差的，咱们村里都有九年制的全学科学校的。

大伙有顾虑，也正常。

现在县里、镇里和村里想着给大伙办点儿好事。办好事也要打消大伙顾虑。

先说自来水的水从哪里来。科学家和专家已经勘探了，往地下100多米的矿层打了深井，取出来的水做了化验。他们发现梅赫川真是人杰地灵的宝地，地底下的矿泉水是全县最好的水，不光含有 ABCDEFG，连 HIJKLMN 也有，26个英文字母都不缺呢！不缺，很重要！咱啥都不能缺，全村致富奔小康，缺谁都不行!

　　再说钱谁来花。村里没钱,咱们老百姓也没钱,不能说为了办个好事,就让老百姓自己掏腰包,咱老百姓就算攒点儿钱也是为了盖大瓦房,为了给儿子娶媳妇的,是吧。县里也特别爱护咱们梅赫川,决定县里出钱打井。自来水的抽水设备也是县里出大头,镇里村里出一部分钱给大伙买,县里还派专家来帮咱们,手把手教咱们怎么用这套自来水机器设备。等咱们自己学会了,平时就咱们自己管,想啥时候用水了,那头一扳闸,这头你在家水缸前就等着呜呜冒出来水了。咱老百姓,三九天站在井沿跟前,摇着辘轳打水,脚底下滑着呢,不容易。三伏天,井水上升了好几米,家家孩子乱跑,揪心着呢!再说了,这水是天天吃天天喝的,一百多米深的矿层,没有农药没有化肥,政府放心,大伙也心里踏实,大伙说说是不是这个理儿呢?

　　村书记还没说完,王国权就说:俺们听明白了,这是好事,俺们同意,你就说怎么干吧!

　　小队长官德宽瞪了王国权一眼,王国权假装没看见。

　　官德宽清了清嗓子说:作为……村,嗯,作为……村里的小队长啊,我举双手赞成安自来水。书记说得这么好,咱们都没给人家端碗水,科学家说咱们井水……影响生孩子,那至少说明,咱们梅赫川的老爷们儿小媳妇身体都是没问题的,中用的,有问题的话那也是井水的问题。

　　小队长官德宽还想说两句,大伙七嘴八舌的声音就像哗啦啦流淌的大梅河河水,把他的话淹没了。大伙都听明白了书记的话，都觉得书记可真了不起，说的话都能听懂，句句都钻进人的心坎儿。

书记和书记也不一样，你看电视上那个"袴褶乔夫"，据说也是书记呢。

书记又说，上了11月份就天寒地冻了，可10月份家家又农忙，今年不挖好管道，就得等明年了，大地冻七尺，等明年就得1988年5月份之后的事儿了，一拖就会是大半年。咱们好不容易从县里要来的支持，等明年又不知道会不会有变化。

张铁匠插话说：打铁要趁热。

他虽然平时话很少，但是他闷头给老百姓一年也打出来不少锄头、镐头和菜刀，夏天给年轻人放电影，也是白干活不要钱。他说话，大伙都点头的。

书记说，盘算了一下，10月底能收完稻子，拉完秸秆，11月中就会飘雪。在10月底到11月初，大概有十天左右的间隙，要是咱们能抢在这十多天里，把管道挖出来，铺好水管子，11月底，咱们就能喝上干净的自来水了，还是纯粹的矿泉水呢！

岁数大的人心里有数，挖管道那至少要挖两米，梅赫川的冻土层太厚了，浅了水管子到三九天就冻死了，只要冻一绺远，全村也得停水。全村家家门口挖两米五的深沟，再入户挖到水缸跟前，这工程大了。梅赫川壮劳力不多，就算派上能扛动锹的大姑娘小媳妇，十天半月也干不下来。可是，夏天挖会挖出来水，和稀泥的活儿更没法干，大冬天地就冻实成了，上镐头都抢不动的，书记确实懂，选的时间点不耽搁农忙，但时间太紧张了，梅赫川的老爷们儿死磕也磕不下来的。

原本心中腾起来的火苗子,眼瞅着又要被浇灭。人们不能说干不了,人家书记句句想着老百姓,好不容易给争取的好事,咱们得接得住。人们也不敢说干得了,怎么盘衡下来也没有胜算。梅赫川的人心里明镜儿似的,一点儿不傻,喝多少水都没傻。

大伙眼里充满渴望,心里却揣着忐忑,干裂的嘴唇都紧闭着,眼巴巴看着书记却说不出话来。如同一团乌云压在梅赫川上空,谁都知道它后面就是阳光,可就是透不过亮来。也看不到啥时候能来场狂风,吹跑它。它压在那里,让人喘不上气来。

书记说,梅赫川是人杰地灵的好地方,旱涝保收,要风有风要雨有雨。眼前这个自来水的事儿,其实也谋划了一段时间了,各种困难也都想到了。凭咱们的人手,十五天,干不下来这个工程的。可这个事儿它太值得干了,自来水通了,十年二十年,三十年五十年,那都是给子孙后代攒下来的。没有风,那就要借东风,没有雨,那就请东海龙王。咱们劲儿往一处使,一定能啃下来这个硬骨头的。

人们心头的乌云,有一丝松动。可还是不知道光从哪里来,风往哪里吹。

书记说,实话说,为了这个事儿,我也不得不动用了私人的关系。我在当民兵连长的时候,结识了一个战友,他现在是驻扎县里北大营的营长。这么多年都没走动了,人家还算仗义,我去找他,人家也接待咱了。听到我张口要帮忙,话才开个头,人家就拒绝了。哥们儿归哥们儿,喝酒吹牛都行,帮忙办事不行。我就说啊,不是我找你办事,是梅赫川上百口人家找你,我是替老百姓张口求人的。他一听我说是给咱们老百姓安自来水,要上工程,当场给咱们派了一个连!

书记说到动情处,停下来,眼泪在眼圈打转。

一个连,一百二十个解放军士兵。营长说了,当兵的把全部主管道都承包了,咱老百姓踏踏实实收苞米割稻子就行了。到时候,咱们把总管道通到家里这段三五米的分管道,自己挖好就行了。

人群中有人开始鼓掌了,接着所有人都使劲儿拍着巴掌,手都拍红了。王国权为书记叫好,还和吕小子放起了鞭炮。

书记说,我没做啥,人家营长帮忙可不是给我面子,是给咱们老百姓面子。军民一家亲嘛,大伙记住了就好。

这一年,人们心里苦着呢,委屈着呢,借着通自来水的喜悦,可算盼来了一桩好事。这水,贯通了梅赫川,也灌进了人们干涸的心头。

在1987年的深秋,梅赫川作为东北山区一个最底层的偏远农村,居然通上了自来水。连它的上级逍遥村、上级的上级快活镇,都还需要井里挑水过日子呢。这不能不说是个奇迹,人们能想到的共产主义生活,也不过如此吧。这个奇迹的创造者是村书记,他姓孙。

孙书记,了不起。

自来水通水那天,村书记特意邀请了营长来参观,请营长讲话,营长拒绝了,只笑着喝了一口新泵上来的矿泉水说:好喝。

然后，带着他的兵，齐刷刷地开拔回营了。

当兵的身上有一种东西，是梅赫川人没有的，是逍遥村小学老师身上也没有的，它深深吸引着我。我现在有一些犹豫了，长大了是当个画向日葵的小洋高还是当个带兵打仗的营长呢？两千二百五十万块钱虽然很多，但是在梅赫川甚至快活镇，大伙还是不认英镑的呢！

通自来水这件事，也让文芹妈妈下定决心，要在明年扩大小瓦厂的规模。做瓦需要很多很多的水。不光是因为和水泥要用水，所有做好的水泥瓦，都有二十一天的养生期。瓦的质量三分在前期的水泥是否用足了，工人力道是否压实了，七分在于养生期的滋养。

从瓦架子上卸下来的刚刚定型的瓦，要码放到瓦垛上，在二十一天的时间里，只要干了就要浇水，才能保证水泥的养生。浇水对养生期的水泥瓦来说，就好像月子里的孩子吃奶水。

我们家离那口老井很近，但是每天也要挑二十多担专门浇瓦的水，这还不算和水泥的水和自己家里做饭洗衣服的水。院子里好多个大水缸，平时都是满的。

我爸不同意文芹妈妈的打算，他觉得现在开小瓦厂的人家也不少了，每年都有新开的小瓦厂，再扩大规模，怕卖不动。

这些新瓦厂，其实都是梅赫川或者逍遥村的村民，看着文芹妈妈的小瓦厂生意好，就找文芹妈妈帮忙，也想支棱起一摊赚钱的买卖。文芹妈妈都是知无不言言无不尽，啥都帮，我爸有时候也过去帮人家指导一下徒弟。

文芹妈妈想的和我爸不一样，她觉得这几年大伙都想着盖新房子，水泥瓦的使用量一年比一年多，太明显了。只要谁家要娶媳妇，人家娘家开出的条件都是三间大瓦房、电视机、自行车。虽然开瓦厂的人家多了，可都是梅赫川的、逍遥村的，外人都认梅赫川的瓦好，说到底是咱们水泥用得足，河里的沙子好，干活的人实诚，没有偷工抽条。

现在通了自来水，解决了很大的问题。每天挑水出太多力不说，要好多时间。现在水管子一接，就直接往瓦垛上滋水浇瓦了。水房收水费按人头，一口人一个月一块五毛钱才，咱们开瓦厂用水多，也不占他便宜，和水房商量好价钱，该多少钱给多少。

我爸还是不敢多上几百块瓦板。一块瓦板一天只能做一片瓦，第二天才能定型，做好的瓦定型了才从瓦板上卸下来。新盖三间大瓦房再加上小仓房，那就要两千片瓦，我们家现在有六百片瓦板，干三天的产量，还够不上一个人家盖三间新房子的需求。

盖房子的人家，用瓦也着急呢，想想娶媳妇的小伙子也着急啊。都是今天谈好了价格，明天就要送瓦，后天就要上梁，恨不得大后天新媳妇就要过门的。

文芹妈妈最后说了一个理由：全梅赫川都拿不到水泥的时候，咱们能。全快活镇的瓦厂都因为没有水泥停产的时候，咱们的小瓦厂从来没停工过。看着别人停产，咱们也应该多上瓦板。

好吧，我爸勉强同意了，再上两百六十块瓦板，小瓦厂的总体规模到了八百六十块瓦板，小瓦厂即将变成中瓦厂了。

水泥的事儿，文芹妈妈倒也没有吹牛。县城里盖了很多高楼，盖楼用的水泥多了去了。全县就一家国营水泥厂，生产不出来那么多水泥，旺季水泥就脱销，脱销就会断供，断的话就先断下面的小厂子，优先保县城的大楼嘛。小瓦厂拿不到水泥，也是正常的。

保大的还是保小的？当然是两个都能保最好啦。但是需要取舍的时候，大人们总会选择保大的，谁让他们是大人啦。

可怜了快活镇这些小厂子，十几台拖拉机开进水泥厂，空车进去空车出来。后来干脆连水泥厂大门都进不去了。巧媳妇要做饭，也得有米嘛。

所有的小厂子水泥都断奶的时候，文芹妈妈带着三台拖拉机进了水泥厂，550号的水泥，足足拉出来三车。人们看着眼热啊，都说：这个女人干的是多大的工程啊，什么来头？

这个女人啊，没啥来头，最大的来头就是她是我小洋猪的文芹妈妈，哈哈哈哈。

文芹妈妈手里攥着县长的批条。县长都批示了，水泥厂当然要给俺们供应水泥啦。而且是面带笑容可丁可卯地供应水泥呢！

文芹妈妈找县长批条，县长说，我就是县长也不能随便批条子啊！

文芹妈妈说老百姓最大的事儿，就是盖房子娶媳妇。盖房子也得有新房盖子，用新的青瓦是吧。做不出来瓦，就买不到瓦，也就耽搁了老百姓的好日子了。大梅河的沙子好，梅赫川的青瓦质量就好，站上去个一百八十斤的爷们儿都踩不折的。正因为这个，梅赫川的青瓦算出了名气。这两年，就算邻近的县城盖房子，也都跑来买咱们的青瓦。梅赫川的青瓦现在就是咱们县的一张名片了，给咱们县争脸了。老百姓的日子，县城的脸面，县长你要考虑，保俺们小瓦厂的水泥，这不是帮我一个小瓦厂，主要也是帮老百姓，帮县里。

县长说：保！大梅河一百零八里河道，九百九十九道弯弯，自打修完大梅河，就没听说哪个弯弯冲毁过堤坝的。就连大梅河的水怎么淌，都听文芹的，这个忙确实要帮的。可帮这个忙，不光是给你面子，也是给大梅河的面子，它才是咱们全县的脸面。

我感觉，县长是个好县长，村书记是个好书记，文芹妈妈是个好妈妈，大梅河是一条好河。至于"大梅河的水怎么淌，都听文芹的"，我一直没闹明白，反正听起来是夸文芹妈妈的话吧，那就对了，不会错的。

临近秋天的根儿，我天天放学都摘松树塔。等攒够了两个二胺袋子那么多的松树塔，就分两次拖到学校交给老师。我还不会骑自行车，个头不壮实，只能用手拖着。逍遥村小学到冬天得生炉子，和耕小一样，先烧松树塔。学校有很多煤，不用学生再从家拿苞米骨子，条件比耕小好很多，连老师打人的教鞭都贼结实。

文芹妈妈忙小瓦厂的收尾，天凉了，早晚都能见到冰碴了，马上就不能做瓦了。最后一个星期，文芹妈妈会在早晚的时候，在小瓦厂拢起篝火来,帮着瓦板上的青瓦取暖定型。这个季节也不会有谁家盖房子用瓦了,现在做的瓦都是明年开春卖的。开春的瓦,就像开河的鱼,抢手、走得快。

除了瓦厂收尾,她也忙着"上场儿"。上场儿,就是把稻子、苞米、高粱、谷子、黄豆统统从地里收回来,临时放在自己的场院里。外面的庄稼都收回来了,家里的粮食就可以不紧不慢地分类拾掇了。这时候,往往会有一场霜冻提前杀来,然后再缓阳十天半个月的。经了霜冻,蟋蟀都叫得没多大劲儿了,稻田埂上的蚂蚱还会窜飞,夕阳一晃,它们的翅膀金灿灿的。据大表哥说,这时候的蚂蚱子烤着吃才叫香。我不敢吃,我觉得小洋猪不吃的东西,不会好哪儿去的。

苞米要赶在飘雪前剥皮,也叫扒叶子。扒去叶子的苞米上到苞米楼子里,悬在半空中,它才不会捂了水汽发霉。这是智慧,也需要赶时间,堆在场院的苞米叶子本身也是带着水汽的。稻子要脱粒机脱粒,装麻袋进仓房。谷子和高粱种得最少,剪了穗子好保存。黄豆要赶在有一点点小风的天气,用连枷敲打豆荚,打完黄豆要把碎豆荚用簸箕簸出去,要是黄豆多,用木锨迎着风扬起来,豆荚和豆子就分开了。这同样是智慧,也要拿捏风向,傻乎乎的人扬自己一脖子豆荚也是有过的。这片土地上的人们,成年到辈都侍弄这些,熟了。熟了也生出来了一些有用的土办法。

上场儿的农活,文芹妈妈都擅长。除了这些常见的粮食,她还种了芝麻、粟子、红小豆、糯米、绿小豆、长豇子,以及我叫不出名字或者我就算叫出来《现代汉语词典》里面也没有的东西。菜园子里还种了准备过冬的蔬菜呢。连烟草她都会在院子边种一垄,因为我奶奶喜欢抽旱烟。

红小豆主要做馅儿或者和大米饭一起焖,包粘火勺或者苏耗子,都用红小豆做豆沙馅儿。绿小豆主要是生豆芽吃,那是年夜饭桌上我最喜欢的十二个菜之一。粟子包黏米饼时包馅儿。其他的估摸不用科普了,但是一定有人好奇长莛子怎么吃,是吧?

其实吧,以我快七岁的生活经验看,做人嘛,不能总想着吃,特别是像长莛子这种东西——它根本不能吃!

长莛子脑袋上的穗穗长得像高粱,但是有着明条一般细长苗条的秆儿。可它的果实不能吃,连鸡鸭鹅都不爱吃的。它的果实只能做种子,明年接着种新的长莛子。长莛子的秆儿主要穿盖帘,盖锅碗瓢盆,大个儿大到大柴锅的锅盖,小的小到包饺子存放饺子的小盖帘。居家过日子,长莛子用处很大的。文芹妈妈还种过一种长莛子甜秆,是我吃过的所有甜秆中最甜的,比高粱甜秆甜五个加号。只要能啃上一口文芹妈妈种的甜秆哟,那股甜丝丝的劲头从舌头直接往心里钻,保准美出你大鼻涕泡,吓啪俩响!我一般在8月份就都能啃完,等不到9月的。在别人还美滋滋地吃高粱甜秆、苞米甜秆的时候,我其实早已经实现了甜秆自由。

家里实在没空养牛,没有耕牛的农家,多了一份辛劳。春天打垄的时候,文芹妈妈就等别人家打完垄,花钱雇犁杖工蹚地,蹚二遍地的时候也一样。秋收开镰的时候,就只能用小推车,一点点往家搬。好在文芹妈妈特别厉害,家里种的责任田又不是太多，总能够兼顾着小瓦厂的同时，把庄稼地种好收好。

我爸不会种地，只会做瓦卖瓦、喝酒和打孩子。比普通的梅赫川的男人多一项技能。

一般农户，到上场儿这时候，就算一年忙出了头绪了。上场儿收的粮食，交足给国家的责任田的任务粮，剩下多少这一年就赚了多少。

这一年过得太不容易了。年初赶上了大旱，不管是求雨还是挑水线，总算扛住了，可山地收成减去了三四分。靠天吃饭的人，算是遇上了少见的瞎年头。

想想这一年：开春的大旱，惶恐的瘟疫夺走了鸡鸭鹅狗的小命，意外离开的人们……也有一些意想不到的收获，有人倒腾牛赚钱了，也有人干起了杀牛卖肉的买卖，有人支棱了小卖店，有人开始卖香瓜赚点儿活钱，有人卖起了日用小百，有人领到了责任田多收了几亩地的苞米，有人家盖上了新房子，还有人家怀上了孩子。

人们心里都有着自己的小算盘，在上场儿的时候，拨动着算盘珠子，噼里啪啦的，响得脆生生的，每一声都复盘着一年的点滴。不管怎么样，1987年走到这一步，人们心里都还算踏实，日子有了一点点奔头吧。

18

  一年虽然有四个季节,可梅赫川的冬天就要占了半年。所以,总是在忙忙活活中,人们还来不及仔细咂摸出滋味,秋天一晃也就过去了。

  大人们开始寻思着"耍钱"。冬天太长了,他们需要消磨时光,趁着还不是特别老,还有本钱挥霍一下。年轻人打扑克,有一些拿腔作调的打麻将,上了年纪的老爷们儿也有的和老娘儿们一起围在炕头,玩纸的吊码牌。纸的吊码牌属于梅赫川独特的杀时间利器,玩儿四十八把牌叫"一仗",一仗是最起码的起步时间,你要是那种都坐不稳一仗牌的人,牌品有问题,没人和你玩儿的!反正飘了第一场雪就算进了冬天,进了冬天,梅赫川的人一天就只吃两顿饭。省出了一顿饭的宝贵时间,而且是中午这顿碍事的午饭时间,可以好好多玩儿几仗牌了。有时候人们吃过早饭把锅碗瓢盆一推,就麻利地坐上牌桌,晚饭什么时候吃那要看牌情——可能是下午三四点,也可能是晚上八九点,还可能是后半夜,或者明天。吃饭真的没那么重要,吃饭还不是为了能好好玩牌,既然都玩上这仗牌了,不吃不喝坐稳了,才是王道。只有少数人还想着,趁着农闲倒腾牛或者进点儿冻秋梨来卖一下,多数人都忙着呢,他们不在牌桌就在去往牌桌的路上。

我的学校生活像一个大座钟,每天就是钟摆摆来摆去,机械、单调,偶尔打出个整点报时的响儿,你可别指望有啥惊喜,看一眼还不是那样:摆来摆去。洋辣子最知道冷热,早就吐好了茧子做成了罐儿,它就躲在罐儿里猫冬。男同学们就连窝端,逮到洋辣罐儿,顶来顶去,看谁能把对方的顶碎。最厉害的洋辣罐儿叫"耙子",其次是"麻子",最普通的叫"花子"。所谓厉害不厉害,都是看花纹,孩子们才不知道,其实和洋辣子吃了什么树叶子、吐了多厚的茧子、茧子壳硬化了多久有绝对关系,和花纹无关。

啪叽——给对方的洋辣罐儿干碎了,洋辣子的脑浆子、肠子、屁屁,滋出来弄得脏兮兮的,赢了的却乐得咧嘴大笑,都能看到嘴里面大牙支棱二牙浪荡的。这就是顶洋辣罐儿的全部乐趣。

除了顶洋辣罐儿,孩子们还会玩儿"拉大宝",拿杨树叶子的叶柄拉。还有一种"扒土尿炕"的游戏,一堆沙土尖头上插个小树枝,大伙一替一下扒沙子,谁把树枝扒倒了就算谁"尿炕"!这两种游戏女同学也会参与,毕竟不会滋一手脏兮兮的。还有挑格、踢毽子、弹玻璃球、弹弓……差不多都是我二表哥玩烂了的那一套。

这些游戏，我看一眼，也就知道追到根儿是在玩啥了——玩的就是你输了我赢了。他们的快乐就是这样子的，与其说单纯，不如说没啥选择、幼稚。我不玩儿这些，没啥意思，我最近玩儿……坦克。

是的。真的坦克，我七岁前的玩具。

大力神叔叔是我最近新交的朋友，他是开坦克的。他所在的北大营秋冬来快活镇拉练，原本他们也没打算进驻梅赫川。可是，那边的老百姓没有那么多房子借给当兵的，他们就要扎帐篷。村书记听说这事不干了，就去找了营长：你小子不讲究，过梅赫川都不进来喝碗水？

营长说职责所在，不敢扰民。村书记说，一家人不说两家话啊，吃水不忘打井人，忘恩负义的事儿就算我这个逍遥村书记答应了，梅赫川的爷们儿也不答应。

营长拗不过书记盛情邀请，加上梅赫川家家户户真的是挂念着之前挖自来水水沟的那份情。很快，一个连的炮兵就进驻了梅赫川。文芹妈妈腾出来一间房子，给四个当兵的叔叔住。大力神叔叔就是住在我们家的其中一个当兵的叔叔。

大力神叔叔名字叫欢笑，他一见到我，要先做个鬼脸再喊：小洋猪！

可他姓史，名字连起来又可爱又恶心……嘿嘿嘿，还是叫他大力神叔叔吧。

当兵的纪律可真严，比俺们班主任厉害多了，班主任只能靠一根棍子（教鞭）吓唬人、打人。当兵的不知道靠什么，感觉有一根看不见的线在操控着他们，干什么都整整齐齐的，利利索索的。我现在每天早晨从炕上爬起来，都先叠被子的，我都以为叠得太好了。去人家那屋一看——人家早出去做操去了，被子像切出来的豆腐块，房间里还有一股樟脑味，怪好闻的。我就不信邪了！第二天我花了十分钟叠被子，好吧，我这次叠得像粘火勺！味道和人家的不一样啊。第三天，我叠得像……算了，不说了，尿炕了……赶紧叠好就行了，像什么无所谓了，反正是带馅儿的。

要说大力神叔叔和梅赫川的人，最大的差别还不是叠被子，是他们比梅赫川的人牙白。不比较不知道，站在一块儿笑的时候就太明显了。虽然军人站得都像一杆枪，溜直。普通老百姓没法比腰板，其实哪里的老百姓都没法和当兵的比腰板直不直吧。可牙齿，太明显了，人家雪白的牙齿，咱们倒好，和人家在一块儿都不好意思笑，都抿着嘴，像是嘴上缝了线，一笑就会把手术线笑崩了。

大力神叔叔他们每天早晨天没亮就刷牙，晚上也刷牙。梅赫川的人呢，过年过节刷牙吧。不过，自打他们进了村，梅赫川的年轻人起床也早了，也开始经常蹲在院头壕沟旁边，嘴里吐着白沫子，用牙刷掏啊掏的，一边掏一边呕啊呕的。

星期天，我缠着大力神叔叔去玩儿坦克。我的央求特别注重策略，其实还是二表哥骗豆腐脑那一套，只是我没拿捏好，一下子把要说的都秃噜出去了。我笑嘻嘻地跟大力神叔叔说：人家就看看，不进去，人家就摸一下，一下！不多摸！人家就钻进去一次，就一次就行！也不天天进去！

大力神叔叔带我来到耕小前面的空地，嚯，足足十辆坦克，摆成了"攻炮楼"的架势。这个战术我熟悉啊，这是俺们的主场啊，我噌一下子就蹿过去了。

我感觉我最近能耐大了，这一蹿都直接干腾空了呢，脚都不着地了——一直不着地啊！呜呜呜呜，大力神叔叔薅着我的脖领子，把我提了起来。

看来摸都不让摸。好吧，攻炮楼的游戏，咱们的正面进攻是不是要改成迂回包抄了？

大力神带我找了他们连长——

大力神敬了一个礼：报告连长，有人民群众出于科普知识学习需要，请示可否带其短暂参观59–1式坦克。报告完毕。

连长目视前方，好像压根儿没看到我，给大力神还了一个军礼：人民子弟兵，为人民服务！同意。请立刻执行！

大力神向我做了个鬼脸。我拽着大力神的裤线，心说这次看来可以攻炮楼啦。大力神板着脸，一本不正经地对我说：小洋猪同志，请你遵守参观纪律，保守军事机密，人民子弟兵，为人民服务！

我赶忙学着他的样子，用右脚打着左脚脚后跟，使劲跺脚，五根手指头并拢戳向太阳穴，有模有样地敬礼！我感觉我还应该说点儿啥吧，于是我就学着连长，嗓音洪亮地说：同意。请立刻执行！

钻坦克这事儿吧，比钻林子采蘑菇复杂不了多少，有点儿像钻进了冬储白菜的地窖。先是掀开"白菜地窖门"，天地盖向上掀起来，好沉的盖子。幸好是大力神来掀，我就算使出吃奶的劲儿也掀不起来的。然后，看看"地窖"里面有没有异常。再顺着梯子遛下去。

我有一些害怕，这个大铁罐子地窖啊，外面看着让人很好奇，真的下来我腿都软。这不是冬储白菜的地窖啊，这是储存棉花的地窖，要不怎么我脚底下软绵绵的呢！

等到了底下，我才感觉接到地气了，双脚有劲儿了。

大力神叔叔啊，这个地窖——啊，不，这个坦克，可真安静啊。下次和大表哥捉迷藏，我就藏这儿了，你说好不好呀？

大力神带我看一个小镜子，我个头太矮了，要踮起脚的。哦，那是啥？噢，看明白了，是郝金生家，哦，那是，哦，是村队部的大榆树，嗷嗷嗷，看得太清楚了。这是个望远镜哪。

哦，那又是啥啊，脏兮兮的，是个车轴吗？哦，动了，动了，哦，原来是一个人的脖子，是王老三，王老三长了皱的脖子！

这时候，大力神说：报告首长，前方五百米处发现敌人，请指示。

我说：同意。请立刻执行！

大力神扑哧笑出声了，他低声说：你要说请再侦察，做好火力打击准备！

我学着他的调门：我要说请再侦察，做好火力打击准备！

好吧，士兵能听懂命令就好，细节也别追究了，毕竟咱现在是首长。

　　大力神叔叔扳了一块像水龙头一样的大号阀门，我以为要放自来水。整个坦克哽哽地叫了一声，我感觉前面的望远镜在转动，随着大炮筒子也在动，等它一停下来，大力神叔叔马上又加快语速说：报告首长，前方发现可疑敌情，来敌使用生化武器！已做好火力打击准备，请指示。

　　我一拍他肩膀：那还磨叽啥啊，开炮啊！

　　大力神叔叔笑着小声说：我们得先戴上防毒面具。

　　好的士兵。跟敌人干架，也得先保护好俺们自己，防毒面具戴起来。

　　大力神叔叔迅速行动，拿出来一个沉甸甸的灰绿色猪头递给我。

　　大力神叔叔，你确定这个是给我戴的，不是给敌人戴的吗？敌人戴上它，我都不用大炮轰他了，敌人当场就——丑死了！

　　这么丑的猪头面具，戴在我玉树临风的小洋猪头上？虽然我的外号有个猪字吧，人家外号中还有个洋字呢，那也得往洋气上捯饬啊！

　　大力神叔叔催促说：报告首长，敌人已经冲上来了。请马上戴上防毒面具！

　　我说：不行，战士们都没有戴上，我不戴，我要和战士们并肩作战！我们既然一个锅里吃饭，就要一起喘气，要毒死咱们一起毒死，要丑死咱们也一起丑死。但是，英勇牺牲前，我希望先吃顿酸菜馅饺子。

大力神叔叔说：报告首长，我们的59-1式坦克配备三名战斗人员装备，现在有三个面具，请你随便选，它们分别是猪头防毒面具、猪头防毒面具和猪头防毒面具！

好的，还给敌人留一个，丑死了你丑死了我，也丑死了他。这是同归于尽的打法。

我乖乖扣上了防毒面具。里面好闷啊，说话自己也听不清。外面好模糊啊，能看到的视野好小，只看见对面一个猪头面具，是同样戴上面具的大力神。

我拍着大力神叔叔的脑瓜壳：猪头啊！

大力神叔叔摆手，示意听不清楚的。我又说了一遍，看来真的听不清，他都没捏我脸蛋子。

他怕我不熟练憋坏了，很快帮我摘了面罩，问我说什么。

我说：猪头肉，想吃猪头肉来着。

美好的时光总是短暂的，敌人还没消灭，小洋猪参观团的军事科普参观就结束了。

坦克真好玩儿，只是不能天天玩儿。以后每个星期天，我都缠着大力神——

叔啊，咱们去和连长聊聊？人民群众又想学习科普了啊！

大力神做个鬼脸说：小洋猪啊，坦克太闷了，我带你出去，去看个朋友吧，我最要好的朋友。

我说好，咱们都是八十年代的年轻人，你的朋友就是俺的朋友，你的好吃的就是俺的好吃的，你的媳妇就是——

大力神叔叔一板脸，我连忙说：你的媳妇啊，就是俺婶。

大力神轻轻一笑，拿我没办法。

我接着说，可是我婶婶她太年轻，还不知道在哪里培养着呢。所以，咱们先研究一下前面两个问题：你的朋友就是我的朋友，你的好吃的就是我的好吃的。

大力神叔叔说：不用研究，我们先去看朋友，再回来吃好吃的。

他说"我们"的时候，我觉得我也成了文明人，一个每天刷了白白牙齿、走路像模像样说话干净利落的文明人。等我说"咱们""俺们"的时候，我感觉我又变回了那个牙齿黄黄的、偶尔尿炕、往袖子擤大鼻涕的土包子。

不管我们还是俺们，反正我和他是好朋友。

军人是不准随便离队的，但是住在老乡家的士兵可以帮老乡干活，只要是和老乡随行就行。于是，那个凉风飕飕的星期天，人民群众小洋猪要外出办点儿重要的事儿，人民子弟兵大力神叔叔就陪着我，两个人一高一矮，手牵着手，愉快地出去了。

我们没有走大路，而是翻山路。从我家西侧翻过一座小山，这山像是一个草帽，大伙就叫它草帽山，其实我觉得更像一碗带尖尖的扣肉呢，叫大碗扣肉山也很阔气嘛。

我俩翻过了大碗扣肉山，来到了隔壁屯子。其实这里也是逍遥村，只是离梅赫川稍远些。大力神叔叔说要看看他的老乡，也是战友，同样是临时驻扎在老百姓家拉练的当兵的。

他让我叫这个叔叔朴叔叔。朴叔叔一看就不是坦克兵。他不像大力神叔叔那么奘，而是面目清秀，文静得像个大姑娘。不对，其实梅赫川的大姑娘小媳妇才不文静呢，一张口扯着嗓子，说话一口苞米楂子味儿。朴叔叔说话春风细雨的，听起来很舒服，但是有一些发音又和所有人都不同。后来他自己说，那是乡音，他是湖建（福建）人啊。

大力神叔叔，你以为我是三岁小孩吗？我是那么好糊弄的吗？人家是快七岁的小孩儿啦。你俩口音都不一样，怎么就是老乡了？

他们开心地聊着，有时候半天也不说一句话，两个人也不觉得无聊。有时候抢着说，生怕对方不知道自己要说啥，也生怕自己说漏掉了，要统统说出来。哎呀，我说你俩啊，说话可以先举手嘛，我可以先点名你俩再发言，发言请注意嗓音洪亮，别像蚊子嗡嗡似的。

还有的时候，朴叔叔会拿出一本书，看着上面的乐谱哼唱几句。然后红着脸说，还没有练熟悉呢。扭脸看着大力神叔叔：你有听到喜欢的曲子吗？上次那首，你有学吗？

他说话，总会说"有""有"的，但是咬字很轻很轻。

算了，朴叔叔的房间真没啥意思，除了樟脑味闻起来舒服，豆腐块行李看起来整洁，这种安静我可憋不住。我和大力神叔叔说，人家要去院子里玩儿，你们唠嗑吧。

我就在太阳底下蹲墙根。自己真没意思，要是有个人在跟前还能"汲香油"玩儿。等我到了院子里，他俩说话的声音也大了。大力神叔叔就吹起了口琴，呜呜呜呜地，听得人心里怪痒痒的，看不出他人高马大的，还会这一手。朴叔叔就随着他的伴奏，唱歌。他有时候唱《军港之夜》，还有时候唱《十五的月亮》。

朴叔叔唱得可真好，比那些原唱的女歌手唱得还好。他唱的都是晚上的歌曲，虽然是晒着太阳的大白天，我都能感觉到歌曲中的安静和美好。

路上，我跟大力神叔叔说：你的老乡好——嗡嗡嗯嗯啊！

我故意把后面的几个字儿说得含糊不清。

大力神叔叔红着脸，横着眉毛说：小洋猪，你个小屁孩儿别乱说，什么老相好！不要瞎说。说明白了。

我说：我、说、你的、老、乡、好、厉害啊！

大力神叔叔得意地说：那是！我老乡，我战友，当然厉害！

我笑嘻嘻地说：你吹得也厉害！

看着大力神叔叔瞪着我，我赶忙补充：口琴、口琴、口琴吹得厉害。

听大力神叔叔说，这次拉练之后，朴叔叔就要转业了。

我大概知道转业是什么。我安慰他说，人民群众周末迫切需要外出办事，迫切需要你的援助。希望你能经常陪我出来。

大力神叔叔开心地笑着说：我们是朋友。现在去研究一下好吃的去！

他说"我们"，让我很亲切。我感觉我以后也要常说"我们"，少说俺们、咱们。我们，多好的叫法。只是，我不知道，他说的我们是我和他，还是我、他、还有朴叔叔？或者仅仅是他和朴叔叔？

朋友的朋友，也是朋友吧。我希望是的。我挺喜欢朴叔叔的。

转过头的晚饭，我吃到了猪头肉。是大力神叔叔从他们伙房带回来的。他们伙房就临时设在巫殿礼家。巫殿礼家人少房子大，房间多，他自己也喜欢做菜，和部队的炊事班关系整得挺好。

又过了一段时间，大力神叔叔悄悄和我说，后天他们要演习了。会很好看，比我玩儿的攻炮楼好看。他也要驾驶着坦克去拿下敌人的一个山头。而且，那个山头其实就是大碗扣肉山，不过这是军事机密，请首长保密！

我向他敬礼：同意。请立即执行！

我俩都笑了。只是，后天可不是星期天哪？怎么办？

演习是动真格的。那得老好玩儿了吧！机关枪突突突，突突突，干倒一大片敌人；装甲车呼啦啦啦冲上了，又碾死一大片，像肉饼一样，碾得溜平溜平的；然后，关键的敌人火力打上来，这时候大力神叔叔开着坦克，一边轰着大炮，哐哐哐，比二踢脚还响，比闪光雷还快，轰倒好几大片敌人。然后，战斗胜利了！烧得黑漆燎光的军旗还在飘扬，这时候，胜利的天空中吹起了冲锋号，不，吹起了朴叔叔的口琴——

十五的月亮，照在家乡照在边关
宁静的夜晚，你也思念我也思念
你守在婴儿的摇篮边，我巡逻在祖国的边防线

你在家乡耕耘着农田，我在边疆站岗值班

　　啊丰收果里有你的甘甜，也有我的甘甜

　　……

　　我想着演习的精彩战斗，却又转到朴叔叔的口琴和歌曲。要是演习能改成文艺演出就好了，他们俩可以合作演个节目，我们三个也行的。

　　我看不到演习了，呜呜呜呜呜，我感觉失去了什么，好像我的战友要转业了，而我只能一个人面对这1987年剩下的苦日子了。这让我很迷茫，忽然想起来，就是那种八十年代青年特有的迷茫啊！

　　朴叔叔会看到开着坦克冲上大碗扣肉山的大力神吗？我没问大力神叔叔，他要战斗，不能分心，希望他戴好猪头防毒面具。其实丑点儿不要紧的，习惯就好了，反正戴上了自己也看不到。

　　我跟文芹妈妈说，我肚子疼，后天不能上学了，得在家休息一天。文芹妈妈说，肚子疼就不要拖了，还要拖到后天干吗，现在就去王连朋大夫家。我赶忙说，其实人家是后天才肚子疼，明天当面跟老师请假，这样安排时间好不好嘛？文芹妈妈说，那后天肚子疼的时候再去王连朋家，屁股上擂一针就好了。

　　果然，我就说嘛，在文芹妈妈跟前，我不会撒谎。

　　好吧，文芹妈妈，其实是我想看部队的演习，后天可不可以不上学？

　　文芹妈妈说，小洋猪啊，肚子疼和看演习，都不是可以旷课的理由。文芹妈妈皱着眉，嘴角轻轻上扬却还有一丝微笑地看着我。

呜呜呜呜。我不想错过大力神叔叔的演习，特别是不知道演习那天朴叔叔执行什么任务，是不是能够看到开着坦克冲锋在前的大力神叔叔，我也要替朴叔叔好好看看演习呢！

好吧，文芹妈妈啊，实话说了吧。我想看大力神叔叔的演习，他要开着坦克冲上大碗扣肉山。这可能是他最风光的时候了。我是他最好的朋友，他也是我长这么大最好的朋友。我答应你，期末考试要考全班第一名。

文芹妈妈想了又想，眉头皱了又展开，才说——那好吧。旷课一天，自己想办法把落下的课补回来就好了，至于能不能考第一，尽力就好。再有就是，不能跟老师说谎，你自己看看怎么跟老师请假吧！对了，大碗扣肉山是啥？

嘿嘿嘿。太好啦。我做了个鬼脸，就像每次大力神叔叔向我做鬼脸一样，没有回答什么是大碗扣肉山。

解释大碗扣肉山，就要解释大力神叔叔星期天和我出去做什么了。我想那是我们共同的秘密，是我们友谊的一部分。我并没有向文芹妈妈说谎，只是没有说那么多而已。

怎么请假呢？

我花了血本，以一盒蜡笔加三个冰棍的代价，让我哥帮忙写请假条。甲方的要求是：不准和老师说我是去看演习但又不准撒谎。

我哥给整出个文言文版本的请假条。除了"请假条"三个字我认识，其他的话什么意思我都没看懂。我哥说，蜡笔和冰棍，他不会白拿的，放心吧。这个请假条里面，用了三个看似空洞的比喻句，其中第二个比喻句中有个词叫"细柳营"，说的就是你去看演习，但是，估计你们老师也读不懂。

第二天，放学的时候，我把假条塞给老师就跑了——我实在不想看到老师认识所有的字，却看不懂啥意思的那种迷茫。虽然这种八十年代的迷茫表情，在 1987 年我已经见识多了。

军演的这天，是这一年最后的热闹了。部队为了方便老百姓参观演习，同时又要保障安全，专门划出来一片参观的地方，具体来说就是大碗扣肉山的山腰。

蓝方的部队好像在扮演敌人，因为他们在撤退，好人总还是要赢的。我有一些担心，蓝方也许是诱敌深入的口袋阵呢，红方可要当心了，特别是红方的坦克。

从山腰往南俯视，红方登陆的部队从大梅河南沿儿开始抢滩啦！装甲车冲过大梅河，步兵跟着装甲车，沿着水线，顺着钻天杨的乡土路旁，横跨着横垄地，眼瞅着地上掀起来一溜烟儿，插着红旗的红方军队就冲过来了。

看热闹的人，也不比演习的少多少呢！我看到了挂着拐杖的吕小子，看到了挺着大肚子快要生了的崔美丽，看到了郝金生、高二媳妇、村长儿媳妇，看到了大表哥、二表哥、胡老四，看到了所有我能叫出名字的人们。是啊，这可比过年放鞭炮放烟花热闹而且动静大，比看电视《乌龙山剿匪记》刺激，还省电字儿，比耍钱的输赢大还不用担心自己输钱。

人们惊呼着,议论着,拍手叫好着。先叫出来的那个人眼睛最尖,先比比画画议论的那个人嘴巴子最贱,巴掌拍得最响的那个人啊——手最疼。

热闹终究是他们的,我虽然不是蓝方一伙儿,却还是一副失意的样子,在落寞中寻找,一直没看到坦克。

这时候,战局出现了新的变化。蓝方扼守大碗扣肉山,居高临下,占据了地理优势。红方看样子强攻不成,有少量的损失,局部战况吃紧。随着三枚绿色信号弹呼啸着射向天空,红方临时设在大梅河河沿儿的指挥部发起了全面总攻的信号。一下子,四面八方突然就地动山摇起来。一辆59-1式坦克从西南方,斜插着冲向大碗扣肉山,紧随其后是数不过来的坦克。天哪,这个可比攻炮楼好玩儿。最前面的坦克,插着红旗,那红旗迎着风突突地招展,可威风了。冲在最前面的,一定是大力神叔叔的坦克,别人的坦克,怎么可能那么威风呢。

我知道,那辆坦克里面,大力神叔叔透过望远镜,可以看到远远地观看演习的我,就像我也可以看到他。我冲着那辆坦克招手,很快它就向天空发射了一枚彩色信号弹。

好的,大力神叔叔,信号我收到了。我不能总向你挥手呐喊了,那样会影响你的军事行动,我嗓子也该喊哑了。

演习都结束好几天了,人们还在谈论着这场演习。有人说,第一个冲上山头的,立了一等功,那是住在他们家东屋的当兵的。有人说,他们家住的当兵的,用的子弹最少,才用了十五发子弹,足足干掉了十八个敌人,足足十八个啊,相当于四桌打麻将的人,还零两个扛屁股局的。还有人说,他买了同样品牌的牙膏牙刷,因为他们家住的工兵用的这个牌子的,在这场演习中,那三枚信号弹就是那个当兵的打的。

人们热闹地议论着,就像自己亲自在麻将桌上赢了罕见的十六番,也像是自己家的亲人干了一件特别长脸的事儿,久久不舍得放下。

人们唠嗑时,还多了神通——

哎,你知道吗,上海啊,其实不是在海上,俺们西屋住的当兵的,有个"小上海"……

小那谁,你知道吗,其实大梅河沿线的公路不是最快最光溜的,从北京要建设一条公路,到天津就一顿饭的工夫,叫高速公路,我们家那个当兵的之前在那边执勤……

别再嘞嘞万元户了,人家大邱庄都是亿元户了!就和咱们梅赫川一样大的地方,俺们家住的当兵的战友就是大邱庄的,等转业了,人家连北京都不去,就回大邱庄……

人们憧憬着,纷纷说等到了2000年,日子就好啦!

这些资讯,来得像一阵西北风,透骨、有劲!比吕小子的广播来得广泛,比电视里的《新闻联播》来得接地气。它们生动,又多了演绎,既是人们乐道的话题,又是让人羡慕的谁都不知道自己能不能实现的另一个未来。它让人们多了一些奔头,也打开了一扇窗户:世界很大,不光是北省、关里、四平、梅赫川,还包括很多很多之前没去过没听过的多姿多彩的地方,它让人们多了一些想象，生活多了一些可能！

那些年轻的军人，他们唱着什么样的歌曲，用什么品牌的牙膏，一天漱口几次，洗脸用香皂先擦哪半边脸，多久洗一次袜子……很快都成了年轻人们效仿的对象。

以前，人们嘲笑一个人经常不洗澡，太埋汰了，就说他——大脖子像车轴，净是皴啊。

现在，人们小心地清洗着自己的脸颊，洗衣服也会在袖子和领口多搓几下，人们用清水清洗着自己家自行车车轴，甚至脚蹬板都要洗一下。连吕小子都习惯用手绢了，虽然他的手绢掏出来皱巴巴的，毕竟他坚持三五天洗一次的。

梅赫川的人哪，终于开始知道埋汰了，终于开始知道干净了。

19

　　崔美丽特别想争取一块责任田，给自己快要出生的孩子。在农村人眼里，有了耕地才有了保障，才不会饿死，毕竟咱都不是"吃红卡片"的人。只有那些"吃红卡片"的城里人才不用为了种地操心。崔美丽也希望自己的孩子将来能"吃红卡片"。只是眼巴前，要先给他争取一块责任田，他才算有了身份。

　　为了这事儿，她可没少找过村长。虽然张口也叫一声干爹，显得和气一些，可村长一直没松口。据说村长只有一个人的名额了，他需要慎重。也有人说，那一个名额的土地，人家村长也是给自己的孙子留的，除非谁又"跑了"，把责任田抽回村里再分配。

　　越是有这样的传言，崔美丽心里越不踏实。眼瞅着孩子都要生了，家里还只有两口人的地。虽然暂时也够三口人的吃喝，一个新生婴儿吃不了多少口粮，可那是他将来安身立命的根本哪。

一个没有地的人,那就是黑户嘛!

前几次王老三还跟着崔美丽一块儿找村长,受了几次冷落白眼之后,王老三就放弃了,在他看来这事儿没戏了,他就认命了。

崔美丽不服输,只要想起来,看到村长在家,就挺着大肚子往村长家跑。给村长逼急了,就跟她摊牌——

你连结婚证和准生证都没有,能给你分个大人的责任田已经不错了,有口饭吃就知足吧,别蹬鼻子上脸啊!俺们自己家儿媳妇的准生证都扯证三年了,也在排号呢,总得有个先来后到吧?

崔美丽辩解说:我这酒席也办了,全村都知道俺们结婚的。再说我这都快生了,再有排队在前面的,她也得生出来算吧?她就是生个"哪吒"也该生出来了吧。

村长发火了——没你的份儿!你这辈子都别想了!你们家就两口人的地,死一口人就传给你儿子一口人的地,死两口子就给你儿媳妇也分出来一口人的地!别的,门儿都没有!

村长也是一时撮火。他隐约知道大伙管他儿媳妇计划要生的孩子叫哪吒——怀胎酝酿三年才生出来。他特别膈应这个称呼。哪吒的爹妈是厉害的人物,哪吒的爷爷是谁可没人知道呢!哪吒一搅动,爷俩三年打一口枯井的段子,再次涌现在村长心头。

村长无名怒火上翻,以吐吐沫是钉的架势,叉着腰说:你放心吧,等你死了,我一定把你的地分给你家孩子,那时候他就不是黑户了!

崔美丽咬着牙关,强忍着。一走出村长家大门,崔美丽的眼泪就噼里啪啦掉下来了，滚烫的大泪珠子，倔强地对抗着初冬里的西北风。

她不想在人前显示自己软弱的一面，就算哭出来也不会当着外人的面。回家之后，她也没有和王老三讲今天的事儿，她知道给自己的孩子要一块地恐怕已经没希望了，接下来的日子怎么过，她却也没有了办法。她的生活，一直都像是横垄地拉磙子，步步是坎儿。这一次，她能迈过去吗？

每隔一段时间，计生办的人就会上门，催着崔美丽办计划生育准生证明。虽然是头胎，证件也是要办的，不办证件视同超生。计生办的人知道崔美丽个性刚烈，这个硬茬儿他们有一些惹不起，但也架不住他们经常来磨。

办准生证就要办结婚证，办结婚证就要有户口本。崔美丽的死结在没有户口本。她现在能领到自己的责任田，也是钻了空子，再加上当时姜云昌和高小满私奔了，村里抽走了两个人的地。多出来的地给谁都不公道，就被崔美丽要了来。现在的准生证却没法钻空子，要是能办下来准生证，崔美丽也不会找村长磨嘴皮了。有准生证他村长也不敢轻易就说不给你那三口人的责任田，他是吃准了崔美丽办不下来准生证啊！

计生办的人也提醒崔美丽，没有准生证，连医院的大夫都不敢给你接生的。

老杨太太初秋的时候死了，她除了能掐会算擅长批八字，还是村里唯一的稳婆。崔美丽觉得一下子有好几道坎坎横在自己的面前。而她要拖着一个石碾子从这些坎坎上一道一道地翻过去。

她心一横，来吧，就算千刀万剐也要把孩子生了！

村里有不少计划生育强制执行的情况。孩子快生了，可是家里已经生过孩子了，没有生育指标的，计生办就拉着孕妇去打针。三五个月的也有，快生了的也有。有的人家快生了，拉去打一针，孩子就生出来了，生出来的也是没气儿了的。也有过特殊情况，有人家快生的孕妇，打了一针，孩子就生了，还留着一口气，大家就拼命把孩子抱回来养活了。生出来就不能再打针了！在娘肚子里生杀予夺都可以，生出来再打针就是杀人了。

那都是极少的情况，打完针还能活命的孩子，那都是独苗的命，不能赌的。崔美丽凭借心智也不会拿孩子的小命去赌的。

她在门后准备了扬杈，灶台边随时放一把剪刀，要是计生办的人来拉自己上车，自己就算和他们拼了，也不能去。

计生办的人只是偶尔来提醒她办证，并没有强行拉她去打针。人家也知道她的脾气和身手，不敢惹她。再加上她也确实不是超生，只是没有准生证。没有准生证是她自己的麻烦，医院也不给她接生，反正耗着就耗着，她自己总得面对，计生办的并不着急。

进入冬天，白天就短了，一天只吃两顿饭，下午三点多太阳就要往山腰跑，日子不禁晃荡。崔美丽总是觉得饿，就吆喝王老三——老三，你去厨房再看看啊，给老娘整点儿吃的。

有时候王老三给蒸一碗鸡蛋羹，有时候给烀几个地瓜预备着。还有时候叫几声老三都没人答应，王老三溜出去要钱了。

这天下午，崔美丽感觉肚子里孩子踹得厉害，自己也是怎么躺着窝着坐着都不得劲儿。她没经历过生孩子,但是按人家说过的场景判断,自己很可能是火候到了。

她叫王老三锁上大门,不要出去耍钱了,把大锅刷干净,烧上水。王老三也不知道烧多少水,找她问,她就生气了——你还不如个烧火棍好用,老娘要你顶个屁用啊!

这一动气,羊水就破了。崔美丽疼得龇牙咧嘴,疼得比狼嚎的动静还大,那声音震得窗户都嗡嗡的,他们的两间破房子也忽闪忽闪的。

王老三急得满头大汗,都快吓尿裤子了。崔美丽指挥着王老三帮忙,两个人一顿忙活。好在崔美丽身强体壮,加上日常活动量大,总算把孩子顺利生出来了。崔美丽让王老三把剪子扔进锅里煮一下,捞出来剪脐带。王老三抖得厉害,不敢下手。崔美丽抢过剪刀,上去一剪子咔嚓就剪断了,哼都没哼一声。

等孩子生出来半天,两个人才顾上确认——是个儿子!

生产对女人是巨大的消耗。可崔美丽刚强惯了,生完孩子第二天,她就下地了。她的条件也容不得她坐月子,享受不着正常产妇的优渥待遇。小孩子刚出生,眼睛都还没睁开,娇嫩的皮肤像初冬飘落的一层细雪,白皙得微微起沙。自打一出生,他就攥紧小拳头,好像初来贵地手掌里藏着什么秘密。崔美丽头上裹着毛巾,一边做饭,一边抽空趴在炕沿看着自己的儿子,心里说不出地幸福开心。

崔美丽拨弄着儿子握着的小拳头,温柔怜爱地看着这个小宝贝,她要把全世界最好的都给他。崔美丽想着想着,眼泪又不知不觉地淌了下来。

王老三舒展着他的细眉毛,咧开大嘴笑得开了花——没想到我王老三都当爹了,我王老三也是有儿子的人啦!

王老三乐了两天半,忽然问崔美丽:咱儿子、咱儿子,他是不是得有个名字啊?叫啥名啊?崔美丽说,叫小拳头吧,他一天天就喜欢攥着拳头,长大了谁要是欺负俺们,就让他的小拳头打回去!

王老三说好,就叫小拳头。可大名呢?叫王拳头?

崔美丽想了想说:叫王志刚。他啊,要争口气,做个有志气的爷们,遇事儿要刚强起来。

王老三叹服,让我媳妇当家就对了,王志刚好,比王拳头好。

几天前还在苦恼,这道坎儿怎么过,现在就生出来了,果然没有崔美丽做不到的事情。但是,崔美丽知道,更多的坚强、快乐,其实都是小拳头带来的。小拳头给崔美丽一家带来了新的快乐。他的一颦一笑,都牵动着两口子的心。他嗓门大,像崔美丽,哭的时候恨不得要给全梅赫川都通知一个遍。笑的时候总会使出一记右勾拳,好几次都抡他爹腮帮子上了,打得王老三哈哈大笑心花怒放。小拳头拉了,小拳头尿了,小拳头没拉没尿呼呼大睡啦,都成了家里的快乐新闻。

在1987年整整这一年,梅赫川只出生了一个孩子,崔美丽生了王志刚。人们羡慕着,祝福着,也有人嫉妒着。人家年初就风风火火办了喜事,年底就瓜熟蒂落了,这效率,这成果,真叫人眼热。邻居们给送来了鸡蛋,乡下人管这个礼仪叫"下奶",是祝福产妇奶水充足、孩子健康活下来的意思。大冬天的,没啥可吃的,鸡蛋就是最好的东西了。"下奶"这种事儿都是已婚老娘儿们或者上岁数的老太太去,手里扛着一筐鸡蛋,荆条编的小筐提手上还不忘拴一根红布条。如果家里的鸡蛋少也不要紧,扛一只小的篓子就行了,情分够了,鸡蛋多几个少几个都没人计较的。

这天,崔美丽送走了几个"下奶"的乡亲,小拳头闹腾了一上午,已经呼呼大睡了。王老三趁着家里女人多的时候溜出去耍钱了。崔美丽也不大约束他,他在家也干不了啥,出去看一仗牌,自己和小拳头也落得清静。崔美丽一个人在归拢刚刚收到的鸡蛋,等别人家有事情的时候,也要记着还礼。这个是张婶家送的,二十个;这个是李阿姨家给的,三十个;这个是……这是个什么呢?

一个装白面的布袋子,哦,想起来了,是村长媳妇送来的,她居然给送来一袋子白面,也挺好。崔美丽一提,不对。她打开袋子仔细看,不是白面,是半袋苞米粒子。白面袋子本来就小,这半袋子苞米粒子也就十斤分量不到。

崔美丽隐隐感受到,一枚刺槐的刺儿蘸上了嘲讽的毒药,一下子戳进了心口窝,戳得太深,拔都拔不出来。原本平静的内心一下子被冲开了闸门,眼泪又哗哗哗地淌了下来。

她抹了一把眼泪,使劲儿给了自己一个嘴巴子。她什么时候变得这么软弱了!可是,不争气的泪水还是啪嗒啪嗒地流下。这半袋子玉米粒，就像半袋子盐，撒在了自己心窝的伤口上。这是多么廉价的怜悯：你可别饿死了，给你一口粮食。这是多么恶毒的嘲讽：看到苞米粒子了吧，你就是分不到那一个人的口粮田！

崔美丽脑海里浮现着村长那张趿扈的冷脸，他说的话又在耳边响起——

"没你的份儿！你这辈子都别想了！你们家就两口人的地，死一口人就传给你儿子一口人的地，死两口子就给你儿媳妇也分出来一口人的地！别的，门儿都没有！"

她又想起，那个叉着腰的梅赫川说一不二的男人，和自己说过的最后一句话——

"你放心吧，等你死了，我一定把你的地分给你家孩子，那时候他就不是黑户了！"

每个字都像带血槽的刀子，冷冰冰地戳向崔美丽的心，31个字，31刀，每戳一下都是白刀子进去红刀子出来。

她不由得打了个寒战，手也抖了一下。她看了一眼小拳头，孩子睡得香甜，嘴角都咧开了，不知道是不是在做美梦。

真是个孩子，啥都不懂。啥都不懂可真好。崔美丽心想。

她已经乱了方寸，着了魔一般冲进了仓房。在墙角的一个二胺袋子底下，藏着一个瓶子，那是夏天那会儿给小白菜除虫子用剩下的。瓶子上面写着"敌敌畏"，还画了一个骷髅头，怪吓唬人的。崔美丽冷笑一声：吓唬谁呢，老娘怕过啥！

她再次回到屋里，看看自己这个家。就在不到一年前，那会儿还挂着大红灯笼，新贴的喜字，一群半大小子帮自己操办婚礼。唉，答应人家抽"人参"，抽不成了。想着婚礼上的热闹，醉酒的老人、吃糊的孩子、拉着手唱歌的年轻人……那时候她像一朵怒放的鸡冠子花，鲜红、热烈。想着王老三笨拙地学着那几句假冒的朝鲜话，想着这一年挺着大肚子，好容易支棱起来的两口人的责任田……一切都像是梦幻。

她又看了一眼睡梦中的小拳头，才出生没几天的小男孩，挺水灵的。以后长大了也是个男子汉，是个刚强的爷们，一定会的。崔美丽的儿子，说话嗓门必须给我足足的，声振屋瓦！她帮小拳头掖了一下被角，孩子，妈妈就帮你到这里了吧。

她不是会后悔的人，做出决定就会一条道跑到黑。爽快地一扬脖子，一口气把瓶子里剩下的敌敌畏都喝光了，又找出来王老三喝剩下的散白酒，喝了两口。她不想王老三把自己再拖到医院瞎折腾，他那手脚不利索的劲儿，她瞧不上。

敌敌畏加白酒，无药可救。

崔美丽自己低声念叨着：等我死了，我的地就能分给小拳头了，那时候他就不是黑户了！

还有一个星期就要过阳历年了，日历牌又要换新的了，那时候就是1988年了，新的一年。横垄地拉磙子的崔美丽，步步是坎儿，累了，不想过这道坎儿了。

在1987年年根儿，那是一个刮着西北风、飘着轻雪的冬日傍晚。喝完农药的崔美丽，蹒跚地拖着自己的身体，跟跄奔到门外窗根底下，她不想死在屋里，那里以后小拳头和他爸爸还要过日子。

她就当出来透透气,要不了多大一会儿的事儿。

王老三哭得眼睛都要流血了,他的公鸭嗓子哭起来像狼嚎一样。梅赫川的人,足足听了三天狼嚎的声音,连真的狼都猫在后山,不敢下来。那之后,他再也没在人前哭过。也没再娶媳妇,只是非常艰难地拉扯着小拳头生活,朝着他和崔美丽曾经梦想的生活,拉着磙子,翻上一道坎儿,再上一道坎儿。

阳历年还没到的时候,村长就出事儿了。

开始的时候,说镇里面在查他,看样子要倒台。没两天就说事儿很大,连村支书都不得不陪着调查组进村了。墙倒众人推,平时没人得意他,但是没人敢碰他,他一出事儿就不同了,大伙的举报就像雪片子一样。

好像天下苦村长久矣!最后,村长被公安和纪委查出来十大罪状。估计,要和胡老五一样蹲号子了。关于村长的十大罪状传说的说法很多,也有说十五个、十八个、二十个大罪状的。

是的,梅赫川这点还是没怎么变,大伙还是认传说,不大去细看正式公布的说法。大概几项罪名——

1. 私自抽地、分地,给自己亲戚分好地,从中牟利。
2. 盖房子违规使用宅基地,没有办理房产审批手续。
3. 祭祀求雨,搞封建迷信,劳民伤财。
4. 私自砍伐国有林地,私自盗挖集体所有护坡石材料。

5. 私自截留县里给农民的自来水水管拨款。

6. 侵吞军队拉练损毁耕田补偿款。

7. 在村民误伤致死、帮工受伤致残、自杀等群众受到伤害的事件中，需要承担不可推卸的责任。

8. 给自己儿子儿媳违规办理计划生育准生证。

9. 与亲戚合伙藏匿法院传票和通知，从中鱼肉百姓。

10. 有生活作风问题。

除了这些有根据的，还有陆续在核实的。不过，人们心里已经明镜儿一样的——村长倒了，倒得透透的了，再也爬不起来了，不用再怕他了。

村支书召开了村民大会，组织选举新的村干部。书记说这次要彻底扭转干部的作风，给梅赫川选出干实事的干部。直接选举，只要是大人，一人一票。谁想干这个村干部，可以直接举手，大伙选上谁就是谁。

我们这些小学生没资格选举，主要看热闹。

大伙都觉得这事儿新奇，也巴望着选出个好的"小队长"。是的，人们不想再用溜须拍马的姿态叫"村长"了，它的大名就叫小队长，没有小名，也没有外号。

新的小队长谁来当呢？人们一下子都感觉自己是眼神贼好使的伯乐。有人说，张铁匠合适，话少，每句都能说到点子上，没架子，除了打铁还会放电影。也有人说，选胡老四啊，他最讲究义气，他为了捞他弟吃了多少苦，这种人信得着啊。还有人说文芹最合适,她年轻的时候就领导过很多人修大梅河,现在带着大伙开瓦厂,跟大伙一起挣钱,心里踏实。

村支书说,选谁咱们村民自己说了算。但是,也要竞选的人自己站出来,愿意带着大伙干。

谁适合干这个小队长呢?这次,梅赫川人们没有足够的时间传瞎话,书记很快公布了愿意参加小队长竞选的人的名单,根据姓氏笔画排序,他们是——王国权、朱万山、郝金生、楚汉举。

这次谁会当选呢?吕小子没有尬赌,因为每次和他尬赌的郝金生参选了,他学着小洪伟,把嘴都撇到了南天门。

根据吕小子分析:最看好王国权,他年轻,人缘好,勤快,做事公正周到。要是在一年前呢,王国权可能没有竞争者,可现在稍微不同,他最大的竞争者可能是朱万山。因为朱万山最近半年菜牛的买卖很火,还带出来不少徒弟,再加上他总给村里人送牛下水,特别是村里有头有脸的人。

选举那天,感觉全梅赫川的人都到场了,真是热闹。唯独没有见到胡老四和"村长"官德宽家里的人。

选举结果出来的时候,可真是几人欢喜几人愁啊!吕小子就属于愁的那几人。王国权意外落选,选票和楚汉举一样少,朱万山也落选,郝金生高票当选!

看来,开小卖店还是能拉拢人气的。可是,为什么不是王国权呢?不少年轻人想不明白。

郝金生也行啊,总比官德宽强。从"村长"到"小队长",梅赫川向前迈出了一大步。

吕小子腿脚稍微好一些的时候，弄了一个五手摩托车。他开着摩托车，脖子上挎个照相机，挨家推销照相，五块钱一张，十块钱三张。他的照相技术还不行，洗出来的照片头发都是蓝色的。他笑嘻嘻地说，现在时兴这样的彩照。人们将信将疑。

他的摩托车一打火就冒黑烟，动静可大了，他骑车经过梅赫川就像有妖怪腾云驾雾拖着个铁磙子来了，颜色和动静都挺邪乎。他哐哐踹两脚，那辆破摩托鼓噪着一团黑烟，别人家的摩托车是烧汽油的，吕小子的摩托车敢情是烧苞米秆的。他的五手摩托车总坏，前四手没怎么精心使用吧。他开"蚂蚱子"、卖香瓜赚的钱，都搭在修摩托车上了。

二表哥一直巴望着吕小子的摩托车快点儿零碎了。二表哥说，这次他看好的不是车链子，是排气管，可以研究改装成个小钢炮。我感觉吕小子一直没处对象，就是他的摩托车冒的烟儿太黑了，还有照片一直都是蓝头发，大姑娘们以为他色盲。

转眼就要到阳历新年了。吕小子双手抄着袖口，一瘸一拐戳在村口的丁字路口。这里原本的大榆树已经被拉倒了，自从官德宽倒台了，大伙也不大爱在这里唠嗑晒太阳传瞎话了。但这里还是走出梅赫川的必经之路，他要给王国权送行。这一年他送走了小洪伟，送走了小果义，却不承想要在年根儿送走王国权。

王国权要出远门，不是去北省。他想通了，选不上村长也许是好事，他有足够的理由和勇气走出去，看看外面的世界。现在一些领导干部听说都下海做买卖了，自己一个平民老百姓就更应该舍下脸来，出去打工，闯一下。听驻村拉练的当兵的说，上海、广州、深圳都是发展特别快的大城市，机会多，他要试一下。至于去哪个城市，其实他还没琢磨好，他就想在1988年到来之前走出去，先走出去第一步再说。能不能混出个名堂，都先不要去想了。

吕小子觉得王国权纯粹为了面子，就像自己夏天卖点儿冰棍、香瓜，春秋季节开着蚂蚱子手扶拖拉机给小瓦厂送瓦，日子过得也挺好，不用跑出去打工吃那份苦。

吕小子希望王国权留下来，可他犹豫再三还是没说出口。都不是小孩子了，都是成年人了，成年人就应该有自己的选择。

王国权一笑，拍着自己的这个小跟班说，吕小子，好好混，等我回来。

啥时候回来？吕小子问。

大约在冬季吧。王国权顽皮地挤咕着眼睛，用了一句时髦的歌词说。

吕小子也想笑一下，却憋着哭丧脸，忍着没哭出来。

王国权再一笑，冲着吕小子摆手，也冲着梅赫川摆了摆手，转身向南走向冬日里的钻天杨，走过枯草发白的水线，一拐弯再向东，沿着大梅河的堤坝，隐隐一个黑点，最后就什么都看不见了。

等王国权的身影彻底看不见了，吕小子这才哇哇大哭。他把拐杖摔一边，坐地上哭，一边哭一边狠狠数落——

　　胡老五啊，都怪你！你没个鸟事儿逞什么能啊！都怪你捅死了赵大龙，梅赫川才乱了套哇！不叫你杀人，老杨太太不会出来算卦，高二媳妇不会传瞎话，村里不会抢着娶媳妇生孩子，老周大夫不会昧着良心开药卖钱，胡老四也不会连猪都不杀了做买卖倒腾牛，只为了捞你。王老三也不会不知道从哪儿领回来一个媳妇，小果义也不会开什么装大尾巴狼的演唱会啊，小洪伟好好地考大学不好嘛，也被拖下水，偏得着魔了似的给人发功看病。村里也不会有瘟疫，连郝金生家也不会开小卖店，村长家也不会盖房子，我也不会干残废了！老周大夫老杨太太崔美丽小果义……那么多人都不会死去，最重要的是——小满，我的小满啊，也不会被人家拐跑，她要是不被拐跑，俺们俩早就成了！都怪你啊，胡老五，都怪你！

　　吕小子瘫坐地上胡言乱语，哭得嘴都瓢了！想到高小满，吕小子彻底崩溃了，他一直默默喜欢着小满，暗恋着小满啊。他哭得像个泪人，那眼泪，海了去了。

　　这些都怪胡老五吗？胡老五还在蹲监狱呢，他又要去怪罪谁呢？

20

1月1号是阳历新年,学校放假一天。放假前,同学们在传瞎话,听说前几天有个叫夏斐的小学生,被他妈用棍子削死了,原因是考试只考了第二名。有人说夏斐是隔壁村子的,也有人说是城里人。打死人的原因,不应该是用力过猛或者棍子太结实吗,怎么会是考试呢?大城市的人真是不禁打啊,咱们学校老师的教鞭打成三节棍了,也没有见到谁被削死了。我觉得这件事情离我挺远,却是一个令人伤心的消息。离我近的伤心事也有:一夜之间,全班同学的鹅毛坐垫都丢了。入冬的时候,文芹妈妈用鹅毛给我缝了坐垫,教室里板凳子太凉了,鹅毛坐垫又暖和又软乎,高档货。有一天晚上,教室里进了小偷,把全班同学的鹅毛坐垫都偷了,也包括文芹妈妈给我做的,只有几个棉花的坐垫幸免于难。这事儿我没和文芹妈妈说,说了她会再给我做一个坐垫的,不说也行——我开始学会有一些坏消息不和她说了。

元旦这天赶上星期五，放假总归是好事儿，就算放一天假啊也行，离我的一周休息六天的奢望又近了一步。节气已经是二九天，虽不是一年中最冷的时候，却也是出了屋子外头撒泡尿都冷得打个哆嗦的。冬天尽可能猫冬，硬着头皮出去多数是上厕所，所以人们管上厕所叫"出外头"。大梅河已经冰封得牢牢的，拉个爬犁就能滑得贼老远，抽个尜儿也能滴溜溜转。

晌午的太阳透过窗棂上钉的塑料布，照在屋子的一角，暖洋洋的。我手里攥了一个冻秋梨，趴在炕头摆弄着杏核，玩儿"攻炮楼"。敌我双方胜败已经很明显了，作为常胜将军，我还是做出了持久战的姿态，慢慢赢嘛，就这几个杏核！

文芹妈妈上午搓了五大捆草绳子，这会儿坐在炕梢，在用细麻绳穿盖帘。她把细长的长莛子拢齐了，用马蹄针穿好盖帘，再巧妙地把麻线藏在缝隙里，线头隐秘，不留心都看不见。她这门手艺不光活儿干得板正，还高明着呢。等过年的时候，包好的酸菜猪肉馅饺子就摆在盖帘上，像一个个神气的金元宝。用盖帘摆过的饺子肚子下面有波纹，那是一条条长莛子硌出来的。下锅煮好的饺子都有这一层瓦楞的波纹，带着这种波纹的酸菜馅饺子才叫正宗，才叫好吃。文芹妈妈包的饺子好吃，我有多喜欢吃呢？我能一口气从三十吃到初一，吃二年。

我弹着杏核，啃着冻秋梨，忽然想起一个人来，就问文芹妈妈：妈，有人说大梅河的水怎么淌，那都要听文芹的。是真的吗？

文芹妈妈忙着手上的活儿，也没抬头，不紧不慢地说：那要看是谁说的呢？

就是有人这么说的嘛！是不是真的？我嘬喽一口冻秋梨的汁水，追问说。

文芹妈妈微笑着说：那都是多少年前的事儿了，过日子也得往前看，你就当个笑话听听就行了。听来的话，不能都当真的。

我轻声说：哦，这样啊，那些听来的话，我可都当真了呢。

"啪"的一声，我把最后一个炮楼攻下来了。虽然早就知道这个结果，我还是乐得瞪大了眼睛，举起了双手，像个舞台上的演员又轻又缓地拍手鼓掌。

文芹妈妈抬起头，嘴角上扬目光温柔地看向我。她忽然想起来什么，急忙说道：哎呀，我是不是都忙得忘记做饭了？小洋猪啊，现在是啥时候了？

现在啊，现在都是 1988 年喽！我调皮地回答她。

文芹妈妈也被我逗笑了，她笑得那么开心，笑声脆生生清亮亮的，就像开春解冻那会儿大梅河的河水。

小飑苿

灵感来自 1987 年大梅河河畔

2020 年疫情期间开始写作，经多次修改

2022 年 4 月谷雨前定稿于北京

2022 年 6 月 6 日芒种再改定于北京

2022 年 9 月 27 日秋分后 4 日再改定于北京

后记

我是幸运的，从小生活在农村，真是占了个大便宜。乡下这种接近大自然的生活，让我在田野间撒欢，在山冈上疯跑，光屁股下河捞鱼，戴上草帽就钻进山里采蘑菇，没有玩具又随手都是玩具，没有好吃的又什么好吃的都能弄出来。童年时，铆足劲儿释放天性，想想都值得仰天大笑。

《梅赫川1987》这个故事的灵感来自我的童年生活，因而我舍弃了之前的写作路数，用了第一人称"我"，甚至用了一个新的笔名——"小飑荣"。这既是照应故事里的"小洋猪"，也是暗喻风吹草动、万物生长这个主题。

我的妈妈是个普通的农家女子，她最大的遗憾是一辈子没读过书。但是，也有人说她比很多大学生都有文化。读书会改变命运的，她如果读过书会怎么样？我如果不读书又会怎么样？

其实，改变命运的不光是读书，你开始觉得需要改变、需要行动的时候,命运已然悄悄改变了。我其实想过,要在小说里向我的妈妈致敬。她也叫"文芹",我能成为今天的我,那可多亏了她。刚开始写这个故事的时候,我就觉得她是我最想写的人,所以写到她时我都很慎重:大人物啊,要慢慢出场的,要铺垫好。

小洋猪不是作者本人。故事里只有个别人物在现实生活中有原型,这个故事终究是小说,如有雷同,纯属巧合。故事里的文芹妈妈和现实中我的妈妈,也纯属巧合吧。

我其实是把写作的自己和"小洋猪"严格区分开来的,我写的是上个世纪八十年代后期的东北农村变化,在解冻的大气候之下,春风中的农村人是如何变化的。他们眼巴巴渴望着新的生活,又畏惧改变,对新事物充满好奇,又觉得不够解渴。这种变化和松动是一点一点的,等所有人都意识到变化的时候,改变早就发生了,甚至已经开始新的一轮变化了。这就是一代人经历的改革开放!不管你在特区还是边疆,不管你在大城市还是农村,从身体到思想,全面解冻,风吹草动,万物复苏。

关于故事里的人们,我总是以为自己什么都知道呢。仔细寻思一下,真的吗?在我的笔下,他们又都是面目模糊的,我也经常把老张头的帽子扣在了老李头的脑袋瓜子上,应该有很多事情是这样的吧。再加上我厨艺不精,却偏要添油加醋地想象,好像食材还是那个食材,至于味道是否变了,那就靠客人的味觉经验,自己去慢慢品鉴了。

除了面孔,他们的年龄也都是模糊的。我弄不明白一个人多大,没结婚的一律都是半大小子、丫蛋子;当了爹妈的,可能是二十多,也可能是三十多,一概都是脑瓜子转得慢、没"我"聪明智慧的无知大人;剩下的,不管到没到四十岁,统统归到老头老太太这一类吧。看,这么干可多省事儿。

为什么我弄不清他们的年龄呢?总是弄不清呢,现在还是。他们好像一出生就是那么苍老,手背粗糙如老榆树皮,好早牙齿就脱落了,昨天还是个长发飘飘的大姑娘,今儿头上就梳起个疙瘩鬏鬏。就算是还在读书的学生,水汪汪的大眼睛像大梅河一般澄澈,一张口问的也是:"爹,给我陪送多少钱彩礼啊?"

我弄不清岁月在他们身上留下了什么,我弄不清他们的时间都是咋过来的,都 1987 年了,怎么就走到这一步?都 1987 年了啊,怎么还没走出这一步?

为了让"小洋猪"讲的故事鲜活起来,我下笔用力在每个年轻人身上。几个人物跳脱出来的时候,我自己都很惊讶:这个人有点儿意思了。是谁在伴随着他们呢?是谁在试着前头带路摸着石头过河呢?我想这背后才是生命成长的力量,才是写作的人要抓住的东西。

我想到自己的成长。在我的成长中,对我影响最大的人是我哥哥。他早熟、才华横溢,一直是我膜拜的偶像。我读大学也是他带着我,乘三十几个小时的火车硬座,千里迢迢送我入学。他才比我大两岁,俨然是大人了。

奇怪了,这么多年过去了,他现在居然还是比我大两岁,还是比我成熟很多呢!哈哈哈哈。

我也非常克制地写"我哥"这个角色,除了怕自己写不好,还因为这个故事是写一代人的,不是我的私留地。这一代人,掰着指头算,比"我哥"年龄还要大五六岁到十来岁吧。

那天,我在写到"小洋猪游学记"那一段,想郑重写写"耕小",可我自己是没读过耕小的。我都不知道是"耕小"还是"埂小",田埂中间的小学似乎也说得通。我哥读过耕小的,我请他讲讲。他用八个字给我讲他理解的耕小:校有田地,以耕养读。然后,我哥给我讲他耕小的读书生活。我当时突然就掉眼泪了——那时候的孩子读书太不容易了。我必须写出来!

我非常确信:我从农村走出来,能走到这里,我哥哥是领路人,是他带我走到这一步的。在家族中,他的名字中有个"鲲"字,我的有个"鹏"字,我支棱翅膀扑腾那点儿路程,都是他在前面水击三千给开出来的路。他是我成长路上的领路人啊。

写作其实是一种思考,没有经过思考的小说没有思想,没有思想的作品,写得多么苦难、多么好笑,都不是好的文学作品。我也不担心读者把《梅赫川1987》当作笑话段子看,我相信读者是有思想内涵的,幽默不管温度冷暖、颜色黑红都只是外衣。写到小果义离开这个世界,写到崔美丽离开这个世界的时候,我哭了又哭。一次次问自己:可不可以手下留情笔下留人啊!前面写得那么欢乐,后面可不可以不要太惨烈?

我特意在一个看露天电影的欢快场景,和读者一起"听到"小果义死去的消息。他曾经带给过人们多少新鲜和快乐啊!那么鲜活、潇洒、帅气的年轻人啊!

其实，只要你稍微留意就会发现，以前农村女人喝药的，太多了！她们都是"一时想不开"吗？崔美丽也只是很多"她们"中的一个而已！她们可不可以不那么惨，可不可以？谁能做得了主？做主的可不可以手下留情？

如果你放肆地笑了，也痛彻地哭了，我想你和我一样，读懂了这个故事。因为，我也是这样的，一边笑着一边哭着写完这个故事的。再回头翻看书稿，还会再笑一回、哭一番的。你没读懂的，我可能也不懂呢，小洋猪才六岁半的孩子，嘿嘿嘿，知道个啥？

故事里，有一些反思过于隐晦，有一些抒情又过于露骨。这都怪作者调派文字的功夫稚嫩，水平不到却要拿一个六岁孩子做挡箭牌。这么干是不是不大好呢？嘿嘿。

在这个故事里，我用了一个孩子的视角，是想和读者一起，换一种视角看看咱们这个世界，看过之后再好好寻思一下。这是个沉甸甸的故事，如果可能，像故事里的苦难，我希望它以后再也不要发生。所以，我给"小洋猪"一种若有若无的魔法，让他能够看到一些不易察觉的秘密，但是说出来，这个秘密就会消失。我就是想，梅赫川的秘密说出来的时候，它最好就消失吧，以后都不要再有了。

如果描摹这个故事，我自己感觉它应该很像一张面孔：上半面哭丧着脸，眉宇间锁着八十年代的忧愁，下半面脸嘴角却微微上扬，好似随时要咧嘴大笑出来，甚至还会露出黄黄的大板牙呢！

这就是生活吧。

我希望梅赫川的人们，哭过笑过还能拥有慧眼看待咱们这个世界。大梅河已经存在千年了吧，它还会一直流淌下去，虽然蜿蜒曲折，却不废功名也不舍昼夜，奔流不息。

我的那双看世界的眼睛和走到今天的每一步，是我妈妈给的，是我哥哥给的，也是生我养我的这片土地、这条大河给的。是的，大梅河，是你，带我走到了这里。

小飐茱

2022 年 4 月 20 日谷雨记于北京

图书在版编目（CIP）数据

梅赫川1987 / 小飐茱著. -- 海口：南海出版公司,
2024.5
 ISBN 978-7-5735-0729-7

Ⅰ.①梅… Ⅱ.①小… Ⅲ.①长篇小说-中国-当代
Ⅳ.①I247.5

中国国家版本馆CIP数据核字(2024)第053943号

梅赫川 1987
小飐茱 著

出　　版	南海出版公司　（0898)66568511
	海口市海秀中路51号星华大厦五楼　　邮编 570206
发　　行	新经典发行有限公司
	电话(010)68423599　邮箱 editor@readinglife.com
经　　销	新华书店
责任编辑	侯明明
装帧设计	韩　笑
内文制作	田小波
印　　刷	河北鹏润印刷有限公司
开　　本	850毫米×1168毫米　1/32
印　　张	15
字　　数	300千
版　　次	2024年5月第1版
印　　次	2024年5月第1次印刷
书　　号	ISBN 978-7-5735-0729-7
定　　价	69.00元

版权所有，侵权必究
如有印装质量问题，请发邮件至 zhiliang@readinglife.com